HEYNE

Titus Müller

Die fremde Spionin

Roman

WILHELM HEYNE VERLAG
MÜNCHEN

Sollte diese Publikation Links auf Webseiten Dritter enthalten,
so übernehmen wir für deren Inhalte keine Haftung,
da wir uns diese nicht zu eigen machen, sondern lediglich auf deren Stand
zum Zeitpunkt der Erstveröffentlichung verweisen.

Karte in der Innenklappe aus: »BERLIN 1961« von Frederick Kempe,
Copyright © 2011 by Frederick Kempe.
Mit freundlicher Genehmigung von G. P. Putnam's Sons,
an imprint of Penguin Publishing Group,
a division of Penguin Random House LLC. All rights reserved.

Penguin Random House Verlagsgruppe FSC® N001967

2. Auflage
Originalausgabe 07/2021
Copyright © 2020 by Titus Müller
Copyright © 2020 dieser Ausgabe
by Wilhelm Heyne Verlag, München,
in der Penguin Random House Verlagsgruppe GmbH,
Neumarkter Str. 28, 81673 München
Redaktion: Gunnar Cynybulk
Printed in Germany
Umschlaggestaltung: Favoritbuero, München,
unter Verwendung von Motiven von © Bridgeman Images (Käfer),
© Shutterstock (Himmel), © akg-images/Sammlung Berliner Verlag/
Archiv (Auto) und © Vintage Germany (Brandenburger Tor)
Satz: KompetenzCenter, Mönchengladbach
Druck und Bindung: GGP Media GmbH, Pößneck
ISBN: 978-3-453-44125-5

www.heyne.de

1

Fjodor Sorokin schrieb einen falschen Namen in das Meldeformular und erfand eine Adresse in Dortmund.

»Wie lange werden Sie bleiben, Herr Budeit?« Der Hotelangestellte nahm das Formular mit professionellem Lächeln in Empfang. Er spähte auf die Zeile für das Abreisedatum, die Sorokin leer gelassen hatte.

»So lange es nötig ist«, sagte Sorokin. »Vier, fünf Tage.«

»Sie sind geschäftlich hier?«

Sorokin sah ihn statt einer Antwort kalt an. Schließlich nickte er.

»Ich zeige Ihnen Ihr Zimmer.« Der Hotelangestellte kam um den Tresen herum und wollte den rotbraunen Lederkoffer nehmen, aber Sorokin griff schneller zu. Nun beeilte sich der Angestellte, vor Sorokin am Aufzug zu sein und die Ruftaste zu betätigen. Sie standen da, während der Fahrstuhl näherkroch, und der Angestellte fragte: »Sind Sie zum ersten Mal in München?«

Zwei Jahre war es her, dass er hier gewesen war und den ukrainischen Exilpolitiker Lew Rebet getötet hatte. Stepan Andrijowytsch Bandera würde eine schwierigere Aufgabe darstellen. »Ja, zum ersten Mal«, antwortete er. »Können Sie mir ein Restaurant empfehlen?«

Der Hotelangestellte empfahl Böttner oder Röttner in der Theatinerstraße, er hörte nicht genau zu.

Vor drei Jahren war bereits ein Kollege an Bandera gescheitert, vor zwei Jahren ein weiterer. Er war gewarnt. Er würde vorbereitet sein. Bandera war ein ukrainischer Nationalheld, und er war Kopf der OUN, der Organisation Ukrainischer Nationalisten.

Sie fuhren hinauf. Der Angestellte schloss ihm das Zimmer auf und wies hinein, als handle es sich um ein nobles Penthouse. Sorokin drückte ihm ein Fünf-Mark-Stück in die Hand und schloss die Tür hinter sich. Er setzte sich auf den Stuhl am Schreibtisch.

Er musste also hinein. Musste ihn töten, ohne Geräusch und ohne Spuren, und dann wieder hinauskommen. Die Makarow kam nicht infrage, selbst mit Schalldämpfer war die Gefahr, dass man den Schuss hörte, zu groß. Bandera arbeitete unter anderem für den BND, sicher hatten sie Wachposten aufgestellt. Fiel ein Schuss, würden die das Haus stürmen. Und in der Wohnung hielt Bandera womöglich selbst Überraschungen bereit.

Sorokin zog das Dossier aus dem Koffer und schlug es auf. Bandera hatte im Krieg seine eigene kleine Privatarmee angeführt. Unter dem Decknamen *Konsul II* hatte er für die Wehrmacht gearbeitet, dann war er abtrünnig geworden und hatte einen unabhängigen ukrainischen Staat ausgerufen, was die Deutschen nicht dulden konnten. Sie brachten Bandera nach Sachsenhausen, ließen ihn aber nach drei Jahren wieder frei, damit er den ukrainischen Widerstand gegen die Rote Armee anführte. Er täuschte sie und folgte wieder seinem eigenen Programm. Seitdem versuchte er, der Sowjetunion mit seiner OUN die Ukraine abspenstig zu machen, und war damit ein natürlicher Verbündeter des BND. Hinzu kamen die Informationen, an die er durch seine Wühltätigkeit gelangte und die er an den Westen weitergab. Seit fünfzehn Jahren lebte er im Verborgenen. Er führte in der Bundesrepublik einen falschen Namen, hatte geheiratet und zog drei Kinder groß.

Sorokin prägte sich das Foto ein, dann nahm er die losen Seiten aus der Mappe, ging ins Badezimmer, legte das Dossier ins Waschbecken und zündete es an. Die Flammen gaben dem Raum ein gespenstisch blaues Licht. Als auch das Foto zu hauchdünnem schwarzem Kohlenstoff verbrannt war, zerteilte er die knisternden Reste und spülte sie im Waschbecken hinunter.

Er schlief gut, so wie immer, wenn es darauf ankam. Das Kissen war hart, das Bett durchgelegen, trotzdem erwachte er nach einer traumlosen Nacht und war im Vollbesitz seiner Kräfte. Zum Frühstück aß er eine Schüssel Haferflocken und eine Banane, die erste seit zwei Jahren, und trank echten Bohnenkaffee. Dann ging er in die Stadt und traf einige Vorbereitungen.

Er kannte die »Verkleidungskoffer«, die es bei der ostdeutschen Staatssicherheit gab und die auch manche beim KGB benutzten. Vorräte von Perücken, falschen Bärten, verschiedenen Brillen, Kosmetika, mit denen sich die Hautfarbe ändern ließ. Von solchen Hilfsmitteln hielt er nichts. Sie lenkten vom Eigentlichen ab.

Wenn man sich tarnen wollte, ging es um eine Geschichte. Man verkörperte eine andere Person. Tauchte in deren Alltagsgebaren ein. In einem Bahnhof war ein Koffer wichtiger als ein falscher Bart. In einer Einkaufsstraße brauchte man ein Tragenetz, keine Perücke.

Der Schnurrbart, den er heute angelegt hatte, war bloß eine Nebensache, eine kleine Unterstützung. Viel wichtiger war der Kinderwagen. Er schob ihn in die Kreittmayrstraße. Seine Sorge war, dass der Kinderwagen neu wirken könnte, auch wenn er ihn mit Milchflecken versehen hatte und mit den Rädern auf dem Spielplatz durch den Sandkasten gefahren war. Ein aufmerksamer Mensch konnte riechen, dass der Kinderwagen unbenutzt war.

Als er sich dem Haus Nummer sieben näherte, beugte er sich in den Wagen vor und stopfte die Babydecken, die er gekauft hatte, fester um die Puppe. Er ließ kaum eine Handbreit des Puppenkopfes sehen und zog der Puppe die Babymütze tief in die Stirn. Zusätzlich stellte er den Sonnenschutz auf, sodass man sich weit über den Kinderwagen hätte beugen müssen, um hineinzublicken.

Er entdeckte die Posten sofort. Einer von ihnen stand auf der gegenüberliegenden Straßenseite und las eine Zeitung, der andere saß auf einer Parkbank nahe dem Hauseingang. Sie waren zu gut rasiert für Müßiggänger.

Wenn der auf der Parkbank Schwierigkeiten machte und ihn in einen Kampf verwickelte, hatte der auf der anderen Straßenseite Deckung hinter einem parkenden Auto, konnte seinerseits aber ungehindert auf ihn schießen. Es war keine gute Ausgangslage.

Trotzdem näherte er sich der Haustür. Der Posten stand von der Bank auf und trat auf ihn zu. »Hat die Mama keine Zeit?«

Sorokin tat irritiert.

Versöhnlicher fragte der Posten: »Wie heißt denn der Kleine?«

»Es ist eine Sie.« Sorokin sprach mit gedämpfter Stimme. »Luisa. Sie schläft gerade, ich werde sie im Hausflur stehen lassen. Man ist so froh, einmal Ruhe zu haben.«

Der Posten versuchte, einen Blick in den Kinderwagen zu werfen, aber der Sonnenschutz hinderte ihn, und drin im Wagen war es schattig. Ich hätte mir die Hose zerknittern sollen, dachte Sorokin. Immerhin hatte er sich einen Schluck Milch auf die Schulter gespuckt, das bemerkte der Posten jetzt. Sorokin sah, wie sein Blick am länglichen weißen Fleck hängen blieb.

»Zu wem wollen Sie denn?«

»Zu meiner Tante.« Forsch trat er an das Klingelfeld heran und wählte einen Namen, der mit weiblicher Handschrift geschrieben war. Er drückte die Klingel.

Als er sich wieder zum Kinderwagen wandte, sah er, dass der Mann auf der anderen Straßenseite die Zeitung faltete und um das parkende Auto herumtrat, im Begriff, die Straße zu überqueren und ebenfalls zu ihm zu kommen.

Die Sache wurde heiß.

Ein Puls von 175 war nichts Gutes. Man konnte nicht mehr richtig sehen. Man war nicht Herr seiner selbst. Aber wer zum dritten oder vierten Mal in einen Schusswechsel geriet, der lernte, einen kühlen Kopf zu bewahren. Der Puls ging nur noch auf 120 hoch, oder auf 110.

Wann öffnete diese verdammte Person? Er überlegte, sich nah an die Klingeln heranzustellen, sodass die Posten nicht sahen, wo genau er die Finger hatte, und rasch einen anderen Klingelknopf zu drücken, aber auch die Bewegung zum Klingelfeld würde ihn verdächtig machen. Wer nichts zu verbergen hatte, dem war es gleichgültig, ob er etwas länger vor der Haustür wartete.

Jenseits einer Pulsfrequenz von 145 passierten unangenehme Dinge. Komplexe Bewegungsabläufe wurden schwierig. Man konnte die Hände nicht mehr richtig koordinieren.

Bei einem Puls von 175 schaltete sich das Großhirn ab, und das Mittelhirn übernahm, was für die kognitiven Prozesse nicht gut war. Der Blick verengte sich, das Blut wurde aus den äußeren Muskeln abgezogen und konzentrierte sich auf die inneren Muskeln, um sie hart zu machen, damit bei einer Verletzung möglichst wenig Blut verloren ging. Man konnte sich nicht einmal mehr an die Notrufnummer erinnern. Mit diesem Puls wählte man 000 oder irgendwelchen Unsinn.

Er zwang sich zur Ruhe und schärfte seinen Geist. Das Handschuhfutter war mit Bleigranulat gefüllt, seine Schläge würden Wirkung zeigen. Zog der zweite Posten eine Waffe, würde er den ersten als Schutzschild vor sich stoßen, während er selbst die Makarow aus dem Halfter löste. Dann würde er beide umlegen.

Eine Frau in grün gemusterter Kittelschürze erschien in der Tür.

»Fasst du kurz mit an?«, fragte er, bevor sie etwas sagen konnte, und schob den Kinderwagen voran.

Wie in einem Reflex öffnete sie die Tür weit genug, dass er hindurchkam.

Bat man Menschen um simple Handgriffe, fassten sie zu, ohne lange nachzudenken. Die Hilfsbereitschaft war vor allem bei Frauen tief verankert. Die Fremde nahm den Kinderwagen vorn und trug ihn widerspruchslos mit ihm die Treppe hoch.

Auf der ersten Treppenflucht warf er einen Blick zurück. Gerade fiel die Haustür wieder ins Schloss. Die Posten standen draußen und redeten.

Die Frau strahlte ihn an, als wollte sie ihn heiraten. »Was für ein toller Vater. Man sieht viel zu selten, dass auch mal die Väter ihr Kind spazieren fahren.« Das Tragen strengte sie an. Trotzdem hörte sie nicht auf zu lächeln. »Welche Etage?«

Banderas falscher Nachname hatte in der zweiten Zeile gestanden. Er sagte: »Die dritte. Oje, das tut mir leid, dass ich Sie so ins Schwitzen bringe. Und dass ich Sie verwechselt habe, auch. Ich bin arg kurzsichtig, wissen Sie?«

»Keine Ursache.«

»Die Kleine schläft gerade, und oben machen sie nicht auf. Sind vielleicht gerade einkaufen oder so. Draußen kann ich sie doch nicht stehen lassen. Zum Glück wiegt sie noch nicht so viel.«

»Wie alt ist sie denn?«, fragte die Frau.

»Ein halbes Jahr.«

»Ich hoffe, Sie haben Milch dabei. Oder ist sie schon abgestillt? Sagen Sie gern Bescheid, ich wohne im Ersten, ich kann Ihnen Wasser warm machen.«

»Nicht nötig. Aber vielen Dank.«

Sie stellten den Kinderwagen im dritten Stock ab. Er bedankte sich überschwänglich, und die Frau ging mit dem guten Gefühl, einem geplagten Vater geholfen zu haben, treppab. Nach einigen Stufen blieb sie noch einmal stehen: »Wirklich, es wäre kein Problem. Klingeln Sie einfach bei Weber, ich helfe gern.«

Er nickte und beugte sich wieder über den Kinderwagen, als wolle er bei seiner Tochter nach dem Rechten sehen. In Wahrheit zog er, kaum dass die Frau fort war, die Ampulle und die Pillendose aus der Polsterritze des Kinderwagens.

Dass ihm der KGB zwei verschiedene Gegenmittel verabreichen wollte, ließ ihn zögern. Wenn man ein Gegenmittel erfand, wählte man *eine* Verabreichungsform, man erwartete doch nicht, dass jemand im Einsatz erst Pillen schluckte und dann noch eine Ampulle zerbrach.

Sie hatten gesagt, er solle die Pillen vorab schlucken. Bereiteten sie den Körper zur Aufnahme des gasförmigen Gegenmittels vor? In der Ampulle war vermutlich Amylnitrit. Was enthielten die Pillen?

Er legte die Ampulle ab und öffnete die Pillendose. Behutsam nahm er eine der Tabletten heraus und drehte sie zwischen den Fingern. Und wenn es kein Gegenmittel war, sondern ein langsam wirkendes Gift? Womöglich waren ihnen die politischen Folgen eines weiteren gescheiterten Mordversuchs zu heikel, und sie bevorzugten es, dass er nach der Tat nicht mehr befragt werden konnte?

... verpflichte ich mich, alle Aufträge des KGB im Kampf gegen die kapitalistischen Angreifer zu erfüllen und über alles, was ich im Zusammenhang damit erfahre, strengstes Stillschweigen zu bewahren. Das hatte er einst unterzeichnet. *Für einen Verstoß gegen diese Verpflichtung trifft mich die ganze Strenge der sowjetischen Gesetze.*

Beim ersten Einsatz hatte er noch das Gefühl gehabt, einen großen, ernsten Auftrag für das Vaterland zu erfüllen. Und später, als er nach Deutschland kam, hatte er sich in der Gewissheit gesonnt, dass der KGB nicht viele Leute hatte, die fähig waren, die Rolle eines Deutschen zu spielen. Wahrscheinlich konnte man sie an einer Hand abzählen. Er besaß eine Sprachbegabung. Die meisten wurden auch nach Jahren ihren Akzent nicht los. Ihn hielt man problemlos für einen Muttersprachler.

Andererseits mochten es die Führungsoffiziere des KGB nicht, wenn man zu gut wurde, sie hielten jeden für ersetzbar, bis auf sich selbst. Allzu fähige Mitarbeiter erschienen ihnen bedrohlich. Hieß das, dass sie versuchten, ihn umzubringen ...? Jemandem, der Mordaufträge erteilte, war auch ein Mord am eigenen Mitarbeiter zuzutrauen.

»Tja, ich bin ein freier Mann«, flüsterte er. »Ein freier Mann.« Er legte die Tablette zurück in die Dose und schloss den Deckel. Die Ampulle musste genügen. Wenn der Mord gelang und er ungesehen davonkam, gab es auch nichts mehr zu »regeln«, was ihn anging.

Sorgfältig wischte er mit einem Taschentuch die Griffleiste des Kinderwagens ab, um Fingerabdrücke zu beseitigen. Vorhin im Laden hatte er die Handschuhe noch nicht getragen. Niemand kaufte mit Handschuhen einen Kinderwagen.

Er holte die Gaspistole heraus. Mit der Waffe in der einen Hand und der in ein Taschentuch eingewickelten Ampulle in der anderen wartete er auf der Zwischenebene des Treppenhauses. Er behielt Banderas Tür im Blick. Irgendwann musste der Kerl herauskommen.

600 Kilometer entfernt zog über Berlin ein eisgrauer Abendhimmel auf. Aus den Schornsteinen qualmte es. Dicht an dicht zogen Autos den Kurfürstendamm entlang. Die älteren Modelle klappten noch Winker aus beim Abbiegen, moderne blinkten schon elektrisch. An den Häuserfronten sprangen Neonröhren an und warben in knalligen Farben für Bier, Versicherungen und Mundwasser. Hier war der Westen, das Leben pulsierte fast wie in den legendären Zwanzigerjahren. Motorenlärm sorgte für ein beständig an- und abschwellendes Rauschen. Die Luft schmeckte nach Staub und Benzin.

Und im Osten? Die U-Bahn untertunnelte die Sektorengrenze, die S-Bahn trickste sie oberirdisch aus. Die Berliner taten so, als wäre es das Natürlichste der Welt: eine Stadt, geteilt in zwei Hälften, und jede Hälfte gehörte zu einer anderen Weltmacht. Der Osten roch muffig nach Braunkohle. Trampelpfade führten über unkrautbewachsene Trümmergrundstücke, die noch nicht geräumt worden waren. An der Stalinallee erhoben sich prachtvolle achtstöckige Wohnblöcke mit Aufzug, Marmortreppen, Balkonen und gefliestem Bad. Die Allee hatte man neunzig Meter breit gebaut, damit sie sich für Paraden eignete. Aber abseits der Prachtstraße trugen die Fassaden der Häuser noch Einschusslöcher, und der Putz bröckelte. Gab es beim Fleischer Würstchen, bildete sich eine Schlange bis zur nächsten Hausecke.

Am vorderen Ende der Stalinallee, bei den Zwillingstürmen des Frankfurter Tors, wurde ein Kino gebaut, das einmal den Namen *Kosmos* tragen sollte. Nur einen kurzen Fußweg von dort entfernt, in der Boxhagener Straße 25 – grauer Putz, eckige Balkone, eine Annahmestelle für Wäsche im Erdgeschoss und Straßenbahnschienen vor der Tür – stellte Max in der vierten Etage das Polizeiboot auf das Fensterbrett und richtete es sorgfältig am sowjetischen MI-4-Hubschrauber aus. »Wie findest du's?«

Sie sollten gemütlich beieinandersitzen, dachte Ria. Warum verspürte sie kein Bedürfnis nach seinen Armen? Hieß das, dass sie Max nicht liebte? Sie schüttelte den Gedanken ab. Man sollte sich so etwas nicht dauernd fragen, die Stimmung wechselte eben, an anderen Tagen hatte sie sich durchaus gern in seine Arme gekuschelt.

»Toll«, sagte sie, und pustete auf die grünbraune Oberfläche des Kräutertees. Vorsichtig trank sie einen Schluck.

Max sah hoch zu ihr und lachte. »Du bist eine erbärmliche Lügnerin.« Er stand auf. »Wehe, du wirfst die Modelle ›aus Versehen‹ runter, wenn ich nicht da bin. Das war eine Mordsarbeit. Für die nächsten zwanzig Jahre stehen sie da, versprich mir das.«

Ria verschluckte sich und hustete. »Es ist immer noch

meine Wohnung.« Sie stellte die Tasse ab, trat zum Klavier und packte die Noten zusammen. Im Flur schlüpfte sie in die Schuhe, Max kam ihr nach und drückte ihr einen langen, feuchten Kuss auf die Lippen. Behutsam wickelte er ihr seinen karierten Schal um den Hals und stopfte die Enden in ihren Jackenkragen. »Damit du an mich denkst.«

Ich habe Glück mit Max, dachte sie. Noch einmal trat sie in die Wohnküche und trank vom Tee. Die Wärme spülte ihr den Magen aus.

Sie nahm den Stoffbeutel und verließ die Wohnung. Zwei Stockwerke tiefer, im Hochparterre, klopfte sie leise bei Behms. Die Tür ging auf, und der kleine Geralf stand da, er reichte ihr kaum bis zum Bauch. Sie holte den Apfel aus dem Beutel und gab ihn dem Jungen, dann auch noch das Päckchen mit belegten Broten. »Aber sag nichts der Mutter.«

»Mach ich nicht«, versprach Geralf. Sein Gesicht zeigte einen Indianerernst, wie ihn nur Kinder aufbringen können. Er packte das Brot auf der Stelle aus und biss hinein.

Sie fuhr ihm mit der Hand über den Kopf, von vorn, in die Wuschelhaare hinein, und warf einen schnellen Blick in die Wohnung hinter ihm. Im Flur lag kein Spielzeug, die Schuhe waren ordentlich aufgereiht. Das Pendel der Standuhr schwang hin und her, ihr lautes Ticken klang nach Einsamkeit.

»Sie kann nicht anders«, sagte Ria. »Du darfst das nie vergessen, sie liebt dich, auch wenn sie nicht da ist.«

Er hielt im Kauen inne. Dann nuschelte er etwas, das wie »schon gut« klang. Er sah sie nicht an dabei.

Am liebsten hätte sie ihm einen Kuss auf die Stirn gedrückt. Sie ging die letzte Treppe hinunter und hörte, wie Geralf hinter ihr die Tür schloss, lautlos beinahe, viel zu leise für einen Siebenjährigen, es klang wie eine Entschuldigung an die Welt.

Draußen vor dem Haus wickelte sie den Schal ab und steckte ihn in die Jackentasche. Die feine Februarnässe rührte empfindlich kalt an ihren Hals. Heute ertrug sie Max' Schal nicht.

Die Schienen summten. Die Straßenbahn kam pünktlich, ihr Scheinwerfer leuchtete wie das suchende Auge eines Zyklopen in die feuchtkalte Luft. Ria zahlte beim Schaffner und ging im Wagen nach hinten, bis sie einen freien Sitzplatz fand. Das grüne Kunstleder war noch warm, jemand musste vor Kurzem darauf gesessen haben. Die fremde Körperwärme war ihr unangenehm, kurz erwog sie, wieder aufzustehen und sich einen anderen Platz zu suchen, aber dann hatte sich die alte Wärme schon mit ihrer eigenen Wärme gemischt.

Die Klavierlehrerin würde nach Max fragen. Den Diabelli hatte Ria nicht geübt, den würde sie nach hinten stellen und vorn die Etüde aufschlagen, vielleicht fiel es nicht auf. Am besten fragte sie die Klavierlehrerin gleich zu Beginn nach ihrem schmerzenden Bein, dann kamen sie ins Reden, und es blieb weniger Zeit für den Unterricht. Nächste Woche würde sie den Diabelli ordentlich üben, das schwor sie sich. Die Klavierlehrerin sollte sie nicht wieder ermahnen müssen.

Die Straßenbahn überquerte den Bersarinplatz und fuhr an einem Laden für Haushaltswaren vorbei. Falls es darauf hinauslief, dass sie und Max heirateten, würden sie ein großes Ehebett kaufen, sie brauchte Platz im Bett – wenn sie schlief, durfte nichts sie anrühren, keine Hand, kein Fuß, kein fremdes Knie. Konnte es gut gehen mit Max? Gut genug? Sie würden auf ein Sofa sparen und eines Tages auf einen gebrauchten Fernseher.

Max würde Kinder wollen.

Kinder.

Eine plötzliche Übelkeit stieg in ihr auf. Ria versuchte, sie hinunterzuschlucken, aber es wurde nur schlimmer. Sie zog die Halteschnur. Die Straßenbahn seufzte und hielt ruckelnd in der Dimitroffstraße, die Türen rollten auf. Die kühle Luft tat Ria gut. Sie sah der fortfahrenden Straßenbahn nach. Dann lief sie neben den Schienen wieder nach Hause. Die Noten im Beutel wogen schwer.

Links standen alte Mietshäuser, aus deren Fenstern gelbes Licht floss. Man hörte Kindergeschrei und schnarrende Radiomusik. Viele dieser Wohnungen waren überfüllt. Verheiratete Paare hatten ein Zimmer bei den Eltern und warteten darauf, dass sie die erste eigene Wohnung erhielten, es gab eine Wartezeit von mehreren Jahren. Geschiedene waren gezwungen, weiter zusammenzuleben, weil es keine freien Wohnungen gab. Und sie lebte als Einundzwanzigjährige im vierten Stock, musste zwar die Toilette im Treppenhaus mit den Schädickes teilen, aber wer hatte schon eine eigene Toilette. Manchmal fürchtete sie, Max sei nur wegen der Wohnung mit ihr zusammen. Dass er sein Polizeiboot und den Militärhubschrauber bei ihr gebaut hatte – die Wohnküche roch seit Tagen nach dem Kleber –, war das nicht ein Versuch, sich bei ihr einzunisten? Er meinte es ernst.

Laufmaschendienst, las sie in einem Schaufenster. *Ihre Strümpfe werden in meiner Werkstatt schnell und sauber repariert.*

Der benachbarte Blumenladen hatte Blattpflanzen mit dunkelgrünen, ledrigen Blättern hinter die Scheibe drapiert und ein einsames Alpenveilchen, dessen lachsfarbene Blüten gegen die Dunkelheit ankämpften. Schnittblumen gab es fast nie, schon gar nicht zu dieser Jahreszeit.

»Seht, wie uns die Sonne lacht!«, hatte eines ihrer Kinderbücher geheißen, die zwei Schlusszeilen des Gedichts darin hatten sich ihr eingeprägt:
Dieser Garten voller Glück –
das ist unsre Republik!
Aus dem Fenster einer Kellerwohnung drang Jazzmusik, das Schlagzeug fauchte, Trompetentöne sprangen fröhlich dazu auf. An die Scheibe waren Papiersterne geklebt, von Kindern mit gelbem Wachsstift bemalt. Hier lebte eine Familie und sah den ganzen Tag die Füße und die Unterschenkel der Vorbeieilenden. Und doch fanden die Kinder Schönheit und verbreiteten ihre Farben weiter.

Sie musste daran denken, wie sie mit Jolanthe, wenn Vater Besuch hatte, heimlich die Pelze, Mäntel und Hüte der Gäste anprobiert hatte, wie sie hatten kichern müssen vor dem Spiegel und sich die Hand auf den Mund gepresst hatten, um nicht erwischt zu werden. Jolanthe, halb verschwunden unter einem viel zu großen Hut, mit einem Mantel, der über ihrem schmalen Kinderkörper hing wie ein dickes Fell und bei jedem ihrer Schritte auf dem Boden schleifte.

Sie schloss die Haustür auf und ging die Stufen hinauf, jede Stufe eine Lebensaufgabe. Gegenüber von Behms öffnete die alte Kuntze, sie hatte ihr mal wieder aufgelauert. »Das ist eine Grenzgängerin«, schimpfte sie, »die sackt drüben Westgeld ein, und hier nutzt sie die kostenlose Krankenversorgung. Und Sie unterstützen das noch!«

Ria tat, als habe sie es nicht gehört, und ging an ihr vorüber. Nur noch zwei Etagen.

»He, ich rede mit Ihnen, Fräulein Nachtmann! Ich weiß doch genau, dass Sie dem Jungen Essen zustecken. Und der Herr, der bei Ihnen wohnt, ist der überhaupt gemeldet?«

Warum war es so schwer, ein gewöhnliches Leben zu führen? Wieso schafften es alle anderen, nur sie nicht? Sie konnte Max nicht heiraten. Genauso wenig irgendjemand anderen.

Sie trat in die Wohnung, zog sich die Schuhe aus und stellte sie ordentlich nebeneinander hin, als würde das etwas helfen.

Max kam in den Flur. »Was ist los? Fährt die Straßenbahn wieder mal nicht?«

»Doch, sie fährt.« Sie hängte ihre Jacke an den Haken und ging in die Wohnküche. Ihr Tee stand noch auf dem Tisch. Er dampfte nicht mehr. Lauwarmer Tee war abscheulich.

Max setzte sich zu ihr. »Ist etwas passiert?«

»Warum hast du mich angesprochen, damals?«

Er machte ein verdutztes Gesicht. »Weil du mir gefallen hast.«

»Aber du kanntest mich doch gar nicht.«

»Niemand kennt einen anderen, wenn er sich verguckt. Das ist es doch gerade. Deine schönen Beine sind mir aufgefallen und das Gesicht und dass du gehst wie eine Katze.«

»Hast du mal eine andere so angesprochen?«

»Was wird das – ein Verhör?« Als er merkte, dass sie auf seine scherzhafte Art nicht einging, wurde er wieder ernst. »Du weißt doch, wie schüchtern ich bin.«

Wie gut kannte sie ihn eigentlich? »Gestern Nacht kamst du mir gar nicht schüchtern vor.«

Er grinste und nahm ihre Hand. »Ria, ich mein's ernst mit dir. Bitte zweifle nicht daran. Alles wird gut werden. Du hast die Ausbildung geschafft, ab Montag bin ich mit einer Ministerin zusammen, wer kann das schon von sich behaupten?«

»Sekretärin«, korrigierte sie ihn.

»Im Ministerium für Außenhandel«, ergänzte er theatralisch. »Ich bin so stolz auf dich.«

»Ich weiß nicht.«

Er schlug spielerisch auf ihre Hand. »Jetzt mach aber mal einen Punkt.«

»Wenn meine Schwester wüsste, dass ich so eine geworden bin!« Hatte sie das gerade wirklich ausgesprochen? Sie fasste nach dem Rand des Stuhls unter sich und klammerte sich daran fest.

Max sagte leise: »Was ist damals passiert?«

Sie schwieg.

»Was auch immer es war, Ria, deine Schwester hat sicher auch längst ein neues Leben begonnen. Vielleicht ist sie Ingenieurin oder Traktoristin oder lenkt einen Kran. Irgendwann muss man Frieden schließen mit seiner Vergangenheit.«

Sie merkte, dass sie zu zittern begonnen hatte, und klammerte sich noch fester an den Stuhl, weil es ihr vor Max unangenehm war. »Was, wenn ich nie Kinder haben möchte? Würdest du mich trotzdem... Ich meine...«

Einige Momente sah er an ihr vorbei. Dann nickte er. »Ja. Das würde ich, Ria.« Er sah ihr in die Augen. »Aber du solltest in dir aufräumen. Was vor zehn Jahren war, darf dich nicht das ganze Leben lang belasten.«

Sie erstarrte. Ihr Gesicht fror. »Woher weißt du, dass es zehn Jahre sind?« Sie stand auf.

Er schüttelte den Kopf. »Das hab ich nur so dahingesagt. Zehn, zwölf, vierzehn Jahre, was macht das für einen Unterschied?«

»Nein.« Sie trat einen Schritt zurück. »Du hast es nicht dahingesagt. Wer hat dir erzählt, dass es zehn Jahre sind?«

»Niemand. Oder vielleicht haben wir doch mal... Ria, ich verstehe nicht, warum dich das so aufregt.«

»Haben die Stiefeltern dich zu mir geschickt?« Sie flüsterte fast. »Sollst du mich für sie im Auge behalten?«

»Unsinn, ich kenne sie doch überhaupt nicht.«

»Oder die Staatssicherheit?«

»Ich weiß nicht, wovon du redest. Ria, ich ...«

»Geh jetzt.«

Er stand auf. »Du steigerst dich da in etwas rein.« Er wollte sie in den Arm nehmen, aber sie stieß ihn von sich. Sie glühte, sie hasste. Die Wut gab ihr Kraft.

Eine Weile stand er unschlüssig da, dann verließ er die Küche. Sie hörte, wie er sich im Flur anzog. Noch einmal erschien er im Türrahmen. »Ich komme morgen und sehe nach dir.«

»Nein, Max. Gib mir den Schlüssel.« Sie streckte die Hand aus.

Erschüttert sah er sie an. Als er merkte, dass sie nicht nachgeben würde, grub er den Ersatzschlüssel, den sie ihm gegeben hatte, aus der Hosentasche und reichte ihn ihr.

»Und jetzt geh.«

»Ria!«

Sie wandte sich von ihm ab.

Fluchend verließ er die Wohnung.

Ria stützte sich an der Stuhllehne ab. Sie bekam plötzlich schlecht Luft. Als es nicht besser wurde, ging sie zum Fensterbrett, nahm das Polizeiboot und den sowjetischen Hubschrauber und warf sie zu Boden, sodass sie in Dutzende Teile zersprangen. Sie schlich ins Schlafzimmer, schleuderte Max' Decke vom Bett und schlüpfte unter ihre eigene Decke. Sie zog die Beine an den Bauch und weinte ohne einen Laut.

In München klappte die Haustür der Kreittmayrstraße 7 zu.

Füße scharrten über den Boden, als würde der Ankömmling etwas Schweres tragen. Seine Schritte waren zu dominant, zu selbstgewiss für eine Frau. Sorokin schlug die Zeitung über den Lauf der Waffe und umschloss mit der Linken das Taschentuch mit der Ampulle. Er hoffte, mit den verschmähten Tabletten keinen tödlichen Fehler gemacht zu haben.

Eine Wohnungstür wurde geöffnet, im falschen Stockwerk. Eine Frauenstimme sagte: »Sie tragen aber schwer heute.« Es war die Stimme der Nachbarin, die ihm mit dem Kinderwagen geholfen hatte.

»Lesya hat Geburtstag«, sagte ein Mann.

»Ach, wie schnell sie groß werden ... Heute habe ich so ein süßes Würmchen die Treppe hochgetragen, kaum denkbar, dass es auch mal so groß wird wie Ihre drei.«

»Ja, es geht schnell«, keuchte der Mann. Er kam weiter die Treppe hoch.

Sorokin erhob sich und ging lautlos einen Schritt zurück, hinter die Biegung der Treppenflucht. Er hörte an den knarrenden Stufen, wie der Ankömmling die zweite Etage erreichte. Jetzt läutete er.

In einer fließenden Bewegung ging Sorokin die Treppe hinunter. Der Mann balancierte mehrere Pakete auf den Armen, er war glatzköpfig, das passte, aber war das schmale Gesicht das richtige? »Kann ich Ihnen behilflich sein?«, fragte Sorokin, damit der Mann sich zu ihm umwandte.

Der Schmollmund, das Grübchen am Kinn, alles stimmte. Sorokin hob die Zeitung und schoss. Aus dem Lauf platzte zischend das Gas, es sprühte in Banderas Gesicht. Bandera ließ die Pakete fallen, riss die Hände hoch, er ächzte. Noch im Vorübergehen zerdrückte Sorokin mit der Linken die Phiole mit dem Gegengift im Taschentuch und hielt es sich unter die

Nase. Es roch modrig. Ohne Banderas Todeskampf abzuwarten, ging er weiter. Die Waffe steckte er sich am Rücken in den Hosenbund, sodass die Jacke sie verbarg. Das Taschentuch mit den Scherben versenkte er in der Jackentasche.

Er verließ das Haus. Der Posten sah ihn an.

»Wenn sie mal schläft, dann schläft sie.« Sorokin lachte. »Ich nutze die Gelegenheit, um kurz etwas zu besorgen. Die Tante passt auf.«

2

BND-Führungsoffizier Hähner saß über einer Portion Leber mit Kartoffelpüree und Apfelmus. Niemand konnte das so zubereiten wie seine Großmutter. Vergnügt sah sie ihm beim Essen zu, sie folgte mit den Blicken jedem Bissen. Zum dritten Mal sagte sie: »Ist das schön, wenn ein junger Mensch solchen Appetit hat.«

Er war beinahe vierzig. »Willst du wirklich nichts?«

»Ich nasche nachher vom Apfelmus«, sagte sie.

Das Telefon läutete. Die Großmutter erhob sich mühevoll. »Nanu? Mich ruft doch sonst nie jemand an.«

Er stand auf, wurde aber in der halben Bewegung von der Großmutter zurückbeordert. »Du bleibst schön sitzen und isst, Junge. Der Kartoffelbrei wird kalt.« Sie schlurfte zum Telefon, das weiterläutete. »Jaja, ich komme doch schon«, sagte sie ärgerlich und hob ab. Der schwere Hörer drohte ihr zu entgleiten, sie griff nach, es dauerte etwas, ehe sie die Muschel ordentlich an ihr Ohr geführt hatte. »Wer ist da, bitte?«

Sie sah Hähner an. »Ist für dich.«

Jetzt stand er doch auf. Leber und Kartoffelbrei lagen ihm plötzlich schwer im Magen. Er nahm den Hörer entgegen.

»Hähner.«

Eine leise Stimme fragte: »Sitzen Sie?«

»Nein.«

»›Wintersturm‹ wurde im Treppenhaus vor seiner Wohnungstür gefunden. Tot.«

»Verdammt. Wozu haben wir Posten aufgestellt?« Er presste Zeigefinger und Daumen an die Nasenwurzel. »Gibt es eine Verletzung?«

»Nichts Sichtbares.«

»Lassen Sie ihn in der Gerichtsmedizin toxikologisch untersuchen. Gehen Sie von Mord aus. Die sollen mich in zwei Stunden zu Hause anrufen. Und geben Sie mir die Nummer der Männer, die zu seinem Schutz eingeteilt waren.«

»Die sind völlig fertig.«

»Die Nummer?«

Die leise Stimme diktierte, und er schrieb mit. Ohne ein Wort des Dankes legte er auf.

»Ist was Schlimmes?«, fragte die Großmutter. »Deine Polizeiarbeit hat nie einmal Pause ...«

Sie glaubte beharrlich, er sei Kriminalpolizist.

»Gib mir einen Moment.« Der Wählton kurz-lang, kurz-lang, das Morsezeichen für den Buchstaben A, tutete aus dem Hörer. So verdorben war er schon von der Geheimdienstarbeit, dass ihm im Alltäglichen solche Dinge auffielen, das ganz gewöhnliche Freizeichen wurde ihm zum Symbol. Er sah auf seinen Zettel und betätigte die knirschende Wählscheibe, 0811, das war München, sie waren also nicht in Pullach draußen. Er wählte die letzte Ziffer und wartete. Eine Männerstimme meldete sich. Er wartete nicht, bis sie den Namen vollständig gesagt hatte. »Hähner, von Gamma. Haben Sie geschlafen im Dienst?«

Das Gegenüber stotterte eine Entschuldigung, ihm und seinem Kollegen ginge das alles sehr nahe.

»Gibt es einen Tatverdächtigen?«

»Da war einer im Haus, kurz vorher, so ein junger Typ, ungefähr dreißig, der hat getan, als würde er eine der Bewohnerinnen kennen. Hatte einen Kinderwagen dabei. Wir haben das Ding untersucht, es lag nur eine Puppe drin.«
»Fingerabdrücke?«
»Keine.«
So hatte er sich das gedacht. »Haben Sie einen Schuss gehört?«
»Nein, nichts. Aber es fuhren Autos auf der Straße, wenn er einen Schalldämpfer verwendet hat ... Allerdings gibt es keine Kugel und keine Schusswunde. Hören Sie, mir tut das so schrecklich leid, und meinem Kollegen auch.«
»Ich hoffe, Sie sitzen schon beim Phantombildzeichner.«
»Also, wir ...«
»Sputen Sie sich! Geben Sie das Bild an alle Polizeidienststellen. Der Kerl ist womöglich noch in der Stadt.« Er legte auf.

Die Bank der Straßenbahnhaltestelle wurde Sorokin unbequem. Außerdem war die Tinktur, mit der er sich die Haare blond gefärbt hatte, noch nicht trocken, und das Gestell der Hornbrille kniff, weil kein Optiker sie ausgerichtet hatte. Er hasste diese Verkleidung, aber er hatte keine Wahl. Sein gefälschter Ausweis, den er extra für die Flucht vorbereitet hatte, zeigte ihn mit blonden Haaren und Hornbrille, genau so. Er las weiter den *Spiegel,* einen Artikel über Kanadas Abwehrmaßnahmen gegen sowjetische Raketen-U-Boote, die unter dem arktischen Eis operierten, und beobachtete dabei den Eingang zum Münchner Hauptbahnhof. Das Polizistenpärchen hielt wohl nicht nach ihm Ausschau, aber was war mit den drei Anzugträgern, die auf der Seite der Taxis beisammenstanden und sich unterhielten? Die waren schon zwanzig Minuten dort und sahen sich immer wieder um.

In den hohen Glasfenstern des Bahnhofsgebäudes blitzte die Abendsonne auf. Der Zeiger der gewaltigen Uhr, die auf der rechten Gebäudehälfte prangte, zog behäbig über die Minutenstriche. Der Interzonenzug fuhr 19:37 Uhr, in zehn Minuten. Unter dem geschwungenen Vordach strömten Passagiere aus dem Bahnhof.

Ein weiterer Anzugträger näherte sich der kleinen Gruppe und wurde freudig empfangen. Sie zogen in den Bahnhof davon. Also doch bloß Geschäftsleute. Er faltete die Zeitschrift zusammen, erhob sich, nahm den Koffer und überquerte die Straße.

Nicht zu schnell gehen. Nicht zu langsam. Nicht zur Seite sehen. Im Gesicht ein Ausdruck der Selbstverständlichkeit. Sie hatten eine gute Personenbeschreibung von ihm, auch wenn jetzt der Schnurrbart fehlte, und man würde genau hier mit ihm rechnen, das beunruhigte ihn.

Sein Blick schweifte über Verkaufsbuden für Tabakwaren, Reiseandenken, Blumen. Dort der Schalter. Der Beamte hinter der Glasscheibe nahm seine Bestellung entgegen. Die tischgroße Druckmaschine spuckte das Pappbillett aus, und der Beamte reichte es durch die Luke. Mit dem Billett trat Sorokin in die Haupthalle. Er suchte das Gleis.

Grün gestrichene Waggons mit rußschwarzem Dach standen in langen Reihen hinter ihren Dampflokomotiven, auch einen Dieselzug mit rot-weißer Schnauze gab es. Werbung für Junghans-Uhren wurde angeleuchtet.

Bevor er in den D-Zug 149 einstieg, sah er zum Bild eines weinroten VT 11 Dieselzugs an der Wand hinauf, hinter dem die Worte »GUTE REISE« angebracht waren.

Er hatte im Wagen noch keinen Sitzplatz gefunden, als draußen bereits eine Trillerpfeife aufschrillte. Die Lokomotive antwortete mit drei Dampfpfiffen. Die Türen krachten zu. Dann rollte der Zug an.

Stefan Hähner heizte seine Wohnung gar nicht erst, jetzt lohnte es sich nicht mehr. Er packte die letzten Sachen in den Koffer. Als das Telefon klingelte, hob er ab. »Haben Sie etwas?«
»Bedauerlicherweise nein. Sieht nach einem natürlichen Tod aus. Vielleicht ist er einfach ...«
»Er wurde ermordet.«
»Also, es gab diesen Insulinmord vor vier Jahren. Wir Normalsterblichen vertragen das Insulin nicht, dieselbe Dosis, die einem Zuckerkranken nichts ausmacht und ihm sogar hilft, ist für uns tödlich. Man kann hinterher nichts nachweisen, das Insulin löst sich spurlos im Blut auf. Höchstens findet man eine erhöhte Zuckerdosis in der rechten Herzkammer. Und geweitete Pupillen.«
»Hat Bandera geweitete Pupillen und Zucker in der rechten Herzkammer?«
»Nein.«
»Haben Sie sonst alles geprüft?«
»Es war auch kein E 605. Und ich habe die Mundhöhle genau auf Glassplitter untersucht, für den Fall, dass es ein Suizid war und er eine Glasampulle zerbissen hat. Nichts.«
»Gehen Sie noch mal ran. Und holen Sie Wolfgang Spann hinzu.«
»Herr Spann ist ...«
»Holen Sie ihn«, unterbrach er den Rechtsmediziner. »Prüfen Sie mit ihm den Körper Zentimeter für Zentimeter. Irgendwo muss ein Einstichloch sein.« Er sah auf die Uhr.

»Morgen Vormittag rufe ich Sie an wegen des Ergebnisses.«
Er legte auf und sah auf die Uhr. 21:48 Uhr ging der Nachtzug vom Zoologischen Garten. Er würde am Vormittag um elf in München sein, gegen Mittag konnte er Gehlen in Pullach seine Aufwartung machen.
Er schloss den Koffer und sah zum Fenster. Er hatte Bandera vor Augen, wie er im Kaffee rührte, hörte ihn von seinen Kindern erzählen, Natalia, Andrei und Lesya, und von seiner Frau. »Die morden mir meine Jungs weg«, sagte er leise. »Die morden mir einfach meine Jungs weg.« Er tippte mit vier Fingerspitzen auf das Leder des Koffers. »Verdammte Russen.«

Gegen zehn sah Sorokin aus dem Zugfenster auf die verschwenderische Lichtreklame Nürnbergs. So war der Westen: laut und aufreizend. In allen Farben und Formen warben Unternehmen für ihre Produkte. Er konnte verstehen, dass den Funktionären dieses Wetteifern um die Aufmerksamkeit der Konsumenten verwerflich erschien, dieses unverhohlene Buhlen um ihr Geld. Aber der Erfolg war unverkennbar. Es hatte schon mit den Soldaten angefangen, gleich nach dem Krieg. Die sowjetischen Soldaten trugen ausgewaschene Feldblusen, die amerikanischen eine attraktive Uniform. Die sowjetischen Soldaten waren hohlwangig und hungrig, die amerikanischen verteilten Schokolade, gute Zigaretten und Kaffee.
Der Halbwüchsige im Abteil sprang auf und zog das Fenster herunter. Er reckte den Kopf hinaus. »Nicht Richtung Lokomotive schauen«, mahnte die Mutter, »sonst fliegt dir Ruß in die Augen. Und lehn dich nicht so weit raus!«
Der veloursgepolsterte Sitz des Interzonenzugs war durchgesessen. Am Rücken drückte das Halfter der Makarow. Sorokin stand auf und suchte nach dem Abteilkellner. Er fragte

das spärliche Angebot an Spirituosen ab und erwarb einen Doppelkümmel in kleiner Taschenflasche. Damit kehrte er ins Abteil zurück. Er trank. Die hundert Milliliter würden schnell aufgebraucht sein, aber der Alkohol wärmte ihn von innen. Der Junge saß jetzt still auf seinem Platz. Die Mutter sah Sorokin missbilligend an.

Sie fuhren in einen Tunnel. Rauch und Schmutz drangen durch den Fensterspalt ins Abteil. Sorokin schob das Fenster zu. Jetzt herrschte dumpfe Stille.

Sie wussten nicht, wie leicht man starb. Sie begriffen weder die Schönheit des Lebens noch seine Verletzlichkeit.

Der Junge lehnte sich an die Schulter der Mutter, sie deckte ihn mit ihrer Jacke zu.

Männerstimmen im Gang. Er hörte sie gedämpft durch die Holzwand zum Nachbarabteil: »Polizeikontrolle. Ihre Ausweise bitte.«

Sofort war er hellwach. Bis zur Grenze waren es noch zweieinhalb Stunden, das war keine Transportpolizei und keine Routinekontrolle. Er schalt sich einen Idioten, dass er den Kümmel getrunken hatte, so etwas drosselte die Reaktionsgeschwindigkeit. Freundlich wies er auf den freien Platz neben der Frau und dem Jungen und fragte: »Macht es Ihnen etwas aus? Mir wird übel, wenn ich gegen die Fahrtrichtung sitze.«

Die Frau verzog angewidert das Gesicht.

Trotzdem setzte er sich neben sie.

Die Abteiltür wurde aufgeschoben, und just in diesem Moment sagte die Frau schnippisch: »Ist ja auch kein Wunder. Der Schnaps hätte wirklich nicht sein müssen. Vor dem Jungen!«

Sorokin feixte innerlich. Besser konnte es nicht laufen. Sie wirkten wie eine typische Familie.

Aber die drei Uniformierten sahen es offenbar anders. Sie blickten ihm aufmerksam ins Gesicht. Der vordere sagte: »Polizeikontrolle. Ihren Ausweis bitte.« Die hinteren hatten ihre Hände am Pistolenhalfter, er sah es, als er sich vorbeugte, um in der Innentasche nach dem Ausweis zu graben.

Auch die Frau kramte, aber der Polizist sagte: »Nur der Herr.« Das quittierte sie mit einem rechthaberischen Lächeln.

Den vorderen konnte er erschießen. Wenn er es geschickt anstellte, würde die Kugel durch seinen Leib dringen und noch den Dahinterstehenden verletzen, aus dieser Nähe müsste das gelingen. Aber der dritte war ein Problem, und sie versperrten alle drei den Weg nach draußen. Mit dem Messer war er genauso schnell, und es war lautlos. Er hielt seinen Ausweis hin, während er an seiner Seite vorsichtig nach dem Kampfmesser tastete.

Der Polizist verglich das Foto mit ihm. »Herr Semmelrogge?«

»Stimmt etwas nicht?«, fragte er.

»Nennen Sie mir bitte Ihr Geburtsdatum.«

»Aber es steht doch da drin.«

Die hinteren Polizisten lösten ihre Pistolen aus dem Halfter.

Er sagte gelangweilt: »Sechzehnter November neunzehndreißig.«

»Und Sie fahren nach ...?«

»Berlin. Wollen Sie meine Fahrkarte sehen?«

Der Polizist reichte ihm den Ausweis zurück. »Nicht nötig. Gute Fahrt.« Er schob die Abteiltür zu.

Er steckte den Ausweis ein und sah den Polizisten hinterher. Wollten sie sich nur über ihr Vorgehen beraten und ihn mit ihrem Rückzug täuschen? Erst als er vom Nebenabteil die gleiche Frage nach dem Ausweis hörte, nahm er zögerlich die Hand vom Messer.

Die Frau war so weit wie möglich von ihm abgerückt. Sie hielt ihn offenbar für einen Alkoholiker.

In Erlangen stiegen die Polizisten aus. Er sah sie am Bahnsteig stehen und diskutieren. Als der Zug wieder anfuhr, holte er den gefälschten Ausweis hervor und besah ihn. Er hatte darauf geachtet, für das Passfoto andere Kleidung zu tragen. Und er hatte damals die blond gefärbten Haare mühevoll mit Brillantine zum Scheitel gekämmt. Eine allzu große Ähnlichkeit musste bei Passfälschungen vermieden werden, sie fiel auf. War der Ausweis schon vor Jahren ausgestellt worden und hatte man sich seitdem kein bisschen verändert, war das zu verdächtig.

Um 00:46 Uhr erreichten sie Ludwigsstadt, den letzten Ort im Westen. Als sich der Zug 1:01 Uhr in Bewegung setzte, wechselte Sorokin wieder auf seine Seite des Waggons. Jetzt war kein Theaterspielen mehr notwendig.

Eine Lautsprecheransage ertönte. »Werte Fahrgäste, halten Sie bitte Ihre Dokumente bereit. Wir passieren in wenigen Augenblicken die Zonengrenze.« Im Provinzbahnhof Probstzella kam der Zug zum Halt. Der Bahnsteig war gespenstisch leer, bis auf die Bewaffneten, die mit ihren Gewehren bereitstanden. Kein Passagier stieg ein oder aus, es herrschte Totenstille.

Der Heizer und der Lokführer erholten sich wahrscheinlich von der anstrengenden Bergfahrt über den Frankenwald. Sorokin prüfte den Sitz seiner Jacke. Die Waffen mussten gut verborgen bleiben, er wollte auch bei den Ostdeutschen kein Aufsehen erregen. Er holte seinen Koffer aus dem Gepäcknetz. Dabei konnte die Jacke verrutschen, deshalb machte er es lieber jetzt als unter den Augen der Kontrolleure.

Nach einer Weile öffnete sich die Abteiltür. »Guten Abend.

Passkontrolle. Ihre Papiere bitte.« Mit dem Beamten der Staatssicherheit kamen Zollbeamte, die sich die Koffer öffnen ließen und das Gepäck durchsuchten. Beim Jungen fanden sie ein Comic-Heft, das wurde einbehalten.

Dreißig Minuten stand der Zug. Dann ging es weiter. Sie befanden sich jetzt in einer anderen Welt. Saalfeld war nicht Nürnberg, es konnte keine üppige Beleuchtung geben. Aber er erkannte den Unterschied selbst im Schein der spärlichen Laternen: An der Hausecke hatten schwere Geschütze Kerben hineingetrieben wie mit einer Axt. An manchen Stellen waren die Löcher mit Steinen geflickt worden, aber auch die Stuckfassade war von Granatsplittern zersprengt, und sie sah noch aus wie an dem Tag, an dem der Splitterhagel auf die Hauswand niedergegangen war. Dazu die verblassten Inschriften und die Lücken, die in der Straßenzeile gähnten, während im Westen auf den Trümmergrundstücken längst neue Häuser errichtet worden waren. Sicher gab es hier eine Straße der Deutsch-Sowjetischen Freundschaft, eine Liebknechtstraße, Engelsstraße, Rosa-Luxemburg-Straße.

Sie würden gegen acht Uhr in den Berliner Ostbahnhof einfahren, nach zwölfeinhalb Stunden in diesem Abteil mit der mürrisch dreinblickenden Frau und ihrem Sohn. Kurz vor sieben würde es in Drewitz, vor der Grenze nach Westberlin, erneut einen Kontrollhalt geben. Niemand wusste, wo er im Augenblick war, er konnte genauso gut noch in München sein oder in Paris oder Hamburg oder tot. Machte ihn das frei? Er schüttelte einen letzten Tropfen aus dem Flachmann. Unfassbar, dass jemand mit dieser ollen Schachtel einen Sohn gezeugt hatte.

Südlich von Jena rauschten um 2:45 Uhr zwei Nachtzüge mit

lichtsprühenden Fenstern aneinander vorüber. Der eine Zug war unterwegs nach Berlin. Darin saß Sorokin, der einen Menschen getötet hatte. Der andere Zug fuhr nach München. Darin saß Hähner, der den Getöteten gekannt hatte. Als der Luftdruck zwischen den Zügen knallte und die Waggons aneinander vorbeidonnerten, hätten sie einander für den Bruchteil einer Sekunde in die Augen blicken können. Dann war es vorbei, und es regierte wieder die Nacht.

3

Ria verließ den Bahnhof Plänterwald. Auf dem Weg zur Laubenkolonie überfiel sie die Angst, den größten Fehler ihres Lebens gemacht zu haben. Wie Max für sie Makkaroni gekocht hatte, der erste Kuss und wie sie beide hatten lachen müssen, der zweite, so viel stürmischere Kuss, die Schneeballschlachten, sein zärtliches Bitten, ob er über Nacht bleiben könne ... Er hatte nie nach ihren Eltern gefragt, das war in der Tat eigenartig. Aber er konnte das genauso gut aus Rücksicht unterlassen haben. Sicher hatte er bemerkt, dass sie bei Fragen nach ihrer Vergangenheit einsilbig wurde.

Die Kleingärten kamen in Sicht, Lauben, kahle Büsche, kahle Bäume. Ria ging am Zaun entlang, wie in ihrer Kindheit.

Dort das Gartentor, dahinter die Holzhütte mit dem Dach aus Teerpappe, die alte Badewanne, die als Regenwasserspeicher diente, der Komposthaufen. Am Gartentisch mit der wetterfesten Kunststoffdecke hatte sie Fassbrause getrunken, in der Gerätekammer mit verrosteten Nägeln gespielt. Hier hatte sie begonnen, Vertrauen zu ihren Stiefeltern zu fassen. Hier hatte sie einmal für kurze Zeit nicht an Vater und Mutter und die Schwester gedacht. Die abgeplatzte grüne Farbe der Laube war beruhigend vertraut. Vor dem Beet, das die Stiefmutter gerade mit Hingabe umgrub, hatte sie als Zehnjährige mit aufgeweichten Kekskrümeln Ameisen gefüttert.

»Ria!« Brigitte richtete sich auf. Ihre blauen Augen leuchteten. »Das ist ja toll, dass du uns besuchst.« Sie rief nach Gerd. Der stieg hinten bei den Apfel- und Birnbäumen von der Leiter herunter, die Astschere in der Hand. Die anderen Gärten waren wie ausgestorben. Während die meisten Leute noch Mütze und Handschuhe trugen, werkelten ihre Stiefeltern bereits wieder an den Beeten und Bäumen herum.

Mit dem Handrücken wischte sich Brigitte die Haare aus der Stirn, bemüht, ihr Gesicht nicht allzu sehr zu beschmutzen. »Montag ist der große Tag, stimmt's? Ach, Kleine.«

Ria hasste es, wenn Gitte sie so nannte. Die Vertraulichkeit stand ihr nicht zu. »Deshalb bin ich hier. Ich wollte mit euch reden.«

Wie konnte sie unverdächtig nach Max fragen? Es passte zu den Stiefeltern, ihr einen Freund als Aufpasser zu schicken. Es passte zum Stufenprogramm der Pioniere für das Leistungsabzeichen »Immer bereit«, zum »Antreten – stillgestanden – rechts um – halt!«, zum »Schützen der roten Fahne, wenn sie in Gefahr ist«, zum Marschieren als Klassenkollektiv am 1. Mai. Es passte zu Fähnchen aus Papier, mit denen man im Vorbeimarschieren den Genossen auf der Tribüne zuzuwinken hatte, in einer Art, die kaum im Zaum zu haltende Freude zum Ausdruck brachte, und weil sie, Ria, das Fähnchen nur lustlos wie einen nassen Waschlappen schwenkte, hatte man sie zur Strafe ein Porträt von Otto Grotewohl tragen lassen.

Das Ministerium war der logische Schlusspunkt der Geraden, auf die Brigitte und Gerd sie gesetzt hatten. Nach Schule und Ausbildung folgte »Mein Arbeitsplatz – mein Kampfplatz für den Frieden«, und es war eine Ehre, dass sie ihn im Ministerium für Außenhandel antreten durfte. Sicher hatten die beiden dafür ordentlich ihre Beziehungen spielen lassen.

In Gedanken ging sie die Gespräche mit Max durch. Dauernd war es in den letzten Wochen um ihre Stelle im Ministerium gegangen. Aber Männer waren sehr auf das Berufliche fixiert, das musste nicht heißen, dass er im Auftrag ihrer Stiefeltern handelte.

Sie sagte: »Wisst ihr noch, der Student, den ich kennengelernt habe?«

Brigitte warf Gerd einen Blick zu. »Dieser ... Max?«

»Er hat behauptet, dass er euch kennt.«

»Wirklich, woher denn?«

Sie schien ehrlich interessiert zu sein. Ria setzte sich an den Gartentisch, und auch die Eltern setzten sich. »Irgendwas mit dem VKSK«, log sie. Natürlich waren ihre Stiefeltern im Verband der Kleingärtner, Siedler und Kleintierzüchter in der Führung tätig, o nein, Führung, das durfte man nicht sagen, es hieß ja extra Fahrerlaubnis und nicht Führerschein, führen war ein böses Naziwort, also waren sie auch nicht in der Führung, sondern in der Leitung. Gerd und Brigitte leiteten, es war ihnen gegeben. Sie leiteten in der SED, sie leiteten im VKSK, und sie leiteten ein fremdes Kind, das gegen seinen Willen in ihre Obhut gegeben worden war.

»Gut möglich«, sagte Gerd. »Bring ihn doch mal mit. Scheint ja etwas Ernstes mit euch zu sein.« Er lächelte. »Wenn du an einem kalten Februarsamstag raus in den Garten kommst, heißt das was.«

Ria versuchte, in den Gesichtern der Stiefeltern zu lesen, fand aber keinerlei Anzeichen darin, dass sie sich ertappt fühlen könnten. Die beiden waren ganz bei sich.

»Erst einmal konzentrierst du dich auf die neue Arbeitsstelle«, bestimmte Brigitte. »So eine Chance bekommt nicht jeder.«

Jemand mit deiner Vergangenheit schon gar nicht, wollte sie das sagen? Wut stieg in Ria auf. Sie hatte die Chance bekommen, Vater und Mutter zu verlieren. Die Chance, von der geliebten Schwester getrennt zu werden. Die Chance, in einer fremden Wohnung zu stehen und Brigitte, damals eine fremde Frau für sie, sagen zu hören: »Das ist jetzt dein neues Zuhause. Wir wollen, dass du Mama und Papa zu uns sagst.«

Sie war kurz davor, zum ersten Mal seit Jahren die eiserne Familienregel zu brechen. Vielleicht wurde es Zeit dafür. Sie fragte: »Wo ist meine Schwester? Wisst ihr es?«

Brigitte erstarrte. Sie schien nicht mehr zu atmen. Gerd kniff die Lippen zusammen. Früher hatten sie Ria ohne Abendbrot ins Bett geschickt, wenn sie nach ihrer Familie fragte, und wenn sie nicht aufhörte zu betteln, hatten sie sie geschlagen.

Schwieg man lange genug zu einem Thema, dann wurde es leblos, es verging, es war wie tot. Aber sie sollten merken, dass es gelebt hatte die ganze Zeit, dass der Gedanke an Jolanthe immer da gewesen war, verborgen zwar, aber unverändert.

»Nein«, brachte Gitte heraus. »Das wissen wir nicht.« Sie hatte plötzlich einen Tränenschleier in den Augen.

Ria sah zu Gerd.

Der schüttelte nur den Kopf. Man sah ihm die Enttäuschung an.

»Kleine, wir haben alles für dich getan«, sagte Brigitte. »Alles. Nur da konnten wir nicht helfen. Vermisst du sie, ja?«

Die Frage tat Ria weh. Hatte Gitte tatsächlich gemeint, die Sehnsucht nach der Familie, die man ihr genommen hatte, konnte ausgerissen werden wie ein Unkraut, das man anschließend verbrannte? War sie für Gitte ein fühlloses Beet, das man nur ausgiebig genug bearbeiten musste?

Gleichzeitig beschämte sie der Zorn, den sie empfand. Brigitte und Gerd hatten ihr auf dem Weihnachtsmarkt am Alexanderplatz Zuckerwatte und kandierte Äpfel gekauft. Sie waren begeistert gewesen, wenn sie mit guten Noten von der Schule nach Hause kam. Gitte hatte Kuchen gebacken zum Geburtstag, und Gerd hatte ihr im Herbst einen Drachen gebaut. Sie hatten alles getan, was man von guten Eltern erwarten konnte. Rias Frage verriet ihnen, dass es nicht genug gewesen war. All die jahrelangen Mühen hatten nicht gereicht. Natürlich enttäuschte sie das.

Ria stand auf, nahm sich Brigittes Spaten und begann, ein noch unbearbeitetes Beet umzugraben. Sie stach den Spaten in die Erde, hob schwere Brocken an, drehte sie um und zog das Spatenblatt darunter hervor, nur um es erneut in die Erde zu stoßen, zwei Handbreit weiter rechts. Sie wusste, dass die Stiefeltern sie anstarrten. »Ist euch klar«, keuchte sie, »dass ich jedes Mal, wenn ich Schwestern sehe, in Tränen ausbrechen könnte? Ich verstehe es einfach nicht, warum man mit aller Macht verhindern will, dass wir uns finden. Was würde denn Schlimmes passieren?«

Die Stiefeltern schwiegen.

Ohne den Blick zu heben, sagte sie: »Vielleicht ist das Ministerium ja gar nicht so schlecht? Die haben in der Regierung doch Karteikarten über jeden von uns. Irgendwo steht da was über Jolanthe. Ich finde meine Schwester schon.«

Irgendwann lösten sich die Stiefeltern aus ihrer Starre und begannen ebenfalls zu arbeiten. Aber das Schweigen im Garten war ungut. Als Ria sich nach zwei Stunden verabschiedete, wirkte Gitte immer noch erschüttert. »Mach keine Dummheiten, Ria.« Sie streckte den Arm aus, wagte dann aber doch nicht, sie zu berühren.

Ria war, als würden sich die Stacheln, die sie nach außen reckte, genauso nach innen kehren. »Ist gut, Mama.«

»Mama«, wiederholte Brigitte leise, als müsste sie das Wort betasten. Eine zarte Röte huschte über ihre Wangen, und sie lächelte tapfer.

Er ließ sich von der Fahrbereitschaft nicht nach Pullach bringen, sondern zum Institut für Gerichtliche Medizin, und fand rasch den richtigen Obduktionssaal. Der scharfe Geruch von Formalinlösung stach Hähner in die Nase. Die Mediziner waren immer noch an Banderas Leiche zugange. Nur sein Gesicht war von einem Tuch bedeckt.

»Darf ich?«, fragte er.

Sie nickten.

Er hob das Tuch vom Gesicht der Leiche. Die Haut des Toten wirkte wächsern, die Mundwinkel waren leicht heruntergezogen. Bandera erschien ihm klein, blass, enttäuscht. Sicher hätte er gern weitergelebt.

Hähner konnte sich eines Schuldgefühls nicht erwehren. Schickte er die Menschen in den Tod?

Spann sagte: »Ein Einstichloch haben wir nicht gefunden. Aber zwei winzige Glassplitter im Gesicht.«

»Diese Schweine.«

»Das ist noch nicht alles.« Er hielt ihm ein kleines graues Organ hin, es lag wie ein Tier in seinen weißen Handschuhhänden. Das Organ war mit einem glatten Schnitt geöffnet worden, an dem er es jetzt mit den Daumen auseinanderbog.

»Der Magen. Riechen Sie mal.«

Hähner überwand seinen Würgereiz und roch kurz daran, aber der Formalingestank überdeckte alles.

»Bemerken Sie den Bittermandelgeruch?«

»Nein.«

Der Kollege stand finster dabei, es sah aus, als hielte er die Schultern etwas hochgezogen.

»Es gibt große Unterschiede zwischen den Menschen, ob man diesen speziellen Geruch wahrnehmen kann oder nicht. Das ist angeboren. Manche, wie mein Kollege, spüren erst nach längerer Zeit ein Kratzen im Rachenbereich.«

»Also Blausäure?«

»Richtig, Cyanwasserstoff. Nimmt man Natriumcyanid in salzartiger Substanz zu sich, wird im Magen durch den Verdauungssaft Blausäure freigesetzt. Das dauert. Der Tod tritt nicht schnell ein. Aber die geringe Menge hier im Magen war nicht die Todesursache, er hat nur ein wenig von der Blausäure geschluckt, die sich in seinem Mund gesammelt hatte. Zuerst hat er Blausäuregas eingeatmet. Darauf kam es an. Fünfzig Milligramm genügen, ein Zwanzigstel von einem Gramm, und ein erwachsener Mensch stirbt binnen Sekunden. Der Cyanwasserstoff unterbindet einen lebensnotwendigen biochemischen Vorgang, die Zellatmung, also den Prozess, mit dem jede einzelne Zelle des Körpers für sich Energie herstellt. Das Cyanid bindet ein kritisches Enzym der Zellatmung und macht es damit funktionsunfähig.«

Hähner hatte gewusst, dass schon sechs Bittermandeln ein Kind tödlich vergiften konnten, aber dass die Blausäurevergiftung auch gasförmig geschehen konnte und dann noch schneller wirkte, war ihm neu.

Spann sagte: »Ich vermute, der Täter hat ihm das Blausäuregas mit irgendeiner Apparatur ins Gesicht gesprüht.«

»Danke. Schicken Sie den Befund nach Pullach.«

Wie betäubt kehrte Hähner ins Auto zurück, das ihn in den Vorort brachte.

An der Pforte wurden sie nach kurzer Prüfung eingelassen, das Rolltor öffnete sich, und sie fuhren auf das geheime Gelände, das angeblich zur Bundesvermögensverwaltung gehörte, Abteilung Sondervermögen, Außenstelle Pullach. Früher hatten die BND-Mitarbeiter samt ihren Familien hier gelebt, mit eigener Schule, eigenem Schwimmbad, Ärzten, Friseur und Einkaufsmöglichkeiten, umgeben von den hohen Mauern mit Stacheldraht. Ein autarkes Städtchen, das auf keiner Karte verzeichnet war. Er selbst hatte die Schlussphase noch miterlebt, mit dem Hickhack, wenn das Kind von BND-Kollegen auf eine reguläre Schule außerhalb der Mauern wechselte und die Schulbehörde verwirrt nachhakte, weil es die Schule, auf der es bisher gewesen war, gar nicht gab, oder weil die zur Täuschung angegebene Schule, auf der es gewesen sein sollte, noch nie von diesem Schüler gehört hatte. Sogar vor den amtlichen deutschen Stellen hielt man die Arbeit des BND geheim.

Inzwischen wohnten alle Beschäftigten außerhalb, viele von ihnen waren unter Decknamen gemeldet und hatten den Decknamen natürlich auch auf das Klingelschild geschrieben. Für die Außenwelt hießen sie so und gingen einem regulären Beruf nach. Für Wohnungen gab es auf dem Gelände keinen Platz mehr bei rund achthundert Angestellten.

Vor dem »Weißen Haus« hielt das Auto, und er stieg aus. Der steinerne Adler über dem Haupteingang trug kein Hakenkreuz mehr in seinen Klauen, aber man sah dem Gelände noch an, dass es einst die Reichssiedlung Rudolf Heß gewesen war, benannt nach dem »Stellvertreter des Führers«, ein rechteckiges Ensemble von dreißig Ein- und Zweifamilienhäusern, alles exakt ausgemessen und in symmetrischer Anordnung um einen begrünten Rechteckplatz platziert, am

Kopfende die frühere Villa von Martin Bormann. Das »Weiße Haus« strahlte unter dem blauen Himmel, und die breite Front mit den großen Sprossenfenstern wirkte einladend.

Er trat ins Foyer mit Blick auf die Gartenterrasse mit Teich. Links führte eine Holztreppe in den ersten Stock, rechts stand der Marmorkamin. Ebenfalls rechts führte ein Durchgang ins weiß lackierte Esszimmer mit seinen Kristalllüstern an der stuckverzierten Decke. Dort hatten sie bei größeren Anlässen gespeist, fünfzig Leute und mehr. Aber der General würde oben sein, im Büro. Er kannte weder Wochenenden noch Feiertage, was manchmal zu Streit mit Mitarbeitern führte, die seine Auffassung nicht teilten. Hähner nahm die Treppe. Er klopfte.

»Herein.« Die Stimme klang gedämpft, sicher war das Vorzimmer jetzt am Samstag leer, und er hatte durch die offene Tür seines Büros gerufen. Hähner öffnete. Wie erwartet, waren die zwei Schreibtische im Vorzimmer nicht besetzt. Er ging gleich hindurch und betrat dahinter das holzvertäfelte Büro von Reinhard Gehlen.

Jedes Mal, wenn er ihn hier aufsuchte, musste Hähner daran denken, dass sie sich im ehemaligen Schlafzimmer von Martin Bormann befanden, Hitlers Sekretär und Trauzeugen. Neben dem großen Schreibtisch standen auch ein Sofa hier und ein Tisch mit drei Stühlen für Besprechungen.

»Ist das mit Ihrem Gesicht immer noch nicht besser geworden?« Gehlen wies auf die drei Stühle.

Hähner holte sich einen davon, platzierte ihn vor dem Schreibtisch und setzte sich. »Leider nicht.« Er wartete ab, während Gehlen das erschlaffte Auge musterte. Natürlich wusste Gehlen bereits Bescheid. Trotzdem sprach Hähner es aus: »Bandera wurde ermordet.«

Gehlen nickte. Sein Mund war beinahe fraulich geschwungen, der kleine Oberlippenbart sorgfältig gestutzt. Er pflegte einen gehobenen Lebensstil. Wäre er ein wenig lockerer gewesen, hätte er ein Dandy sein können, aber der Weltkriegs-General blitzte ihm noch aus allen Knopflöchern. »Gift?«, fragte er kühl.

»Blausäuregas. Das können wir nicht auf uns sitzen lassen. Wie sollen mir meine Quellen noch vertrauen, wenn eine nach der anderen vom KGB umgelegt wird?«

Gehlen nahm eine Zigarre aus dem Kistchen, schnitt die Kappe mit einer V-förmigen Doppelklinge und entzündete ein Streichholz. »Übertreiben Sie nicht.«

»Der Mörder muss gefasst werden, und wir müssen ihm den Prozess machen.«

»Der ist längst wieder in Moskau. Sie werden alles abstreiten und ihn im Stillen mit einem Orden auszeichnen und ein paar Hundert neuen Rubel und einer Datscha auf dem Land.«

»Soll ich etwa zusehen, wie die Russen meine Leute ausschalten?«

In aller Ruhe drehte Gehlen die Zigarre über der Flamme, bis sie an den Seiten glomm. Dann hielt er den Zigarrenfuß in einigem Abstand über das Feuer und toastete ihn. Er wedelte mit dem Streichholz, legte es in den Aschenbecher. Er zog an der Zigarre, aber nicht tief, nur in den Mund, paffte etwas Rauch und lehnte sich zurück. »Eine politische Verschärfung der Lage ist momentan nicht gewünscht, lieber Hähner. Die DDR steht am Rande des Zusammenbruchs, jede Woche fliehen Tausende zu uns in den Westen. US-Präsident Kennedy versucht gerade, das Verhältnis zur Sowjetunion zu verbessern. Wenn wir einen russischen Killer fangen und ihn vor Gericht stellen, hat das politische Bedeutung.« Er sah nach draußen.

Hähner folgte seinem Blick zu den bronzenen Frauenstatuen im Atrium und zum Teich mit den Seerosen.

»Gibt es Neues aus Berlin?«, fragte der General.

»Eine junge Frau, die ich im Ministerium für Außenhandel platzieren wollte, hat ihren Romeo rausgeworfen.«

»Hatte er sich ihr offenbart?«

»Das hätte er nicht ohne Rücksprache getan. Sie muss Lunte gerochen haben.«

Gehlen schürzte anerkennend die Lippen. »Eine kluge Frau.«

»Sie hat die Familie als das Brüchigste kennengelernt, was es gibt. Es war idiotisch, sie auf diese Weise ...«

»Werben Sie sie an.«

»Eine Klaransprache? Jetzt? Damit lenke ich ihr Augenmerk noch stärker auf den Romeo.«

»Erwähnen Sie ihn nicht.«

Hähner beherrschte mit Mühe seine Miene. Er durfte sich den Frust nicht anmerken lassen.

Gehlen beugte sich vor. »Ich bin länger im Geschäft als Sie, Hähner. Wir sollten unseren Zug machen, bevor die Roten es tun.«

»Aber die junge Frau ist labil. Sie steckt voller Hass. Auch wenn es bisher nicht aus ihr ausgebrochen ist, der Hass ist in ihr, sie ist eine tickende Zeitbombe. Sie muss das mit dem Romeo erst überwinden und Stabilität gewinnen. Geben wir ihr noch ein paar Monate.«

Gehlen streifte etwas Asche in den Aschenbecher. »Man könnte fast meinen, Sie würden romantische Gefühle für das Mädchen hegen. Ihre Aufgabe ist es nicht, Quellen vor allen Gefahren zu beschützen. Die Quellen bekommen eine gute Ausbildung von uns. Vernünftig handeln müssen sie dann allein. Nein, Hähner, Ihre Aufgabe ist es, Quellen aufzutun und sie so zu führen, dass sie uns gutes Material liefern. Sie tragen keine Verantwortung für Banderas Tod.«

Das sagte er so dahin. Er sprach von den Menschen wie von Zinnfiguren. Gehlen hatte Mitverantwortung für eine der größten Operationen der Kriegsgeschichte getragen, das »Unternehmen Barbarossa«, den Angriff auf die Sowjetunion. Drei Heeresgruppen mit insgesamt zwölf Armeen, mehr als drei Millionen Soldaten. Außerdem hatte er die Operation »Marita« geplant, den Angriff gegen Griechenland, und »Unternehmen 25«, den Angriff auf Jugoslawien. Truppen waren zu transportieren gewesen, der Aufmarsch war zu organisieren, Reserven nachzuführen, Pfeile und Striche auf Landkarten zu zeichnen. Gehlen stellte Berechnungen an, besorgte Ausarbeitungen, Befehlsentwürfe. Aber hier ging es um einzelne Menschen, und die ostdeutsche Spionageabwehr wurde immer aktiver. Zwei Frauen waren vergangene Woche in seinem Gebiet festgenommen und zu hohen Strafen verurteilt worden, nicht zu vergessen Zeus, der diesen Monat in Berlin erschossen worden war.

»Die Roten können sehr überzeugend sein«, sagte der General. »Holen Sie die Frau ins Boot, bevor die anderen es tun.«

Ins Boot holen. Als könnte er sie beschützen, als würde er sie aus dem tosenden Meer ziehen können. In Wahrheit stieß er sie direkt in die Fluten.

Gehlen redete weiter. Als er die Zigarre zu zwei Dritteln aufgeraucht hatte, legte er den Stumpen in den Aschenbecher, ohne ihn auszudrücken. Er ließ ihn von allein erlöschen.

Hähner verabschiedete sich. Natürlich würde er alles nach Gehlens Anweisungen erledigen. Aber er fühlte sich zunehmend schmutzig dabei. Keine Information, an die der BND durch seine Quellen gelangte, rechtfertigte es, den Tod eines Menschen in Kauf zu nehmen. Bandera, Zeus, die zwei Frauen aus der Hauptverwaltung der Volkspolizei – wie kam es, dass die ostdeutsche Spionageabwehr und der KGB in letzter Zeit so viele seiner Quellen erledigten? Da stimmte etwas nicht.

Er bat den Fahrer, noch zu warten. Die detaillierten Akten über seine Quellen wurden in Berlin geführt, aber hier hatten sie ebenfalls Unterlagen. Wenn er Ria schon anwarb, dann sollte sie wenigstens die größtmögliche Sicherheit haben.

Durch Verbindungsbauten hatte man viele der Wohnhäuser zu einem durchgehenden Büroriegel umgestaltet, und wenn er die Baufahrzeuge richtig deutete, wurden jetzt im Ostteil neue Bürogebäude errichtet, rings um den großen Schlund, dessen Steintreppe in den Bunker »Hagen« führte wie in die Unterwelt, überragt vom Nahverteidigungsturm in schmutzigem Betongrau. Dort unten hatte er schießen geübt, in der Befehlsbunkeranlage, die für Adolf Hitler als »Führerhauptquartier« errichtet worden war, unter der drei Meter dicken Betondecke. Der Bunker verfügte über mehr als dreißig Räume, eine eigene Notstromversorgung und außenluftunabhängige Lüftungsanlagen. Hitler hätte es darin an nichts gefehlt. Aber er hatte ihn wohl nie betreten, obwohl man extra eine Eisenbahnverbindung hierherverlegt hatte, zwei Trassen, damit der Sonderzug des Führers und der des Oberkommandos der Wehrmacht vor der Tür abgestellt werden konnten.

Den BND-Mitarbeitern blieb der Krieg immer vor Augen. Der Krieg war längst nicht vorbei, das durften sie hier nicht vergessen. Er wurde nur mit anderen Mitteln fortgeführt.

Sollte das die Toten rechtfertigen? Weil man im Krieg eben starb? »Aber nicht meine Quellen«, sagte er. »Nicht meine.«

Er betrat eines der Häuser, passierte den gewohnten Flur. Durch die Türen drang Schreibmaschinengeklapper. Die schwere Panzertür des Aktensicherungsraums stand offen. Nachts war sie zusätzlich durch eine Alarmanlage gesichert.

Rias Akte war schnell gefunden. Er entnahm ihr das Formular mit dem Klarnamen, faltete es und steckte es sich in die Innentasche seines Sakkos. Dann füllte er ein neues Formular aus, erfand einen Namen und ein Geburtsdatum. Er schwitzte, und er wusste nicht, wo das hinführte, aber er war es seinem Gewissen schuldig. Wenn so viele starben, konnte es einen Verräter in Pullach geben. Lieber verstieß er gegen die Regeln, als weitere seiner Quellen dem Tod preiszugeben.

4

»Und das ist der Marmorsaal«, sagte der Angestellte und öffnete mit Schwung eine Flügeltür. Über die dunkel glänzenden Wände liefen feine weiße Adern. »An diesen Tischen wurden bereits viele bedeutende Verträge unterzeichnet.«

Die junge Frau neben Ria, die ebenfalls ihren ersten Arbeitstag hatte, hauchte: »Schon beeindruckend, dass hier der gesamte Außenhandel des Landes gesteuert wird, nicht?«

Die dunklen Marmorwände strahlten Kälte aus. Der ganze Prunk war feindlicher Natur, das spürte Ria. Er diente einzig und allein der Einschüchterung.

»Sie müssen umdenken«, sagte der Angestellte, »vom einzelnen Brötchen, das der Arbeiter kauft, zur Tonnenproduktion, zu ganzen Güterzügen, beladen mit Paprika, Erbsen oder Stachelbeeren aus Ungarn und Rumänien.«

»Und was liefert die DDR?«, fragte die junge Frau zaghaft. Hätte bloß noch gefehlt, dass sie sich meldete wie in der Schule.

Der Angestellte lächelte. »Wir stellen international gefragte Uhren her, Textilien, Kameras.«

Er sagte »wir«, aber er hatte sicher noch keine einzige Uhr hergestellt. Er redete nur wichtigtuerisch darüber.

Sie gingen weiter durch das Haus. Vor einem Büro blieb der Angestellte stehen und sagte: »Und hier, Fräulein Nachtmann, arbeitet Ihr Vorgesetzter.«

Ria las das Schild neben der Tür.

Hauptverwaltung Schwermaschinen und Anlagenbau
Leitung: Alexander Schalck

Der Angestellte klopfte und trat nach kurzem Warten ein. Mit gedämpfter Stimme, als fürchtete er den Wutausbruch eines Löwen, sagte er: »Herr Schalck, Ihre neue Sekretärin wäre da, wenn Sie mögen.«

Sie hörte Schritte, und Schalck trat vor sie. Einen Meter neunzig groß und breit gebaut, rundes, glattes Gesicht, im dunklen Anzug und weißen Hemd. Eine Energie ging von ihm aus, die sie verblüffte. Waren es seine federnden Schritte? Die leuchtenden Augen? Der Schwung, mit dem er ihr die Hand reichte, während er seinen Namen nannte? Man sah, dass er gern lebte. Gleichzeitig wirkte er getrieben, wie ein Erfinder oder ein Seefahrer: getrieben von einer brennenden Neugier.

»Ria Nachtmann«, sagte sie.

Er musterte sie lächelnd, ohne ihre Hand loszulassen, und sah spitzbübisch an ihr hinab und hinauf, als wollte er sie für ein Rendezvous in Erwägung ziehen. »Wir werden miteinander zurechtkommen, denke ich.«

Diesem Mann waren die Flure nicht zu hoch, der Marmor war nicht zu glänzend, die Wucht der drei Ministeriumsgebäude nicht zu prunkvoll – er gehörte hierher, und er war in der Lage, einen Teil des Staates zu lenken. Mit seiner massigen Hand drückte er noch einmal zu, dann ließ er Ria los. »Jeden Morgen wird halb zehn die Post im Sekretariat abgegeben. Sie sichten alles und prüfen, ob auf vorangegangene Korrespondenz Bezug genommen wird und ob schon Unterlagen vorhanden sind, die Sie heraussuchen und beilegen können.«

»Verstanden.«

»Legen Sie mir die vorbereitete Post täglich Punkt zehn Uhr vor. Anschließend möchte ich sie ungestört durcharbeiten.«

Erst jetzt fiel Ria auf, wie jung er war. Er konnte nicht viel älter sein als dreißig. Sie merkte es an der Art, wie er redete, und an seinem faltenfreien Gesicht. Wie hatte er es geschafft, jetzt schon Abteilungsleiter im Ministerium zu sein?

Sie musste an ihren Vater denken. Hatte sie ihm je gesagt, wie stolz sie auf ihn gewesen war? Als Kind nahm man alles für selbstverständlich, die Leistungen der Eltern waren einem das Normalste der Welt. Und irgendwann war es zu spät, auch für simple Worte, für eine Umarmung, für einen Dank.

»Hören Sie mir zu?«

Sie spürte, wie sie rot wurde. »Verzeihung.«

»Also, noch mal: Zweimal am Tag, um acht und um dreizehn Uhr, stimmen Sie mein Tagesplanbuch und meinen und Ihren Umlegekalender miteinander ab und übertragen alle Termine, die von mir beachtet werden müssen, auf die drei Exemplare. Tragen Sie alle Sitzungen ein, die persönlichen Rücksprachen, Kontrollen, Besuche und so weiter, immer in die entsprechende Stunde. Es wird vorkommen, dass ich auch außerhalb des Dienstzimmers Verabredungen treffe, da gebe ich Ihnen entsprechend Bescheid. Sie müssen jederzeit klare Übersicht über meinen Terminplan haben, damit es keine Überschneidungen gibt.«

»In Ordnung.«

»Und jetzt lassen Sie sich vom Leiter der Poststelle Ihr persönliches Diktatzeichen geben. Das geben Sie immer zusätzlich zur Aktenplannummer auf den Dokumenten an. Es darf nur einmal im ganzen Ministerium vorkommen. Aber das wissen die in der Poststelle.« Er reichte ihr noch einmal die Hand. »Auf gute Zusammenarbeit!«

Er kehrte in sein Büro zurück. Sie sah sich um. Der Angestellte und das junge Mädchen waren fort. War das ihr Schreibtisch?

Sie setzte sich daran, vorsichtig, als wäre es verboten. Alles nahm sie behutsam in die Hand: den Locher, den Stenogrammblock, die Radiergummis, die Bleistifte. Sie fuhr über die Tasten der Schreibmaschine, ohne sie niederzudrücken. Eine Optima M 12, zum Glück, die kannte sie. Es hätte auch eine klapprige Stöwer sein können. Aber hier im Ministerium war wohl nichts alt und klapprig.

Der Drehstuhl, auf dem sie saß, gab lautlos ihren Bewegungen nach. Er besaß eine Federung, die Ria verblüffte. Noch nie hatte sie auf einem solch luxuriösen Stuhl gesessen. Sie stand auf und besah ihn sich. Verstellbarer Sitz, verstellbare Rückenlehne, Armlehnen, und diese Federung – war der aus dem Westen? Sie suchte die Herstellerbezeichnung. VEB Bemefa, Karl-Marx-Stadt. Also ein DDR-Produkt. Vermutlich kam es selten einmal in die Betriebe und wurde sonst für den Export gebaut.

»Sie sind also die Neue.«

Ria fuhr herum.

Eine etwa fünfzigjährige Frau stand dort, die Haare zum Knoten hochgesteckt. Die wassergrauen Augen hielt sie fest auf Ria gerichtet. Ihre Pupillen waren schwarz wie Stecknadelköpfe. Der dünne Mund zuckte fortwährend. »Gefällt Ihnen der Stuhl?«

Ihr Tonfall gefällt mir jedenfalls nicht, dachte Ria.

Die Frau sagte: »Vielleicht stellen Sie sich erst einmal vor.«

»Ria Nachtmann.«

»Ich bin Frau Schwarz. Ich leite das Sekretariat des Ministers.«

Ria schluckte. Gut, dass sie sich zu keiner Widerborstigkeit hatte hinreißen lassen. Sie wollte hier etwas erreichen, sie war doch nicht umsonst in die Drachenhöhle vorgedrungen.

»Glauben Sie bitte nicht, dass es bei uns nur darauf ankommt, schnell und fehlerfrei zu schreiben«, sagte Frau Schwarz. »Es ist erforderlich, dass Sie mitdenken, dass Sie sich für die Belange des Ministeriums einsetzen. Sie scheinen mir nicht sehr engagiert zu sein. Wer nur den Feierabend oder den bequemen Stuhl im Sinn hat, ist im Ministerium am falschen Platz.«

»Sie kennen mich gerade eine Minute und wollen meinen Charakter beurteilen?«

Ein süffisantes Lächeln zog über das Gesicht der Frau. »Ich habe eine recht gute Menschenkenntnis. Sie sind zu jung für die Aufgabe. Aber mich hat man nicht gefragt. Also, Sie brauchen Einarbeitung. Ich zeige Ihnen das Büro und weise Sie ein.«

An der alten Schnepfe war eine Schuldirektorin verloren gegangen. Ria unterdrückte ein Seufzen.

Frau Schwarz stöckelte vor ihr her, öffnete Schränke, erklärte Ordner und Mappen und Karteien. Ria begriff schnell, dass es hier nur Unterlagen für Betriebe im In- und Ausland gab. Sie fragte: »Gibt es auch Unterlagen über Personen?« Als sie ein prüfender Blick der Alten traf, ergänzte sie rasch: »So etwas wie eine Adresskartei.«

»Da sind Sie im falschen Ministerium gelandet, Mädel. Wir steuern Betriebe, nicht die einzelnen Angestellten.«

»Ach so.«

Aber es gab sie, musste sie geben, und irgendwie würde sie über ihren Posten in diesem Ministerium auch darankommen.

»Möchten Sie wissen, warum die Stelle frei geworden ist,

Fräulein Nachtmann?«, fragte Frau Schwarz, während sie den Schub eines Karteiregisters herauszog. Sie richtete sich auf und sah Ria an. »Ihre Vorgängerin war ein aufsässiges Ding wie Sie. Sie hat sich nicht in das Kollektiv eingefügt.«

War ja klar.

»Hören Sie, Ria ... Ich darf doch Ria sagen? Sie haben keinerlei Berufserfahrung, es ist ein Unding, dass man Sie hier eingestellt hat. Wissen Sie, was Sie alles kaputt machen können, wie viel gute Arbeit in den Kombinaten und Betrieben Sie mit ein paar Dummheiten vernichten? Anscheinend hat sich jemand sehr für Sie eingesetzt. Verspielen Sie das Wohlwollen nicht.«

Der karierte Rock, die Bluse, alles saß tadellos an der Frau. Genau diese Art von Arbeitsbienchen sollte sie ebenfalls werden, man erwartete von ihr fehlerfreie Erledigung nach Plan. Sie beschloss, ihr Bestes zu geben, damit sie bleiben konnte, bis sie Jolanthe gefunden hatte.

Eine Männerstimme sagte: »Wie ich sehe, haben Sie sich schon kennengelernt.«

Schalck. Wie viel hatte er mitgehört? Sein Gesicht verriet nichts, es war eine freundliche Maske, die seine Gedanken und Empfindungen verbarg. »Ich hätte Sie dann gern zum Diktat, Frau Nachtmann.«

Heimgekehrt nahm sie am Abend Max' Pullover, der noch über dem Küchenstuhl hing, und vergrub ihr Gesicht darin. Sein Duft von Herbst und Sonne! Was gäbe sie darum, ihn jetzt hier zu haben. Das leere Fensterbrett, wo Polizeiboot und MI-4-Hubschrauber gestanden hatten, war ein stummer Vorwurf.

Jetzt nur nicht zum Trauerkloß werden. Besser, sie verließ

die Wohnung noch einmal. Sie machte ein Marmeladenbrot für Geralf und brachte es ihm. Hinter der Tür der alten Kuntze polterte es, aber Geralfs Kinderaugen leuchteten. Sie fragte beiläufig, ob er seine Hausaufgaben erledigt habe.

»Noch nicht«, sagte er.

»Aber es ist Abendbrotzeit! Bald kommt deine Mutter nach Hause, und dann geht es ins Bett. Wann wolltest du die Hausaufgaben denn machen, nachts im Mondschein?«

Er lachte verschämt.

»Versprich mir, dass du dich gleich daransetzt.«

»Hilfst du mir, Frau Nachtmann? Wenn du mit reinkommst und mir hilfst, dann schaffe ich sie gleich.«

»Nein«, sagte sie und erschrak selbst darüber, wie scharf sie es ausgesprochen hatte. »Nein«, sagte sie noch einmal etwas sanfter und hockte sich vor ihn hin, um auf Augenhöhe zu sein. »Wasch dir den Mund, bevor die Mama kommt, da klebt Marmelade. Versprichst du, dass du dich gleich an die Hausaufgaben setzt?«

Er versprach es.

Sie umarmte ihn, heute konnte sie nicht anders. »Du bist ein süßer Knopf«, sagte sie. Dann ging sie zurück nach oben und tat etwas, das sie seit Wochen nicht mehr getan hatte: Sie holte den Karton unter dem Bett hervor. Vielleicht hatte Max heimlich ihre Briefe an Jolanthe gelesen. Konnte er daraus entnommen haben, dass das Desaster zehn Jahre zurücklag?

Von der roten Haarspange platzte schon der Lack ab, so oft hatte sie den Daumen darübergerieben. Dass sie dieses Andenken an Jolanthe überhaupt besaß, war nur dem Umstand zu verdanken, dass sie sich die Spange an jenem Morgen geliehen hatte, weil sie ihre eigene nicht fand. Manchmal kam es ihr vor, als wäre das kein Zufall gewesen, sondern ein verzweifelter Gruß der Schwester aus der Vergangenheit, die darum flehte, von ihr gefunden und gerettet zu werden. Jolanthe war immer die Sensible gewesen. Bei Tisch waren ihr manchmal aus heiterem Himmel Tränen über die Wangen gelaufen, und wenn man sie fragte, warum sie weinte, schüttelte sie nur den Kopf oder hauchte, sie habe an etwas Trauriges gedacht. Wer schützte Jolanthe jetzt vor den trüben Gedanken, wer verhinderte, dass sie ausgenutzt oder verletzt wurde?

Der Füllfederhalter war ein Geschenk von Papa gewesen. Welchen bitteren Tod war er gestorben! Wenn es nicht ihre Verantwortung für Jolanthe gäbe, wenn sie nicht spüren würde, dass Jolanthe auf sie wartete, dann hätte sie sich längst eine Handgranate beschafft und sich damit ins Gebäude der Stasi geschlichen und ein Blutbad angerichtet. Die Vorstellung lief immer wieder in ihrem Kopf ab, wie ein Kinofilm: die entsetzten Gesichter der Agenten, die ihren Fehler erkannten, als es schon zu spät war, den Fehler, diese Familie attackiert zu haben, dann die Explosion, die herumfliegenden Tische und Stühle und zersplitternden Aktenschränke, und schließlich der Himmel, Wolken, Frieden.

Das rosafarbene Paar Babysöckchen, das unter den Briefen lag, konnte sie nicht berühren. Ihre Finger zitterten, als sie die Hand darüberhielt. Rasch deckte sie es wieder zu. Sie setzte sich an den Tisch und schrieb einen weiteren Brief an Jolanthe. Sie schrieb vom Streit mit Max, vom aufreibenden ersten Arbeitstag, vom kleinen Geralf. Wenn man ihr wenigstens ein Foto der Schwester gelassen hätte … »Ich finde dich«, flüsterte sie, »ich versprech's dir.« Sie legte den Brief zu den anderen.

5

Weshalb verbarg Luisa ihren süßen, straffen Körper heute in so ausgebeulter Kleidung? Sie waren am Weißensee verabredet, Luisa fütterte die Enten, sie rupfte Brot ab und warf es ihnen hin, und die Enten stritten sich darum, sie beeilten sich, zum Krumen zu kommen, und schnäbelten im Wasser, um ihn aufzunehmen. Sorokin schlich sich an Luisa heran, hielt ihr die Augen zu, und sie wirbelte herum. Aber als sie ihn ansah, verrutschte ihr die Miene. »Ich dachte, das war bloß ein Experiment? Du hast doch gesagt, es hat dir nicht gefallen. Jetzt hast du die Haare doch wieder blond gefärbt. Du weißt echt nicht, was du willst. Und ich werde gar nicht gefragt, wie?«

»Immerhin habe ich unseren Jahrestag nicht vergessen.«

»Der war gestern.«

Meine Güte, es war kein Hochzeitstag, kein Geburtstag, nicht Weihnachten – dass sich Frauen immer an so etwas aufhängen mussten, ständig gab es etwas zu zelebrieren und zu beachten und eine Gelegenheit für emotionales Tohuwabohu.

»Ich bin die ganze Nacht gefahren, um heute bei dir zu sein.«

»Das ist ja das Mindeste«, sagte sie, schon etwas versöhnt, und hakte sich bei ihm unter. Sie zog ihn am Seeufer entlang. Noch vor wenigen Wochen war der Weißensee zugefroren gewesen. Jetzt schwammen wieder friedlich die Enten darauf. Luisa sah ihn prüfend von der Seite an. »Du hast es übrigens vergeigt mit den Haaren. Warum fragst du mich nicht? Das ist mein Beruf. Ich könnte dir so eine schöne Frisur machen.«

Er schwieg.

»Männer. Alles wollen sie selber machen.«

Er hatte einen Menschen getötet. Selber.

»Hast du mir was mitgebracht?«

»Mich.«

Sie stieß ihn von sich. »Ich will dich aber nur, wenn du mir Blumen mitbringst.«

Er wusste, dass es scherzhaft gemeint war, und sie lachte auch schon wieder. Trotzdem ärgerte es ihn. Er hätte sterben können, und sie beschwerte sich wegen läppischer Blumen. Aber wie sollte sie es wissen, sie hielt ihn für einen Ingenieur.

Sie gingen weiter, und Luisa massierte zärtlich seinen Arm. Einmal vergrub sie ihr Gesicht in seinem Mantelstoff und roch gierig daran. »Ja, du bist es wirklich.«

»Natürlich.«

»Wo warst du überhaupt?«

»Hab ich dir doch gesagt. In Dortmund.«

»Und da fällt dir nichts ein, was du mitbringen kannst? Bohnenkaffee. Nylonstrümpfe. Eine neue Schallplatte. Einen rororo-Band. Du bist echt ein Klotz, Peter.«

Dass diese kleine Person ihn so zu beschimpfen wagte! Andererseits gefiel es ihm. Während er über Ländergrenzen hinweg dachte und den Gesetzen des Gewöhnlichen enthoben war, stemmte Luisa einen Alltag als Friseurin, putzte die Wohnung, kaufte ein, kochte Essen. Und sie fühlte sich ihm kein bisschen unterlegen. Im Gegenteil, sie gab ihm das Gefühl, ein widerborstiger Junge zu sein, den sie sich erst zu erziehen hatte. Er lachte. Insgeheim bewunderte sie ihn, das wusste er, und wenn sie meinte, er merke es nicht, warf sie ihm verstohlene Blicke zu.

»Wie kannst du überhaupt in den Westen fahren, einfach so?«

»Die haben aus der DDR Industriemaschinen gekauft und kommen nicht mit der Installation zurecht. Da musste ich nachhelfen. Nächstes Mal bringe ich dir was mit, versprochen. Ich weiß bloß immer nicht, was dir gefällt.«

»Ein aufmerksamer Kavalier beobachtet die Frau seines Herzens und kennt ihre Wünsche.«

Sie gingen eine Weile schweigend.

»Dortmund. Hast du da auch den Blücherturm gesehen, wo sie früher Hexenprozesse veranstaltet haben?«

»Ich hatte viel zu tun. Bin nur daran vorbeigegangen.«

»Und, hat es dich nicht gegruselt? Wie sieht er aus?«

»Alt. Graue Steine, mehr ist da nicht.«

Luisa blieb stehen und sah ihn ernst an. »Peter, der Blücherturm steht in Essen. Nicht in Dortmund.«

»Dann war es wohl ein anderer Turm, an dem ich vorbeigegangen bin.« Irgendwann würde er ihr gestehen müssen, dass er nicht Peter hieß.

Sie schüttelte den Kopf. »Wo warst du wirklich?« Ihre Stimme bebte.

»Was soll das? Stellst du mir Fallen? Als Nächstes fragst du in den Kneipen herum.«

»Nein, ich ... Ich will dir ja vertrauen.« Ihr schossen Tränen in die Augen.

Männerhaarschnitt 70 Pfennig. Kaltwelle für Damen zehn Mark. Das war ihr Alltag. Wieso wusste sie, wo dieser verdammte Hexenturm stand?

Die Frage war nicht zufällig aufgekommen. Luisa war vorbereitet gewesen. Sie musste misstrauisch geworden sein, als er vor der Abreise gesagt hatte, er fahre nach Dortmund. Ihm kam ein entsetzlicher Verdacht. Trug sie diesen fremden, abgenutzten Mantel, der sie wie eine alte Decke umhüllte, um zu verbergen, dass sie schwanger war?

Auf dem Weg nach Hause sah er sie immer wieder verstohlen an.

Ria drehte das Radio laut auf, auch wenn es ein fieses Lied war. In Westberlin wurde es gespielt, und heute hörte sie frech einen Westberliner Sender. »Nur eine einsame, piekfeine Lady / fiel bald in Ohnmacht und war sehr empört. / Acht, neun, zehn, na was gab's denn da zu sehen? / Es war der Itsy Bitsy Teenie Weenie Honolulu-Strandbikini!«

Sie tanzte, riss die Arme hoch, drehte sich durch die Wohnung.

Das Läuten an der Tür ignorierte sie. Als es aber zum dritten Mal läutete, bekam sie Lust, der alten Kuntze so richtig die Meinung zu sagen. Sie stellte das Radio leiser und ging zur Tür, geladen wie eine Pistole und noch atemlos vom Tanzen.

Nicht die Kuntze stand dort, sondern eine Fremde.

Blond, und gekleidet in einen dieser wasserabweisenden Nino-Flex-Mäntel. Sie trug eine gefühllose Visage wie eine Busfahrerin. »Ria Nachtmann?«

»Die bin ich.«

»Max möchte Sie sprechen.«

»Aha. Und wo ist er?«

»Bitte folgen Sie mir.«

»Warum kommt er nicht selbst her? Er weiß doch, wo ich wohne.«

»Das ist ihm nicht möglich.«

Sie musterte die Frau noch einmal. Sie war grobknochig und hatte leicht hervortretende Augäpfel. »Und wohin soll ich Ihnen folgen?«

»Das zeige ich Ihnen.«

»Sind Sie eine Freundin von Max?«

»Kommilitonin.«

Traute er sich nicht mehr zu ihr? Oder ging es ihm so schlecht, dass er nicht mehr herkommen konnte, lag er nach einem Selbstmordversuch im Krankenhaus? Hastig zog sie sich an und folgte der Frau die Treppe runter. »Wie geht es ihm?«

»Den Umständen entsprechend.«

Oje.

Sie bogen in die Simon-Dach-Straße ein. Jede Frage parierte die Frau mit einer nebulösen Antwort. An der Ecke zur Grünberger Straße wartete ein Taxi. Die Frau stieg ein und ließ die Autotür offen stehen. Ria zögerte. Eine Studentin konnte sich ein Taxi leisten? Mit einem mulmigen Gefühl stieg sie ein. Kaum hatte sie die Tür geschlossen, fuhr der Wagen los. Der Taxifahrer redete nicht, und die Frau ebenso wenig. War das eine Entführung, wollte man sie irgendwohin verschleppen? »Sie lügen mich an«, sagte Ria.

»Es ist besser, wenn wir nicht reden. Sie erfahren alles am Zielort.«

Zielort? Das klang nicht nach einer Verabredung mit Max.

Es kam Ria unwirklich vor, als wäre sie am Küchentisch eingenickt und würde nur träumen, während ihr Kopf auf den Armen lag und hinter ihr der Wasserhahn tropfte. Die Frau sah stur nach vorn. Dieser harte, unbeteiligte Gesichtsausdruck machte ihr Angst.

Sie blieben an einer Ampelkreuzung stehen. Drüben an

der Bushaltestelle stand ein Volkspolizist, der konnte ihr helfen, wenn sie aus dem Auto sprang und die Frau ihr nachkam.

»Ich würde das an Ihrer Stelle nicht tun«, sagte die Blonde. Sie hatte etwas Unerbittliches an sich, wie jemand, der weiß, dass man sich seinen Weisungen fügen wird.

»Wer sind Sie? Geht es hier wirklich um Max?«

»Halten Sie sich an das, was ich sage, oder es ergeht Ihnen schlecht.«

Ria sah keine Waffe, und die Tür schien auch nicht verriegelt zu sein. Irgendetwas aber ließ sie ahnen, dass die Frau keine leeren Worte machte. Ihr Herz flatterte. An der nächsten Ampel springe ich raus, schwor sie sich. Sie sah nach draußen. War das nicht der S-Bahnhof Friedrichstraße?

Sie hielten, und die Frau stieg aus. Auch Ria durfte das Taxi verlassen. Wieder unter freiem Himmel zu sein und zudem inmitten von Menschen ließ sie hoffen.

Die Blonde sagte: »Folgen Sie mir.«

Kein Zwang mehr? Wieso ging sie einfach davon aus, dass Ria ihr gehorchen würde? War sie von der Staatssicherheit? Aber dann hätte man sie nach Hohenschönhausen gebracht und nicht zum belebten Bahnhof Friedrichstraße.

Über dem Treppenaufgang hing das Schild: *Aufgang zu den Zügen Richtung Westen.*

Sie wollte mit ihr in den Westen fahren? Also doch eine Falle des MfS. Dahinter musste diese blöde Frau Schwarz stecken, die traute ihr nicht und wollte sie loswerden, oder zumindest wollte sie wissen, ob sie sich an die Regeln hielt. Hatte sie womöglich schon alles verdorben, weil sie in das Taxi gestiegen war? Der gewöhnliche Berliner spazierte in den Westen, um dort ins Kino zu gehen oder Schuhe zu kaufen. Ihr aber hatte Papa eingetrimmt, den Westen zu meiden, und dann hatten es die Stiefeltern erneut getan. Die Zukunftsaussichten waren hinüber, wenn man der Verlockung nachgab. Sie hatte sich daran gehalten, bis auf ein Mal, und das lag schon Jahre zurück.

»Ich fahre nicht nach Westberlin«, sagte sie.

Womöglich prüften sie alle Neuzugänge im Ministerium auf diese Weise, um zu wissen, ob man systemkonform war und treu zur Regierung stand.

Die Frau war schon ein Stück die Treppe hinaufgegangen und drehte sich zu ihr um. Unten wurden gerade zwei Männer durch die Volkspolizei in einen Mannschaftswagen verfrachtet, sie waren wohl bei der Zollkontrolle aufgefallen, oder sie hatten zu viel Gepäck dabeigehabt und man hatte sie als Republikflüchtlinge aus dem Zug gefischt. Stehen zu bleiben und zu gaffen war jedenfalls keine gute Idee.

Die Frau war mit raschen Schritten neben ihr, packte ihren Arm und zog sie die Treppe hoch.

»Augenblick mal«, zischte Ria, »ich habe gesagt ...«

»Halten Sie den Mund«, sagte die Fremde, »und gehen Sie weiter.« Ihr Griff war fest wie eine Schraubzwinge.

»Sie tun mir weh!«

Oben hörte man eine S-Bahn einfahren. Eine Frauenstimme, verfremdet durch die Lautsprecher und das Echo der Bahnhofshalle, verkündete: »Letzte Station im demokratischen Sektor.« Die Frau beschleunigte ihren Aufstieg, sie erreichten die gelbroten Wagen der abfahrbereiten S-Bahn, die Frau stieß Ria hinein und folgte ihr. Die Türen schlossen sich.

»Das können Sie mir nicht anhängen«, sagte Ria. »Ich bin nicht freiwillig mitgegangen.« Wenn Schalck davon erfuhr, warf er sie achtkantig raus, und dann musste sie bei der Suche nach Jolanthe von vorn anfangen, ohne Verbindung zu einem

Ministerium. Die S-Bahn fuhr in den Westen, und die Leute guckten, als sei nichts dabei. Sie waren es gewöhnt, von einer Welt zur anderen zu reisen, sie lasen Zeitung oder sahen aus dem Fenster oder ließen sich mit leerem Blick vom S-Bahn-Waggon schaukeln.

Gleich hinter der Grenze ging die Frau zur Tür, und als die Bahn am Lehrter Stadtbahnhof hielt, stieg sie aus. »Kommen Sie.« Ihre Stimme war plötzlich weicher. »Tut mir leid, dass ich vorhin so fest zugepackt habe. Jetzt sind wir in Sicherheit.«

Wovon redete sie? So langsam war Ria neugierig. Sie folgte ihr. Die Leute auf dem Gehweg sprachen Deutsch miteinander. Trotzdem fühlte sie sich wie im Ausland. Man war bunter gekleidet hier, roch nach anderem Parfüm, redete laut. Die Menschen nahmen mehr Raum ein, sie gestikulierten freier. Statt der Trabant-Wagen und des Wartburg 311 fuhren Autos in beeindruckender Typenvielfalt die Straße entlang. Aus einem Restaurant strömte Kaffeeduft, der nächste Laden roch nach Seife de luxe. In den Auslagen eines Obstgeschäfts lockten Apfelsinen. Endlich jemand in vertrauter Kleidung. Er fragte beschämt den Obsthändler: »Nehmen Sie Ostgeld?« Der Obsthändler begann, den Preis auf den Wechselkurs umzurechnen.

An den Zeitungskiosken waren Neuigkeiten angeschrieben, von denen sie drüben nichts gehört hatte, manche waren sicher gelogen. Die Polizisten, Stupos, Stumm-Polizisten, nach dem West-Polizeipräsidenten Johannes Stumm, den man, so hatte sie gehört, vor Jahren im Osten enteignet hatte, trugen rauchblaue Hosen und Jacken, nicht grüne wie die Polizisten zu Hause. Ihre Uniform war anders geschnitten, auch hatten sie kein Tschako auf dem Kopf, sondern eine

Mütze. Warben im Osten nur ein paar schüchterne Reklamen (*Ruhlaer Uhren – begehrt, bewährt*), donnerten hier die Schilder in Farbe ihre Botschaft, und sie alle warben für den Kauf von Gegenständen statt für Frieden und Sozialismus. *Täglich Seborin: Keine Schuppen mehr! Glücklich mit Blaupunkt Autoradio. Viel länger frisch frisiert durch taft. Gesund leben – Sinalco trinken. Der Etui-Knirps mit dem roten Punkt. Das neue Dash wäscht sichtbar weißer! Der Motor des Volkswagens wird gekühlt mit der Luft der großen, weiten Welt.*

Der Mann an der Telefonzelle schien einen kurzen Blickwechsel mit der Blonden zu haben. Kannten sie sich? Die Frau bog an der nächsten Hausecke ab. Wieder sah die Blonde jemanden an, und es schien Ria, als nicke er ihr zu. Ihr Zickzackweg war kein Zufall, sie wollte sichergehen, dass ihnen niemand folgte, und diese Männer waren bewusst platziert, sie arbeiteten mit der Frau zusammen und prüften für sie die Gegend.

Die Frau betrat ein Haus. Im ersten Stock klopfte sie an einer Tür. Wer klopfte denn, wenn es eine Klingel gab? Ria warf einen Blick auf das Namensschild neben der Klingel. »Schmidt«, stand dort.

Ein blasser Lulatsch öffnete. Er ließ sie hinein, tauschte ein paar Worte mit der Frau, dann begrüßte er Ria höflich, aber distanziert. Er führte sie in ein Büro. Dort stand ein Mann auf und bat sie, an einem kleinen Tisch Platz zu nehmen. Er rückte ihr den Stuhl zurecht wie ein Kavalier alter Schule. Sein Alter ließ sich schwer einschätzen, Mitte vierzig mochte er sein, wobei ihn das sorgenvolle Gesicht womöglich älter erscheinen ließ, als er wirklich war. Seine rechte Gesichtshälfte hing etwas herunter, das Auge tränte. An seiner Stirn wurde das rötlichblonde Haar schütter. »Frau Nachtmann«, begann er und setzte sich ebenfalls, »ich danke Ihnen für Ihr Kommen.«

»Das war wohl kaum freiwillig. Sie haben mich entführen lassen. Wer sind Sie, und was wollen Sie von mir?«

»Sie haben alles Recht der Welt, diese Fragen zu stellen.« Er sah auf den Tisch, wie um sich zu sammeln. Dann kehrte sein Blick zu ihr zurück. »Sagen wir es so: Ich weiß, dass Stasioffiziere Ihren Vater abgeholt haben, als Sie noch ein Kind waren. Ich weiß, dass Ihre Mutter festgenommen wurde und Sie und Ihre Schwester verschleppt und in regimetreue Pflegefamilien gegeben wurden. Diese Männer von der Staatssicherheit haben Ihren Vater nicht gehasst. Ihr Vater war ihnen gleichgültig. Die Männer waren nur Ausführende, Zahnrädchen einer Maschine. Genauso wie die Wachmänner des Zuchthauses, in das Ihre Mutter gebracht wurde, oder die Folterknechte im unterirdischen Zellentrakt der Staatssicherheit, in den man Ihren Vater gebracht hat. Aber vielleicht verspüren Sie ein gewisses Bedürfnis, denjenigen zu schaden, die diese Maschine gesteuert haben.«

Rias Körper versteifte sich. »Was wissen Sie über meinen Vater?«

»Sie sind eine junge Frau, die von einem Staat nahezu vernichtet worden ist. Ich kann Ihnen helfen, Rache zu üben für das, was Ihrer Familie angetan wurde. Wenn Sie bereit sind, in das Innere der Maschine vorzudringen, kann ich Ihnen die notwendigen Mittel dafür an die Hand geben. Wollen Sie das?«

Ria sah sich nach der Tür um. Sie stand um einen Spalt offen. »Ich weiß, aus welchem Laden Sie kommen. Sie sind von der CIA.«

»Nicht ganz.« Während der eine Mundwinkel weiterhin

herabhing, kräuselte sich der andere zu einem feinen Lächeln. Anscheinend war seine rechte Gesichtshälfte gelähmt.
»Zeigen Sie mir Ihren Dienstausweis.«
Er lachte. »Wir sind in Westberlin.«
»Glauben Sie, die Stasi hält sich brav an die Grenze? Die operieren hier doch genauso wie im Osten. Was, wenn das Ganze nur inszeniert ist, um mich reinzulegen?«
Widerwillig zog er eine Ausweiskarte. *Bundesnachrichtendienst,* stand darauf, und der Name Udo Flögel.
»Das beweist gar nichts. Der Ausweis könnte genauso von der Stasi gefälscht sein.« Ria sah ihm ins Gesicht. »Ist das Ihr richtiger Name, Flögel?«
Er zögerte. Schließlich sagte er: »Nein.«
»Sie wissen meinen Namen, aber ich weiß Ihren nicht. Soll das so laufen?«
Er lächelte wieder. »Hören Sie, ich ...« Er dachte nach. Dann hatte er offenbar einen Entschluss gefasst. »Ich sage Ihnen meinen Klarnamen, wenn Sie sich zuvor einem kleinen Test unterziehen.«
»Was soll das für ein Test sein?«
Der Lulatsch kam mit einem Kasten herein, an dem er schwer schleppte. Offenbar hatte er von draußen ihr Gespräch mitgehört.
»Wir müssen sichergehen«, sagte der Mann, der sich ›Flögel‹ nannte, »dass Sie nicht von der Gegenseite bei uns eingeschleust werden.«
»Sie haben mich doch entführt. Es war nicht meine Idee hierherzukommen.«
Der Lulatsch stellte den Kasten auf den Tisch und legte ihr eine Manschette zum Blutdruckmessen um den Oberarm, deren Schläuche im Kasten verschwanden. Er füllte die Man-

schette mit Druckluft. Dann fing er an, kleine Saugnäpfe an ihr zu befestigen, die mit Kabeln am Kasten befestigt waren.

›Flögel‹ redete beruhigend auf sie ein und erklärte, dass sich alle Mitarbeiter regelmäßig diesem Test unterwerfen müssten.

Ria sprang auf und riss sich die Saugnäpfe herunter. »Vergessen Sie's! Ich mache so etwas nicht.« Sie löste auch die Manschette vom Arm. »Sind Sie das so gewöhnt, ja? Dass alle sich fröhlich einreihen, wenn Sie mit Ihrem Dienstausweis aufkreuzen, und stolz darauf sind, dass sie beim Geheimdienst mitmachen dürfen? Ich weiß genau, wie Staaten mit Menschen umgehen! Wie sie an ihnen saugen. Und wenn sie nicht mehr nützlich sind, spucken sie die Reste in den Gully. Ich bin nicht blöd. Lassen Sie mich in Ruhe.« Sie ging zur Zimmertür. Niemand hielt sie auf, auch wenn die BND-Mitarbeiter betretene Gesichter machten.

Sie trat in den Flur. Als sie die Wohnungstür erreichte, hörte sie hinter sich ›Flögels‹ Stimme. »Wir haben andere Gesetze hier, Ria. Gesetze, die den Einzelnen schützen.«

Sie blieb stehen. »Ach ja? So wie mich, heute?«

»Niemand wird Sie aufhalten, wenn Sie gehen wollen. Auch wenn es ein Jammer ist, weil ich weiß, dass Sie der DDR kräftig schaden könnten. Ich werde Ihnen nicht sagen, dass der BND keine Fehler macht. Ich kann nicht einmal behaupten, dass es im BND keine Machtspielchen gibt. Aber der Staat, das sind die Menschen, die in ihm leben, und diese Menschen beeinflussen, in welche Richtung es geht. Der BND besteht ebenfalls aus Menschen. Sie würden mit mir zusammenarbeiten. Die Frage ist nicht, ob Sie dem BND trauen. Die Frage ist: Trauen Sie mir?«

Ria dachte nach. Konnte sich die Entführung nicht als

genau das entpuppen, was sie gebraucht hatte? Sie drehte sich zu ihm um und fragte: »Können Sie einem Menschen auf die Spur kommen, auch wenn er unter falschem Namen lebt?«

»Das gehört zu unserem Geschäft.« ›Flögel‹ verschränkte die Arme vor der Brust.

»Wenn Sie wirklich zum BND gehören, und Sie wollen, dass ich mit Ihnen zusammenarbeite, dann ist das meine Bedingung: Finden Sie meine Schwester.«

Glücklich sah ›Flögel‹ nicht aus.

Aber es war die Lösung. Ein Staat versteckte Jolanthe, und die Macht eines verfeindeten Staates würde ihr helfen, sie zu finden. »Ich tue etwas für Sie, und Sie tun etwas für mich.«

Widerwillig nickte er. »Also gut. Abgemacht.«

Sie kehrte in den Büroraum zurück, und der Lulatsch schloss sie wieder an das Gerät an. Es könne erkennen, ob sie lüge oder die Wahrheit sage, erklärte er. In Amerika wende man das bereits bei Gerichtsprozessen an, es sei so zuverlässig, dass es als Beweis gelte, genauso wie ein Fingerabdruck oder eine Tatwaffe.

Ria sah sich die Maschine an. Die Beschriftungen am Kasten waren in Englisch, neben den langen Nadeln, die auf das karierte Papier hinausragten, stand *Cardio, GSR, Pneumo 1, Pneumo 2,* dann gab es Stecker, die mit *Trace Restore* und *Mark* bezeichnet waren, und einen *GSR Amplifier* mit Reglern: *Subj. Balance, Mode, Sensitivity, Pen Position* sowie einen *Cardio Amplifier* mit ähnlichen Reglern.

Es war ihr unangenehm, dass der Kerl ihren Körper anzapfte, auch wenn er es behutsam tat, als wäre er ein Kinderarzt. Die Nadeln begannen, in Blau und Rot ihre Kurven aufzuzeichnen, und der lange Kerl sagte: »Ich werde zu Anfang einige allgemeine Fragen stellen, um das Gerät zu kalibrieren.«

Hähner ging ins Nebenzimmer. Er musste dem General recht geben. Ria war bereit. Sie kämpfte, selbst mit ihm hatte sie sofort einen Kampf begonnen. Ihre Unerschrockenheit beeindruckte ihn. Das war keine von denen, die für den BND bloß Militärfahrzeuge zählten, damit sie in Bonn genauere Statistiken über die Kampfkraft der sowjetischen Besatzungstruppen hatten. Aus einer solchen Frau konnte man etwas machen, sie konnte eine Spitzenquelle werden. Wenn sie sich im Ministerium hocharbeitete, war es gut möglich, dass sie am Ende Material der Klasse I lieferte. Es kribbelte in seinen Fingerspitzen. Eine solche Ressource eröffnete sich nicht alle Tage.

Er setzte sich an den Schreibtisch und beugte sich über Rias Akte. Über Fotos aus dem Keller der Staatssicherheit verfügten sie nicht, aber es gab ein Foto von Rias Vater auf dem Weg zum Geheimprozess. Die Folgen der Folterungen waren deutlich zu sehen. Er war ein gebrochener Mann. Wie musste es Ria ergangen sein ohne Kontakt zu Schwester, Mutter und Vater, bei der fremden Familie, wo sie keine Fragen stellen durfte? Sie war damals erst zehn gewesen.

Die Adresse der Schwester stand hier, schwarz auf weiß. Zuerst hatte er überlegt, sie anzuzapfen, aber es war zu riskant, sie lebte in Jüterbog, wo 40 000 Soldaten der Roten Armee stationiert waren, die größte sowjetische Garnison in der DDR, dort war die Spionageabwehr engmaschig. Und sie war mit einem Volkspolizisten verheiratet.

Er hörte die Befragung aus dem Nebenzimmer. »Hatten Sie Kontakt zu einem Angehörigen des sowjetischen Geheimdienstes?«

Ria verneinte.

»Wurden Sie vom KGB oder dem GRU oder irgendjemand anderem beauftragt, sich bei uns anzudienen?«

Ria sagte entnervt: »Dann hätte ich ja wohl kaum die vorherige Frage mit Nein beantwortet, oder?«

Ungerührt wurde die Frage wiederholt, und Ria verneinte.

»Arbeiten Sie für die ostdeutsche Staatssicherheit oder im Auftrag der ostdeutschen Polizeibehörden?«

Hähner vertiefte sich erneut in die Unterlagen. Er tupfte sich das tränende Auge mit dem Taschentuch. Dieses verfluchte Melkersson-Rosenthal-Syndrom. Angeblich sollten sich die Lähmungserscheinungen bald legen. Aber bei ihm hielten sie jetzt schon fünf Wochen an.

Der Lange kam herein. »Sie ist sauber.«

Hähner kehrte zurück und nahm Ria gegenüber Platz, während der Lange den Lügendetektor hinausschaffte.

»Und?«, fragte sie. »Wie heißen Sie wirklich?«

»Hähner. Stefan Hähner.« Es war unprofessionell und nicht ohne Risiko, ihr den Klarnamen zu sagen. Warum hatte er es getan? Sie hätte nichts nachprüfen können, er hätte ihr irgendeinen Namen sagen können. Aber da war der Wunsch in ihm, ehrlich zu sein und Ria ohne die übliche Camouflage zu begegnen. Er war nervös, wie er es bei einem Anwerbungsgespräch noch nie gewesen war.

»Ich sage Ihnen, warum ich Ihnen helfen werde, Herr Hähner. Es hat mit Selbstachtung zu tun.«

»So?« Das Tuch drohte aus der Hosentasche zu rutschen. Er stopfte es tiefer hinein.

»Dass ich wütend bin, streite ich nicht ab. Ich werde der DDR schaden. Aber ich bin nicht dumm. Ich kann es nicht mit der Armee aufnehmen, mit den Kampfgruppen und der Staatssicherheit. Also, wie können Sie mich schützen? In letzter Zeit stand öfter in der Zeitung, dass feindliche Agenten gefasst wurden.«

»Dazu kommen wir gleich.« Er schob ihr ein Blatt Papier und einen Kugelschreiber hin. »Schreiben Sie: Vereinbarung.«

»Was soll ich?«

»Bitte schreiben Sie.«

Ria tat es, nachdem sie ihm einen deutlich ungehaltenen Blick zugeworfen hatte.

Er diktierte, dass sie sich bereit erkläre, der Freiheit und der Demokratie zu dienen und ihren Auftraggeber auf entsprechende Anfragen hin schriftlich, mündlich oder per Funk informieren werde. Ihre Informationen werde sie mit dem Namen *Eisblume* unterzeichnen. »Ist Ihnen das als Deckname recht? Dann unterschreiben Sie bitte, nur mit dem Decknamen, das genügt.«

»Aber warum dieses Schriftstück?«, fragte sie. »Das ist doch ein zusätzliches Sicherheitsrisiko.«

»Alles, was von Ihnen kommt, wird bei Gamma mit dem Decknamen behandelt. Damit Sie niemand verraten kann, selbst wenn die Gegner einen Maulwurf einschleusen würden.«

»Gamma?«

»So nennen wir den Bundesnachrichtendienst.«

»Haben Sie noch mehr lustige Decknamen?«

»Fleurop.«

»Was ist das?«

»Das sind die befreundeten Dienste.« Du meine Güte. Dieses Lächeln! Er hatte sich immer für hartgesotten gehalten, aber dieses verwilderte Mädchen mit den goldbraun gesprenkelten Augen hob ihn mit Leichtigkeit aus dem Sattel. Sie hatte das Gesicht eines schönen Kindes, und ihre Stimme war tief und weich und wissend.

»Also der MI6 und der französische Geheimdienst und wie sie auch immer heißen?« Sie lachte auf.

»So amüsant ist das alles nicht.«

»Ich weiß.« Das Lächeln verschwand aus ihrem Gesicht, und augenblicklich bereute er seine Bemerkung. Sie sagte: »Diese Vereinbarung ist ein Druckmittel. Sie können mich erpressen. Wenn das Blatt in die Hände der Stasi fällt, bin ich geliefert. Das ist doch der einzige Sinn der ›Vereinbarung‹. Ist es nicht so? Es ist meine Handschrift, da nützt der schönste Deckname nichts.«

Das Mädchen war schlau. Sie würde eine fabelhafte Agentin abgeben.

Ria strich sich die Haare aus der Stirn. »Und wenn Sie plötzlich tot umfallen, dann weiß niemand im BND, wer ich bin?«

»Es gibt einen besonders geschützten Bereich im Archiv, wo die Decknamen mit den Klarnamen zusammengebracht werden. Aber an diesen Tresor kommt niemand heran.«

Warum fiel es ihm so schwer, sie anzulügen? Immerhin, er hatte ihr einen Fantasienamen gegeben, den er bei Gelegenheit durch die echte Identität einer Unbeteiligten austauschen musste, damit es nicht auffiel, wenn sie es prüften. Er würde ›Max‹ bitten, die persönlichen Daten einer anderen Sekretärin im Außenhandelsministerium herauszufinden, die möglichst ebenfalls im Februar dort ihre Stelle angetreten hatte. Wenn es einen Verräter gab und der Name dieser anderen Sekretärin an die Stasi weitergegeben wurde, würde die Überwachung der Sekretärin ergebnislos bleiben, und die Spur würde für die Stasi erkalten.

»Also, welchen Sinn hat diese komische Decknamenunterschrift?«

»Mit der Unterschrift werden Sie Ihre Honorare quittieren.«

»Ich will keine Honorare. Ich will diesen Staat bekämpfen, dieses Unrechtssystem.«

»Keine Sorge, wir werden Sie nicht reich machen, Frau Nachtmann.«

Sie stand auf und ging zum Fenster, sah nach den Passanten. »Erzählen Sie mir von jemandem, der gestorben ist. Also einem, der hingerichtet wurde, den man erwischt hat.«

»Ich kann nichts über aktuelle Operationen sagen. Das wäre fahrlässig.« Das Gespräch nahm keine gute Richtung. Auf keinen Fall durfte er ihr von vergleichbaren Innenquellen erzählen, die umgekommen waren. Besser ein Beispiel, das ihr weit weg erscheinen musste. »Die sowjetische MiG war im Koreakrieg den amerikanischen Flugzeugen überlegen. In der DDR sind MiG-Flugzeuge stationiert. Also haben wir versucht, eines zu entführen, um es auseinanderzunehmen und zu analysieren. Der Pilot sollte das Flugzeug über die Grenze fliegen und bei Braunschweig landen. Bevor es so weit kam, flog die Sache auf. Unser Agent, der den Piloten angeworben hatte, wurde verhaftet. Er wurde von einem sowjetischen Militärtribunal wegen Spionage zum Tode verurteilt und Ende März neunzehnzweiundfünfzig in Moskau erschossen.«

»Also mussten Sie die Sache aufgeben«, sagte sie und sah weiter hinaus. Nahm sie Abschied vom gewöhnlichen Leben dort draußen? Ihr war offenbar bewusst geworden, was es bedeutete, als Innenquelle für einen gegnerischen Geheimdienst zu arbeiten. Sie würde niemandem davon erzählen dürfen, das Geheimnis würde sie von allen Menschen trennen.

»O nein. Ein Jahr später ist es gelungen. Ein polnischer Pilot flog seine MiG-15 nach Dänemark.«

»Ich werde Ihnen kein Flugzeug stehlen.«

»Der Rohstoff aller Geheimdienstarbeit sind Informationen. Sie arbeiten im Ministerium für Außenhandel und innerdeutschen Handel. Sie werden eine sogenannte Wirtschaftsquelle sein.«

»Und was machen Sie mit den Informationen? Wie schade ich dadurch der DDR?«

»Die Sowjetunion hat in der DDR knapp vierhunderttausend Soldaten stationiert, siebeneinhalbtausend Panzer, hundert taktische Raketen, siebenhundert Bomber und Jagdflugzeuge. Ich verrate kein Geheimnis, wenn ich Ihnen sage, dass den Alliierten in Westdeutschland nur ein Bruchteil davon zur Verfügung steht. Man ist nervös. Wenn plötzlich sowjetische Luftlandetruppen in die DDR verlegt würden, beispielsweise, wäre das ein klares Indiz für Angriffsvorbereitungen, und je früher wir davon erfahren, desto besser.«

»Das werde ich im Ministerium für Außenhandel wohl kaum mitbekommen.«

Wenn sie wüsste, wie schwer es seit dem 17. Juni 1953 geworden war, Innenquellen zu gewinnen! Momentan arbeiteten in der gesamten DDR kaum noch zweihundertfünfzig davon für den BND, und der Flüchtlingsstrom kostete wöchentlich weitere V-Leute. Der Boden wurde ihnen zu heiß, und sie gingen in den Westen. Manche ließen sich sogar gezielt deshalb anwerben, damit ihnen der BND bei Flucht und Neustart half, und er musste sie dann mit psychologischen Tricks überreden, noch wenigstens ein, zwei Jahre in der DDR zu bleiben. Von den Spitzenpositionen in der Wirtschaft war gar keine Rede mehr, die waren alle durch SED-Kader besetzt, der BND besaß dort keinen Zugriff. In die zentralen Lenkungsinstanzen war schon gar nicht hineinzukommen, in die Plankommission, die Ministerien und die SED. Ria ahnte nicht, was für ein Glücksfall sie für den BND war.

Er sagte: »Dafür gelangen Sie an die Produktionspläne einzelner Industriezweige. Schwerindustrie, chemische Industrie, Treibstoff und Energie, all das interessiert uns. Genauso ein Einblick in die wirtschaftliche Gesamtplanung und die Diskussionen im Parteiapparat.«

Sie kam zurück zum Tisch. »Ich dachte, ich könnte dem System schaden. Ich will etwas bewirken, nicht bloß Zahlen sammeln und Politiker beobachten.«

»Sie unterschätzen, welchen Einfluss Zahlen und Politiker auf den Alltag haben. Das unterschätzen die meisten, Sie sind da nicht allein. Man stolpert durch den Alltag und denkt in seinen kleinen Kategorien. Aber die Ministerien, die Regierung, das ist der Maschinenraum, von dort aus wird das ganze Schiff gesteuert. Und wohin es steuert, das hat Einfluss auf das Alltagsleben jedes Einzelnen.«

»Ist das so?« Es schien sie nicht zu überzeugen.

»Ich verspreche Ihnen, Sie werden Menschenleben retten. Dort draußen tobt ein Krieg, Ria, ein Weltkrieg, immer noch. Nur geht es nicht mehr darum, wer die meiste Munition hat. Es geht darum, wer die Informationen hat. Mit diesen Informationen gewinnt man den Krieg. Die Frontlinie verläuft quer durch ganz Europa, und nirgendwo tobt die Schlacht wie in Berlin.«

»Und wenn ich erwischt werde, kaufen Sie mich dann frei?«

In letzter Zeit bevorzugten sie leider einen Schauprozess mit anschließender Hinrichtung, um es für die Zukunft schwerer zu machen, in der DDR Quellen anzuwerben. Diese Hinrichtungen wurden propagandistisch ausgewertet, damit jeder DDR-Bürger erfuhr, was bei Spionage drohte. Wenn die auch Ria umbrachten, würde er sich das nicht verzeihen. »Ob

wir Sie freikaufen können, hängt davon ab, was die DDR bezweckt.« Das hörte sie doch gleich heraus, das durchschaute sie doch, dass er herumlavierte. Er räusperte sich. »Ich helfe Ihnen, das Risiko auf ein Mindestmaß zu begrenzen. Es gibt Regeln für konspiratives Verhalten...«
»Und diese Regeln retten mich dann?«, unterbrach sie ihn.
»Sie werden betrügen müssen. Ihre Unschuld müssen Sie ablegen.« Er richtete sich auf. »Und Sie müssen sich verstellen. Noch mehr als zuvor.«

Sie nickte. Ihr Mund hatte einen entschlossenen Zug angenommen. »Ich hab immer gekuscht, hab gesagt, was die hören wollten, ich habe mich verstellt mein Leben lang, weil ich gehofft habe, dass das meinem Vater hilft, dass er irgendwann wiederkommt, wenn ich ein braves Mädchen bin. Als Vater nicht kam, habe ich gehofft, dass sie mir wenigstens die Schwester wiedergeben. Aber die wollen den Kampf. Dann sollen sie ihn haben.«

Sorokin mied das Haupttor am Rondell, er hatte es schon immer gemieden. Stattdessen betrat er Karlowka durch einen der unauffälligen Nebeneingänge. Er musste sein rotes Büchlein und den gelben Passierschein vorzeigen. Der Soldat sah ihm aufmerksam ins Gesicht und studierte die Dokumente. Seine Haare waren kurz geschoren unter dem Pilotka, dem Schiffchen. Der Soldat sah jung aus, schrecklich jung, als wäre er gerade fünfzehn geworden, ein мужик, arme Schweine allesamt, auch wenn es als Auszeichnung galt, in die DDR abkommandiert zu sein. Sorokin hatte einmal in einen der Schlafsäle geblickt. Der Geruch von klammen und muffigen Militärklamotten, hundert Mann in einem Saal, die eisernen Bettgestelle dicht an dicht, am Fußende vor jedem Bett ein kleiner Hocker, darauf Uniform und Mütze. Kein persönlicher Besitz, keine Privatsphäre, nicht mal ein Spind, auf engstem Raum lebten sie zusammen, bei einem durchgetakteten Tag unter ständigem Drill und Schikanen von den Vorgesetzten. Nicht jeder hielt das aus. Es gab immer wieder Fluchtversuche und Erschießungen, auch Selbstmorde. Eintausend Soldaten und hundertfünfzig Kampfpanzer waren hier in Karlowka stationiert. Einmal, abends, hatte er sie singen gehört, nur leise drang es durch die Fensterscheiben, ein schwermütiger Gesang.

Das Soldatenkind sagte: »Sie können passieren, Genosse.«

Für die Berliner war es die »verbotene Stadt«, ein Sperrgebiet mitten im Ortsteil Berlin-Karlshorst, aber wer Russisch sprach, nannte es liebevoll Karlowka, manchmal im Scherz auch »Klein-Moskau«.

Die Offiziere hier, das war etwas anderes, die bekamen bis zu tausend Mark im Monat, dazu Wohnung und Verpflegung kostenlos für die gesamte Familie, ihre Kinder gingen in »Klein-Moskau« zur Schule, die Frauen konnten arbeiten gehen. Der мужик dagegen wurde mit 15 Mark im Monat abgespeist, so hatte es jedenfalls in der Kantine geheißen, ein Armutslohn.

Sorokin spazierte über das Gelände zum St.-Antonius-Krankenhaus. Hier unterhielt der KGB seine größte Zentrale außerhalb der Sowjetunion. Achthundert Mitarbeiter koordinierten Überwachung und Einsätze, verhörten Delinquenten oder wurden zu Geheimoperationen ausgesandt. Schon an der Tür wurde Sorokin in Empfang genommen, man lächelte, schlug ihm auf die Schulter, führte ihn zum Saal wie einen König. Als er den Saal betrat, standen alle auf und applaudierten.

Er wurde nach vorn geleitet in die erste Reihe. War das nicht Schelepin, der KGB-Vorsitzende? War der extra aus Moskau eingeflogen? Er hatte Sorokins Blick bemerkt. Mit einem kleinen Lächeln ging Schelepin nach vorn. Seine Rede hielt er nahezu frei, er drückte deutlich seine Freude über den Tod des Verräters Bandera aus und erwähnte, dass es Sorokin vor zwei Jahren ebenfalls gelungen war, Lew Rebet zu erledigen. Dann leitete er dazu über, die Ehre herauszustreichen, die mit der Verleihung des Rotbannerordens verbunden war. Er sei eine Tapferkeitsauszeichnung für heroische militärische Taten, und genau die verdiene ein Mann wie Fjodor Sorokin. Die Zuhörer applaudierten. Schelepin rief ihn nach vorn.

Während sich die Anwesenden, immer noch applaudierend, erhoben, darunter sämtliche Abteilungsleiter und etliche hochverdiente Operationsleiter, denen er nicht mal gewagt hätte, beim Essen Wodka nachzuschenken, öffnete Schelepin das blaue Kästchen und entnahm ihm mit spitzen Fingern das rot und weiß emaillierte Abzeichen. Das goldene Hammer-und-Sichel-Emblem blitzte auf, die goldenen Weizenähren blinkten auf dem Roten Stern. Dahinter konnte man Hammer, Pflug und Fackel erkennen. Auf der roten Fahne stand: Пролетарии всех стран, соединяйтесь! Proletarier aller Länder, vereinigt Euch! Darunter die kyrillischen Buchstaben СССР für die Union der Sozialistischen Sowjetrepubliken.

Stalin war mit dieser Ordensspange ausgezeichnet worden, drei Mal, und Marschall Schukow, der die Kapitulation der Wehrmacht entgegengenommen und damit den Zweiten Weltkrieg beendet hatte. Auch General Bersarin, der mit seiner Armee als Erster Berlin erreicht hatte und dafür zum Stadtkommandanten ernannt worden war.

»Gute Arbeit, Sorokin. Ich wünschte, wir hätten mehr Männer wie Sie.« Schelepin steckte ihm das Abzeichen ans Revers. Niemand im Publikum konnte hören, was sie redeten. »Sie werden es weit bringen.«

»Vielen Dank, Genosse Schelepin.«

Er durfte sich wieder hinsetzen. Der nächste Redner trat auf die Bühne für Grußworte und Glückwünsche. Dann noch einer. Schließlich eröffnete Schelepin mit so großer Geste das Büfett, als hätte er das Essen persönlich aus Moskau mitgebracht. Sorokin hatte Hunger, aber er musste Hände schütteln. Die Leute sahen ihn mit Bewunderung an, sie behandelten ihn wie eine Berühmtheit, weil er es gewagt hatte, weit ins feindliche Gebiet vorzudringen und einen gefährlichen Gegner zu töten. Sie hatten Bandera nicht gesehen mit den Paketen in diesem Treppenflur, sie wussten nicht, dass in den Paketen Geburtstagsgeschenke für seine Tochter Lesya gewesen waren. In ihrer Unbedarftheit feierten sie seinen Tod wie ein Straßenfest.

Er dachte an Luisa. Er stieß mit Wodkagläschen an, er lachte und erzählte und dachte dabei daran, dass Luisa womöglich schwanger war, nein, ziemlich sicher schwanger war, und dass sein Kind ohne Vater aufwachsen würde, zumindest ohne offiziellen Vater. Es machte ihn traurig.

Später, im kleinen Kreis, im Büro vor dem Stahlschrank seines Vorgesetzten, standen sie noch zu später Stunde zusammen. Er war angetrunken. Er sagte: »Das war mein letzter Auftrag, richtig? So war es besprochen.«

Krylow machte ein saures Gesicht. »Lassen Sie uns nicht heute darüber reden, heute feiern wir.«

Schelepin, der mächtige Mann aus Moskau, sah entsetzt vom Orden zu ihm und erneut zum Orden auf seiner Brust.

»Sie wollen aufhören? Ausgerechnet Sie?« Er wirkte, als sei er unsicher, ob er den falschen Mann ausgezeichnet hatte.

Hatte man ihm nichts gesagt? Es war Sorokin unangenehm. »So hatten wir es abgesprochen.«

»Das wäre ein großer Verlust für das Heimatland.« Nicht für die Front in Deutschland, die genügte nicht, auch nicht für den KGB, nein, das ganze Heimatland war betroffen, darunter ging es nicht. Der vaterstrenge Blick Schelepins war ihm unangenehm. Auf so etwas war er schon immer reingefallen, er konnte solche Männer nicht enttäuschen, er wollte sich ihren Respekt verdienen.

»Sie brauchen Erholung«, sagte Schelepin, als spürte er, dass sein Gegenüber weich wurde und dass er nun ebenfalls ein wenig nachgeben konnte. »Warum machen Sie nicht den Rest des Jahres Urlaub? Sie fliegen mit mir nach Moskau. Es ist sowieso besser, wenn Sie nicht hier sind und wir ein wenig warten, bis Gras über die Sache gewachsen ist.«

Er wollte nicht nach Moskau. »Ich möchte in Berlin bleiben. Und ich bitte zur Belohnung für die erfolgreich ausgeführten Einsätze um die Erlaubnis zu heiraten.« Sein Gesicht wurde warm. Sicher war er rot geworden.

Krylow goss Wodka nach und fasste ihn brüderlich am Arm. »Dass Sie sich nach einer Frau sehnen, ist verständlich. Es gibt viele schöne Frauen, wir können Ihnen behilflich sein. Sie suchen sich die Schönste aus und verbringen einige Monate mit ihr im Urlaub. Eine Hochzeit bereuen Sie später nur.«

»Sie könnte auch meine Tarnung verbessern.« Nach einem Blick auf Schelepin ergänzte er: »Und natürlich arbeite ich weiter für die gute Sache, nur an anderer Stelle. Vielleicht können Sie mich als Führungsagenten gebrauchen.« Wenn er starb, würde es niemanden geben, der an ihn dachte. Niemanden, der ihn vermisste, der nach seinem Tod Erinnerungen an ihn hatte und sich nach ihm sehnte. Es war absurd, wie sollte er denn als Toter noch etwas merken? Es konnte ihm doch egal sein. Aber das Gefühl machte ihm zu schaffen. Vielleicht war es auch die Einsamkeit im Hier und Jetzt, die ihn anfocht. Er, der anderen den Tod brachte, wünschte sich menschliche Wärme.

»Wer heiratet, wird behäbig«, sagte Schelepin. »Verheiratete sind in den Hafen eingelaufen. Sie aber, Sorokin, fahren jeden Tag in die Weite hinaus.«

Krylow schraubte die Wodkaflasche zu. Es war echter sowjetischer Wodka, mit einem vergoldeten Wolkenkratzer auf dem Etikett. »Um Ihre Geliebte kümmern wir uns. Da haben Sie unsere volle Unterstützung.«

Wussten sie von Luisa? Das hätte er sich doch denken müssen! Sie hatten dazu geschwiegen, Luisa war ihnen kein Wort wert gewesen. Aber natürlich hatten sie von ihr erfahren. »Bitte legen Sie keine Akte über sie an. Ich will, dass man sie in Ruhe lässt.«

Schelepin nahm Krylow zur Seite und fragte leise: »Wird er zur Vernunft kommen?«

»Das wird er«, versprach Krylow, »verlassen Sie sich darauf, Genosse Schelepin.«

Sie sollten aufhören, so zu tun, als wäre er nicht anwesend. Krylow legte ihm die Hand auf den Rücken und führte ihn zur Tür. »Sie fahren jetzt nach Hause, nehmen Sie ein Taxi, Sorokin. Und schlafen Sie Ihren Rausch aus.« Damit war die Sache für ihn erledigt.

Er stolperte vorbei an den Propagandaplakaten und Wandzeitungen, vorbei am Bild eines telefonierenden Soldaten, dessen Vorgesetzter hinter ihn trat und die Hörergabel niederdrückte, mit strengem Blick, dazu die Plakatinschrift: *Schwatze nicht am Telefon. Ein Schwätzer ist ein gefundenes Fressen für Spione.*

6

Das Licht der aufgehenden Sonne kroch über Luisas Kinn. Sorokin bestaunte die Form ihrer Nase und ihr kindhaftes Gesicht mit den breiten Wangen. Ihm gefielen die vom Schlaf unordentlichen Locken. Selbst den Fuß, der unter der Decke hervorsah, wollte er am liebsten mit Küssen bedecken.

Er ging leise in die Küche, schraubte die Ofentür auf und legte zwei Briketts nach. Luisa sollte es warm haben, wenn sie aufwachte. Kleine Sorgen zu haben, kleine Freuden – war das nicht das Leben? Er nahm sich vor, seine Schönheit wieder neu zu suchen. Luisa würde ihm dabei helfen.

Die Arbeit als Agent machte scharfsichtig bei einigen Themen und dafür blind bei den anderen. Man witterte hinter jedem Baum einen Beschatter und in jedem Gesprächspartner einen Verräter, und büßte die Fähigkeit ein, zu vertrauen und im anderen das Gute zu sehen. Für die Alltagswunder verlor man den Blick.

Luisas rote Schürze, die sie über den Küchenstuhl gelegt hatte – ohne Luisa wäre die Küche nichts, aber es war Luisas Küche, und deshalb fühlte er sich hier zu Hause. Der Gasherd und die weißen Kacheln an der Wand, das warme, beigefarbene Linoleum am Boden, die wie von Spitze durchsetzten weißen Scheibengardinchen. Der Raum vermittelte Seelenwärme, und das war es, wonach er sich sehnte.

Er schlich zurück, der rote Kokosläufer im Flur knirschte

leise unter seinen Füßen. Er setzte sich wieder auf den Stuhl neben Luisas Bett. Luisa lag nur da und schlief, aber sie beschenkte ihn. Er lernte wieder »Alltag« kennen. Er konnte wieder an ein normales Leben glauben. Das machte ihn dankbar. Ihr Gesicht zuckte. Sie blinzelte, streckte sich. Als sie ihn erblickte, war sie schlagartig wach. »Du kannst nicht einfach bei mir reinspazieren!«

»Hätte ich klingeln sollen? Dann wärst du von der schrillen Klingel aufgewacht, und die Nachbarn gleich mit.«

»Du weißt genau, was ich meine. Wir haben gestritten, und jetzt sitzt du neben meinem Bett.«

»Ich wollte dir beim Aufwachen zusehen.«

»Und wenn ich das nicht möchte?« Sie fasste nach dem Wecker, hielt ihn sich vor das Gesicht. »Halb acht schon! Wieso hast du den Wecker ausgestellt? Willst du, dass die mir im Salon kündigen?«

»Vielleicht brauchst du bald nicht mehr zu arbeiten.«

»Und wieso nicht?« Sie schlug die Decke beiseite und stand auf. Hastig raffte sie Kleidung zusammen.

Er erhob sich ebenfalls und nahm Luisa sanft in die Arme. »Ich könnte für uns beide sorgen, für uns ... drei.« Er sah auf ihren Bauch hinunter, der sich unter dem Nachthemd wölbte. »Möchtest du meine Frau werden?«

Luisa sank auf das Bett nieder. Sie sah ihn nicht an. Biss sich auf die Unterlippe. »Ich hab mir das gewünscht, Peter, lange schon. Aber du vertraust mir nicht, wie kann ich dir da vertrauen?«

Er wusste, er konnte sich eine neue Geliebte suchen. Es würde sich immer wiederholen, keine Beziehung konnte Tiefe und Festigkeit entwickeln, wenn er den größten Teil seines Lebens vor seiner Partnerin verschweigen musste.

Luisa knüllte die Anziehsachen in den Händen. »Du kommst hierher wie ein Besucher, und dann bist du wieder weg, tagelang. Andere haben Fotos, Andenken, gemeinsamen Urlaub. Ich habe nichts, das mich an dich erinnert.« Jetzt sah sie ihn an. »Das ist doch merkwürdig. Wir haben nicht mal Freunde.«

Er ging an der Wand in die Hocke und begann, sie knapp oberhalb der Fußbodenleiste abzutasten.

»Was tust du da?«

»Still.« Er fühlte keinen Draht. »Hast du einen Schraubenzieher, einen kleinen?«

Sie sah ihn ratlos an.

Er ging in den Flur und drehte im Sicherungskasten sämtliche Sicherungen heraus. Dann suchte er im Küchenschrank nach dem passenden Schraubenzieher, fand ihn und kehrte damit ins Schlafzimmer zurück. Er löste den Deckel der Steckdose. »War in letzter Zeit ein Elektriker hier?«

»Nein. Also, doch, vor zwei Monaten, da hat es eine Störung gegeben, und sie haben jemanden von der Hausverwaltung geschickt.«

Das winzige Mikrofon saß als rundes, schwarzes Modul inmitten der Elektronik. Es arbeitete mit Trägerfrequenz, es nutzte den Strom der Leitung und sendete die Information ebenfalls über das Stromkabel weiter. Es hatte also keine Stromversorgung gelegt werden müssen und auch kein Leitungskabel. Diese Variante bevorzugten manche Techniker neuerdings gegenüber der Installation hinter der Fußbodenleiste. »In welchen Zimmern war er?«

»Nur hier, im Schlafzimmer. Die Steckdose war wohl defekt.«

»Natürlich.« Er zerstörte die Wanze mit dem Schraubenzieher. »Die Sicherung fürs Schlafzimmer bleibt jetzt draußen. Lass dir vom Elektriker eine neue Steckdose einbauen.«

»Wie soll ich das erklären, dass sie schon wieder kaputt ist?«

»Sag der Hausverwaltung nichts. Such dir einen Elektriker aus dem Telefonbuch. Außerdem ... war sie nicht kaputt. Die haben uns abgehört, die Schweine.«

»Durch die Steckdose? Warum sollte man mich abhören wollen? Peter, du redest eigenartiges Zeug, geht es dir gut?«

Er zog die Überreste der Wanze heraus und hielt sie Luisa hin. »Nicht besonders«, sagte er.

»Ist das ...«

»... eine Wanze, ja.« Er ging vor Luisa in die Hocke und nahm ihre Hände. »Ich heiße nicht Peter. Mein Name ist Fjodor. Du willst, dass wir uns vertrauen, und dass wir uns nahe sind? Ich will es auch, Luisa. Wir müssen jetzt vorsichtig sein. Ich werde an der Eiche vorn an der Straßenecke einen Nagel einschlagen, ungefähr in zwei Metern Höhe. Er wird alt und rostig aussehen, als wäre er schon immer da gewesen. Sein Ende wird verbogen sein. Immer, wenn du nach Hause kommst, musst du dort im Vorbeigehen nach ihm sehen. Zeigt der Nagel nach oben, ist alles in Ordnung. Zeigt er aber nach unten, kehrst du sofort um und hältst dich von dieser Wohnung fern, verstehst du mich?«

Sie wurde blass. »Du hast mir nicht mal deinen richtigen Namen gesagt?«

»Ich durfte es nicht. Ich hätte nicht mit dir anbandeln dürfen, und schon gar nicht ein Kind zeugen. Luisa, ich arbeite für den sowjetischen Geheimdienst. Ich bin KGB-Agent.«

Sie sah aus, als hätte man ihr mit der Faust ins Gesicht geschlagen. Ruckartig zog sie ihre Hände zurück. »Hast du ...

Menschen getötet?« Ihr Blick flatterte. Sie hielt ihn für ein Monstrum.

»Nein.«

Luisas Lippen waren sehr dünn geworden. Sie formten lautlose Worte, suchten nach dem, was zu sagen war. »Du bist Russe?«, brachte sie schließlich heraus. »Aber wie kann es sein, dass du fehlerfrei Deutsch sprichst?«

Er zuckte die Achseln. »Eine gewisse Begabung, denke ich. Und ich wurde jahrelang trainiert.«

Sie war wie aus Eis.

Er setzte sich neben sie auf das Bett und sagte: »Du kannst mich fortschicken, wenn du willst. Aber ich würde dir gern vorher meine Geschichte erzählen. Dann hast du mich wenigstens zum Schluss ein wenig gekannt. Ist das in Ordnung?«

Er wartete auf ein Nicken, aber da kam nichts. Also begann er einfach. Er erzählte ihr vom Straflager an der Kolyma-Trasse, wo er aufgewachsen war, von der sowjetischen Baufirma Dalstroj, die in Zusammenarbeit mit der Gulag-Verwaltung fast eine Million Menschen in Hunderten Lagern an der »Knochenstraße« arbeiten ließ. So nannte man die Trasse heimlich, weil viele Tote unter ihr lagen, verhungert, erfroren, an Erschöpfung gestorben, hingerichtet. Er habe nicht krepieren wollen wie die ausgemergelten Arbeiter mit ihren Hungerbäuchen, die jeden Tag 16 Stunden schufteten, Menschen wie Schatten, menschliche Schlacke. Also habe er stark sein müssen, für die Mutter und für sich.

Er berichtete, dass er auf das Flehen seiner Mutter hin von einem Aufseher als Ziehsohn aufgenommen worden sei. Der Aufseher habe ihn zu Härte erzogen, und später, als er sechzehn war, alte Kanäle in Moskau für ihn angezapft. So habe er zur Akademie des KGB gehen dürfen.

Aber niemals werde er die endlose Schotterpiste vergessen, an der seine Mutter als Strafgefangene mitbaute, von Jakutsk, der kältesten Großstadt der Welt, nach Osten, zweitausend Kilometer ins Nirgendwo, dieses Land seiner Kindheit, wo die Welt zu Ende war, abgeschieden von der menschlichen Zivilisation, karg und kalt, arm und leer.

Luisa schwieg, als er aufgehört hatte zu erzählen, sie sagte nichts. Beide saßen sie da. Ihm war zum Heulen zumute.

Da fasste Luisa seine Hand. »Endlich redest du.« Ihre Stimme klang fremd, sie war flacher als sonst.

»Ich werde mich nach Alternativen umsehen, nach einer anderen Arbeit. Ich steige aus beim KGB.«

»Unser Kind wird stolz auf dich sein. Ich bin stolz auf dich.«

»Unser Kind.« Er sagte es und konnte nicht anders, als zu lächeln. Sie umarmten sich, unbeholfen, als hätten sie sich eben erst kennengelernt.

Nachdem er Luisa zur Arbeit begleitet hatte, fuhr er weiter nach Karlowka.

Krylow empfing ihn kühl. Er erwähnte die zerstörte Wanze mit keinem Wort, ganz so, als wüsste er nichts davon. »Sind Sie zur Vernunft gekommen?«

Er nahm allen Mut zusammen und sagte: »Ich will aussteigen, Genosse Krylow.«

Krylow ließ sich auf seinen Schreibtischstuhl fallen und seufzte. »Ich will auch manchmal alles hinschmeißen, Sorokin. Was glauben Sie! Viele Dinge passen mir nicht in unserem Laden.«

Sorokin wappnete sich. Das Geständnis war eine Finte, eine vorgetäuschte Verbrüderung, um ihn zu unvorsichtigen Äußerungen zu verleiten. »Das ist es nicht. Ich will...«

»Aus dem KGB steigt man nicht aus, Sorokin. So ist es leider.« Krylow hob die Schultern. »Wenn einer so viel weiß wie Sie, denken Sie im Ernst, da lassen wir ihn gehen?« Das sagte er so dahin, als wäre es etwas Alltägliches. In Wahrheit drohte er ihm. In seinen Augen gab es nur einen Ausstieg – den Tod. Es wurde Sorokin mit eisiger Gewissheit klar.

Krylow begann in seinen Papieren etwas zu suchen. »Es ist eine Drecksarbeit. Sie machen sich die Hände schmutzig, damit andere Menschen nachts unbeschwert schlafen können. Aber das ist kein Beruf, den man aufnimmt und wieder fallen lässt, wenn er einem nicht mehr gefällt. Tschekist zu sein, Sorokin, ist eine Lebensaufgabe. Sie kämpfen in vorderster Front für Frieden und Fortschritt. Sie können nicht einfach die Seiten wechseln.«

»Ich würde doch weiter auf der richtigen Seite stehen. Vielleicht könnte ich in der Verwaltung arbeiten. Ich habe meinen Teil getan, finde ich.«

»Kann das die Ameise sagen, wenn der Regen droht und alle Puppen nach oben gebracht werden müssen, damit die Brut nicht ertrinkt? Kann die Biene es sagen, wenn der Winter kommt und der Schwarm Nahrungsvorräte braucht, um nicht zu verhungern? Es gibt etwas, das wichtiger ist als der Einzelne. Ich weiß, im Westen ist der Gedanke unmodern. Aber wir Kommunisten wissen es besser. Geht es dem Kollektiv gut, geht es allen gut. Wir sind nur kleine Soldaten auf einem gigantischen Schlachtfeld, Sorokin. Ob wir umkommen, ob wir zufrieden sind, spielt keine Rolle. Wir sind bloß Statistik, um einmal den schrecklichen Stalin zu zitieren. Und doch ist es befriedigend, für eine gute Sache zu leben und zu sterben. Oder etwa nicht?«

Schon wieder drohte er, jetzt ziemlich unverhohlen.
»Ich will nicht sterben.«
»Dann bleiben Sie bei uns. Wir können Sie schützen.« Er meinte wohl eher, wir können dann darauf verzichten, Sie umzulegen. »Wegen der Hochzeit...«
»Ach, das!« Krylow winkte ab. »Heiraten Sie, meinetwegen, wenn Sie es nicht lassen können. Solange Sie uns als tapferer Krieger erhalten bleiben, bin ich einverstanden.« Er hatte das gesuchte Papier gefunden, und las darin, als wäre Sorokin nicht mehr hier.

Offenbar hoffte Krylow, dass er nicht erkannt hatte, dass die Wanze von KGB-Bauart gewesen war. Die Stasi belauschte viele Ostdeutsche, und dass sie zufällig bei Luisa gelandet war, war immerhin eine Möglichkeit.

Und wenn er Krylow die Sache auf den Tisch knallte? Sie konnten ihm dann vorwerfen, dass er vorsätzlich KGB-Technik zerstört habe, ganz schnell hätten sie ihn vor einem Blitzgericht, das Zerstören der Abhörtechnik sei ein Beleg für seine verräterische Gesinnung, er habe Geheimnisse, arbeite für den Feind und wollte deshalb nicht überwacht werden. Seinen Einwand, dass es widernatürlich sei, die eigenen Leute im Schlafzimmer zu belauschen, würde man abtun und es als Routine bezeichnen, jemanden abzuhören, der ins westliche Ausland reisen durfte, denn er sei ein potenzieller Verräter, sie könnten ja nicht wissen, wen er dort treffen und zu was er sich verleiten lassen würde, er selbst sei das beste Beispiel, er sei längst korrumpiert durch den Gegner und verdiene die Höchststrafe.

Es war besser, das Schweigen hinzunehmen, vorerst. Er schützte Luisa und das Kind, wenn er beim KGB blieb. Er musste sich die Sache gut überlegen.

Das Wochenende in Westberlin hatte Ria erschöpft, die Trainingseinheiten waren bis spät in die Nacht gegangen. Aber auch die Arbeit im Ministerium war herausfordernd. Immer wieder erntete sie strenge Blicke von der Schwarz, die vorbeikam, um sie »einzuweisen«, wie sie ihren Kontrollwahn nannte. Hatte sie beim Minister nichts zu tun? Dort hatte sie wohl ihre Unter-Sekretärinnen, die für sie die Arbeit erledigten. Sie sah sich als eine Art Aufpasserin.

Ria hatte Briefe für Schalck zu schreiben, und die Schwarz kontrollierte anschließend, monierte und zankte herum. Anfangsrandsteller auf Grad 10, Schlussrandsteller auf Grad 75! Der Monatsname muss ausgeschrieben werden, das vermeidet Flüchtigkeitsfehler, wie leicht steht da eine Drei statt einer Zwei, FEBRUAR ist eindeutig! Beim Satzzeichen hinter den Ziffern kein Leeranschlag! Nach »Unsere Zeichen« folgen die festgesetzten Diktatzeichen und dann die Aktenplannummer – das erleichtert die Registraturarbeit. Behandlungsvermerke wie Wichtig, Vertraulich, Persönlich werden nach drei Leeranschlägen gesperrt neben die Betreffangabe gesetzt, aber nicht mit unterstrichen!

Im Ministerium musste man weder Briefmarken kleben noch eine Portokasse verwalten. Eine Frankiermaschine brachte auf alle Postsendungen den Ortsstempel und das Datum auf. Ihre Zählwerke gaben Übersicht über den Portoverbrauch, den Portobestand, die Stückzahl der frankierten Sendungen, die Höhe der letzten Einzahlung bei der Post. Und ihre automatische Farbzuführung erlaubte mehrere Tausend Stempelungen. Dabei verschloss die Frankiermaschine die Briefe auch, ein einziger Hebelzug genügte, und der Brief wurde zugleich geschlossen und frankiert.

Und das war nicht der einzige moderne Apparat. In der

Ausbildung hatte Ria Maschinenrechnen auf einer Handkurbelmaschine gelernt, dem »Triumphator«. Hier aber stand ihr eine elektrisch angetriebene Rechenmaschine zur Verfügung, eine »Mercedes R 40«, die Addition, Subtraktion und Division automatisch durchführte, nur bei der Multiplikation musste sie die Stellen von Hand verschieben.

In solche Prozesse arbeitete sie sich mit Freuden ein, und sie besaß die nötige Intelligenz und die Beharrlichkeit dafür. Dafür patzte sie bei Alltäglichkeiten. Einmal starrten sie alle an, weil sie gewagt hatte, die Tür zu einer Sitzung zu öffnen, um Schalck einen Zettel zu bringen. Offenbar war es ein Sakrileg, die wichtigen Herren bei ihrem Geplauder zu stören. Dann wieder legte sie das Kohlepapier falsch herum in die Schreibmaschine ein, und statt eines Durchschlags klebte das Geschriebene in Spiegelschrift auf der Rückseite des Briefs. Dummerweise tauchte Frau Schwarz im unpassenden Moment auf, um den Brief gegenzulesen, und hielt Ria eine Standpauke über Konzentration und innere Beteiligung bei der Arbeit.

Trotz der peniblen Überwachung ließ die Schwarz sie verantwortungsvolle Aufgaben übernehmen, von Anfang an. Die meisten aus ihrer Abschlussklasse mussten in den ersten Wochen sicher hauptsächlich Kaffee kochen oder Loseblattsammlungen einsortieren. Frau Schwarz hatte in diesem Punkt recht gehabt, das wurde Ria klar: Es war ungewöhnlich, dass sie als junge Wirtschaftskauffrau, die gerade erst ihren Abschluss gemacht hatte, im Ministerium hatte anfangen dürfen.

Dachte sie mittendrin an Hähner, brach ihr der Schweiß aus. Sie fand dann, dass die Schwarz sie längst wissend ansah und nur darauf wartete, Beweise zu haben und Ria ins Zuchthaus abtransportieren lassen zu können. Sie dachte an den

Toten Briefkasten. An die Verschlüsselungsunterlagen für ihr persönliches Zahlenwurm-Verfahren.

Es war eben nicht so, als wäre seit Freitag nichts geschehen. Merkten die ihr nicht an, dass sich für sie alles geändert hatte? Hähners Auftrag lautete, sich zunächst im Ministerium zu bewähren und einzugewöhnen, Abläufe zu verstehen, Vertrauen zu gewinnen.

Am Nachmittag kam Frau Schwarz mit einem eigenartigen kleinen Lächeln im Gesicht zu ihr an den Schreibtisch, gerade tippte sie einen Brief an die Staatliche Plankommission, und die Schwarz sagte mitten in das Tippen hinein: »Fräulein Nachtmann? Sie werden in Sitzungszimmer drei gebraucht.«

»Herr Schalck ist doch in seinem Büro.«

»Die Staatssicherheit prüft einen Sachverhalt. Sie benötigt dazu Ihre Aussagen.«

Ria schluckte. Sie nahm die Finger von der Schreibmaschine. Stand auf, obwohl die Knie nicht so recht wollten. Ihre Füße waren wie in Blei gegossen, sie kam dem Sitzungszimmer kaum näher mit ihren Schritten, sie brauchte einundzwanzig Jahre bis zu diesem Zimmer.

Die Tür stand offen. Gerade als sie den Raum betreten wollte, hörte sie einen schweren, rasselnden Atem, der ihr eine entsetzliche Erinnerung heraufbeschwor.

Nichts anmerken lassen, nichts zeigen. Ihre Hände krampften sich zu Fäusten. Sie betrat das Zimmer. Man wies ihr einen Platz zu. Drei Männer saßen ihr gegenüber. Wussten die etwas über ihren Kontakt zum BND? Jetzt kam auch Schalck herein. Er gab jedem die Hand, die Stasioffiziere stellten sich widerwillig vor, eine notgedrungene Höflichkeit dem Abteilungsleiter gegenüber. Eickhoff hieß der mit dem Rasselatem, am liebsten hätte sie ihm die Zähne zerschlagen und die Augen ausgestochen und ihn unter die Straßenbahn gestoßen, damit ihn die eisernen Räder zermalmten, aber sie saß da, brav und still, mit unterdrücktem Atem, und wartete auf die Fragen.

Erkannte er sie?

Eickhoff hustete Schleim hoch, er hatte ganz deutlich ein Respirationsproblem, aber es schien ihn nicht zu kümmern. Er öffnete eine schmale Akte und sagte, indem er Ria ansah: »Ausgerechnet Sie bewerben sich hier.«

7

Selbstverständlich gab es zu seinem gefälschten DDR-Pass auch eine Geburtsurkunde. Sorokin war nur nicht sicher, ob sie an dem Ort lag, wo die Standesbeamtin danach suchen würde.

»Kann ich nicht selbst die Urkunde vorbeibringen?«, fragte er.

»Keine Sorge, das Standesamt beschafft alle notwendigen Unterlagen.«

Er würde sich darum kümmern müssen, dass sie die Geburtsurkunde vorfanden und dass auch entsprechende Rückfragen in seinem angeblichen Geburtsort Dessau wie erwünscht beantwortet wurden. Und er musste Luisa schonend beibringen, dass sie – zumindest auf dem Papier – nicht Fjodor Sorokin heiraten konnte, sondern nur Peter Lehmann.

Die Standesbeamtin sagte: »Der Antrag auf die Eheschließung kostet zwei Mark, die notwendigen Urkunden je 60 Pfennig.«

Läppische Beträge. Es ärgerte ihn fast, weil es die Hochzeit in seinen Augen herabwürdigte. »Wann, denken Sie, können wir heiraten?«

»In vier Wochen.«

Vier Wochen! Bis dahin konnte Krylow es sich längst anders überlegt haben. »Geht es nicht schneller? Wir würden gern schon in den nächsten Tagen …«

»Die Wartezeit von der Anmeldung bis zur Trauung ist vorgeschrieben«, unterbrach ihn die Frau.

»Aber warum?«

»Falls ein Dokument für die Eheschließung noch besorgt werden muss. Beispielsweise das Scheidungsurteil eines der Ehepartner.«

»Aber wir heiraten zum ersten Mal, alle beide.«

Die Frau redete mit einer enervierenden Beharrlichkeit. »Bringen Sie beim nächsten Mal bitte Ihre Braut mit und beide Personalausweise. Dann erhalten Sie auch den Schein für den Hochzeitsausstatter.«

»Einen ... Schein für den Hochzeitsausstatter?«

»Damit Ihre Braut Kleid, Schleppe und Accessoires kaufen kann. Sie braucht dafür eine Bescheinigung von mir. Diese Dinge gibt es nicht im freien Verkauf.«

Für den KGB war er ein Held, zwar einer, an dessen Zuverlässigkeit man zweifelte, aber immerhin würdig genug, dass der Vorsitzende des KGB aus Moskau nach Berlin flog, um ihm den Rotbannerorden zu verleihen. Für diese Dame im Bezirksamt war er ein lästiger Bittsteller. So fühlte es sich also an, ein Normalsterblicher zu sein, einer aus der Masse.

Auf dem Heimweg dachte er darüber nach, ob das mit dem Heiraten nicht eine dumme Idee gewesen war. Auf einem Grünstreifen vor Wohnhäusern, den er überquerte, hatte eine Katze einen Vogel erbeutet, sie hielt ihn im Maul, einen Sperling bloß, einen Allerweltsvogel, er flatterte noch, kam aber nicht weg und schlug ermattend mit den Flügeln.

Er trat nach der Katze und traf sie am Bauch. Sie ließ den Vogel los und floh, kläglich maunzend, unter ein parkendes Auto. Aus dem Fenster eines nahe gelegenen Hauses wetterte ein alter Mann, er gestikulierte mit dem Gehstock aus dem Fenster, als wolle er gleich herauskommen und ihn verprügeln. Sorokin tat, als hörte er ihn nicht.

Schließlich drehte er sich doch um und rief: »In Kolyma, da haben wir Katzen gehäutet und gekocht!«

Für einen Moment verschlug es dem Alten die Sprache. Dann wetterte er weiter, er schrie sich heiser und drohte mit der Polizei.

Der würde noch bis zum Schluss fluchen, da war sich Sorokin sicher, so einer hörte erst auf, wenn er tot war und ihm Erde den zahnlosen Mund füllte. Tja, dahin geht es, Alterchen, du wirst ersetzt werden. Das ist natürlich eine Beleidigung und macht dich wütend. Es kommen Jüngere, die übernehmen deinen Platz, wenn du gestorben bist. Der hungrige Pflug der Zeit zieht durch die Jahre, und du kannst nichts dagegen tun.

Er betrat eine Bäckerei, die Aushilfe fegte bereits den Laden, sie würden bald schließen. Um nachher mit Luisa zu feiern, kaufte er ein großes Stück Eierschecke. Er nahm noch einen Bienenstich, den ließ er sich auf einem Papierteller geben und biss draußen, vor dem Laden, davon ab. Die Masse aus Mandeln, Zucker und Kunsthonig klebte an seinen Schneidezähnen. Er entfernte die klebrige Süßigkeit mit der Zunge.

War Eickhoff hier, um die Sache zu Ende zu bringen und zehn Jahre später auch die Tochter seines Opfers einzukreisen? Vielleicht hatte die Staatssicherheit ihn extra geschickt, um sie zu verunsichern, damit das Verhör ergiebiger war. Ria sagte: »Ich weiß, meine Kaderakte ist nicht lupenrein.«

Mit enervierender Langsamkeit öffnete er die graue Mappe, die vor ihm auf dem Tisch lag, und kippte die Blätter etwas an. Er las: »Staatsbürgerkundestunden geschwänzt. Aufmüpfig zu Wort gemeldet in Gruppenratssitzungen der

FDJ.« Er legte die Blätter ab. »Und Sie waren Erster Sekretär! Bis man Sie endlich abgewählt hat.«

Wie begeistert sie noch zu Schulzeiten gewesen war. Reden hatte sie geschwungen, vor sich das Meer von Schülern in Pionierhemden mit blauen und roten Halstüchern. Wenn sie in der Aula auftrat, wurde geklatscht, sogar mit den Füßen getrampelt. Sie hatte andere begeistert für die DDR, weil es der Staat war, für den ihr Vater sich engagiert hatte, sie hatte geglaubt, seine Arbeit fortzuführen und ihn stolz zu machen. Jeden Tag hatte sie damals bis in den späten Abend für den Jugendverband gearbeitet.

Schalck sagte: »Aber Genossen, wer von uns wäre da frei von Schuld? Jeder macht doch im Jugendalter eine widerspenstige Phase durch.«

Sie sah Eickhoff in die Augen und sagte: »Sie wissen, wer ich bin.«

Schalck war irritiert. »Moment mal, wovon reden Sie hier?«

Eickhoff stand auf und ging langsam durch den Raum. »Sie hat sich Ihnen als Ria Nachtmann vorgestellt?«

»Ist das nicht ihr Name?« Schalck folgte ihm mit dem Blick.

»Sie heißt Ria Berkengruen. Ihr Vater war stellvertretender Kulturminister der DDR. Wolfgang Berkengruen, Sie erinnern sich an den Fall? Er hat unseren jungen Staat verraten und den sozialistischen Aufbau erheblich gestört.« Eickhoff machte eine Kunstpause. »Er hat versucht, die deutsche Einheit herbeizuführen.« Es klang, als wäre man dafür der Hölle würdig.

»Was wurde aus ihm?«, fragte Schalck.

»Wir haben uns um Berkengruen gekümmert. Seine Töchter haben wir in regierungstreue Familien gegeben.« Er kam genau hinter Ria zu stehen, und legte ihr seine Hände auf die Schultern. »Aber genützt hat das nicht viel, wie man an diesem Beispiel sehen kann.«

Kümmern, so nannte er das. Sie sah wieder vor sich, wie der Mann ihren Vater packte, ihn aus der Wohnung schleifte, als wäre er ein Schwerverbrecher, mit genau diesen Händen hatte er es getan. Die Brille rutschte Vater aus dem Gesicht und fiel zu Boden, den Mann scherte es nicht, Vaters Brille war nicht mehr nötig, er stieß ihn nach draußen mit einer Wucht, dass sie meinte, Vaters Rippen knacken zu hören. Sie und Jolanthe schrien. Mutter schrie und weinte gleichzeitig.

Ria wand sich frei. »Fassen Sie mich nicht an.«

Schalck musterte sie. Er schien nachzudenken. Offenbar hatten sie ihn vor dem Verhör nicht eingeweiht.

Eickhoff beugte sich von hinten über sie und flüsterte: »Sie haben doch etwas vor. Wo hatten Sie Ihre schmutzigen Pfoten? Was suchen Sie hier bei uns?« Er raunte es so nahe bei ihrem Gesicht, dass Speicheltropfen ihre Haut benetzten.

Im Sitzungszimmer roch es nach kaltem Rauch. Die Aschenbecher hatte sie vorhin erst geleert. Die Tische waren von ihr am Freitagmorgen zum Karree gestellt worden, für die Sitzung der Abteilungsleiter. Jetzt war der Feind hier eingedrungen.

Sie musste kämpfen. Sie musste versuchen, Schalck von sich zu überzeugen, bei Eickhoff hatte sie längst verloren, der wollte sie hinhängen, aber Schalck war offenbar noch unschlüssig. Vom BND wussten sie nichts, sonst hätte Eickhoff das als Höhepunkt seiner Anschuldigungen vorgebracht. Also galt es nur die Zweifel wegen ihres Vaters aus dem Feld zu räumen.

Wie hatte Hähner es ihr erklärt? Gerade weil sie diese Familiengeschichte habe, müsse sie die Flucht nach vorn antreten. Sie solle bloß nicht weichgespült rüberkommen, das wecke Verdacht. Sie solle sich systemkritisch äußern.

Aber wie konnte sie Schalck auf ihre Seite ziehen? Sie sagte: »Die DDR ist ein rohstoffarmes Land. Bis auf Braunkohle und Kalisalze haben wir nicht viel. Und auch wenn uns die Sowjetunion unterstützt, sind wir auf den Handel mit dem nichtsozialistischen Ausland angewiesen, und dafür brauchen wir Devisen. Harte Währung. Westmark, Dollar, Schweizer Franken.« Sie sah jetzt nur noch Schalck an. »Das, wofür mein Vater inhaftiert wurde, worüber er gestolpert ist – das kann ich auch, und genau das brauchen Sie hier. Sie brauchen jemanden, der keine Angst hat, der sich auf jedem Parkett sicher bewegen kann, in London, in Paris. Sie brauchen eine wie mich, die auf jedem Ball tanzen kann. Das ist das Geschäft.«

Sie wusste, sie war attraktiv, wenn sie sich so ereiferte, das hatte sie oft genug von Max gehört. Ihre Augen blitzten dann, die Wangen röteten sich, und sie hatte eine Lebendigkeit an sich, die Männer reizte. Auch Schalck ließ es nicht kalt, sie sah es an seinen unruhigen Händen.

»Und wie bekommen wir die harte Währung?«, fragte er, als wolle er sie prüfen.

Eickhoff kehrte zu seinem Platz zurück. Er trug ein Lächeln im Gesicht. Ein Reptilienlächeln.

Sie sagte: »Indem wir etwas verkaufen.« Sie rief sich die langweilige Führung durch das Ministerium in Erinnerung, die Rede, die der Ministeriumsangestellte ihr und der anderen Neuanfängerin gehalten hatte. Ihr Gedächtnis hatte sie noch nie im Stich gelassen. »Die Produkte der DDR aus

Traditionsbetrieben sind international gefragt, Uhren, Textilien, Campingzelte, Mopeds. Die Hälfte unserer ›Praktika‹-Kameras geht in die USA, wir sind zwar nicht mehr Weltmarktführer, aber immer noch weit vorne dran. Auch mit Werkzeugmaschinen können wir auf dem Weltmarkt mithalten.«

»Das haben Sie schön zusammengefasst.« Schalcks Lob klang etwas spöttisch.

»Drei Viertel unseres Exports gehen in die sozialistischen Staaten, nur ein Viertel in den Westen, aber auf dieses Viertel kommt es an.«

»Sprechen Sie denn Englisch? Französisch?«

»Englisch gut, Französisch ein wenig.« Das war gelogen, Französisch sprach sie überhaupt nicht. Aber das ließ sich nachholen. Sie würde in den Abendstunden büffeln.

Eickhoff sagte: »Der Apfel fällt nicht weit vom Stamm. Sie wird Probleme machen.«

»Ich verabscheue, was mein Vater getan hat. Er hat unsere Familie zerstört mit seinem Ehrgeiz. So etwas habe ich nicht vor. Ich füge mich ins Kollektiv.«

»Sie lügen«, rasselte Eickhoff.

Sie versuchte, sich selbst zu glauben. Machte ihr die Arbeit im Ministerium nicht Spaß? Den Gedanken an Vater und an das Abscheuliche, das sie gerade über ihn gesagt hatte, drängte sie beiseite.

Eine Legende müsse so nah wie möglich an der Wirklichkeit sein, hatte Hähner gesagt. Man verstricke sich sonst zu schnell in Widersprüche. Sie solle sich auf die wahren Anteile ihrer Aussagen konzentrieren und mit ganzem Herzen hinter ihnen stehen. Das Gegenüber spüre diese Unerschütterlichkeit.

War nicht etwas Wahres daran, hatte Vater nicht die Familie zerstört? Und ins Kollektiv fügen wollte sie sich, sie wollte die Abläufe im Ministerium kennenlernen und Herrn Schalck eine nützliche Mitarbeiterin sein, zumindest vordergründig.

»Warum Außenhandel?«, fragte Schalck.

Sie entschloss sich die Wahrheit zu sagen, auch wenn es riskant war. »Ich habe Sehnsucht nach all dem da draußen«, sagte sie. »Nach der Welt.«

Eickhoff fauchte: »Nach dem kapitalistischen Ausland, meinen Sie.«

»Diese Sehnsucht ist nicht grundsätzlich schlecht«, sagte Schalck. »Ich habe DDR-Ausstellungen für Messen in Utrecht vorzubereiten, in Paris, in Moskau. Ich bin wochenlang mit meinen Mitarbeitern dort. Auch in Ägypten, in Bulgarien. Das muss man schon mögen, diese Reiserei.«

Eickhoff kniff die Augen zusammen und fuhr Ria an: »Was hatten Sie vergangenes Wochenende in Westberlin zu suchen?«

Verdammt. Woher wusste der das? »Ich war im Kino, mit einer Freundin. Das machen doch alle. Es ist nicht verboten.«

Schalck zog die Augenbrauen hoch. »Wenn Sie hier arbeiten wollen, Frau Nachtmann, fahren Sie nicht nach Westberlin. Ich dachte, das wäre Ihnen längst klar.«

»Aber das hier ist der Außenhandel, oder nicht?«

Schalck sah sie an, fassungslos über so viel Aufmüpfigkeit. »Sagen Sie, wollen Sie bei mir arbeiten, oder nicht?«

Sie schwieg. Schließlich sagte sie leise. »Natürlich will ich.« Sie gab ihm einen schüchternen Mädchenblick.

»Es ist den Mitarbeitern der Ministerien untersagt, Westberlin aufzusuchen. Da gibt es zu viele Möglichkeiten für den Feind, sie anzugraben. An diese Regel müssen Sie sich halten, und zwar ohne Ausnahmen.« Er wandte sich an Eickhoff. »Ihr wurde der Vater genommen. Oft sind solche Leute zu Außergewöhnlichem fähig. Mir ging es ja ganz genauso, ich habe meinen Vater verloren, da war ich dreizehn. Vielleicht ist es nicht mal schlecht, dass sie so schlagfertig ist. Eine Tätigkeit im Außenhandel erfordert Improvisationsvermögen. Am Messestand muss man fähig sein, zu verhandeln und spontan zu reagieren.«

Eickhoff glotzte. »Aber sie ist als Sekretärin eingestellt worden!«

»Ich glaube, sie ist darüber hinaus verwendbar«, sagte Schalck. »Sie will mehr. Sie hat diesen Hunger.«

Der Mann rechts neben Eickhoff hörte nicht auf damit, sich Notizen zu machen. Der von der linken Seite wandte sich jetzt an Eickhoff und raunte: »Mit der stimmt etwas nicht. Die arbeitet für die anderen.«

Eickhoff wurde laut. »Dafür ist Liebknecht nicht gestorben, dass hier gemauschelt wird! Die Partei ist das Herz des Volkes, und Ihre Winkelzüge, Genosse Schalck, passen kaum zu einer Amtsführung im Sinne des Volkes. Ihre Handelswaren sind keine Handelswaren, es sind Partei-Handelswaren! Und sie gehen nur dazu in den Westen, damit wir den Weltfrieden erhalten können. Wir werden das eingehend im Ministerium für Staatssicherheit besprechen.«

Schalck blieb ruhig. »Tun Sie das. Und richten Sie Oberstleutnant Volpert meine herzlichen Grüße aus.«

Eickhoff zwinkerte nervös. Sein Rasselatem ging in ein Röcheln über. Anscheinend war dieser Volpert ein hohes Tier bei der Staatssicherheit.

Schalck stand auf. »Harmlos ist sie nicht. Aber gerade das gefällt mir. Sie hat Biss. Für meine Abteilung brauche ich

solche Kaliber. Wir wollen an Devisen kommen. Das schaffen wir nicht durch fröhliches Blümchenpflücken.«
»Wie gelang es ihm, solche Autorität auszustrahlen? Er war doch selbst noch jung. Offenbar besaß er durch seine Verbindung zu diesem Volpert eine Position, die ihn in den Stand setzte, gegenüber Offizieren der Staatssicherheit einen solch entschiedenen Ton anzuschlagen.
Eickhoff brütete über seinen Mappen. »Wir behalten sie im Blick.«
»Tun Sie das.« Schalck gab Ria ein verstohlenes Handzeichen, ihm zu folgen.
Auch sie erhob sich jetzt und verließ hinter ihrem Abteilungsleiter den Raum. Frau Schwarz stand draußen. Ob sie gelauscht hatte, war nicht zu erkennen. Aber als sich Ria wieder an ihre Schreibmaschine setzte, sah sie die Schwarz in eine andere Abteilung weiterziehen.
Das hätte gehörig schiefgehen können. Gehörig! Ria spürte, wie ihr das Herz gegen die Rippen schlug.
Schalck steckte noch einmal seinen Kopf aus dem Büro. »Alles in Ordnung bei Ihnen?«
»Ja, alles bestens.« Sie begann, einen Brief zu tippen, damit das regelmäßige Klappern der Schreibmaschine den Eindruck der Normalität erweckte. Dass sie einen Fehler nach dem anderen schrieb, war jetzt gleichgültig. Die Stasi-Offiziere schlichen aus dem Sitzungsraum. Gut, sagte sie sich, obwohl ihr speiübel war. Ich bin ins Zentrum der Macht vorgedrungen, ich wollte das. Hier begegne ich meinen Feinden. Ich wäre sonst nicht an sie herangekommen. Ich will hier sein. Ich werde Jolanthe finden und Rache nehmen für das, was sie Papa angetan haben.
Noch lange hörte sie Eickhoffs Atem rasseln und spürte sei-

nen feuchten Atem im Gesicht, obwohl er das Gebäude sicher längst verlassen hatte. Er sah ihr über die Schulter. Seine schweren Hände lagen auf ihr, als hätte er sie nie fortgenommen.

Sie lernte, mit dem Blitz-Foto-Kopiergerät »Tempocop« umzugehen. Das Blatt, das man kopieren wollte, wurde mit dem Negativpapier im Aufnahmegerät dreißig Sekunden belichtet. Dann wurde das Negativpapier mit einem Positivpapier in den zweiten Teil des Apparates eingeführt. Nach gleichmäßigem Transport traten die zusammenklebenden Papiere fast trockengepresst aus dem Gerät heraus und konnten wieder voneinander getrennt werden. In nur zwei Minuten hatte man eine originalgetreue Kopie hergestellt.

Mit dem Polyjapy Umdruck-Vervielfältigungsgerät konnte sie bald mit gleichmäßigen Kurbelbewegungen von einem Original bis zu 75 Kopien herstellen. Zur Beschriftung der Matrize spannte sie Kunstdruckpapier mit einem kohlepapierähnlichen Spezialfarbpapier in die Schreibmaschine ein, und während sie das Schriftstück tippte, gab das Farbpapier den Farbstoff auf die Rückseite des Kunstdruckpapiers, in Spiegelschrift, und dieses Kunstdruckpapier wurde dann mit der Spiegelschrift nach außen auf der Trommel des Umdruckapparats befestigt. Das Abzugpapier wurde automatisch mit Spiritus benetzt und gegen die Spiegelschrift des Originals gepresst, wodurch sich die Farbschicht auf den saugfähigen Abzugsbogen übertrug und aus der Spiegelschrift des Originals eine lesbare, korrekte Schrift auf dem Abzug wurde.

Eines Morgens, sie war gerade noch dabei, die Post zu sortieren und die passenden Akten herauszusuchen, rief Schalck sie in sein Büro. Er gab ihr eine Zeitung. »Du liest jetzt jeden Tag das *Neue Deutschland*. So bereiten wir dich auf eine SED-Kandidatur vor.«

Dass er beschlossen hatte, sie unter seine Fittiche zu nehmen, gab ihm offenbar das Recht, sie zu duzen. »Ich weiß nicht...«

Er legte die Hand wieder auf die Zeitung, beinahe, als wollte er sie zurücknehmen. »Mädel, du bringst es nicht weit, wenn du nicht Parteimitglied bist. Du bist jetzt beim Staat angestellt, und Staat und SED sind eng miteinander verbunden. Parteilose können noch so gute Arbeit leisten, sie werden es nicht nach oben schaffen. Dein Fortkommen hängt von der Parteimitgliedschaft ab.«

Sie beäugte die Zeitung, als habe sie noch nie eine gelesen. Es brachte Männer auf Touren, wenn sie das Gefühl hatten, einer Frau überlegen zu sein und sie belehren zu können.

»Erst mal bist du sowieso nur Kandidat. Wenn du Mist baust, ziehe ich meine Bürgschaft eiskalt zurück, dass du's nur weißt.« Er ließ die Zeitung los und schob ihr stattdessen auf dem Schreibtisch drei Bücher hin. »Lies das. Sie fragen danach beim Kandidatengespräch. Und sie fragen, was du von der Sowjetunion hältst. Du singst doch nicht im Kirchenchor oder so etwas? Das wird nicht gern gesehen. Hast du Westverwandtschaft?«

Sie verneinte.

»Gut. Wenn du dich dahinterklemmst, sorge ich dafür, dass du studieren kannst.«

Sie las die Buchtitel. *Nikolaj Ostrowski: Wie der Stahl gehärtet wurde. Michail Scholochow: Neuland unterm Pflug. Anton Makarenko: Flaggen auf den Türmen.*

Er folgte ihrem Blick und sah ebenfalls auf die Bücher. »Ich hatte auch bloß eine Lehre und kein Abitur. Was meinst du, wie es mir anfangs an der Hochschule ging. Aber für bestimmte Positionen ist ein Hochschulstudium unabdingbar.

Wenn du hier höhere Mitarbeiterin werden willst, brauchst du das, da ist die Nomenklaturordnung eindeutig.«

»Lassen die mich studieren ohne Abitur?«

»Du legst eine Sonderreifeprüfung ab an der Arbeiter-und-Bauern-Fakultät. Und an der Hochschule schließt du dich einem Lernaktiv an und lässt dich mitziehen.«

Schon am nächsten Tag lud sie die Kaderabteilung der FDJ zu einem individuellen Kadergespräch über ihre weitere berufliche Entwicklung ein. Sicher hatte das Schalck eingefädelt. Der Kaderleiter erkundigte sich nach ihrem Leistungsstand. Sie sagte, sie schreibe 200 Silben Stenografie in der Minute und 300 Minutenanschläge auf der Schreibmaschine.

»Und wie sieht es mit deiner gesellschaftlichen Arbeit aus?«

Sie beherrschte den Parteislang, von ihren Stiefeltern hatte sie ihn jeden Abend gehört. Sie wusste, was sie zu antworten hatte. »Ich bin seit sechs Jahren Mitglied der FDJ und erfülle die allgemeinen Pflichten aller FDJ-Mitglieder. Ich könnte zusätzlich Mitglied der Betriebssportgemeinschaft werden, um das Sportabzeichen der Deutschen Demokratischen Republik ›Bereit zur Arbeit und zur Verteidigung der Heimat‹ zu erwerben.«

Der Kaderleiter nickte zufrieden. Er fragte, wie es mit dem Besuch von gesellschaftswissenschaftlichen Lehrgängen der Partei aussähe. Als sie versprach, auch dieser Anregung zu entsprechen, sagte er zu, ihr weiteres Vorankommen im Kollektiv durchzusprechen.

Frau Schwarz kam in dieser Woche nur ein einziges Mal. Nachdem sie Ria beim Telefonieren belauscht hatte, rügte sie: »Sagen Sie am Telefon nicht ›Hallo‹. Ein freundlicher Gruß ist in Ordnung, aber wenn hier ein Minister anruft oder jemand aus der Plankommission, ist das reichlich unangebracht!« In diesem Augenblick trat Schalck aus seinem Büro. Frau Schwarz grüßte ihn unterwürfig und ging. Schalck nahm sie mit zu einer Sitzung, in der sie Protokoll schreiben sollte. Der Rauchgestank im Zimmer raubte ihr den Atem. Nur mit Mühe bezähmte sie ihren Hustenreiz. Trotzdem zündete sich einer der Teilnehmer eine Casino nach der anderen an. Er redete geschwollen daher. Versuchte er, sie damit zu beeindrucken? Ria legte den Stift weg und merkte sich einfach ein paar Stichpunkte. Schalck sprach sie hinterher darauf an, und sie erklärte, das habe doch kaum Inhalt gehabt, der sei ja bloß das sozialistische Schlagwörterbuch durchgegangen. Schalck drohte ihr mit dem Zeigefinger, lachte dann aber herzhaft.

Auf dem Heimweg an diesem Abend bremste sanft ein Taxi neben ihr, und als sie hinübersah, erkannte sie im Inneren die Frau, die sie für die Kommilitonin von Max gehalten hatte. Die Frau gab ein Handzeichen, und das Taxi fuhr wieder an.

Ria änderte ihre Route, sie ging zur Grünberger Straße, Ecke Simon-Dach-Straße, wo das Taxi damals sie und die Frau abgeholt hatte. Kaum war sie dort angekommen, brauste es auch schon heran, hielt und ließ sie einsteigen.

Die Frau sagte nichts, auch der Taxifahrer nicht. Sie fuhren schweigend um einige Blöcke. »Sind wir sauber?«, fragte die Frau.

Der Taxifahrer sah in den Rückspiegel und nickte.

»Holen Sie ihn ab.«

Wieder fuhren sie schweigend. In einer schlecht beleuchteten Nebenstraße bremste der Taxifahrer. Die Frau stieg aus und nahm auf dem Beifahrersitz Platz. Aus dem Dunkel eines

Hauseingangs trat Hähner. Er stieg ins Auto und setzte sich neben Ria. Kaum hatte er die Tür geschlossen, fuhr das Taxi an.

»Wie kommen Sie voran?«, fragte er.

»Die Stasi hat mich in die Mangel genommen.«

»Aber Sie sind hier und nicht in Hohenschönhausen.« Ria strich mit der Hand über die teuren Sitze des Autos. Sie dufteten nach Leder. Sie sah aus dem Fenster, wo die Stadt vorüberzog, seltsam irreal, als wäre das Auto Teil eines Films.

»Trotzdem, die schöpfen Verdacht. Ich muss vorsichtig sein.«

»Das müssen Sie immer. Wie verhält sich Schalck?«

»Er bereitet mich für eine SED-Kandidatur vor.«

Hähners Augen wurden groß. »Sie sind gut! Machen Sie da unbedingt mit. Wir haben niemanden in der SED. Und Ihre Aufstiegschancen steigen enorm.«

»Haben Sie meine Schwester gefunden?«

»Noch nicht. Wir arbeiten daran.« Er reichte ihr ein Brillenetui.

»Was ist das?«

»Eine Kamera.«

Wo sollte in diesem winzigen Brillenetui eine Kamera sein? Sie öffnete es und entnahm ihm eine schmale, silbrige Stange, noch mal deutlich kleiner als das Etui. Erst bei näherem Hinsehen erkannte Ria das Objektiv und den Sucher.

»Das ist eine Minox A, eine der kleinsten Kameras der Welt. Für das heimliche Fotografieren von Dokumenten gut geeignet. Fünfzig Aufnahmen pro Film. Verbergen Sie die Kamera in Ihrer Handfläche, heben Sie sie nicht an das Gesicht, das wäre zu auffällig. Sie schießt auch spontane Bilder in hoher Qualität.« Er holte eine Kerze aus seiner Reisetasche und öffnete in ihrem geriffelten Fußende ein geheimes Fach.

»Dort schieben Sie die Kamera hinein und bewahren sie so zu Hause auf. Denken Sie immer daran: Findet man die Kamera, stellt man Sie vor Gericht.«

Sie nahm die Kerze entgegen und ließ die Kamera hineingleiten. Vorsichtig schloss sie das Geheimfach. Es war von außen mit bloßem Auge nicht zu erkennen.

Hähner holte einen Schlüssel hervor, für eine Haustür oder einen Keller, so sah er zumindest aus. Mit flinker Bewegung schraubte er ihn auf. »Der Schlüssel ist innen hohl«, sagte er. »Rollen Sie die fotografischen Negative eng auf, und verstecken Sie sie in diesem Hohlraum. Die Negative müssen Sie selbst entwickeln. Die dazugehörigen Chemikalien erhalten Sie in jedem Drogeriegeschäft. Sie haben von jetzt an ein neues Hobby, die Fotografie.«

»Aber ich besitze keinen Fotoapparat.« Sie sah auf die Minox in ihrer Hand. »Also keinen offiziellen.«

Er zog seine Brieftasche heraus, entnahm ihr 300 Mark und reichte ihr die Banknoten.

Sie zögerte.

»Glauben Sie mir, Sie werden weitere Auslagen haben.«

Sie starrte auf die Geldscheine. Wurde die Sache nicht schleichend vergiftet, wenn sie anfing, dafür Geld zu nehmen? Sie war keine Verräterin.

Er beobachtete interessiert ihr Ringen. Schließlich sagte er: »Sie werden Geld brauchen, um einen Kollegen zum Essen einzuladen oder einen Scheinurlaub zu buchen, damit wir Sie weiter ausbilden können. Sie brauchen fotografische Filme und Zubehör, mit dem Sie die Filme entwickeln können.« Er zog einen Quittungsblock hervor und trug die Summe in das Formular ein. »Unterschreiben Sie.«

Sie stockte.

»Bürokratie.« Hähner lachte trocken.

War es als weiteres Druckmittel gegen sie gedacht? »Quittieren die anderen Spione auch ihre Honorare?«

»Natürlich.«

Er log doch. »Und wo spionieren die?«

»Wir haben Transportquellen bei der Deutschen Reichsbahn. Luftwaffenquellen an sowjetischen Flughäfen. Militärquellen, die als Beobachter Autokennzeichen von Militärfahrzeugen liefern, sodass wir erfahren, wohin sie verlegt werden. Aber darum müssen Sie sich nicht kümmern. Erledigen Sie einfach Ihre Arbeit im Ministerium.«

Sie gehörte nicht richtig dazu, das spürte sie. Da waren diese gewaltigen Organisationen, der KGB, der BND, die CIA, und sie führten einen Krieg gegeneinander, warfen Ressourcen und Menschenmaterial aufs Schlachtfeld. Man konnte leicht zwischen den Kräften zermalmt werden. »Bekommen Sie einen Bonus dafür, dass Sie mich geworben haben?«

»Es gibt solche Boni. Wem es gelingt, einen Offizier der Roten Armee anzuwerben, der bekommt achthundert Mark. Deutlich mehr bei einem Stabsoffizier oder einem sowjetischen Geheimdienstmitarbeiter. Aber in der Wirtschaftsspionage sind keine Sonderzahlungen üblich.«

»Also bekommen Sie nur ein ganz gewöhnliches Gehalt. Warum tun Sie das dann? Sich nach Ostberlin wagen, wo man Sie doch festnehmen und an die Wand stellen könnte?«

Sein Gesicht zeigte keine Regung. »Unterschreiben Sie.«

Sie unterschrieb mit »Eisblume«. Hier ging es nicht um Papierkram und Bürokratie. Sie hatte schriftlich bestätigt, dass sie Verrat begehen würde. Es musste nur einer ihre Akte mit dem Decknamen, den Tätigkeiten, dem Foto und dieser

Quittung ans Ministerium schicken, und sie wurde hingerichtet.

Aber auch wenn sie nicht zum BND gehörte wie Hähner, bildete der Geheimdienst doch eine gewaltige Kraft, die sie hinter sich spürte und die von ihren Leistungen abhängig war. War es nicht auch möglich, diese Kraft zu steuern, wenigstens ein wenig? »Haben Sie Killer, die für Sie arbeiten?«

Er runzelte die Stirn. »Sie haben da falsche Vorstellungen.«

»Ich meine es ernst. Können Sie einen Mann umlegen lassen? Sein Name ist Eickhoff. Er arbeitet bei der Staatssicherheit.«

»Hören Sie, Ria. Sie sind eine höchst kostbare Innenquelle. Riskieren Sie Ihre Position nicht durch einen persönlichen Rachefeldzug. Die Kriminalpolizei würde vom Tod dieses Eickhoff rasch auf Sie schlussfolgern, wenn er mit Ihrem Vater zu tun hatte. Oder etwa nicht? Dann ist nichts gewonnen. Sie wollen doch die großen Fische fangen, nicht bloß die Handlanger. Fotografieren Sie uns bis Ende der Woche die Hauptkennziffern der Staatlichen Plankommission, und wenn Sie können, Dokumente über die Wirtschaftsleistung anderer Ostblock-Staaten, vor allem in militärisch relevanten Feldern.«

Sie war enttäuscht. Offenbar war sie noch nicht wichtig genug für den BND. »Wie soll ich das in den Westen bringen?«

»Gar nicht. Sie reisen nicht mehr nach Westberlin. Das ist zu riskant. Und Ria? Vermeiden Sie alles, was Schalck verärgern könnte. Wir fangen gerade erst an.«

8

Zwei Tage nahm sich Ria Zeit, durch eine Lesebrille mit geringer Stärke zu etablieren, dass sie neuerdings ein Brillenetui brauchte. Sie klagte vor den Kolleginnen, dass ihre Augen schlechter geworden seien, und setzte die Brille von Zeit zu Zeit auf, meist aber ließ sie sie offen auf dem Schreibtisch herumliegen. Am Donnerstag nahm sie die Minox mit ins Büro. Ihre Abteilung gehörte zur Sicherungsstufe II, die Türen waren durch Lichtschranken überwacht, die abends scharf gemacht wurden. Selbst wenn sie sich in der Toilette versteckt hätte und im Ministerium einschließen hätte lassen, hätte sie nach Dienstschluss keine Tür öffnen können, ohne beim Betriebsschutz Alarm auszulösen. Über Nacht wurden außerdem mit Siegelmasse und einem speziellen Siegel die wichtigsten Schränke plombiert. Wenn sie eines der Siegel aufbrach, würde das umfangreiche Untersuchungen nach sich ziehen.

Also musste es tagsüber geschehen. Alexander Schalck trug heute ein dunkles Sakko mit dem Zeichen für die SED-Mitgliedschaft am Revers, dazu ein modernes, jugendliches Hemd, dessen Kragenecken weit über das Sakko standen. Er trug es ohne Krawatte, oben locker geöffnet.

Schon seine Begrüßung machte deutlich, dass er viel im Ausland gewesen war, er warf ihr ein lockeres Salut hin, das sich in diesem würdigen Amt sonst keiner leistete. Als er sein Büro betrat, fuhr Ria ein eisiger Windzug über das Gesicht, und sie begriff mit Entsetzen, dass sie vergessen hatte, nach dem Lüften das Fenster zu schließen. Aber er lachte nur. Sie hörte, wie er es schloss, dann kam er grinsend zu ihr zurück. »Sie wollen wohl, dass ich heute besonders klare Gedanken habe.« Er beugte sich über das Posteingangsbuch, »die Registrande«, wie Frau Schwarz immer betonte. Hatte sie einen eintragungspflichtigen Brief übersehen? Sie hatte die Verträge, die Rechtsunterlagen und die weitergeleitete Post des Ministers mit dem roten Eingangsstempel versehen und sie anschließend ins Buch eingeschrieben. Die anderen, nicht registrierpflichtigen Briefe, hatte sie blau gestempelt. Rasch flog ihr Blick über die beiden Stapel.

Schalck wurde ernst. »Deine Handschrift ist deine Visitenkarte, Mädchen«, sagte er. »Du solltest Schönschreiben üben.«

Er ging ins Büro zurück. »Und komm nie ohne polierte Schuhe ins Büro.«

Von jedem anderen wäre das eine Beleidigung gewesen. Im nächsten Satz, schon aus seinem Büro, rief er fröhlich: »Ich nehme dich dieses Jahr mit zur Leipziger Frühjahrsmesse. Abends gehen wir ins ›Eden‹ oder in die ›Femina‹ in der Mädler-Passage. Du wirst sehen, auch wir Außenhändler haben nicht bloß die Schufterei im Kopf!«

Sie hatte die Spionagekamera in ihrer Tasche. Sie atmete flach und sah sich um. Wiederholt meinte sie, den rasselnden Atem Eickhoffs zu hören.

So schreckhaft war sie, dass sie zusammenfuhr, als an der Schreibmaschine das Warnzeichen erklang, weil von dieser Stelle aus nur noch neun Zeilen geschrieben werden konnten. In der Mittagspause brachte sie kein Essen herunter. Und am Nachmittag konnte sie ihre eigenen Stenokürzel nicht recht lesen, weil beim Diktat ihre Hand gezittert hatte, und musste

Schalck wegen zwei Stellen noch einmal fragen. Eine Unprofessionalität, die er mit hochgezogener Augenbraue kommentierte.

Dann aber gab es die Gelegenheit, auf die sie gewartet hatte. Sie hatte einen Brief an Ernst Lange zu schreiben, den Leiter der Abteilung Handel, Versorgung, Außenhandel im Zentralkomitee der SED. Die entsprechenden Unterlagen befanden sich dicht bei denen zur Staatlichen Plankommission.

Allerdings saß beim Aktenschrank eine andere Sekretärin, Inge Fritsche, eine Kollegin von stattlichem Umfang, die gern Süße Teilchen mitbrachte und sie an alle verteilte. Sie erwiderte Rias Gruß und schlug dann aus fast unbeweglichen Unterarmen weiter mit ihren kurzen Fingern die Buchstaben aufs Papier. Dass sie sich bloß nicht plötzlich zur Seite wandte und zu Ria hinsah!

Natürlich hatte man hier extra eine Wächterin platziert, so nahe bei den Unterlagen der Staatlichen Plankommission, die das zentrale Nervensystem der DDR-Wirtschaft darstellte.

Ria holte die Lesebrille aus dem Etui und blätterte vor dem geöffneten Schrank in den Unterlagen. Dabei hielt sie die Minox in der Hand und drückte immer wieder auf den Auslöser. Das leise Klicken ging hoffentlich im Schreibmaschinengeklapper der Kollegin unter.

Abrupt endete das Geklapper. »Wussten Sie«, sagte die Fritsche, »dass die Sowjetunion eine Rakete in den Weltraum schießen will? Mit einem Menschen darin?«

Ria hielt im Fotografieren inne. Verdeckte sie die Kamera zur Genüge mit ihrem Körper? Wenn die Kollegin jetzt aufstand! »Na ja, mit Hunden haben sie es doch schon geschafft. Die kamen lebendig zur Erde zurück, heißt es.«

»Trotzdem verrückt.« Inge Fritsche tippte weiter. Vorsichtig machte Ria noch einige Fotografien, auch wenn ihr die Kamera fast aus der feucht geschwitzten Hand rutschte. Dann ließ sie die Minox im Brillenetui verschwinden, verstaute auch die Brille darin und hängte die Unterlagen wieder in die Pendelregistratur ein. Sie schloss den Stahlschrank. »Seit dem Sputnik haben wir die Nase vorn«, sagte sie.

»Ja, aber wenn das mein Mann wäre!« Frau Fritsche hob einen kleinen Teller mit Gebäck hoch. »Wollen Sie?«

»Lieber nicht«, sagte Ria. Dann nahm sie doch ein süßes Teilchen, aus Kollegialität.

Als sie zu ihrem Platz zurückkehrte, fiel ihr ein, dass sie vergessen hatte, die Kennzahlen für den Brief an das Zentralkomitee herauszusuchen. Jetzt noch einmal hinzugehen machte sie verdächtig, unter Eickhoffs strenger Befragung würde sich Inge Fritsche daran erinnern, dass sie so oft am Schrank gewesen war. Notgedrungen verschob sie den Brief auf morgen, auch wenn Schalck sie tadeln würde.

Dieses Flirren der Nerven! Die feuchten Hände! Der heiße Kopf! Sobald der BND ihre Schwester gefunden hatte, musste sie das Spionieren beenden.

Der Heimweg hätte eine Erholung sein können nach den langen Bürostunden und der Aufregung. Es hatte geregnet, jetzt schien die Sonne, die Luft war frisch, und sie trug bereits einen Hauch von Frühling in sich. Kinder hatten sich um einen Gully geschart, der Älteste angelte mit einem dünnen Stock nach Münzen. Wie holte er sie herauf, mit einem Kaugummi, den er ans Ende geklebt hatte? Ein Panoramabus mit Touristen aus Westberlin fuhr langsam vorüber, der Bus wippte weich in den Federn, er fuhr fast lautlos, und die Touristen starrten durch die grün getönten Scheiben.

Aber Ria konnte sich nicht entspannen. Dieser hellgraue

Škoda Oktavia Super, hatte sie den nicht schon zwei Straßen zuvor gesehen? Beobachtete man sie bereits? Die zwei Polizisten gegenüber beim »Klein im Preis«-Laden schienen sich nach ihr umzuwenden und sie stumm zu mustern, sie war froh, als ein Laster mit Gussbetonteilen vorüberdonnerte und sie dem prüfenden Blick der Polizisten entzog.

Sie trug gefährliche Schmuggelfracht bei sich, und es fühlte sich an, als würde sie jeder Spaziergänger wissend ansehen, selbst die Bierkutscher, die jetzt auf ihrem Pferdewagen mit klirrenden Bierkästen vorüberfuhren, zwei füllige Kerle mit Lederschürzen und Dienstmützen, hinter denen die gestapelten Holzkisten mit den vielen Schultheiß-Flaschen bedrohlich schwankten.

Zu Hause versenkte sie die Minox umgehend in der Kerze. Obwohl es schon dunkel wurde, ging sie mit der neuen »Praktika« noch einmal raus und schoss einige Fotos von den Tauben, den Bäumen am Straßenrand und dem Autoverkehr im Laternenschein. Der Verkäufer hatte betont, sie solle bei wenig Licht eine große Blende und lange Belichtungszeiten nutzen, da sei die richtige Kombination wichtig, und die sei schwer zu finden. Trotzdem hatte sie den elektrischen Belichtungsmesser nicht gekauft. Auch wenn er beharrlich dafür geworben hatte, weil sich angeblich der Anschaffungspreis schnell bezahlt mache. Kompliziert war es mit den Filmen gewesen, hochempfindlicher Film sei sehr rotempfindlich, wenn wenig Licht zur Verfügung stand, bei Kunstlicht könne er ohne Weiteres wie ein 27/10-Film belichtet werden, aber draußen ... 17/10 und 18/10 seien feinkörnig, da würden sich die Bilder stark vergrößern lassen, es seien detailreichere Aufnahmen, ob sie das verstünde? Sie hatte sich, schon etwas müde vom Zuhören, den Spezialentwickler »Hypronal« einreden lassen, verwende man ihn, könne man einen besonders feinkörnigen 10/10 Isopan FF-Film von Agfa mit seiner sehr steilen Gradation wie einen 16/10-Film belichten. Er habe einen großen Tonreichtum.«Vielen Dank für die gute Beratung«, hatte sie gesagt, hatte bezahlt und sich verabschiedet. Dennoch, das Wissen war wichtig, wenn man sie befragte. Sie musste zumindest den Eindruck erwecken, an der Fotografie interessiert zu sein. Von ihrer Fotorunde heimgekehrt, schrieb sie auf einen Zettel, dass sie gehört hatte, wie Schalck und ein Kollege darüber sprachen, dass viele Ärzte die DDR verlassen hätten und dass man Sorge habe, die medizinische Versorgung nicht mehr sicherstellen zu können, und deshalb Ärzte aus anderen sozialistischen Ländern hole, zum Beispiel aus Bulgarien, um die Lücken aufzufüllen. Hähner würde die Information begierig aufnehmen. Den Grund für die vielen Flüchtlinge sah man in westlicher Propaganda (Hähner würde laut auflachen), natürlich sei auch der wirtschaftliche Unterschied eine Ursache. Schalck hatte gesagt, läge die DDR in einem anderen Winkel der Welt, vielleicht neben einem Land wie Portugal oder Rumänien statt neben der reichen Bundesrepublik, sähe alles anders aus. Er halte es für unanständig, dass Leute das Land aus materieller Gier verließen, ihm würde das nicht einfallen. Was blanker Hohn war, weil er mit seiner politischen Einstellung prächtig vorankam und, wie man munkelte, knapp 2 000 Mark Gehalt pro Monat und 1 000 Mark Aufwandsentschädigung verdiente, steuerfrei, während ein Arbeiter nur 350 bis 400 Mark bekam.»Jedem nach seiner Leistung!«, hörte sie Schalck sagen.»Wer nach oben kommt, erzielt auch materielle Vorteile, die DDR ist eine Leistungsgesellschaft.« So eindrücklich war dieser vitale Mensch, dieses Urvieh, jung und lebenslustig und unmöglich aus dem Kopf zu bekommen, dass sie ihn in Gedanken reden hörte, als stünde er neben ihr.

Sie fotografierte den Zettel mit der Minox, die sie wieder aus dem Kerzenversteck geholt hatte, dann mischte sie die Entwicklerlösung und verdünnte das Fixiererkonzentrat mit Wasser. Sie wusch sich die Hände und trocknete sie gut ab. Etwas angespannt holte sie den Film aus der Spiegelreflexkamera, ihrer neuen »Praktika«, damit würde sie üben, bevor der entscheidende Minox-Film an die Reihe kam. Sie rundete mit der Schere die Ecken des Films, so wie es ihr der Mann im Fotoladen erklärt hatte, damit der Film gut in die Spule rutschte, und führte den Anfang ein. Er konnte ruhig Licht abbekommen, hatte der Verkäufer ihr erklärt, hier befänden sich noch keine Bilder. Sie steckte Spule, Film, Schere, Dose und Achsrohr in den Dunkelsack. Wie man den Film blind in die Spule befördern sollte, hatte der Verkäufer ihr nicht sagen können, das müsse man einfach nach Gefühl tun, so ähnlich hatte es auch immer geklungen, wenn sie ihre Oma um das Rezept der Stachelbeertorte oder des gedeckten Apfelkuchens gebeten hatte.

Anfangs war es hakelig, aber indem sie die beiden Spulenteile hin und her bewegte und den Film immer wieder in die Führung schob, gelang es ihr, ihn hineinzubringen.

Nun steckte sie das Achsrohr in die Spule und legte sie in die Dose. Sie schloss den Deckel. So schwer war das gar nicht gewesen. Zeit für den entscheidenden Film, den Film, der sie umbringen konnte, weil er den Staat herausforderte und die Feinde der DDR stärkte.

Ria löste die Hände aus den Grifflöchern des Dunkelsacks und öffnete die Minox. Sie entnahm ihr den Film, schnitt seine Ecken rund, fädelte ihn in die zweite Spule ein. Diesmal gelang es ihr im Dunkelsack schon besser. Sie steckte auch die Minox-Filmspule in die Entwicklerdose. Jetzt holte sie die Dose aus dem Dunkelsack, füllte Entwickler ein und bewegte ihn acht Minuten langsam hin und her. Sie öffnete den Stülpdeckel und goss den Entwickler in eine leere Flasche, dann gab sie Wasser in die Dose, um die Filme zu spülen. Zum Schluss kam der Fixierer an die Reihe.

Jetzt galt es. Sie hielt die nassen Filme zitternd vor die Lampe, prüfte von Bild zu Bild. War nicht ausgerechnet der Film der Minox missraten? Er zeigte nichts, er war einfach nur dunkel. Unmöglich konnte sie sich diese Woche noch einmal an den Schrank wagen. Doch, hier, hier ging es los. Das mussten die Dokumente sein. Diese kleinen Flecken aus Licht und Dunkelheit begehrte die BRD, an diese Flecken konnte sie nicht herankommen, außer durch sie, Ria.

Sie hängte die Filme an der Leine auf wie Wäschestücke. Als sie trocken waren, schnitt sie die nicht gebrauchten Teile des Minox-Films ab und rollte den kostbaren Rest in den hohlen Schlüssel. Es ging schon auf zehn Uhr zu. Der Tote Briefkasten, den ihr Hähner beschrieben hatte, befand sich im Sockel eines rostfleckigen Metallgeländers gleich neben einer Litfaßsäule ein paar Straßen weiter, wo sie sich gut den Anschein geben konnte, die Anschläge zu betrachten. Sie spazierte hin, studierte vorgeblich die Litfaßsäule, tatsächlich aber ihre Umgebung, und als sie glaubte, allein zu sein, bückte sie sich kurz hinunter. Der Schlüssel passte gerade in das Loch hinein.

Auf dem Rückweg nahm sie auf einer Bank Platz und brachte, ohne hinzusehen, eine Reißzwecke unter dem Sitzbrett an. Irgendwann in den nächsten Stunden würde jemand hier vorbeikommen, der von diesen Verabredungen wusste.

Holte er nur ihren Schlüssel ab, oder sammelte er die Meldungen mehrerer Quellen, bevor er in den Westen reiste? Und wer waren diese anderen, die in ihrer Nähe wohnten und strategisches Wissen für den BND zusammentrugen?

Sie stand auf und schlenderte einen Umweg durch die Krossener Straße und die Gärtnerstraße, bevor sie sich auf den Weg nach Hause machte. Es gefiel ihr nicht, dass ihre persönliche Sicherheit und ihr Überleben von der Zuverlässigkeit von Leuten abhingen, die sie nie gesehen hatte und auch nie kennenlernen würde. Wenn der Bote oder einer der anderen Spione geschnappt wurde, gab es eine Kettenreaktion, man würde vom Toten Briefkasten erfahren und ihr hier auflauern.

Jeder Passant konnte zur Staatssicherheit gehören, es war nicht einmal unwahrscheinlich, dass mindestens einer von den Leuten, denen sie heute Abend begegnete, dazugehörte. Vielleicht waren längst Objektive auf sie gerichtet, und verdeckte Beobachter machten sich Notizen. Sie hatte versucht, auf Verfolger zu lauschen und einen unbeobachteten Moment abzupassen, bevor sie sich am Metallgeländer hinunterbeugte, aber was hieß das schon?

Sie fühlte sich lebendig wie noch nie, sie sah die Pfützen und das Licht der Laternen, das sich in ihnen spiegelte, messerscharf, roch den Kohledunst der Schornsteine, sah einmal sogar eine Fledermaus. Das Leben war kostbar, wenn es in der Gefahr stand, jeden Augenblick vorüber zu sein. Und nicht allein das war der Grund. Sie war auch nicht länger Opfer. Sie steuerte, was künftig in ihrem Leben geschah, und nahm auf gewisse Weise sogar Einfluss auf die Zukunft der DDR.

Am liebsten wäre sie zurückgegangen und hätte sich bei

der Litfaßsäule auf die Lauer gelegt, um die Entleerung des Toten Briefkastens zu beobachten. Sie stellte sich vor, wie eine Oma sich an das Metallgeländer lehnte, dann kamen Halbwüchsige – auch sie gingen weiter, ohne an das geheime Fach zu fassen. Schließlich kam ein freundlich dreinblickender älterer Herr, der war es, einer, dem sie es nie und nimmer zugetraut hätte. Was hatte die DDR dem getan? Warum riskierte er sein Leben?

Hier, unter diesem Baum, waren Max und sie bei Regen stehen geblieben und hatten sich geküsst. Hatte er sie überhaupt gekannt? Ihre inneren Gedanken hatte sie nie mit ihm geteilt. Das Wollkleid hatte sie gekauft, weil sie gemerkt hatte, dass ihm so etwas gefiel. Warme Milch hatte sie zum Frühstück getrunken, weil *ihm* warme Milch schmeckte.

Es war Zeit, dass sie herausfand, wer sie wirklich war.

Papa ist tot, hörte sie Jolanthe sagen, *das hier ändert nichts daran, Ria.* Jolanthe sprach mit ihrer Mädchenstimme, dabei musste sie längst erwachsen sein.

Es ist nicht ganz unerheblich, wie er gestorben ist, Jolanthe.

Sie sah ihn vor sich, blutüberströmt, am Boden eines gefliesten, fensterlosen Raums, seine Gliedmaßen eigenartig verrenkt.

Sie werden büßen. Sie werden bereuen, was sie unserer Familie angetan haben.

Im Laternenlicht sah sie die Löcher in der Hauswand, wo die Geschosse einer Maschinengewehrsalve eingeschlagen waren, Löcher in einer krummen Reihe, nahe beieinander. Um eines der Fenster gab es besonders viele Einschlaglöcher, dort waren wohl Verteidiger verschanzt gewesen, die man verbissen angegriffen hatte.

Der Krieg war still geworden. Aber er tobte noch. Und ihre

Familie war zwischen die Fronten geraten, der Krieg hatte sie auseinandergerissen. Es wurde Zeit, dass ein Familienmitglied sich den Feinden entgegenwarf.

Auf dem Hinterhof leuchtete ein weißer Pfeil, angestrahlt vom Schein der Fenster. LSR, sagte die Beschriftung. Er zeigte zum unterirdischen Luftschutzraum, als wäre die Zeit stehen geblieben.

Die Nacht senkte sich über die zwei Städte Berlin. Immer seltener fuhren S-Bahnen, Busse und U-Bahnen, immer verlorener klang das Quietschen der Straßenbahn in den Gleisen auf menschenleeren Straßen. In den frühen Morgenstunden, als die Backstuben bereits das Brot für den nächsten Tag kneteten und die ersten Zeitungen in dicken Paketen vor den Kiosken abgeladen wurden, lief jemand im Trainingsanzug an einer Bank vorbei. Er setzte sich kurz, um das rechte Schuhband fester zu binden. Beiläufig fasste er unter die Bank und fühlte eine Reißzwecke. Sie steckte nicht tief, er entfernte sie. Nachdem er aufgestanden war und die Reißzwecke in den Mülleimer geworfen hatte, setzte er seinen Weg im Dauerlauf fort, bis er zwei Straßen weiter eine Litfaßsäule erreichte. Dort blieb er stehen, um sich die Seiten zu halten, er las scheinbar das Neueste auf den Plakaten, stützte sich kurz am Metallgitter ab. Für eine Dehnübung beugte er sich hinunter und entnahm dem Gitter in einer geschickten Bewegung einen Schlüssel.

Vor der Küste der DDR hielten Grenzpolizisten in Schnellbooten Ausschau nach Flüchtlingen. Am Ufer führte der Stacheldrahtzaun vom Strand, wo sich die Wellen kräuselten, bis tief hinein ins Land, durch Wälder und Wiesen, entlang des zehn Meter breit aufgepflügten Kontrollstreifens, Grenzpolizisten mit scharf geladenen Waffen patrouillierten. Hunde liefen mit ihnen und nahmen pflichtbewusst Witterung auf. Straßen endeten plötzlich an Erdwällen, vor Mauern.

Das Sperrgebiet vor der Grenze, fünf Kilometer breit, war nur mit besonderem Ausweis zu betreten. Wer dort unentschuldigt angetroffen wurde, wurde festgenommen. Versuchte jemand, die Grenze zu erreichen, gab es einen Warnruf, einen Schuss in die Luft, dann den tödlichen Schuss. Manchem Flüchtenden riss vorher eine Erdmine beide Beine weg, die Grenzpolizisten trugen den blutenden Rumpf dann fort.

Unterhalb der Grenze führten Drähte in den Westen, Drähte, durch die Telefongespräche flossen, körperlose Worte durften passieren, nur niemand, in dessen Brust ein Herzmuskel schlug.

Während sich entlang der tausendvierhundert Kilometer innerdeutscher Grenze nichts rührte ohne die Genehmigung der Machthaber, überquerten in Berlin jeden Tag eine Viertelmillion Menschen die Grenze zwischen Ost und West. Man versuchte, den Missbrauch einzudämmen, bewachte die Grenze an den Außenseiten Westberlins scharf und erschoss dort jeden, der hinüberzukommen versuchte. Die Demarkation zwischen Ostberlin und dem Rest der DDR wurde ebenfalls überwacht, wer nach Berlin fuhr und nach Flucht aussah, wurde herausgefischt und inhaftiert. Aber die beiden Stadthälften waren ineinander verkeilt, sie ließen sich nicht trennen. Ostberliner arbeiteten im Westen, Westberliner im Osten, was überall sonst unterbunden wurde, war durch den Sonderstatus von Berlin nicht zu verhindern, die Grenze konnte sich hier nicht vollständig schließen, sie blieb offenes Fleisch, blieb Wunde, wo andernorts das Fleisch schon abgestorben war.

Am Morgen des 29. März 1961 fuhren 12 000 Westdeutsche nach Ostberlin und 60 000 Ostdeutsche nach Westberlin zur Arbeit, darunter 3 000 Putzfrauen. Fast alle Putzfrauen in Westberlin kamen aus dem Osten, außerdem Tausende Hilfskräfte, die in Krankenhäusern und Altersheimen arbeiteten, umgekehrt fuhren die ostdeutschen Prostituierten nach Hause, die nachts am Ku'damm und dem Tauentzien gearbeitet hatten, Verwaltungsangestellte und Mitarbeiter der BVG, Busfahrer, U-Bahnfahrer, vor allem SPD-Mitglieder, denen man in Ostberlin das Leben schwer gemacht hatte, weil sie zur staatstragenden SED nicht passten, fuhren in den Westen. Ostdeutsche Maurer, Klempner, Dachdecker, Fotografen folgten ihnen. Die westlichen Betriebe lockten die Pendler mit hohen Stundenlöhnen und einem Westgeldanteil von 40 %, dazu Kindergeld, Ehegattenzuschlag, Urlaubsgeld und 150 Mark Weihnachtsgeld, vollständig in westlicher Währung ausbezahlt. Dagegen kämpfte die Propaganda im Osten erfolglos an. Nach denen, die zur Arbeit fuhren, folgten Woge um Woge Besucher, Einkäufer, Studenten, die zur Vorlesung oder zum Seminar fuhren – ein Drittel der Studenten an FU und TU waren DDR-Bürger –, den Volkspolizisten an den Grenzübergängen blieb nichts anderes übrig, als sich auf Stichproben zu beschränken.

Einer der Morgenfahrer hatte nach dem Dauerlauf frisch geduscht. Er reiste über den S-Bahnhof Friedrichstraße in den Westen. An seinem Schlüsselbund hing ein neuer Schlüssel, was niemandem auffiel. Den Schlüssel gab er im Westen ab. Er wurde aufgeschraubt, die Negative auf Papierabzüge gebracht. Ein Agentenführer namens Hähner lächelte stolz, als er sich darüberbeugte. Noch am selben Tag reisten die Papierabzüge mit dem Interzonenzug nach München. Auch in Pullach wurden sie gewürdigt und gefeiert. Erst abends, von einem öffentlichen Telefon in München aus (weit weg von seiner Wohnung), meldete sich ein Mann, der mitgefeiert hatte, auf einer speziellen Leitung des KGB. Er ließ sich zu Krylow durchstellen. »Ihr habt einen Maulwurf im Ministerium für Außenhandel«, sagte er. »Ich schicke euch Kopien auf dem üblichen Weg.« Dann legte er auf.

9

Luisas Hochzeitskleid war geblümt, die Ärmel längs gestreift. Es war von steifem Material, es konnte nur unbequem sein. Aber es hatte nichts Besseres beim Hochzeitsausstatter gegeben, die Auswahl an Hochzeitskleidern war erbärmlich gewesen. Zudem hatte Luisas Zustand die Auswahl weiter eingeschränkt, für eine Schwangere in ihrer Körpergröße waren nur zwei Kleider übrig geblieben, und zum Selbernähen, was Luisa gern versucht hätte, mangelte es an schönen Stoffen.

Die Rede des Standesbeamten betonte die sozialistische Bedeutung der Ehe. Kinder seien das wertvollste Gut des Staates. Ihnen gehöre von Beginn des Lebens an die herzliche Liebe und die treue Fürsorge unserer Gesellschaft. Vom ersten Tage an würden die jüngsten Bürger unserer Republik in die Gemeinschaft der werktätigen Menschen in Stadt und Land aufgenommen. Der Standesbeamte wies darauf hin, dass Eltern die Verpflichtung hätten, ihre Kinder zu nützlichen Gliedern des sozialistischen Staates zu erziehen.

Immer wieder sah Sorokin lächelnd zu Luisas Bauch hin, und sie drückte seine Hand. Er war glücklich. Vielleicht zum ersten Mal in seinem Leben. Er wusste es, diese Frau würde alles Gewalttätige in ihm zum Schweigen bringen, sie würde ihn das Lieben lehren, er würde anfangen, die kleinen Alltagswunder wieder wertzuschätzen. Gemeinsam würden sie ihren Sohn zu einem guten Menschen aufziehen.

»Sie dürfen die Braut jetzt küssen«, sagte der Standesbeamte.

Sorokin hob den kurzen Schleier von Luisas Gesicht und küsste sie. Sie standen unter dem Konterfei des Staatsratsvorsitzenden Walter Ulbricht, und der Standesbeamte und Luisas Eltern sahen ihnen zu, und es warteten Urkunden und draußen das nächste Hochzeitspaar, das vermutlich längst auf die Uhr blickte.

Vielleicht erwartete er auch zu viel. Er durfte Luisa nicht aufbürden, ihn in seinem Inneren neu machen zu müssen, das war doch übermenschlich, was er da verlangte. Stattdessen sollte er *ihr* Gutes tun. Noch einmal nahm er zärtlich ihr Gesicht in seine Hände und küsste sie.

Er hatte ihr gesagt, er arbeite jetzt in der Verwaltung einer großen Leuchtmittelfabrik. Eine Lüge, aber keine allzu schlimme, denn er hatte ja wirklich vor, beim KGB aufzuhören und sich eine neue Arbeit zu suchen.

Sie gingen mit Luisas Eltern und ihren Freundinnen und einigen Kolleginnen aus dem Friseursalon essen. Es gab Russische Pilzsuppe, dann Rouladen, Rotkohl und Kartoffeln. Zum Nachtisch aßen sie Kompott aus eingeweckten Kirschen und Himbeeren.

Eigentlich war es schön, mit diesen Menschen zu essen, die fortan ein wichtiger Teil seines Lebens sein würden. Sie liebten Luisa, das war deutlich zu spüren. Es machte ihn dankbar.

Der Wirt servierte Wernesgrüner, was ein großes Hallo auslöste, der Mann sagte verschmitzt, für solche Gelegenheiten halte er immer eine eiserne Reserve zurück, er verstieg sich sogar zu dem Kommentar, nicht nur »die Bonzen« sollten sich am Spitzenbier gütlich tun.

Die Runde wurde fröhlich, man riss Witze. Einmal wurde

Sorokin für einige Minuten schweigsam, als er daran denken musste, dass der KGB diese Gelegenheit womöglich nutzte, um neue Wanzen in Luisas Wohnung zu verstecken. Der KGB forderte, Teil dieser Ehe zu sein.

»Gratuliere.« Krylow blieb am Schreibtisch sitzen und sah nur kurz von den Unterlagen hoch.

»Danke.« Würde er ihn stehen lassen wie einen dummen Schuljungen? Sorokin hatte nicht wenig Lust, ihm den verdammten Rotbannerorden auf den Tisch zu knallen und zu gehen. Nur dass der Orden in Luisas Wohnung lag – nein, korrigierte er sich, er lag *zu Hause*. Sein möbliertes Zimmer war gekündigt, sie wohnten künftig zusammen, sie waren ein Paar. »Warum haben Sie mich rufen lassen?«

»Das Außenhandelsministerium der DDR hat eine Laus im Pelz. Ich möchte, dass Sie sie finden.«

»Gibt es genauere Informationen?«

»Derjenige hat tagsüber Zugang zu den Unterlagen und fällt nicht auf. Also wahrscheinlich ein Angestellter.« Krylow hielt ihm einige Seiten hin. »Zeigen Sie uns, dass Sie auch als verheirateter Mann Fokus bewahren.«

Wenn nicht sein Weiterleben in der Hand dieses Mannes mit Halbglatze läge, würde er ihm seine Arroganz mit einigen Fausthieben aus dem Leib prügeln. Er nahm die Seiten und blätterte sie durch. »Die Kennziffern der Plankommission. Und militärisch wichtige Wirtschaftsdaten zum gesamten Ostblock, Treibstofflager, Schwerindustrie. Ist noch mehr durchgestochen worden?«

»Das wissen wir nicht. Und es ist schlimm genug. Erinnern Sie sich an den Fall Elli Barczatis?«

»Die Sekretärin von Ministerpräsident Grotewohl.«

»Anfangs ist es immer wenig, das sie weitergeben. Und dann werden BND und CIA gierig.«

Er wog die Blätter in der Hand. Ein paar gebleichte Holzfasern und ein wenig Tinte. Der Gegenwert eines Menschenlebens.

»Zeigen Sie mir, dass Sie nicht nur Talent für Nasse Arbeit haben. Finden Sie den Spitzel. Und wenn Sie ihn haben, dürfen Sie gern wieder Ihr Talent für Nasse Arbeit beweisen.«

Stefan Hähner zahlte drei Groschen Eintritt, nach ihm kamen Ostberliner an die Reihe, auch sie kostete es nur dreißig Pfennige ihrer Währung, wie er im Weggehen hörte, ein großes Entgegenkommen, aber es stand wohl am Kassenhäuschen angeschrieben. Er stieg im Inneren der Siegessäule hinauf. Hier war es kalt und feucht. Die Wände waren mit französischen, englischen, russischen und deutschen Sprüchen beschmiert, wie in einer öffentlichen Toilette, und ein wenig stank es auch so. Als er oben auf die Plattform trat, wehte ihm frischer Wind ins Gesicht. Der Ausblick belohnte für alles. Hähner sah über die Baumwipfel des Tiergartens, er kannte den Anblick noch deutlich karger, nachdem die Berliner sämtliche seiner Bäume abgeholzt hatten in den harten Wintern. Der Wind fuhr durch das Laub der Bäume und bewegte es, und es rauschte herrlich dabei. Hähner sah den Turm des Roten Rathauses in Ostberlin, und im Westen das Rathaus Schöneberg. Die S-Bahn-Linien verliefen wie Arterien zwischen den Häusern.

Auch wenn er nicht in Berlin geboren war, er fühlte sich heimisch hier. Diese Stadt stellte alles her, vom Brautschleier bis zur Turbine. Sie zog ihren Wohlstand aus der Industrie, aus der Umwandlung von Rohmaterial in Fertigwaren. Und davon lebten ihre Millionen, aßen und tranken, tanzten und gingen ins Kino. Die wichtigste Industrie war die Herstellung elektrischer Geräte, allein Siemens beschäftigte, ja, wie viele eigentlich? Hundertdreißigtausend Menschen? Die Bekleidungsindustrie folgte als Nächstes in der Bedeutung, dann Druck und Verlage, die Herstellung von Rauchwaren und Alkoholika, Fahrzeugbau, Spielzeugherstellung, Schuhe wurden gemacht, Porzellan gebrannt.

Eine Stadt wie diese war ein kompliziertes fein justiertes System von Geben und Nehmen, von Austausch zwischen Menschen unterschiedlicher Fähigkeiten. Dass all das in Berlin funktionierte, obwohl sich in den gegenüberliegenden Stadthälften Armeen belauerten, Panzer, Flugzeuge, Kompanien von Soldaten, faszinierte ihn.

Städte waren die Waschtröge der Zivilisation, hierher strömten die Menschen auf der Suche nach Sodom und Gomorrha, und die Arbeit und die Pflichten des Alltags wuschen sie sauber von ihren Gelüsten und machten Leute aus ihnen, die bloß noch ihr Leben schaffen wollten.

Er ging um das Mittelstück des Turms herum und suchte ›Max‹. Wo blieb der Kerl? Es waren hauptsächlich Familien hier oben. Die Kinder spielten, dass sie Düsenjäger und Weltraumraketen steuerten. Das war jetzt die neue Zeit. Man spielte nicht mehr Indianer.

Eine Frau ging mit klappernden Absätzen, wie war die bloß die Treppe hinaufgekommen? Sie hängte sich ihrem Mann in den Arm, sah zu ihm auf. Er, Hähner, würde vermutlich sterben, ohne geheiratet zu haben.

Nach der dritten Runde gab er auf. Er stieg die Treppe wieder hinunter entlang der speckigen, beschmierten Wand, und nahm einen Bus zum Kurfürstendamm. Die Cafés und Restaurants beachtete er nicht, auch nicht die siebzehn Juwelierläden, sein Blick blieb nur am Schaufenster eines Kürschners kurz hängen, der Nerz-, Zobel- und Lammfellmäntel ausgestellt hatte. Das Hallesche Tor war arm und vulgär, der Kurfürstendamm reich und vulgär. Das verband sie miteinander. Berlin war vulgär, auf eine raue, klare Art, die sich leicht verzeihen ließ.

Er stieg aus und ging die letzten Meter zu Fuß. Richtung Halensee wurde der Ku'damm ärmer, früher hatte der Luxusbereich nur bis zur Uhlandstraße gereicht, 500 Meter weit, jetzt streckte er sich weiter und weiter gen Westen aus. Er passierte Gebrauchtwagenhändler und Friseure und Kneipen.

Endlich das Kasino. Die stilisierten Spielkarten blinkten über der Tür, wie sie es Tag und Nacht taten, das Kasino schlief nicht, es generierte Geld, warum sollten seine Betreiber es pausieren lassen? Der Senat kassierte ebenfalls, er hatte das Kasino lizensiert, also warum sollte er seine Öffnungszeiten einschränken?

Er ging die drei ausgetretenen Stufen hinauf, trat durch den schwarzen, steifen Windfängervorhang und sah in die blassen Gesichter, die im Neonlicht an den Tischen saßen. Einer, der seine letzte Mark verspielt hatte, versuchte ihn um das Fahrtgeld für den Heimweg anzubetteln, aber er glaubte die Geschichte nicht. Andere fragten ihre Nachbarn, ob sie mit 50 Pfennig mitmachen dürften, das Mindestgebot war 1 Mark, ihre Hoffnung war, dass jemand es mit ihnen teilte. Der Höchsteinsatz beim Roulette waren 300 Mark, hatte ihm ›Max‹ einmal erklärt, um diese Uhrzeit war aber wohl kaum jemand hier, der so viel setzen konnte. Er sah die Hyänen Geschäfte machen, die wie immer auf Verzweifelte lauerten, die Pech beim Spiel gehabt hatten und nun ihre Ringe, Jacken,

Uhren und leeren Brieftaschen für lachhafte Beträge in Geld umtauschten. Ein Behinderter mit Krücken, dem beide Beine amputiert worden waren, hatte seine Rente verspielt, er klagte deswegen, »Hundertsechsundsiebzich Mark«, sagte er mit weinerlicher Stimme, »allet futsch, wovon soll ick die Miete zahl'n?« Keiner half ihm, die Anwesenden wussten, er würde alles Geld verspielen, das man ihm jetzt gab.

Hinter Hähner kam eine Frau herein, sie suchte kurz, dann griff sie sich einen Mann an einem der Tische und zerrte ihn zum Ausgang. Tränen der Wut liefen ihr über die Wangen. »Jede Woche, jede verdammte Woche!«

Ein Schild an der Wand sagte: »Spielen ist verboten für Arbeitslose.« Niemand kümmerte sich darum.

›Max‹ saß zwischen zwei unrasierten Kerlen von der Art, wie man sie auch in den Bahnhöfen schlafen sah.

Als er Hähner bemerkte, hob er die Hand und murmelte: »Augenblick.« Er starrte zur Kugel, die über die Ballnischen in der sich drehenden hölzernen Roulettemaschine holperte und schließlich liegen blieb. »Glückssträhne.«

Hähner ließ ihn gewähren, er wartete, bis ihm der Gewinn ausgezahlt worden war, dann gingen sie gemeinsam nach draußen.

Es gab bei den Agenten große Unterschiede. Die einen taten es wegen des erhebenden Gefühls, hinter den Kulissen der Weltgeschichte eine große Rolle zu spielen, andere für den Nervenkitzel. Die wenigsten hatten eine ideologische Überzeugung wie Ria Nachtmann. Für ›Max‹ war der Grund schlichtweg das Geld.

Er sagte: »Sie sollten Ihre Spielwut bezähmen.«

Der Romeo-Agent lachte. Er war keine dreißig Jahre alt und verströmte das Gefühl, die Welt habe ihm zu Füßen zu liegen. Hähner konnte verstehen, dass Ria auf ihn hereingefallen war. »Heute lief's gut«, sagte er.

»Das heißt, Sie sind auf keine weitere Geldspritze angewiesen?«

»So gut lief es auch wieder nicht. Was haben Sie für mich?«
Sie näherten sich dem geschäftigen, wohlhabenden Teil des Ku'damms. Es war auffallend, wie viele Frauen sich die Haare flammend rotbraun gefärbt hatten. Diese Haarfarbe hatte sich zu einem regelrechten Trend entwickelt. Vor dem Krieg hatte es sie auch gegeben, aber die Nazis hatten sie abgeschafft, weil sie als jüdisch galt. Jetzt war sie zurückgekehrt, stärker denn je.

Er sagte: »Eine junge Frau hat am gleichen Tag wie Ria im Ministerium für Außenhandel begonnen. Vermutlich ebenfalls als Sekretärin. Finden Sie heraus, wer sie ist. Beschaffen Sie mir den Namen, die Adresse und das Geburtsdatum.«

»Bekomme ich eine Anzahlung? Ich werde sie ein paarmal großspurig ausführen müssen.«

»Das wird Ihnen nicht schwerfallen.« Er reichte ihm einen Umschlag. »Aber passen Sie auf, dass Ria Sie nicht sieht.«

Der Agent wollte sich verabschieden.

Hähner hielt ihn fest. »Rias Klarname bleibt unter uns. Auch wenn Sie jemand von Gamma darauf anspricht.«

Der Agent grinste. »Kommt darauf an, wie viel mir geboten wird.«

Hähner blieb ernst. »Wenn ich Ihre Spielsucht melde, sind Sie für alle Zeiten von der Gehaltsliste gestrichen. *Sie* haben ein Geheimnis, *ich* habe ein Geheimnis.«

Der Agent hob beschwichtigend die Hände, als wolle er sagen: schon gut, schon gut. Er klopfte sich sanft auf die Brust, wo der Umschlag in der Innentasche steckte, verbeugte sich lächelnd und ging.

Die Wohnungstür war mit einem Sperrhaken leicht zu öffnen. Er schloss sie hinter sich und ließ den Sperrhaken in seine Tasche gleiten. In die fremde Wohnung zu treten fühlte sich an, als würde er Ria Nachtmann begegnen, sie war hier, auch wenn sie gerade im Ministerium arbeitete: in der Art, wie sie die Gegenstände ihres Alltags abgelegt hatte, in den Postkarten am Küchenschrank, der Obstschale mit Fliegerschaden aus den Kriegsjahren (gefüllt mit Walnüssen), den Büchern.

Er öffnete im Schlafzimmer das kleine Holzkästchen und grub seine Finger in die Knopfsammlung, lauter Einzelstücke, warum hob man so etwas auf? Er fasste unter die Matratze, sah unter das Bett. Ein Karton. Er holte ihn hervor und öffnete ihn. Die rote Haarspange war zu klein, um einer erwachsenen Frau zu gehören. Die Briefe waren nie abgeschickt worden, sie waren nicht gefaltet, und ihnen fehlten die Spuren der Reise, sie waren zu glatt, waren nie aus dem Briefkasten in einen Postsack geschüttelt und danach stundenlang in einem Lkw transportiert worden, um sortiert und erneut im Postsack und später per Fahrrad ausgetragen zu werden, sie kannten keinen Regen, keinen Wind, keine das Kuvert aufreißende Hand. Er las die ersten beiden Briefe. Jolanthe... Es klang, als wären Ria Nachtmann und sie Geschwister, die sich lange nicht gesehen hatten.

Unter allen Angestellten des Ministeriums, deren Kaderakten er durchgegangen war, war ihm Ria sofort ins Auge gefallen. Die Sache mit ihrer Familie war ungewöhnlich, sie legte einen Racheakt nahe. Diese Briefe erhärteten den Verdacht. Sie hatte die Sache mit ihrer Familie offensichtlich nicht verwunden.

Ein edler Füllfederhalter aus der Zeit vor dem Krieg war an

die Seite des Kartons gerollt. Sorokin nahm ihn heraus. Er war schwarz, nur ein schmaler Ring am Verschluss war vergoldet. Sorokin hob das Bündel Briefe an. Ein rosafarbenes Paar Babysöckchen lag darunter, vielleicht die Socken der Schwester?

Er legte alles zurück und schob den Karton unter das Bett. Ein Motiv hatte sie. Aber war sie die Täterin? Er ging in die Wohnküche, schraubte die Teeflasche auf, hielt sie in das Licht, um hineinzusehen.

Die Wohnung war ausgekühlt, seit dem Morgen hatte niemand im Ofen nachgelegt, wahrscheinlich glühte die Asche nur noch nach. Beide Zimmer waren mit gebrauchten Möbeln eingerichtet, abgestoßener Schleiflack, nichts Modernes aus Kunststoff, wie es neuerdings als schick galt. Ria Nachtmann schien jemand zu sein, der an der Vergangenheit hing.

Er sah unter den Küchentisch mit seiner sauber abgewischten Linoleumdecke. Er öffnete die Türen des Küchenschranks. Dieser schwarze Sack mit Grifflöchern, was war das? Und dort die Chemikalien: Fixierer. »Hypronal«, ein Entwickler für Fotonegative. Eine verräterische Dose mit Stülpdeckel. Ria Nachtmann entwickelte Filme.

Es war noch kein Beweis, gut möglich, dass sie es aus Vergnügen tat. Aber sie war in der Lage, abfotografiertes Geheimmaterial zu entwickeln. Nur war die »Praktika«, die dort im Schrank lag, ganz sicher nicht die Kamera, mit der im Ministerium Akten abfotografiert worden waren. Der Westen verfügte über Kameras, die der sowjetischen Spionagekamera F-21 entsprachen, robust, leise und so klein, dass sie sich problemlos hinter einen Mantelknopf montieren ließen, um durch die Knopflöcher hindurch Fotos zu schießen.

Er fächerte das Romméspiel auf, sah in die Blumentöpfe,

hob die Kerze an, stach mit dem Messer in den Brotlaib – waren nicht Brote ein beliebtes Versteck für Sprengstoff gewesen, den man im Krieg hinter die Linien transportierte? Er fand nichts. Es ärgerte ihn. War Ria wirklich eine kalte Spur? Sein Instinkt sagte etwas anderes. Er tastete die Unterseite der Schränke ab. Klopfte an die Fußbodenleisten. Behutsam hob er Rias Wäsche hoch, befingerte die Strümpfe, den Wollpullover. Nichts.

Er setzte den Küchenstuhl wieder an die richtige Stelle, prüfte, ob in den Schränken alles am alten Ort lag, und zog die Wohnungstür hinter sich zu. Zwei Etagen weiter unten, wo es vorhin hinter der Tür so verräterisch geknarzt hatte, waren auch jetzt Geräusche zu hören. Er klingelte. Augenblicklich hörten die Geräusche auf. Keine Schritte, kein Poltern. Er klingelte erneut.

»Ja?«, ertönte eine altersheisere Stimme.

Er las das Klingelschild. »Frau Kuntze? Ich bin von der Hausverwaltung und hätte einige Fragen an Sie. Es geht um Fräulein Nachtmann.«

Ein Sicherheitskettchen wurde rasselnd entfernt. Die Tür öffnete sich, und eine weißhaarige ondulierte Frau trat ihm gegenüber. »Ich bin nur eine arme alte Frau, ich komme ja kaum noch raus, wissen Sie.«

»Hat Ria Nachtmann in letzter Zeit Besuch gehabt, irgendjemanden, den Sie noch nie im Haus gesehen haben?«

»Sie hatte diesen Freund, einen Studenten. Ich hab das doch gemeldet. Warum ist keiner gekommen?« Die Frau reichte ihm gerade bis zur Brust. Aber obwohl ihre Hände durch das Alter bereits wie Krallen wirkten, so abgemagert waren sie, hatte ihr Auftreten doch eine gewisse Zähigkeit und Kraft.

»Jetzt bin ich ja da.«

»Die haben sich getrennt, jedenfalls hab ich ihn lange nicht mehr hier gesehen. Einmal hat es so gescheppert, ich glaube, das war der letzte Abend, wo er hier war. Bestimmt haben sie sich gestritten.«

»Was können Sie mir noch über die Gewohnheiten von Frau Nachtmann sagen?«

»Sie spielt Klavier. Abends um acht! Ein Unding, wenn Sie mich fragen. Die Behm hat doch einen kleinen Jungen, der muss schlafen um diese Zeit.« Sie zeigte auf die Tür gegenüber, dann wurde sie leiser, sie raunte: »Die Behm ist eine Grenzgängerin, die arbeitet im Westen, bestimmt illegal, die ist hinter dem Gelde her, ich sag's Ihnen! Das ist doch Betrug, nicht?«

»Hat noch jemand Frau Nachtmann besucht?«

Die Alte zog sich etwas in die Wohnung zurück. »Ich kann nicht alle kennen. So eine, die den ganzen Tag am Fenster sitzt und rausspäht, bin ich nicht, da sind Sie bei mir falsch. Ich mein's ja nur gut.«

»Kein Zweifel, liebe Frau Kuntze.« Er setzte ein warmes, wohlwollendes Lächeln auf. »Manchmal kommt man zufällig gerade heraus, wenn ein Fremder im Treppenhaus ist, Sie müssen doch mal den Müll runtertragen oder die Asche, oder Sie holen Kohlen aus dem Keller.« Die sollte bloß nicht so tun! Er hatte gemerkt, dass sie gleich hinter der Tür war, wenn etwas im Treppenhaus los war.

»Das geht ja alles nicht mehr so wie früher, ich schaffe nur noch halbe Eimer. Nein, da war niemand. Ich habe niemanden gesehen. Fräulein Nachtmann hat jetzt diese neue Stelle im Ministerium, die hält sich für was Besseres, gewöhnliche Bewohner wie ich werden geschnitten, mich sieht sie nicht mehr an. Da soll sie aber nicht kommen, wenn sie mal Salz braucht oder ein Ei oder Mehl, ich bin ja eine Seele von Mensch, aber wenn man mich so behandelt, kann ich auch anders. Wie man in den Wald hineinruft, nicht wahr?«

»Ich danke Ihnen, Frau Kuntze.«

»Wenn der Student wiederkommt, sage ich's Ihnen, ja? Herr... äh... Herr...«

Er stieg bereits die Treppe hinunter. So wurde das nichts. Sie brauchten eine Falle.

Ria hängte die Jacke auf. Sie war müde, sie hatte lange anstehen müssen, gerade noch so hatte sie ein Stück Butter bekommen, viele Leute in der Schlange hinter ihr gingen leer aus. Wie konnte etwas Alltägliches wie Milch oder Butter Mangelware sein? Sie waren doch nicht mehr im Krieg! Immerhin, Kartoffeln hatte sie ergattert, und einige Päckchen Cremespeisepulver »Variabel«, außerdem Quittenmus. Sie verräumte die Einkäufe in der Küche. Mitten in der Bewegung hielt sie inne. »Hallo?« Sie prüfte das Schlafzimmer. Es war ein Duft, oder die Art, wie die Vorhänge offen standen. Etwas war anders.

Max hatte ihr den Schlüssel gegeben. Natürlich konnte er einen Nachschlüssel haben. Aber er hätte ihr doch eine Nachricht hinterlassen. Hatte er seine Modelle holen wollen und vor lauter Zorn, sie nicht mehr vorzufinden, einfach die Tür hinter sich zugeknallt?

Die Arbeit für den BND machte sie mürbe. Das musste es sein. Niemand hatte ihre Vorhänge angerührt, das war unsinnig. Sie zog sie zu, schlüpfte aus dem Kleid und hängte es auf einen Bügel. Sie holte Hose und Pullover aus dem Schrank. Über der Küchenschüssel wusch sie sich das Gesicht, trocknete sich ab. Dann legte sie Kohlen nach und schob sie in die Restglut.

Am Gasherd kochte sie Reis und machte sich dazu ein Glas Letscho warm. Jolanthe hatte das immer gern gegessen. Fast so gern wie Brausepulver. Ach, wie glücklich sie gewesen waren, wenn sie als Kinder Brausepulver hatten! Sie leckten es aus der Hand, versetzten es mit Spucke, es zischte und brodelte in der Handfläche, es platzte auf der Zunge. Zum Schluss war der klebrige Zucker kaum von der Hand zu kriegen gewesen.

Die Erinnerung war so intensiv, dass Ria sich setzen musste. Ein Knoten saß ihr in der Kehle. Wie sehr sie Jolanthe vermisste! Jeden Abend hatten sie auf Schnee gehofft und in ihren Betten die Hände gefaltet, wie Großmutter es ihnen beigebracht hatte, und gebetet, es möge über Nacht schneien. Wenn es tatsächlich geschneit hatte und sie wachten auf und hörten das kratzende Geräusch der Schneeschieber auf dem Gehweg, wie sie gemeinsam zum Fenster gestürmt waren! Alles war weiß, und man hörte die Autos nicht, so leise fuhren sie. Sie hatten sich in Windeseile angezogen, Jolanthe mit ihrer blauen Bommelmütze, ihre Wangen waren ganz rot geworden von der Kälte, und sie hatte gelacht, sie hatte gar nicht mehr aufhören können. Schneebälle hatten sie aufeinander geworfen, bis der feine Pulverschnee sie wie ein Schleier einhüllte.

Das Letscho blubberte im Topf. Ria stand auf. Die Tischdecke war verrutscht. So etwas ertrug sie nicht, wenn die Seiten nicht gleich lang herunterhingen. Sie korrigierte es. War sie das gewesen in der Eile heute früh? Oder war doch jemand hier gewesen? Sie würde Hähner davon berichten müssen.

Erich Honecker liebte Hüte. Im Sommer trug er gern leichte Strohhüte, im Winter liebte er Pelzmützen. Der Hut musste im Auto immer ordentlich auf der Hutablage liegen, und bevor er ausstieg, sagte er: »Meinen Hut bitte«, und wartete, bis er ihm gereicht wurde. Die Hüte waren ihm heilig. Heute aber hatte er seinen Hut vergessen, so sehr war er in Gedanken, der Fahrer kam und trug ihm den Hut hinterher, er bedankte sich.

Er ging gleich hinter das Haus und sah nach, ob Sonja die Kaninchen gefüttert hatte, sie war erst acht, sie vergaß es oft. Aber sie hatten frisches Heu, vielleicht hatte auch Margot sich darum gekümmert oder die Haushälterin, er verlangte das nicht von ihr, es war Sonjas Aufgabe, überhaupt verlangte er nicht viel von der Haushälterin. Frau Mielke forderte von ihren Haushälterinnen, täglich die Fensterbretter außen zu säubern. Aber bei den Honeckers ging man freundlicher mit dem Personal um. Mit den Personenschützern pflegte er einen beinahe freundschaftlichen Umgang, und er war stolz darauf.

Er betrat das Haus, hängte den Hut auf. Die Hausschuhe standen bereit. Er schlüpfte hinein und stellte seine Straßenschuhe ins Schuhschränkchen. »Margot«, rief er, »wir bekommen heute noch Besuch, haben wir Getränke da?«

Margot erschien. Sie sah ihn verwirrt an. »Wer kommt denn?«

»Ach, nichts weiter Wichtiges, ein Mitarbeiter aus dem Ministerium für Außenhandel.«

Sie hob zweifelnd eine Augenbraue. »Und der fährt extra raus zu uns? Und es ist nicht wichtig?«

»Wir wollen nicht gestört werden.« Er ging ins Arbeitszimmer und setzte sich an den Schreibtisch. Die grün abgeschirmte Schreibtischlampe schaltete er gerne ein. Sie hatte diesen schönen Kippschalter. Es gab bei ihr keine ärgerliche Ungenauigkeit, es gab An und es gab Aus, und dazwischen lag nichts als ein klares Knacken.

Der Stapel mit Beschlussvorlagen und ZK-Protokollen hingegen lockte ihn überhaupt nicht. Er stand wieder auf. Sofort schwammen die Guppys im Aquarium nach oben. Sie hofften, dass sie etwas von ihm bekamen. Er trat vor die Scheibe und redete leise mit den Fischen. »Ihr Guten, habt ihr Hunger?« Er nahm die Abdeckung hoch und streute etwas Trockenfutter ins Wasser. Die Strömung des Wasserfilters trieb es entlang der Oberfläche. Einzelne Flocken sanken nieder, und die Guppys schnappten danach. Sie spuckten die Stücke wieder aus, und fraßen sie erneut.

Wie herrlich still die Fische waren. Sie bedrängten ihn nicht mit in viele Worte gekleideten Ansprüchen. Sie brauchten Wasser, ein paar Pflanzen, Licht und etwas Futter, und sie riefen nicht danach, sie setzten voraus, dass er sich um sie kümmerte, und ihre Welt war in Ordnung.

Das Futter stank. Er schraubte das Gläschen zu.

Er hatte darüber nachzudenken, wie es mit Ulbricht weitergehen sollte. Ihm gefiel nicht, dass sie überall in den Schulen und Betrieben Ulbricht-Ecken einrichteten, mit Bildern von ihm und Fahnen und Wandzeitungen dekorativ hergerichtet, um ihn zu ehren. Es war fast schon ein Personenkult wie bei Stalin. Seit Ulbricht letztes Jahr auch noch das Amt des Staatsratsvorsitzenden übernommen hatte, war es immer schlimmer geworden. Dazu diese dumme Behauptung im *Neuen Deutschland,* Personenkult gebe es in der DDR nicht, die Partei werde kollektiv geführt.

Ulbricht mit seiner widerwärtigen Eunuchenstimme, dieser hohen, schneidenden Stimme, mit der er laut und frech seine Verleumdungen vortrug, um Gegner zu beseitigen, und wenn sie versuchten, sich zu verteidigen, dann schnitt er immer wieder dazwischen mit »Das glauben Sie doch selbst nicht« oder »Sie wollen bloß bagatellisieren«. Auch seinen Mitarbeitern schnitt er gern in den Sitzungen das Wort ab. Er hatte ihm eine Weile zugearbeitet, weil es ihn voranbrachte, aber irgendwann reichte es. Ulbricht war ein machtbesessener Egoist, der würde ihn sowieso nicht hochkommen lassen, er ließ nur seine eigene Meinung gelten, und wenn nötig, argumentierte er verlogen, ohne mit der Wimper zu zucken. Sein selbstgefälliges Grinsen heute, als ihm ein Scherz gelungen war! Er hielt sich auch noch für den König der Spaßvögel.

Was waren die Schwächen, wo konnte man ansetzen? Er hatte noch im Ohr, wie Ulbricht auf der Parteikonferenz getönt hatte: »Lang lebe unser weiser Lehrmeister, der Bannerträger des Friedens und Fortschritts in der ganzen Welt, der große Stalin. Wir werden siegen, weil uns der große Stalin führt!« Peinlich, im Nachhinein, wenn man bedachte, was für ein Schurke Stalin war, da war inzwischen einiges ans Licht gekommen. Wobei auch er, Erich, bei Stalins Tod öffentlich geweint hatte, er dachte eben damals, dass alles zusammenstürzen würde, was sie seit 1945 aufgebaut hatten.

Aber er war stärker, er konnte das besser als Ulbricht. Immerhin hatten 1953 Schirdewan und er im Gebäude des Zentralkomitees die Stellung gehalten, während der Rest des Politbüros sich hübsch evakuieren ließ und sich zu den Freunden nach Karlshorst verzog, aber sie waren geblieben, inmitten der demonstrierenden, wütenden Menge, nur durch ein paar Panzer geschützt.

Er hörte eine Autotür klappen. War das drüben bei Neumanns? Nein, das war bei ihnen. Er sah aus dem Fenster. Ein vierschrötiger Mann kam auf die Tür zu. Es läutete. Er ging hin und öffnete, meine Güte, dieser Schalck, da sah man ja kein Tageslicht mehr, der war drei Köpfe größer als er. Er gab ihm die Hand und führte ihn ins Wohnzimmer. Wenn sie erst saßen, wäre der Größenunterschied nicht mehr gar so schlimm.

Margot brachte Schnittchen mit Leberwurst und einem Scheibchen saurer Gurke, sie war schnell gewesen. Sie fragte nach Schalcks Getränkewunsch, er wollte einen Tee, sympathisch war das, er war nicht überkandidelt, das merkte man gleich. Erich sagte, er nehme auch einen Tee.

Als Margot fort war, fragte er: »Wie läuft es im Ministerium? Sie leiten die Abteilung Schwermaschinen und Anlagenbau, richtig?«

Schalck nickte und biss in eines der Schnittchen. »Bestens, bestens«, sagte er, Appetit hatte er, keine falsche Scheu also, auch wenn er dem Sekretär für Sicherheitsfragen des ZK der SED gegenübersaß, zuständig für den gesamten Verteidigungsapparat des Staates, Schalck blieb davon unbeeindruckt. Ein Intellektueller war Schalck nicht, solche Akademiker konnte er auch nicht leiden, die taten ihm gegenüber immer so überlegen und meinten, sie wüssten sonst was. Er mochte sie nicht in seiner Nähe haben. Aber der Schalck, das war ein Richtiger.

Er kam zur Sache: »Ich habe eine Bitte an Sie.«

Schalck wischte sich mit der Serviette die Leberwurstreste vom Mund. »Gerne, Genosse Honecker. Wie kann ich helfen?«

»Ich brauche Stacheldraht. In einer Länge von zwanzig Kilometern.«

»Verstehe«, sagte Schalck, als wäre es ein vollkommen alltäglicher Wunsch.

»Sie dürfen ihn nicht auf gewöhnlichem Weg produzieren lassen oder einkaufen, auch nicht im Westen«, sagte Erich. »Das Ganze muss konspirativ laufen. Kriegen Sie das hin?«

»Ich beschaffe Ihnen alles.«

Erich lehnte sich zurück. »Ja, das hat man mir gesagt. Sie haben Ihre Anfänge auf dem Schwarzmarkt genommen? Oberstleutnant Volpert vom MfS hat mir geraten, mich an Sie zu wenden.«

Schalck lachte und winkte ab. »Ach, das! Da war ich doch noch ein Kind. Ich habe nach dem Krieg auf dem Schwarzmarkt meine kaufmännischen Talente erkannt, das ist alles.«

»Erzählen Sie.«

»Erst habe ich die Angelausrüstung meines verschollenen Vaters beim Bäcker gegen Brotmarken eingetauscht, dann die Brotmarken in Zigaretten und Alkohol, und die Zigaretten und den Alkohol habe ich zu Geld gemacht. Davon hab ich zum Beispiel Briketts gekauft, die mir eine Mark pro Stück einbrachten. Natürlich hat meine Familie auch selber Briketts und Nahrung gebraucht, aber es blieb genug übrig zum Handeln und Vermehren. Besonders gut ging es am Botanischen Garten, wo die amerikanischen Garnisonen lagen. Ich habe aber auch in Weißensee mit den Angehörigen der Roten Armee getauscht.«

Der schwergewichtige Mann mit dem runden, glatten Gesicht hatte etwas Spitzbübisches an sich, ein Lachen saß ihm in den Augenwinkeln, er wirkte wie ein kleiner Schelm, der wollte, dass man ihn mit der Hand in der Keksdose erwischte und ihn trotzdem dafür liebte.

»Sie gefallen mir«, sagte Erich. »Sie sind fortschrittlicher als viele Ihrer Kollegen, die noch Misstrauen gegen den Staat hegen und meckern, anstatt anzupacken.«

»Ich mache gern das Unmögliche möglich.«

»Wenn Sie diese Sache erledigen, können wir sicher wieder einmal gemeinsame Schritte gehen.«

»Das würde mich freuen, Genosse Honecker. Ich will offen sein. Wenn wir unseren Staat wirtschaftlich auf Wachstumskurs bringen wollen, brauchen wir eine Abteilung, die bereit ist, internationale Zollbestimmungen zu unterlaufen, Papiere zu fälschen, Versicherungsbetrug anzuzetteln. Wir brauchen Schmuggler. Das muss nicht auf den Staat zurückfallen, ich spreche von einer kleinen Einheit, die es mit dem Kapitalismus aufnehmen kann, die ihn mit seinen eigenen Waffen schlägt.«

»Ich lasse mir das durch den Kopf gehen.«

Schalck reichte ihm die Hand, über die Wurstbrote hinweg, es war ein eigenartiger Moment, aber er schlug ein, sie sahen sich an und schüttelten die Hände und wussten, sie würden sich aufeinander verlassen können. Das Hickhack im Politbüro, Ulbricht und die Probleme mit der Wirtschaft erschienen plötzlich wie Dinge, die sich lösen ließen.

10

Die Eintrittskarte fürs *Colosseum* in der Schönhauser Allee war bei ihr im Briefkasten gewesen, kommentarlos. Als es im Kinosaal dunkel wurde und die DEFA-Wochenschau begann, kam noch jemand herein und setzte sich auf den Platz neben ihr. Ein kurzer Seitenblick genügte ihr. Es war Hähner. »Alle sind sehr zufrieden mit Ihnen«, sagte er leise. Er reichte ihr ein kleines Bündel, beugte sich hinüber und flüsterte in der Nähe ihres Ohrs: »Verstecken Sie das Aufzeichnungsgerät unter Ihrer Kleidung. Das Mikrofon ist als Armbanduhr getarnt.«

Sie nickte.

»Es gibt Gerüchte, dass Ihr Ministerium eine ›Aktion Störfreimachung‹ plant. Diese Sache macht Adenauer nervös. Es heißt, die DDR wolle sich vom Handel mit dem Westen... machen... Finden Sie...«

Sie verstand nichts mehr. Walter Ulbricht war auf der Leinwand erschienen, und die Jugendlichen im Kino lärmten und lachten. Sie riefen laut: »Der Spitzbart, ha!«

Plötzlich ging das Licht an. Volkspolizisten kamen den Gang hinab und sahen die Stuhlreihen entlang.

Ria bemerkte, wie sich Hähners Körper versteifte. Er blickte starr geradeaus.

Sie verbarg das Aufnahmegerät unter ihren Händen. Einige Schlaufen des Kabels sahen hinaus.

Einer der Volkspolizisten musterte Hähner, dann sie. Hatte Hähner nicht Tricks und geheime Waffen? Er saß bloß da, der mächtige BND-Mann war einem Volkspolizisten ausgeliefert.

Der Polizist fragte streng: »Wer hat hier gelacht?« Niemand rührte sich.

Die Polizisten gingen die Reihen ab und besahen sich streng die Kinobesucher. »Reißen Sie sich gefälligst am Riemen!«, bellte einer. Dann verließen sie den Saal. Das Licht erlosch, und auf der Leinwand ging es weiter. Jetzt setzte Gekicher ein.

Ria steckte sich das Aufnahmegerät unter den Pullover. Hähner rührte sich immer noch nicht.

»Ich konnte Sie nicht ganz verstehen«, flüsterte Ria. »Was will die DDR?«

Jetzt atmete er langsam aus. »Sie will sich auf irgendeinem Weg vom Handel mit dem Westen unabhängig machen. Das nennen sie ›Aktion Störfreimachung‹. Finden Sie heraus, was genau geplant ist.«

Sie überlegte, ihm von der Sache mit ihrer Wohnung zu berichten. Aber würde er das mit der Tischdecke glauben? Er würde womöglich an ihrer Urteilsfähigkeit zweifeln.

Besser, sie fragte ihn zuerst nach Jolanthe. Ihre Position war stärker, wenn sie zuvor nicht den Eindruck erweckt hatte, der Arbeit nicht gewachsen zu sein.

Der Film begann, eine deutsch-polnische Gemeinschaftsproduktion, die letztes Jahr Premiere gehabt hatte, mit dem Titel: »Der schweigende Stern«. Auf der Leinwand war eine knallbunte Venuswelt zu sehen, dann das Raumschiff »Kosmokrator« mit futuristischer Innenausstattung.

Sie brachten den Film heute, um Juri Gagarin zu feiern,

der gerade als erster Mensch mit dem Raumschiff »Wostok 1« in 108 Minuten die Erde umrundet hatte. Er war kaum älter als sie, nur 26, ein russischer Bauernsohn, ein Fliegeroffizier der Roten Armee, und er war tatsächlich im Weltraum gewesen. Unvorstellbar. Sie hatte Bilder von ihm im Raumfahreranzug gesehen, die Friedenstaube prangte darauf. Er war der lebende Beweis für Fortschritt und Heldentum der Sowjetunion.

Vielleicht würde doch der Osten den Kalten Krieg gewinnen? Technologisch hatte die Sowjetunion klar die Nase vorn. Vor vier Jahren hatten sie den Sputnik gestartet, den weltweit ersten Satelliten, eine silberne Metallkugel mit vier Antennen – seitdem trugen Jungpioniere in Sputnikhefte ihre guten Taten ein: wann sie bei der Altstoffsammlung geholfen, einem sowjetischen Freund einen Brief geschrieben oder ihre Zeit im Hundertmeterlauf verbessert hatten.

Auch auf dem Mond waren die Russen als Erste gewesen, vor zwei Jahren mit ihrer unbemannten Rakete Lunik II, die auf der Mondoberfläche aufschlug und eine Platinplatte mit den Symbolen der Sowjetunion mitgebracht hatte. Nörgler spotteten seitdem: »Keinen Kaffee, keine Sahne und auf dem Mond die rote Fahne.« Natürlich, die Versorgung der Bevölkerung war im Westen besser. Der Osten konzentrierte sich auf die Schwerindustrie. Was, wenn er den Westen dadurch doch noch überholte? Es gab bereits riesige kollektivierte Felder in der Landwirtschaft, bald würde sich auch die Lage bei Butter und Kartoffeln, Fahrrädern und Waschmittel verbessern.

Wie eigenartig das war, dass sie in diesem Film saß, als hätte sie eine romantische Verabredung, dabei war der Mann neben ihr Agentenführer des BND, und es ging darum, die

Pläne der DDR zu durchkreuzen. Das Aufnahmegerät spürte sie kalt an ihrem Bauch.

Ganymed – Weinrestaurant stand an der Fassade des Hauses am Schiffbauerdamm. Vor der Eingangstür floss träge die Spree. Sorokin drehte sich um und blickte auf den erleuchteten S-Bahnhof Friedrichstraße. Dann betrat er hinter Krylow die Gaststube. Sie wurden von einem Kellner zu ihrem Tisch gebracht. Sorokin sah sich um. Er wusste, hier aßen berühmte Schauspieler des Berliner Ensembles, Bertolt Brecht war oft hier gewesen. Ob er Helene Weigel entdeckte? Kerzenschein spiegelte sich in den Weingläsern. Die Gäste waren fein gekleidet.

Sie saßen erst wenige Minuten, da kamen der Minister und sein Abteilungsleiter. Krylow erhob sich, um zuerst dem Minister und dann dem Abteilungsleiter die Hand zu geben. Der Kellner lächelte Minister Balkow an, als wäre er schon öfter hier gewesen und hätte ein üppiges Trinkgeld gegeben.

Sie bestellten, Sorokin nahm ein Schmorhühnchen »Wiener Art« mit Petersilienkartoffeln, dazu einen Orangensalat. Solche Speisen gab es nur hier. Dem freundlichen Geplänkel zwischen dem Minister und Krylow folgte er nur mit geringer Aufmerksamkeit, er beobachtete stattdessen Schalck, den breitschultrigen Abteilungsleiter. Er fragte ihn: »Haben Sie mal geboxt?«

Schalck lachte. »Das sehen Sie? Hut ab, Sie sind im richtigen Beruf.«

Beim Minister war die lockere Art gespielt, er sah es, der Minister war in Wahrheit angespannt, er knipselte sich die Haut vom Rand der Fingernägel und änderte immer wieder die Sitzhaltung, als wisse er nicht recht, wie er seinen Körper zur Ruhe bringen konnte. Auch wischte er sich wiederholt über das Gesicht.

Schalck dagegen schien zwar konzentriert und bei der Sache zu sein, aber nicht nervös. Seine Souveränität bei einer Begegnung mit dem KGB überraschte Sorokin.

Schalck sagte: »Wissen Sie, warum ich mich als junger Mann in einer Boxschule angemeldet habe? Weil ich bei einer Keilerei auf dem Tanzboden schlecht weggekommen war.« Er lachte.

Er konnte also keine Niederlagen hinnehmen. Nur gewann man auch im Boxsport nicht jedes Mal. Vor allem in seiner Gewichtsklasse von über 90 Kilo mussten ihm irgendwann Gegner widerfahren sein, die sich ganz dem Sport widmeten und für ihn unbezwingbar waren. »Wie lange sind Sie dem Boxen treu geblieben? Früher oder später müssen Sie auf harte Gegner gestoßen sein.«

Schalck hob erstaunt die Brauen. »Wieder ein Volltreffer.«

»Also, was haben Sie gemacht?«

»Ich habe die Boxhandschuhe an den Nagel gehängt und mich den Ringern angeschlossen.«

Kluges Kerlchen. Zu verlieren kam für ihn nicht infrage. Er wollte gewinnen, und damit das auch passierte, suchte er sich die geeignete Arena aus. Was Sorokin noch nicht begriff, war, weshalb sich Schalck so entspannt zeigte, obwohl neben ihm sein Minister saß. Schalck konnte noch keine dreißig Jahre alt sein. Der Minister musste für ihn doch wie ein Übervater wirken. Julius Balkow war ehemaliger Sozialdemokrat und wegen der Mitgliedschaft in einer Widerstandsgruppe von den Nazis zu sieben Jahren Zuchthaus verurteilt worden, er war erfahren und auf dem besten Weg ins Zentralkomitee. Seine schmalen Lippen und die Ehrfurcht gebietende Nase verstärkten die Wirkung der Denkerstirn nur noch. Und Schalck saß neben ihm nicht wie ein Untergebener, sondern wie einer, der sich ebenbürtig fühlt. Wie war das zu erklären? Schalck musste Verbindungen haben, machtvolle Verbindungen.

Krylow war beim Anlass ihres Zusammentreffens angekommen, und Schalck wandte sich ihm und dem Minister zu.

Krylow sagte: »Sie haben eine Laus im Pelz.«

Während der Minister noch verärgert feines Ragout aus der Blätterteigpastete drückte, hatte Schalck blitzschnell geschaltet. Er legte Messer und Gabel ab und sagte: »Und der Verräter soll in meiner Abteilung sein?«

»Richtig«, sagte Krylow.

»Wen haben Sie im Verdacht?«

»Ria Nachtmann. Sie hat womöglich Regierungsdokumente an den Westen verkauft.«

Schalck tupfte sich mit der Stoffserviette den Mund ab. Dann sagte er, ohne Sorokin oder Krylow anzusehen: »Ich glaube nicht, dass sie es ist.«

Der Minister machte eine fahrige Bewegung. »Genosse Schalck, ich muss Sie bitten, den Genossen mit mehr Respekt zu begegnen. Sie machen die Geheimdienstarbeit nicht erst seit gestern. Sie werden zu den richtigen Schlüssen gekommen sein.«

»Noch sind es keine Schlüsse, wenn ich richtig verstanden habe, Genosse Minister.« Schalcks Wangen röteten sich, aber nicht vor Scham, schien es Sorokin, sondern weil man ihn in eine ungünstige Lage gedrängt hatte und ihn das ärgerte. »Ich möchte daran erinnern, dass es hier nicht darum geht, ob wir Ria Nachtmann sympathisch finden. Hier geht es darum, ob sie hingerichtet wird.«

Krylow fragte: »Sie halten sie also für unschuldig?«

Schalck nickte. »Sie ist ehrgeizig bis hin zur Widerspenstigkeit. Aber Verrat – nein. Es muss ein anderer Mitarbeiter sein.«

Krylow blickte zu Sorokin. Er verstand die Aufforderung und wandte sich Schalck zu. »Sie kennen ihre Familiengeschichte?«

»Natürlich.«

»BND oder CIA könnten sie gezielt bei Ihnen eingeschleust haben.«

»Noch ist es nur ein Verdacht«, sagte Krylow, »aber wenn er sich erhärtet, werden Sie Ihre Mitarbeiterin nicht beschützen können.«

»Конечно же«, antwortete Schalck. *Selbstverständlich.* Sein Russisch war tadellos, er sprach es ohne Akzent. Sorokin nahm sich vor, Schalcks Hintergründe abzuklopfen.

Der Minister sah ihn warnend an. »Es ist nicht lange her, da ist Fritz Hoppensack im Außenhandelsbetrieb Investexport verhaftet worden, wegen westlicher Agententätigkeit. Er war die rechte Hand von Generaldirektor Boulanger, und die Sache hat auch Boulanger das Amt gekostet.« Das war eine direkte Drohung an Schalcks Adresse.

»Ich verstehe.« Von Unterwürfigkeit keine Spur bei Schalck.

»Ich schlage vor«, sagte Krylow, »dass Sie Frau Nachtmann auf eine Reise ins westliche Ausland schicken. Genosse Sorokin, Sie reisen ebenfalls an den Zielort und überwachen sie dort. BND und CIA werden sich diese Gelegenheit nicht entgehen lassen, wir werden bald wissen, ob sie sich mit einem Führungsagenten der Gegenseite trifft. Schießen Sie Beweisfotos, Sorokin, dann decken wir gleich auch noch die nächsthöhere Ebene in den gegnerischen Diensten auf.«

Eher lustlos brachten sie das Essen zu Ende und vereinbarten, dass beide Parteien das Restaurant getrennt verlassen sollten, damit es kein Gerede gebe. Zuerst gingen Schalck und der Minister. Durch die Fenster des Restaurants sah Sorokin einen schwarzen Wolga vorfahren, in den der Minister einstieg. Eine Viertelstunde später brachen auch Krylow und er auf. Draußen verabschiedeten sie sich, Krylow sagte, er werde sich melden, wenn er Zielort und Datum der Reise erfahren habe.

Sorokin ging zum S-Bahnhof Friedrichstraße. Eine Kehrmaschine, die den Bürgersteig reinigte, dröhnte vorüber.

Am Bahnhof hockte ein Schuhputzer, gebückt schrubbte er die schwarzen Schuhe seines Kunden. Der Kunde saß auf einer Art hölzernem Thron, hoch über dem Schuhputzer, und sah geistesabwesend zu, wie seine Schuhe auf Hochglanz gebracht wurden, die Hände in den Manteltaschen. Der Kommunismus versprach, alle Menschen gleich zu machen, aber auch hier gab es Ungleichheit und Bessergestellte, man musste nur an das noble Restaurant und an den Minister denken, der im Wolga von einem Chauffeur herumgefahren wurde und zu Hause sicher nicht selbst seinen Rasen mähte.

Jemand folgte ihm, er blieb auch auf der Bahnhofstreppe an ihm dran. Sorokin setzte sich am Bahnsteig auf eine Bank, um den heimlichen Verfolger zu zwingen, ihn zu passieren, und ihn begutachten zu können. Es war ein Mann mit fettigem Haar, dem der Hals über den Kragen quoll. Anstatt so zu tun, als wollte er vorüberschlendern, näherte sich ihm der Kerl und setzte sich ebenfalls auf die Bank. »Eickhoff mein Name«, sagte er leise, ohne Sorokin anzusehen. In seinem Hals rasselte fürchterlich der Schleim.

»Und?« Sorokin sah ungerührt zu den Gleisen.

»Entschuldigen Sie die Störung. Unter uns Tschekisten …

Ich war gerade im Ganymed, um Ihr Treffen abzusichern, und ich ...«

Oje. Ein Stümper von der Staatssicherheit, der sich etwas darauf einbildete, »Geheimdienstarbeit« zu leisten.

»Ich wollte nur Bescheid geben, wenn Sie Unterstützung brauchen im Ministerium, ich habe die Verdächtige verhört, ich kann Ihnen zuarbeiten.«

Na, das scheint ja prima geklappt zu haben mit dem Verhör, dachte Sorokin. Hätte der Pfuscher es ordentlich gemacht, müsste ich jetzt nicht meine schwangere Frau zurücklassen und ins Ausland reisen. Er zog sein Notizbuch heraus, notierte die Berliner Nummer des KGB, und riss das Blatt heraus. »Melden Sie sich, wenn Sie etwas bemerken.« Damit reichte er dem schlecht frisierten Kerl den Zettel, stand auf und ging zur S-Bahn.

Schon seit Mitte April kam jeden Morgen ein blasser Angestellter durch ihre Abteilung, der hier nichts zu suchen hatte. Er tat beschäftigt mit irgendwelchen Unterlagen, die er spazieren trug und durchblätterte, als könnten sie ihm verraten, warum er sich hierher verlaufen hatte. An Rias Schreibtisch führte sein Weg jedes Mal vorbei. Er grüßte dann schüchtern und sah kurz zu ihr hin, wagte aber nicht, ein Gespräch zu beginnen.

Schalck war heute noch nicht im Büro, also erlaubte sie sich eine Kampfansage. Sie trug über dem hellblauen Kleid den breiten weißen Gürtel, der eine schöne schlanke Taille machte, und außerdem ein Jäckchen in jugendlich flottem Schnitt, das sie sich von Hähners Geld gekauft hatte, um darin das Miniphone P-55 zu verstecken. Die Haare hatte sie zum Pferdeschwanz gebunden. Sie setzte sich neben die Schreibmaschine auf den Tisch, und als wie erwartet der blasse Bewerber kam, schlug sie lasziv ein Bein über das andere. Sie sah ihn unentwegt an und grüßte von sich aus.

Mit hochrotem Kopf ging er vorüber.

Jetzt tat er ihr leid. Aber sie würde sich nicht länger angaffen lassen, hoffentlich hatte er das begriffen.

»Kollegin Nachtmann!«

Frau Schwarz. Schnell rutschte Ria vom Schreibtisch herunter. Sie warf einen Blick auf ihr Jäckchen, wo das Aufnahmegerät in der Innentasche steckte. Warf es wirklich keine verräterische Beule? Doch, das tat es. Man konnte es für eine Zigarettenschachtel halten. Sie konnte bloß hoffen, dass die Schwarz ihr zutraute, sie habe mit dem Rauchen angefangen.

Frau Schwarz hielt einen Bericht in die Höhe, es sah so aus, als wollte sie ihn Ria um die Ohren hauen. »Schreiben Sie nie wieder, dass die Planvorgabe nicht erfüllt worden ist. Merken Sie sich das!«

»Aber es ist wahr.«

»Das spielt keine Rolle. Haben Sie denn nichts gelernt? Erstens gilt die Maxime vom ständigen Fortschritt des Sozialismus. Es gibt also keine Rückschläge, offiziell. Und zweitens sagt man als Verantwortlicher nicht, dass man die Planzahlen verfehlt hat, auch Genosse Schalck würde das nie sagen, und Sie sind hier nun einmal sein Sprachrohr. Stattdessen formulieren Sie: Die Genossen haben unter Einsatz aller Kräfte zur Überbietung der Planerfüllung und zur Stärkung der Deutschen Demokratischen Republik beigetragen.«

»Aber das ist doch gelogen, ›Überbietung der Planerfüllung‹!«

»Nein, ist es nicht. Sie haben dazu *beigetragen,* insgesamt gesehen, verstehen Sie?«

Diese Hexe. Deshalb ging es im Land nicht voran, weil sich die Verantwortlichen wegduckten und keiner den Mut hatte, einmal Klartext zu reden.

»Oder schreiben Sie wenigstens: Alle Anstrengungen zur Planerfüllung wurden mit vorbildlichem Einsatz unternommen.«

Ria notierte sich den Satz. Diese Sprache würden bald nur noch Eingeweihte verstehen. Eine Nebelsprache, eine, die die Dinge verbarg. Deshalb war es eine Qual, die Tageszeitung zu lesen, wie von Schalck verlangt, sie war angefüllt mit gedrechselten Erfolgsmeldungen, und die wirklichen Nachrichten musste man zwischen den Zeilen herauslesen.

Schalck trat aus seinem Büro. Schalck! Wann war er gekommen? Halb acht war doch noch alles ruhig gewesen.

Er grüßte Frau Schwarz, dann sagte er, an Ria gewandt: »Komm doch bitte mal.«

Frau Schwarz legte Ria den Bericht auf den Tisch, nickte Schalck schmallippig zu und stöckelte davon.

Ria folgte ihm.

Er bat sie, die Tür hinter sich zu schließen, und als sie es getan hatte, fragte er: »Bist du in ihn verliebt?«

Sie war wie vor den Kopf gestoßen. »Wen meinen Sie?«

»Du weißt genau, wen ich meine.«

Hatte er das gesehen vorhin? Hatte er vor dem Eintreffen des schüchternen Bewerbers auch beobachtet, wie sie immer wieder an ihrer neuen Uhr herumspielte, um den Mechanismus für Start und Stopp der winzigen Spulen des Tonbands einzuüben? »Ich will nichts von dem Kerl.«

»Und trotzdem hast du ihn angeflirtet? Du empfiehlst dich in immer mehr Hinsichten. Nicht für mich, ich bin glücklich verheiratet.« Er sah sie an, als zöge er sie gerade in Gedanken aus. »Siehst du dich in der Lage, diese Mittel auch bei Auslandsmessen einzusetzen? Verträge werden mitunter vor Ort ausgehandelt.«

»Also, ich ...«

»Auch im Außenhandel müssen wir täuschen. Etliche unserer Außenhandelsbetriebe laufen unter der Bezeichnung GmbH, hast du dich nie gefragt, warum? Wir hätten sie längst in Volkseigene Betriebe umwandeln können. Aber wir behalten die GmbHs bei, weil es im Westen den Eindruck erweckt, der Staat hätte keinen Anteil an ihnen. Sie erscheinen wie reine Privatunternehmen. Das weckt Vertrauen im Westen. So lassen sich besser Geschäfte machen.«

»Ich verstehe.« Sie nahm die Hände hinter den Rücken und drückte, für Schalck unsichtbar, den Kontakt an der Uhr, um das Aufnahmegerät zu starten. Vielleicht folgten noch weitere Geständnisse.

»Es gibt im Juni eine Messe in Amsterdam. Da nehme ich dich mit.«

»Wirklich?« Sie strahlte.

Er bat sie, sich zu setzen, dann sagte er: »Ich weiß, dass dich manches stört in unserem Land.«

Etwas stimmte nicht. Warum dieses Thema? Und warum die verschlossene Tür? Vielleicht sollte sie sich sicherer fühlen, sollte auspacken. Wurde das Gespräch auch von ihm aufgezeichnet?

Aber wenn sie ihn zum Reden bringen wollte, musste sie genauso offen sein. Sie beschloss, das Risiko einzugehen. Sie sagte: »Das Unehrliche stört mich, das Wegspringen über die Sorgen der Menschen, das Drohen und Prahlen. Und wer immer hübsch artig ist und der Führung nach dem Mund redet, der kann es weit bringen. Die SED hat oft gar keine Argumente, sondern nur Phrasen, leere Phrasen. Die werden auch nicht lebendiger, wenn man sie oft wiederholt.«

Er nickte verständnisvoll.

»Na ja, und ich frage mich, wo bleibt denn der großartige Aufstieg, der so lange angekündigt worden ist? Im Westen gibt es alles. Wirklich alles. Knorr-Suppen. Bananen. Schöne Lederschuhe, herrlich luftige Chiffontücher. Es gibt schon für fünfzehnhundert einen gebrauchten Volkswagen. Und bei uns? An Autos kommt man nur ran, wenn man Beziehungen hat. Und um Schuhe in seiner Größe zu finden, rennt man von Laden zu Laden.«

Er seufzte. »Reden wir nicht drum herum. Unser Konsum pro Kopf erreicht nur etwa sechzig Prozent von Westdeutschland. Und wir haben auch nur rund zwei Drittel der Produktivität pro Kopf. Aus Sorge, dass es einen weiteren Aufstand wie am 17. Juni geben könnte, haben wir die Löhne zu stark erhöht, die Produktivität wächst nicht im gleichen Maß. Und wenn die Löhne schneller wachsen als die Menge der Sachen, die man herstellt, bedeutet das, wir verteilen viel Geld, aber es gibt nichts dafür zu kaufen. Kaufkraftüberhang, hast du den Begriff mal gehört? Wir haben manche Krise der letzten Jahre mit der Notenpresse ausgeglichen, also zu viel Bargeld gedruckt und ausgegeben. Und die festgelegten Preise machen Probleme. Sie müssten steigen wegen des geringen Warenangebots, aber wir halten sie durch unsere zentrale Planung auf ihrem Stand. Die Bevölkerung bleibt sozusagen auf ihrem Geld sitzen, und das verstärkt noch das Gefühl, dass es zu wenig einzukaufen gibt.«

Ria war vollkommen baff. Sie hatte erwartet, dass er mit den üblichen Phrasen daherkommen würde, die sie als Kind hundertfach in der Schule gehört hatte: *Sozialismus, das heißt:*

Brot genug für alle Menschenkinder. Und: *Ein Drittel der Menschheit lebt bereits im Sozialismus.* (Also im Ostblock.) Sie hatte erwartet, dass er *den Kampf westdeutscher Arbeiter um ein paar Pfennige Lohn* zitierte und *die Herrschaft der Banken und Konzerne* im Westen und dass er sie zum Schluss seiner Gardinenpredigt drohend fragen würde: *Willst du, dass der Klassengegner recht behält?* Aber nichts dergleichen tat er. Er legte die Fakten auf den Tisch. Unschöne Fakten. Sie konnte nicht anders, als Alexander Schalck zu bewundern.

Sie fragte: »Wie können wir die Produktivität steigern?«
»Durch Anreize. Geldprämien, wenn ein Betrieb seine Zahlen übererfüllt. Reisen in die Ferienheime.«

Gelang es ihr, die Situation ausnutzen und etwas über die »Aktion Störfreimachung« zu erfahren? Sie sagte: »Aber am schlimmsten ist die Unehrlichkeit. Wenn es nun einmal so ist, wie Sie gerade gesagt haben, warum geben wir das nicht zu? Warum wird man bestraft, wenn man etwas Positives über den Westen erzählt? Dann heißt es gleich ›Verherrlichung des Zustandes in Westdeutschland‹ und ›Verleiten anderer zur Republikflucht‹. Wir stecken Leute ins Gefängnis dafür, dass sie die Wahrheit gesagt haben.«

»Hast du deshalb gezögert, als ich dir die SED-Kandidatur vorgeschlagen habe?«

Sie presste die Hände an die Oberschenkel. Plötzlich fiel ihr auf, dass so das dünne graue Kabel sichtbar wurde, das von der Uhr in ihren Ärmel führte. Hatte er es bemerkt? Hastig ließ sie die Arme wieder sinken. »Waschmittel ist seit Wochen ausverkauft. An manchen Tagen gibt es keine Milch, an anderen keine Eier oder keine Butter. Wurst und Käse sind oft ausverkauft. Ich stehe lange an nach der Arbeit. Wozu wurde vor drei Jahren die Rationierung aufgehoben, wenn man doch nicht so viel kaufen kann, wie man will? In den Läden haben sie wieder Namenslisten eingeführt und streichen ab, wer schon Butter hatte die Dekade, das ist doch eine versteckte Rationierung. Und mal ein schönes Kleid zu ergattern ist Glückssache.«

Schalck lehnte sich im Stuhl zurück. »Die Ansprüche sind gestiegen, Ria. Es hat eine regelrechte ›Fresswelle‹ eingesetzt. Die Leute haben anscheinend was nachzuholen. Und es reicht nicht mehr einfach Brot, wie man es sich nach dem Krieg gewünscht hat, sondern es muss dunkles Roggenbrot oder helles Mischbrot sein, und zum Beschmieren wollen die einen Butter, die anderen Margarine, die nächsten Schmalz. Dabei tun wir doch schon alles! Neun von zehn Haushalten haben inzwischen ein Radio.«

Sie hatte selbst eines, das sagte sie ihm auch.

Schalck nickte. »Ich weiß«, sagte er, »eine Waschmaschine oder einen Kühlschrank kann sich kaum jemand leisten, und oft gibt es auch gerade keine. So entsteht dieses Gefühl des Mangels. Aber zählt denn das Soziale nichts? Dass allen alles gehört? Dass es keine Ausbeuter bei uns gibt? Unsere Mieten sind enorm niedrig, weil wir als Staat wollen, dass jeder eine gute Wohnung hat. Brauchen wir denn unbedingt Kakao und Kaffee und Südfrüchte, um glücklich zu sein?«

»Ich brauche sie nicht.«

»Siehst du. Leider denkt nicht jeder so. Dabei muss bei uns niemand fürchten, dass ihm sein Betrieb in einer Krise kündigt. Die Menschen können nachts ruhig schlafen. Du hast recht, es wird zu viel von oben entschieden. Das will natürlich die SED nicht hören, aber ich sage es, klar und deutlich. Und wir haben Engpässe beim Transport, weil wir als Kriegsschuld vieles an die Sowjetunion liefern mussten,

Gleise wurden abgebaut und Güterwaggons fortgebracht. Aber das ist alles vorbei, das sind doch Kinderkrankheiten, lösbare Anfangsprobleme. Schlimmer ist der Fachkräftemangel, weil so viele in den Westen abhauen. Seit der Gründung der DDR sind – diese Zahl behalte bitte für dich – ein Achtel aller Erwerbstätigen in den Westen gegangen, und oft die besser Qualifizierten. Allein letztes Jahr waren es zweihunderttausend Menschen. Ist doch klar, dass dadurch Störungen in der Produktion auftreten. Die hätte ich uns gern erspart. Aber da siehst du, wie der Westen uns auszubluten versucht, wie er Leute abwirbt, wie er uns mit unlauteren Mitteln bekämpft. Die Leute haben keine Geduld! Wir bauen hier eine neue Gesellschaft auf, etwas, wovon die Menschheit seit Langem träumt. Und sie können nicht abwarten, bis es Kakao gibt.«

Was Schalck alles wusste, und mit welchem großen Überblick er operierte! Er kannte Zahlen, die kaum jemandem zugänglich waren, und doch zweifelte er nicht daran, dass das Experiment DDR glücken würde. Wie war das möglich? Er musste etwas wissen, das er ihr verschwieg und das die Gleichung zugunsten der DDR verändern würde. Irgendetwas war geplant. Sie würde sich sorgfältig daran heranpirschen. Auf keinen Fall durfte sie sein Misstrauen erregen. »Wie weit ist es noch bis zum Kakao?«, fragte sie.

»Wir müssen verstärkt westliche Technologie importieren. Mit diesen Maschinen können wir den Qualitätsstandard unserer Produkte erhöhen, stärker auf dem Weltmarkt konkurrieren, Devisen einnehmen, in Zukunftstechnologien investieren und den Lebensstandard in der DDR erhöhen.«

Sie wagte sich weiter vor. »Wäre es nicht besser, sich von den Lieferungen aus dem Westen unabhängig zu machen?«

Er stockte. Argwöhnisch sah er sie an. »Eben nicht. Auch wenn es solche Pläne gibt.«

Rasch sagte sie: »Aber der Westen kann die Lieferungen politisch instrumentalisieren. Sind wir nicht schon abhängig in der chemischen und der metallverarbeitenden Industrie?«

»Du bist ein kluges Köpfchen, Ria. Genau das soll die ›Aktion Störfreimachung‹, wie sie genannt wird, unterbinden. Aber da sollen auch die technischen Normen vom deutschen DIN-System auf das sowjetische GOST-System umgestellt werden. Ein großer Fehler. So würden wir unsere Innovationen hemmen, wir würden uns noch mehr vom Weltmarkt abschotten.« Er runzelte die Stirn. »Sag mal, wie hast du überhaupt von der ›Störfreimachung‹ erfahren? Ich dachte, sie wäre geheim?«

Sie war zu unvorsichtig gewesen. Kein Normalsterblicher in der DDR wusste von der Abhängigkeit der Industrie von westlichen Lieferungen. Sie brauchte eine Ausrede, schnell. »Ein Dokument lag beim Fernschreiber, ich wusste nicht... Ich lasse doch gern mal etwas liegen und war nicht sicher, ob es von mir war. Nur deshalb habe ich es gelesen.«

»Ria, ein kritischer Kopf ist das eine. Aber Verrat kann ich nicht dulden. Du hintergehst mich nicht, oder?«

Sie verneinte.

Es war still in Schalcks Büro. Er drang mit seinem Blick in sie, prüfte das Material, aus dem Ria gemacht war, Faser für Faser, und suchte die dunklen Stellen. »Ich kann dich voranbringen. Eine Mitarbeiterin wie dich brauchen wir hier. Aber kann ich dir vertrauen?«

Sie schluckte. In ihr drehte sich alles, es war schwer, einen klaren Gedanken zu fassen. Da waren die Tonbandspulen in ihrer Brusttasche. Da war Schalcks Verdacht. Schließlich platzte sie heraus: »Ich will nicht in die Partei eintreten, weil sie mir meinen Vater und meine Schwester genommen hat.« Tränen stiegen ihr in die Augen.

»Jetzt sagst du die Wahrheit. Das müssen wir beibehalten, Ria.« Er sah sie väterlich an. »Du wirst mich nicht belügen.«

11

Peter, wie sie Fjodor insgeheim immer noch nannte, hatte nie ausdrücklich gesagt, dass sein Schrank tabu war. Er hatte den Schrank nach dem Umzug eingeräumt, während sie arbeiten gewesen war. Er öffnete ihn nie in ihrem Beisein. Sie wusste, wo er den Schlüssel aufbewahrte. Sie hatte ihn beim Putzen entdeckt, er war mit einem Heftpflaster unter dem Nachtschränkchen befestigt. Mit klopfendem Herzen kniete sie sich vor das Nachtschränkchen, löste das Heftpflaster und nahm den Schlüssel an sich. Sie stand auf. Den kleinen Schlüssel in die rechte Hand gepresst, sah sie die dunklen Holztüren von Peters Schrank an. War es richtig?

Wenn man verheiratet war, sollte man keine Geheimnisse voreinander haben. Andererseits sollte man sich als Ehepartner auch nicht hintergehen, und sie hatte das deutliche Gefühl, dass sie Peter hinterging, wenn sie seinen Schrank öffnete, ohne ihn zu fragen.

Peter hatte versprochen, dass sie bis ans Lebensende zusammenbleiben würden. War ein Schrank denn wichtiger als die Nähe, die sie zueinander empfanden? Tat sie Peter nicht letztendlich etwas Gutes, wenn sie ihm half, sich ihr gegenüber zu öffnen? Sie stärkte die Gemeinsamkeit zwischen ihnen als Ehepaar.

Luisa steckte den Schlüssel ins kleine Schloss der Schranktür. Sicher war er wütend, wenn er mitbekam, dass sie an seinen Sachen gewesen war. Und wenn sie es ihm einfach nicht sagte, wenn er es gar nicht erfuhr? Der Schrank würde seinen Reiz verlieren, sobald sie einmal hineingesehen hatte.

Sie öffnete die Tür. Sanft rührte sie an Peters geliebte Sachen. Er wollte immer nur, dass sie ihm die frische Wäsche aufs Bett legte, »ich räume sie selbst ein«, sagte er, als würde er ihr zur Hand gehen wollen. Jetzt sah sie auch, warum: Die Sachen waren in militärischer Ordnung aufgeschichtet. Keine Falte ragte über die Kante des Stapels hinaus, und er befand sich exakt in der Mitte des Schrankfachs. So stellte sie sich den Spind eines Soldaten vor. Wie sah es in einem Menschen aus, der seine Kleidung derart akkurat ordnete? Wo blieb die Spontaneität, wo blieb das Leben?

Wie es im Vergleich dazu bei ihnen in der Küche oft aussah! Störte Peter ihre Unordnung? Wünschte er sich insgeheim eine Frau, die den Tisch gleich nach dem Essen abräumte und das Geschirr abspülte und es ordentlich in den Schrank einsortierte? Störte es ihn, dass manchmal beim Frühstück noch die Brettchen vom Abendbrot auf dem Küchentisch lagen und butterverschmierte Messer? Sie hatte nicht immer die Kraft, abends in der Küche alles auf Vordermann zu bringen. Sie hatte den ganzen Tag gearbeitet, irgendwann brauchte sie auch einmal ein wenig Erholung. Sie aßen und hörten noch ein wenig Radio und gingen schlafen. Sie hatte geglaubt, dass es auch ihm so entsprach.

Gefiel sie ihm denn wirklich, oder war das alles nur vorgespielt?

Sie öffnete die zweite Schranktür. Darin hingen die Hemden, sie dufteten nach Stärke und Waschmittel, ein schöner Geruch. Luisa fuhr mit der Hand hindurch, um sie zu streicheln. Sie stieß an etwas Hartes und zuckte zurück. Vorsichtig schob sie die Hemden auseinander. Inmitten der Hemden hing ein Lederhalfter, und darin steckte, klobig und fremd, eine schwarze Pistole.

Sie musste sich auf das Bett setzen. Ihre Zunge wurde an der Wurzel hart, sie fürchtete, sich übergeben zu müssen. In ihrem Bauch regte sich das Kind. War es das Kind eines Ungeheuers, das da in ihr heranwuchs? Sie saß da und starrte auf den offenen Schrank.

Fjodor hatte gesagt, er sei nicht mehr beim KGB, er arbeite jetzt in der Verwaltung einer großen Leuchtmittelfabrik. Aber er suche noch weiter, er werde eine gute Stelle finden, in Berlin gebe es ja viel.

Er hatte sie belogen.

Alle Zweifel, die sie in den letzten Monaten an ihrer Beziehung gehabt hatte, fügten sich zusammen zu einem brennenden Ganzen. Das Zusammenleben mit Fjodor erschien ihr im Rückblick wie ein einziger großer Fehler.

Sie sah zur Seite auf den Wecker. Man wusste nie, wann Fjodor heimkam.

Eilig holte sie ihre Einkaufstasche und packte Wäsche, Strümpfe, Blusen, ihr Fotoalbum ein. Sie holte ihre Ersparnisse aus der Dose in der Küche und schüttete sie in einen Strumpf, den sie mit einem Knoten zuband. Sie schloss Peters ... nein, Fjodors Schrank. Er sollte nicht gleich wissen, dass sie für immer weg war, sie brauchte einen Vorsprung. Wenn er ihr nachkam, wer wusste schon, wozu ein KGB-Agent fähig war.

Der Schlüssel knirschte in der Wohnungstür. Luisa sah hektisch zum Schrank, die Türen waren zu, man sah ihm nichts an. Sie versuchte, die Tasche unter das Bett zu schieben, sie war zu voll, sie passte nicht darunter. Fjodor zog sich im Flur aus, sie zerrte und schob an der Tasche herum. Ihr

Herz flatterte weit oben im Hals. Da kam er ins Schlafzimmer. Er sah sie an, sah zur Tasche.

»Ich... ich packe nur für die Geburt«, stammelte sie, »man... weiß ja nie, wann es so weit ist, und wenn ich doch länger im Krankenhaus bin, ist es gut, Unterwäsche zum Wechseln...«

»Warst du gar nicht arbeiten heute?«

Zu dieser Uhrzeit wäre sie sonst noch im Salon gewesen.

»Mir war heute Morgen schwindelig, und ich hatte Unterleibsschmerzen, die Kollegen haben gesagt, ich soll lieber zum Arzt gehen.«

»Und was sagt der?«

»Er hat mir geraten, nicht so viel zu stehen. Da hab ich gelacht, wie soll das gehen, bei meinem Beruf? Da hat er mich bis Ende der Woche krankgeschrieben.«

Er sah wieder zur Tasche und zu ihr, er schien nicht auf ihre Worte zu hören, sondern auf die Art, wie sie sprach. Er sagte: »Tu das nicht, Luisa.«

Sie wollte fragen, was er meinte, aber sie brachte keinen Laut heraus, sie presste nur die Lippen aufeinander.

Er ging in die Küche und schaltete das Radio ein. Kam er jetzt, um sie zu erschießen? Wollte er nicht, dass die Nachbarn die Schüsse hörten, und hatte deshalb die Musik aufgedreht?

Eine eigenartige Ruhe erfasste sie. Dann würde sie jetzt sterben, von der Hand ihres Mannes.

Er kam zurück und hielt das Notizheft in der Hand, in das sie immer die Einkäufe notierte. Er setzte sich aufs Bett und schrieb mit einem kurzen Bleistiftstummel: *Nicht reden. Sie hören vielleicht zu.*

Er sah sie an. Er schrieb: *Warum willst du gehen?* Er reichte ihr Heft und Stift.

Du hast eine Waffe. Sie gab ihm das Heft und den Stift zurück.

Jeder beim KGB hat eine, schrieb er.

Sie fragte: *Du hast nicht gekündigt?*

Sie drohen, mich zu töten, war seine Antwort. *Ich muss vorerst mitspielen.*

Es war furchtbar, einen Mann zu lieben, ohne ihn wirklich zu kennen. Andererseits hatten sie die Geradeaus-Menschen nie fasziniert, sie war ja mit einigen ausgegangen, ordentlichen jungen Männern mit guten Berufsaussichten, die ihr unbeirrt ihre Lebenspläne erzählten, Kinder, eine schöne große Wohnung, irgendwann einmal ein Auto und Urlaub an der Ostsee. Sie stellten sie stolz ihrer Mutter vor, und dann sollte sie Weihnachten mit der erweiterten Verwandtschaft feiern. Nein, das war nie etwas für sie gewesen. Sie hatte an Peter genau das geliebt, das Geheimnisvolle, sein Schweigen, seine Tiefgründigkeit, die ihr auch Angst einjagte, aber eben nicht nur, sie lockte sie auch. Sie wusste, es würde lebenslang eine Aufgabe bleiben, ihn zu entblättern, ihn zu erkunden.

Er nahm erneut den Block und schrieb: *Ich finde einen Weg, Luisa. Bleib bei mir.*

Es gab Ärger mit Westdeutschland. Dort ermittelte die Staatsanwaltschaft, weil Schalck die technische Ausrüstung für einen Braunkohletagebau an Griechenland verkauft und sich dabei mit westdeutschen Firmen abgesprochen hatte, Ria hatte selbst gehört, wie er am Telefon vor einigen Wochen gesagt hatte: »Es liegt doch keiner Seite daran, die Konkurrenzsituation auf die Spitze zu treiben, am Ende kommen ruinöse Preise dabei heraus.« Sie hatten sich abgestimmt und beide an Griechenland geliefert, die Westdeutschen und die Ostdeutschen, und nun kochte es hoch, Korruptionsverdacht in Griechenland und in der BRD. Schalck wollte Ruhe haben im Büro, es sollte Besprechungen geben, bei denen er offenbar Ria nicht in der Nähe haben wollte. Traute er ihr nicht mehr? Er schickte sie stattdessen ins Haus der Ministerien, sie solle an der internationalen Pressekonferenz teilnehmen und ihm anschließend berichten.

Das Haus der Ministerien lag nur wenige Meter von der Sektorengrenze entfernt, ein wuchtiger Nazibau, in dem sich ehemals das Reichsluftfahrtministerium befunden hatte. Noch vor wenigen Jahren waren durch seine Flure die Stiefeltritte von Wehrmachtsoffizieren gehallt. Ria betrat den Festsaal. Man hatte mehrere Tischreihen weiß eindecken lassen und sie mit Bier und Mineralwasser bestückt. Daran fanden sicher dreihundert Journalisten Platz, oder noch mehr. Der Saal war mit edlen Hölzern getäfelt. Neben dem Rednerpult standen Lorbeerbäumchen, und Fernsehkameras waren aufgebaut. Allmählich füllte sich der Saal mit Journalisten. Viele kamen aus dem Westen, ihre Anzüge saßen besser als die der Ostkollegen.

Die Vorstellung, einen der Journalistenplätze an den Tischen zu besetzen, war ihr unangenehm. Ihr stand ein solcher Platz nicht zu. Unsicher setzte sie sich ganz hinten auf einen der Stühle, die am Rand des Saales standen.

Scheinwerfer sprangen an und erleuchteten hell die Bühne. Vorn nahmen sechs gewichtige Männer Platz, darunter Hermann Axen, Chefredakteur der Zeitung *Neues Deutschland,* die sie auf Schalcks Geheiß hin jeden Tag las. Aller Blicke aber ruhten auf Walter Ulbricht, dem mächtigsten Mann der DDR. Er trat an das Mikrofon und sprach von Chruschtschows Vorschlag, Westberlin zu einer »Freien Stadt« zu machen, einer neutralen Einheit. Amerikaner, Briten und Franzosen sollten ihre Truppen abziehen, und die DDR alle Verkehrswege nach Berlin kontrollieren. Die westlichen Journalisten begannen zu tuscheln.

Es war ein guter Zeitpunkt für Forderungen, jetzt, wo die Sowjetunion den ersten Menschen ins Weltall geschickt hatte und der Angriff der Amerikaner auf Kuba in der Schweinebucht gescheitert war.

Ria schreckte aus ihren Gedanken, als sich jemand neben ihr auf den Stuhl fallen ließ. Dem respektlosen Verhalten nach bei einer derart wichtigen Pressekonferenz konnte es nur ein Westjournalist sein. Wenn man schon zu spät kam, hatte man sich behutsam hereinzuschleichen und unauffällig Platz zu nehmen.

Sie sah hinüber. Der Journalist trug einen groben Wollpullover. Genierte er sich nicht unter den vielen Anzugträgern? Er bemerkte Rias Blick und bot ihr die Hand. »Jens.«

Sie wandte sich wieder Ulbricht zu, blieb mit den Gedanken aber bei dem Journalisten neben ihr. Er kaute Nüsse, immer wieder holte er knisternd welche aus der spitzen Tüte, die er mitgebracht hatte. Einige Kollegen drehten sich schon verärgert nach ihm um.

Er war offenbar gern an der Sonne oder er betrieb einen Sport, Rudern oder Fahrradfahren oder so.

Sie hörte, wie er enttäuscht murmelte: »Nichts Neues.«

Die Rede war beendet, jetzt durften die Pressevertreter Fragen stellen. Ein Reporter der britischen *Daily Mail* wollte wissen, ob denn nicht jeder Deutsche das Recht haben sollte, sich innerhalb beider Teile Deutschlands frei zu bewegen.

Ulbricht behauptete in seiner Antwort, Westdeutschland würde Besucher aus dem Osten verhaften und so einen »Eisernen Vorhang« errichten. Umgekehrt könnte man westlichen

Besuchern keine völlige Bewegungsfreiheit im Osten gewähren, weil so viele »Spione des Herrn Strauß«, des Verteidigungsministers der Bundesrepublik, unterwegs seien.

Völliger Stuss, dachte Ria.

Jetzt fragte eine Journalistin der *Frankfurter Rundschau* nach der Grenze.

Ulbricht trumpfte auf. »Ich verstehe Ihre Frage so, dass es in Westdeutschland Menschen gibt, die wünschen, dass wir die Bauarbeiter der Hauptstadt der DDR dazu mobilisieren, eine Mauer aufzurichten. Mir ist nicht bekannt, dass eine solche Absicht besteht. Die Bauarbeiter unserer Hauptstadt beschäftigen sich hauptsächlich mit Wohnungsbau, und ihre Arbeitskraft wird dafür voll eingesetzt. Niemand hat die Absicht, eine Mauer zu errichten.«

Jens schüttelte den Kopf. »Wenn er's vorhätte«, flüsterte er, zu Ria hingewandt, »würde er's doch niemals zugeben. Sonst wäre die Hälfte der Ostberliner im Handumdrehen im Westen, noch bevor überhaupt die Maurer den ersten Stein gesetzt hätten.« Er knüllte die leere Tüte zusammen und legte sie auf ein Silbertablett, das auf einem Stehtisch neben dem Eingang stand. »Kommen Sie, wir gehen.«

Wie ein Filmheld kam er ihr vor, einer, den nichts auf der Welt in seiner Freiheit einschränkte. Das war doch unmöglich, das konnte es nicht geben! Etwas zupfte in ihrem Bauch. Warum nicht so verrückt sein, einfach mitzugehen?

Draußen gab es Pfützen, und die Bäume tropften noch. Die Luft roch erdig. Es musste einen kurzen Regenguss gegeben haben während der Pressekonferenz. Sie merkte, wie einsam sie in den vergangenen Wochen gewesen war. Sie hatte ihr Leben riskiert und konnte niemandem davon erzählen. Ihr Kopf war voller Dinge, die niemand erfahren durfte.

»Gehen wir was trinken?« Jens sah sie an, sein Blick verweilte zu kurz für einen begehrlichen, aber doch auch zu lang für einen gewöhnlichen Blick.

Sie schlug vor, einfach ein bisschen herumzuspazieren und zu plaudern. Er war einverstanden. Sie hatte Schalck versprochen, sie könne auf jedem Parkett tanzen. Da war ein wenig Übung mit diesem Westdeutschen ganz angebracht.

Zuerst redeten sie über Ulbricht und die Berlinfrage, aber Jens wich bald davon ab. Als sie an einem Haus vorbeikamen, in dessen Wand eine Halterung mit einem eisernen Ring eingelassen war, erzählte er, da hätte man früher den Affen angebunden. Jedes Haus hätte einen solchen Affen gehabt, dem man den Namen sagte und der dann für einen die entsprechende Klingelschnur zog.

Ria revanchierte sich, indem sie auf ein Fenster im Erdgeschoss wies, in dem ein Terrier auf der Fensterbank saß und mit den wässrigen Augen eines Trinkers auf die Straße hinaussah. »Und dieser Hund dort ist ein Nachfahre des ersten Hundes, der sprechen konnte, eine Sensation damals! Über die Generationen hat sich die Sprachfähigkeit leider wieder verloren, aber er beherrscht noch drei Worte: Gartentor, Post und Mau-Mau.«

Jens lachte.

Wie gut es tat, mit diesem freundlichen Mann spazieren zu gehen, der mit der Spionage nichts zu tun hatte, der kein Feind war und kein Verbündeter, sondern einfach nur jemand, den sie sympathisch fand.

»Wie heißen Sie eigentlich?«, fragte er.

»Ria.«

»Und weiter?«

»Nachtmann.«

Ihre Vorfahren seien sicher Nachtwächter gewesen, sagte er. Ein ehrenwerter Beruf, der Leben rette! Die Nachtwächter hätten Stadtbrände frühzeitig bemerkt und Einbrüche vereitelt.

Sie fragte nach seinem Namen.

Er heiße Fichtner, sagte er.

Da behauptete sie, seine Vorfahren hätten einst die schönsten Weihnachtsbäume ganz Berlins gehandelt, und niemand habe gewusst, woher sie diese Bäume nähmen, es sei über Generationen ein Geheimnis gewesen.

Jens zog sie zu einer Baustelle, wo man eine Kriegsruine abriss. Ein Greifbagger schlug sein Maul in den Schuttberg und umschloss knirschend Balken und Mauerstücke. Er schwenkte die Beute hoch über die Ladefläche eines Kipplasters und ließ sie hinabfallen, sodass unter ihr die mächtige Ladewanne erzitterte. Dann schwenkte das Baggermaul wieder hinüber und grub sich erneut in das Gestein. Jens war plötzlich ernst. »Der bringt zu Ende, was der Krieg übrig gelassen hat.«

Rias Erinnerungen an das Kriegsende waren nur schwach, sie war vier Jahre alt gewesen. Jens aber konnte sich gut erinnern. Er beschrieb, wie ganze Häuser halbiert gewesen waren. Einmal war er an einem Wohnzimmer vorbeigekommen, das vollständig bloßgelegt war, mit Sofa, Stehlampe und Bildern an den Wänden. In den Ecken des Zimmers hatte sich Regenwasser gesammelt, und zu Füßen der Ruine grub ein Mann in grauer, zerschlissener Uniform im Schutt und zog eine kleine Puppe hervor. Er werde das nie vergessen, auch nicht die süßlich riechende Stille über all dem.

Als sie weitergingen, übersprang Ria gleich mehrere innere Schalen, sie sagte nichts von Brigitte und Gerd, sondern erzählte von ihrem richtigen Vater, von dem Tag, als er aus der Kriegsgefangenschaft nach Hause gekommen war. Sie war damals sieben gewesen, Jolanthe fünf, es hatte plötzlich geklingelt, die Mutter hatte die Tür aufgemacht, und für eine Ewigkeit hatte sie da schweigend gestanden, dann hatte sie zu schluchzen begonnen, und der Vater war eingetreten, und sie und Jolanthe waren zu ihm gestürzt, und sie alle vier hatten sich zusammen umarmt, geweint und gelacht hatten sie in einem. Selbst die fünfjährige Jolanthe weinte, obwohl sie Vater doch kaum kannte. Viele Männer seien kaputt aus dem Krieg zurückgekehrt, innerlich tot. Die Rückkehr ihres Vaters aber war das ganze Glück der Familie gewesen.

»Ist Ria dein richtiger Name?«, fragte Jens. »Oder Maria?«

»Ria. Während des Krieges hat Papa die Kommunistin und Widerstandskämpferin Ria Deeg getroffen. Sie muss ihn sehr beeindruckt haben. Nach ihr bin ich benannt.«

»Aber du bist nicht ihr Kind, oder?«

»Untersteh dich!« Sie gab ihm einen Knuff in die Seite.

Er sah sie an, und sie wusste plötzlich um ihre hohen Wangenknochen und ihr »katzenhaftes Gesicht«, so hatte Max es genannt. Sie wusste um ihre schmalen Handgelenke und die Bewegungen ihres Körpers, während sie ging, und sie sah, dass sie Jens gefiel. Es gab ihr ein warmes Pulsieren im Bauch.

Westberlin war tabu, sie würde Jens nie wiedersehen. Der Gedanke schmerzte sie. Er sah gut aus, auf eine wilde Art. Das graue Haar an seinen Schläfen störte sie nicht.

»Für welches Blatt schreibst du?«, fragte er.

»Gar keins. Ich arbeite im Ministerium für Außenhandel und innerdeutschen Handel.«

»Scheiße.« Er blieb stehen. »Die kriegen dich dran, wenn sie davon erfahren.«

»Wovon?«

»Na, von uns.« Er wurde rot. »Ich meine nur, dass wir ...« Ihn so verlegen zu sehen ließ sie laut lachen. Sie nahm sein Gesicht in die Hände und gab ihm einen Kuss. Er roch verführerisch nach westlichem Aftershave.

Jetzt strahlte er wie ein kleiner Junge. Er wollte sie gleich zurückküssen, aber sie wehrte neckend ab. Sie lockte ihn in einen Restaurantgarten, die Tische standen unter drei hohen Kastanien, die noch ein wenig tropften von einem Regenguss heute Morgen. Die Bedienung wischte die Plastiktischtücher ab und rückte die Klammern nach, mit denen sie an den Tischen befestigt waren. Ria bestellte Fassbrause. Als Jens etwas über »die Zone« sagte, korrigierte ihn Ria: »Es heißt nicht Zone. Es heißt DDR. Wir sagen ja auch nicht Westzone zu euch.«

»Ich will dich nicht kränken«, sagte er. »Aber wir sehen euch als eine Kolonie der Sowjetunion, mit einer kommunistischen Marionettenregierung. Man hat doch beim Aufstand vor acht Jahren gesehen, dass Ulbricht und seine Genossen gegen das Volk regieren. Die Rote Armee musste sie beschützen, sie können ohne die sowjetischen Panzer nicht überleben.«

Sie fragte, worüber er schreibe, wenn er nicht gerade politische Berichterstattung zu erledigen habe.

»Ich war neulich auf einer Arbeiterversammlung bei Siemens. Durch das Wirtschaftswunder ist ein gewisser Wohlstand entstanden. Die Menschen leisten sich wieder mehr. Die Banken richten den Leuten Gehaltskonten ein. Aber versuch mal, die Arbeiter von den Vorzügen eines Kontos zu überzeugen! Die wollen ihr Gehalt lieber bar in einer Lohntüte ausgezahlt bekommen. Sonst kann die Ehefrau ja nachprüfen, wie viel man verdient.«

»Und die Versammlung sollte sie herumkriegen?«
»Die Scheckausweiskarte wurde erklärt.«
Jens zog eine kleine Karte aus seinem Portemonnaie. Er hatte nicht gelogen, es stand tatsächlich Jens Fichtner darauf. Er erklärte, wie man sich Bargeld beschaffte oder im Laden bezahlte: Man stelle der Bank oder dem Händler einen Scheck mit dem entsprechenden Betrag aus und trage seine Scheckkartennummer auf der Rückseite ein. »Das kommt jetzt schwer in Mode, sag ich dir. In Zukunft hat jeder ein Konto, und der Lohn kommt nicht mehr wöchentlich in bar, sondern er wird nur noch einmal im Monat überwiesen.« Bei Siemens hätten die Arbeiter sich zwar gesträubt, sie hätten gefragt, ob es denn nicht Geld koste, das Gehalt bei der Bank zu haben. Der Sparkassenmensch habe zugeben müssen, dass es Kontoführungsgebühren gebe. Wie der ganze Saal gelacht habe! Aber die Zukunft sei es trotzdem, er habe das im Gefühl.

Sie sah ihm zu, und sie genoss seine Stimme. Über ihnen im Kastaniengeäst sang eine Amsel, sie setzte aus, sang wieder, es klang, als würde sie die einzelnen Teile der Melodie einüben und müsste zwischendrin innehalten und überlegen, wie es weiterging. Es fühlte sich verboten an, hier mit Jens zu sitzen, zerbrechlich, ungewiss. Und doch wollte Ria nicht, dass dieser Nachmittag endete.

Die Berkengruen-Göre wollte die Staatssicherheit regelrecht reizen. Sie legte es darauf an. Sie wollte bestraft werden. Bernd Eickhoff verfluchte den Umstand, dass er keine Fotokamera bei sich hatte. Aber er würde einen gesalzenen Bericht schreiben.

Mit einem westlichen Journalisten saß sie da, machte ihm schöne Augen und erzählte wer weiß was für Geheimnisse aus der DDR-Wirtschaft, die sie im Ministerium für ihn ausgespäht hatte. Dass sie sich nicht einmal bemühte, die Sache konspirativ zu halten, zeigte nur, wie sicher sie sich fühlte. Man hatte ihr wohl zugesagt, dass der Westen sie raushauen würde, freikaufen oder ein großes Pressetamtam veranstalten, falls ihr etwas zustieß. Aber er als Tschekist kriegte auch Leute aus dem Westen wieder nach Hause geholt. Im Notfall im Leichensack, dachte er. Die Kapitalisten unterschätzten die Staatssicherheit, so wie sie oft die DDR unterschätzten.

Die Kellnerin kam in den Restaurantgarten zurück, er drückte sich rasch tiefer in den Schatten des Transformatorenhauses. Aus den Büschen stank es nach Urin, aber das Opfer war zu bringen. Nur zwitscherte diese dumme Amsel derart laut, dass er kaum ein Wort verstand. Alles, was Federn hatte, verursachte ihm Brechreiz, nicht mal Broiler brachte er runter, am schlimmsten waren lebendige Vögel, vor allem die Tauben, diese Ratten der Lüfte, die alles zuschissen und einem mit ihrem penetranten Gurren den Schlaf raubten. Und Amseln waren kaum besser.

Da, es ging um Banken, irgendwas mit Schecks und Konten, eindeutig Wirtschaftsspionage, er würde das ganz nach oben melden, er hatte es von Anfang an gesagt, die Göre war nicht echt, die war tückisch, das sah man schon an den Augen, an der Art, wie sie guckte, wie sie machte, dass einem die Knie weich wurden, wie sie einen behexte mit ihrem Mädchenmund und ihren Haaren und diesem Strahleblick, er fiel da nicht drauf rein. Wäre doch gelacht, wenn sie nicht bald in Hohenschönhausen einsäß. Da würde ihr das Feixen gehörig vergehen.

12

Abends, im Bett, ging Ria den Nachmittag durch, Gesten und Blicke, was Jens gesagt hatte und ihre Antworten darauf. Hatte sie ihn wirklich geküsst? Sie lachte leise. »Gute Nacht, Jens«, sagte sie in den dunklen Raum hinein, als wäre er hier bei ihr. Sie durfte nicht nach Westberlin. Aber Jens konnte doch zu ihr herüberkommen in den Osten. Könnten sie sich nicht die Tage wieder einmal treffen? Sie kannte seinen Namen, und es gab Telefon- und Adressbücher, und kein Staat verbarg ihn, so wie die DDR es mit Jolanthe tat. Sie würde ihm schreiben oder ihn anrufen, und er würde lustige Geschichten erzählen, würde lachen. Irgendwann würde sie mutig sein und seine Hand fassen beim Spazieren, und er würde warm und fest seine Finger um ihre Hand schließen und sie zu Baustellen ziehen und zu Kino-Plakaten. Sie würde ihn zur Strafe zu blühenden Büschen schleppen und vor Schaufenster, und wenn er gelangweilt die Augen rollte, würde sie so tun, als sei sie an Mode interessiert und würde ihm einen kleinen Vortrag halten.

Wie war es möglich, dass sie sich nach nur einem Tag derart verknallt hatte? War es der Wunsch, aus ihrem verwickelten Leben zu entkommen, eine andere zu sein, die Flügel der Freiheit zu schlagen?

Obwohl sie wenig geschlafen hatte, verspürte sie am nächsten Morgen das Bedürfnis, sämtliche Einwohner ihres Hauses einschließlich der alten Kuntze zu umarmen. Sie sang in der Küche über der Waschschüssel, sang, als sie sich anzog, summte noch im Treppenhaus.

Unter den Linden zeigte ein Spielwarenhändler eine kleine Holzfigur, die er geschickt an einem Faden hinauf- und hinunterkraxeln ließ, *Klettermax, Stück 1 Mark* stand auf einem Schild im aufgeklappten Koffer, den er auf den Boden gestellt hatte. Die Leute gafften, sie waren fasziniert. Wie ging das, wie konnte die kleine Holzfigur so lebendig rauf- und runterklettern? Ria kaufte einen Klettermax für Geralf. Sie steckte ihn vorsichtig in die Tasche und flanierte weiter, ja, so fühlte es sich heute an, obwohl es ihr Weg zur Arbeit war: Sie flanierte.

Das Ministerium für Außenhandel und innerdeutschen Handel, Berlin W 8, Unter den Linden 26–30, schon die Adresse war eine Machtansage, aber heute fühlte sich Ria der Durchschlagskraft dieses Riesen überlegen. Die drei Gebäude, über die sich das Ministerium erstreckte, thronten über herrschaftlichen Rundbogen-Kolonnaden. HAUS DER SCHWEIZ stand in großen Lettern am Eckhaus, die anderen beiden waren ebenso breit und mit Säulen und Kapitellen verziert. Drinnen waren die Flure hoch, und es wurde mit gedämpfter Stimme gesprochen. Es schien, als seien die Gebäude und ihre Aufgabe etwas Würdevolles, das es nicht erlaubte, dass jemand die Stimme erhob. Ria aber grüßte heute fröhlich rechts und links, auch Unbekannte. Sie holte die Post in der Poststelle ab und stempelte: Mit der Bitte um Stellungnahme // Kenntnisnahme // Bearbeitung // Rücksprache // Termin: …, damit Schalck die Zeilen streichen konnte, die nicht in Betracht kamen, und auf der Terminzeile den Endtermin vermerkte, an dem die Bearbeitung spätestens vorgenommen sein musste.

Sie legte zu jedem dieser Schreiben einen Vorgang an, Schreiben vom ... am ... weitergeleitet an ... Termin ... Später würde sie sich den Termin entsprechend in das Fristenfach oder die Wiedervorlagemappe legen. Terminüberschreitungen hatte sie selbstständig bei den Betreffenden anzumahnen, Schalck ließ sich nur ab und an über ihre Ausflüchte und an den Haaren herbeigezogenen Entschuldigungen informieren.

Inge Fritsche brachte Gebäck. Der blasse Bewerber kam nicht mehr. Schalck grüßte schon wieder freundlicher, er wollte von ihr einen Bericht über die Pressekonferenz hören. Als sie geendet hatte, sagte er, sie müsse nach Westberlin, ihr »Travel Board« abholen, damit sie nach Amsterdam mitfliegen konnte.

Westberlin! In offiziellem Auftrag! Jensberlin. Ria jubelte still. Brauche er sie denn heute nicht?, fragte sie scheinheilig.

»Selbstverständlich brauche ich dich. Aber um das ›Travel Board‹ kommen wir nicht herum.« Ein Mitarbeiter des Ministeriums werde mitgehen, um ihr zu helfen, es sei ja ihr erstes Mal.

Von welchem Club der Kerl war, wurde ihr sofort klar, als sie ihn unten an der Pforte abholte. Er sah den Leuten prüfend ins Gesicht, die das Ministerium betraten und verließen, oft schweifte sein Blick auch zu den Aktentaschen. Sein Gesicht war dabei von einem überlegenen Ernst gezeichnet, er kam sich wichtig vor.

Der angebliche Kollege war nichts anderes als ein Aufpasser. Auf dem Weg durch die Stadt machte sie sich einen Spaß daraus, ihn zu seiner Arbeit im Ministerium für Außenhandel auszufragen und ihn ins Stottern zu bringen.

Sie sagte: »Wie machen Sie das mit den Akkreditiven, wenn bei den Lieferungen Ihrer Außenhandelsbetriebe die

Begleitdokumente fehlen oder die Ware in den Fakturen anders bezeichnet ist als im Akkreditiv? Und haben Sie auch so viele Forderungsausfälle, weil der Transport einer Ware nicht wie vom Kunden gewünscht stattgefunden hat?«

»Ja«, sagte er. »Ja, genau.«

»Bei uns wurde zum Beispiel mal mit einem indischen Schiff geliefert, anstatt mit einem skandinavischen. Das gab eine happige Konventionalstrafe. So ein Irrsinn, oder?«

»Konventionalstrafe, hm.«

Er war nicht dumm, er war nur überfordert. Der arme Kerl.

Wenigstens zum »Travel Board« wusste er Bescheid. Schriftlich beantragt hatte sie alles bereits vor Wochen, die anderen aus ihrer Abteilung, die mit nach Amsterdam sollten, waren schon im kapitalistischen Ausland gewesen, die Reisegenehmigung musste nur alle sechs Monate verlängert werden. Ria aber konnte nicht einfach ihr Visum im Niederländischen Generalkonsulat abholen, sie hatte in das Alliierte Reiseamt zu gehen, um einen »Vorläufigen Reiseausweis an Stelle eines Passes für deutsche Staatsangehörige« zu beantragen.

Am gepflegten Kleistpark war in einem stattlichen Gebäude das Alliierte Reiseamt untergebracht. Der Beamte verglich die Angaben in ihrem DDR-Ausweis mit denen des Antrags. Dann gab er ihr den Ausweis zurück und sagte: »Dieser Ausweis ist zur Bestätigung Ihrer Identität nicht verwendbar.«

»Warum nicht?«

»Die DDR ist als Staat nicht anerkannt. Also ist auch der Ausweis für unsere Zwecke nicht zu gebrauchen.«

»Sie meinen, ich lebe in einem Staat, der aus Ihrer Sicht gar nicht existiert, und deshalb ist mein Ausweis für Sie ein Witz.«

Der Beamte blieb ruhig. »Haben Sie ein anderes Dokument, mit dem Sie sich ausweisen können?«

»Ja, eine Geburtsurkunde des Deutschen Reichs.« Sie knallte ihre Geburtsurkunde auf den Tisch. »Sehen Sie? Der Reichsadler mit dem Hakenkreuz ist prima zu erkennen. Das ist Ihnen lieber als der DDR-Ausweis, ja?«

Der Offizier der Staatssicherheit an ihrer Seite lächelte in einer Mischung aus Scham und Stolz. Würde es Pluspunkte in seinem Bericht über sie geben, weil sie dem westlichen Beamten so eingeheizt hatte?

Endlich erhielt sie das »Travel Board«, einen olivgrünen Ausweis. Unter »Staatsangehörigkeit« stand »Presumed to be German«. Hieß das »angeblich Deutsche«? Die hatten ihren Personalausweis gesehen! War der so wenig wert, dass man über ihre Nationalität nur Vermutungen anstellen konnte? Das war Schikane.

Mit dem »Travel Board« gingen sie zum Niederländischen Generalkonsulat, um das Einreisevisum abzuholen. Man stempelte es ihr ein. Die ganze Sache hatte einen halben Tag gekostet.

Höchste Zeit, den Aufpasser abzuschütteln. Ob er sie wirklich mit Gewalt einfangen würde, wenn sie ihm davonlief? Im Mindesten würde es eine unangenehme Aussprache im Ministerium geben, wo man nach ihren Gründen fragen würde, und Hähner wäre sicher auch nicht begeistert. Besser, wenn der Stasioffizier sich selbst die Schuld daran gab, sie aus den Augen verloren zu haben. Sie konnte dann später alles abstreiten und sagen, auch sie hätte ihn gesucht.

Sie passierten Läden aus Messing und Glas, Kaugummi-Reklame, Würstchenverkäufer. Die Geschäfte ertranken im Überfluss. Man sprach nicht mehr vom Krieg. Man wollte leben. Einkaufen, in den Urlaub fahren, feiern. Menschen, die klare Worte fanden wie ihr Vater, der das getrennte Deutschland als Fortführung des Krieges empfunden hatte, fanden hier sicher nur schwer Gehör.

Ich fahre nach Amsterdam, Papa.

An einem Laternenpfahl war eine Tasche angebracht, in der einige Exemplare der *Bild*-Zeitung steckten, eines davon war außen angeklammert, mit ganz gewöhnlichen Heftklammern, damit man die Schlagzeilen lesen konnte, dazu ein Schild: »Bediene dich selbst!« Ein Pfeil zeigte auf eine kleine Blechbüchse, und ein 10-Pfennig-Stück war abgebildet.

Sie hatte gar nicht gefragt, für welche Zeitung Jens arbeitete.

Westberlin erschien ihr nicht als »das Eldorado von Gangstern, Betrügern und Abenteurern«, wie das *Neue Deutschland* es häufig nannte, sondern hell, laut, derb und fröhlich.

Vor einem großen Schuhgeschäft drängten sich die Leute an Auslagen mit reduzierter Ware. Sie bog unvermittelt ab ins Gedränge, wie sie es von Hähner gelernt hatte. Gedeckt durch die Traube der Schnäppchenjäger betrat sie den Laden, ging drinnen hinter einem Regal in Deckung und zog die helle Jacke aus. Auch geringfügige Veränderungen halfen, Verfolger auszutricksen, hatte Hähner ihr beigebracht, weil sich deren suchender Blick auf das zuletzt gesehene Erscheinungsbild konzentrierte. Sie duckte sich an der Stirnseite eines Regals, tat, als wolle sie sich die Schuhe ausziehen, um ein Paar anzuprobieren, und beobachtete den Stasimann, der mit suchendem Blick zwischen den Regalen entlangging. Als eine Gruppe laut schnatternder Frauen Richtung Ausgang zog, schloss sie sich ihnen an, sodass sich die Gruppe immer zwischen ihr und dem Aufpasser befand. Er würde hier noch länger suchen. Sie aber war draußen, sie bog gleich ab, die Jacke zusammengefaltet in den Händen. Auch in der Nebenstraße änderte sie bald die Richtung und tauchte in eine weitere Nebenstraße ein.

Nach zwanzig Minuten senkte sich ihr Puls. Sie sprach eine Frau an und fragte nach der nächstgelegenen Postfiliale. Die Frau war übermäßig freundlich, wie man es zu einem unwissenden Kind war. Ria wurde das Gefühl nicht los, dass sie anhand ihrer Schuhe, der bescheiden-demütigen Art zu fragen oder wer weiß was erkannt hatte, dass sie aus dem Osten kam. Es ärgerte Ria. Sie wollte diesen Unterschied nicht, sie war Deutsche, war es nicht gleichgültig, von wo man kam?

Das Postamt besaß eine große Halle und sieben Schalter, vor denen sich nichtsdestotrotz Schlangen bildeten. Also war die »sozialistische Wartegemeinschaft« auch denen im Westen nicht fremd, dachte sie schadenfroh.

Im Adressbuch ließ sie blätternd die hauchdünnen Seiten knistern, bis sie den Namen *Jens Fichtner* las. Leibnizstraße 54. Sie musste unwillkürlich lächeln.

An der Wand hing ein Stadtplan. Sie suchte lange, bis sie jemand freundlich ansprach, ob er ihr helfen könne. Dann war die Straße rasch gefunden. Sie lag gar nicht weit von hier.

Sie lief den Kurfürstendamm hinunter. Wie viele Kinos es hier gab! Gloria-Palast, Film-Palast, Astor. Am Marmorhaus hing unter dem großen handgemalten Plakat für den Film in riesigen Lettern die Werbung: *Ost zahlt 1:1.* Das war ein großartiges Angebot, sonst kostete es für Westler 25 Pfennig und für Ostler in ihrer schwächeren Währung 1,25 Mark, aber hier zahlten alle nur die 25 Pfennig, unabhängig davon, ob man noch einen Stuhl bekam oder sich auf das Parkett setzte. Es lief »Ben Hur«. Vielleicht wäre das was für Jens?

Im Osten hatten sie gewarnt, in den Westkinos liefen »die schlimmsten Wildwest-Knaller, Horror-Filme und Soldaten-Schnulzen«. Sie war neugierig auf die spannenden amerikanischen Blockbuster und westdeutschen Unterhaltungsfilme, die nicht von der Vorgabe erdrückt wurden, zur Bildung des neuen »sozialistischen Menschenbildes« beitragen zu müssen.

Die Läden am Kurfürstendamm schüchterten sie ein. Im Schaufenster lag oft auf grauem Samt nur ein einziges Kleid, daneben eine Handtasche und einige Blumen. Vor den Edelrestaurants standen alte Frauen und Männer und hielten ihr bettelnd die Hand hin.

Sie verließ den Kurfürstendamm und suchte ein wenig. Sie musste doch wieder fragen. Diesmal passte sie ihren Tonfall und ihre Haltung an, bis sie meinte, für eine Hiesige gehalten zu werden. Aber obwohl sie versuchte, die Ost-West-Frage zu verdrängen und sich völlig frei zu fühlen in einer freien Welt, erkannte sie die Ost-Besucher selber auch. Sie kauften Bananen oder Kaffee, und sie hatten diesen großen, staunenden Blick, das waren wohl diejenigen, die zum ersten Mal seit dem Wirtschaftswunder im Westen waren, Besucher aus Thüringen oder Sachsen. Am liebsten wollte sie sie warnen, nicht mit den prallen Beuteln zurückzufahren, die Schuhkartons, die Kleider, das würden ihnen die Polizisten bloß alles abnehmen. Der Trick war, die alten Schuhe wegzuwerfen und gleich vor dem Laden die neuen anzuziehen. Aber sie wäre endlos beschäftigt, wenn sie alle hier erziehen wollte.

Etwas abseits des Trubels fand sie die Leibnizstraße. Das Haus, in dem Jens lebte, gefiel ihr sofort. Der Eingang war mit einem Bogen überspannt, daneben saßen kleine, spitze Fenster wie von einer Kirche. Balkone überragten eine stuckverzierte Hausfassade.

Sie drückte den Klingelknopf. Man hörte nichts, aber sicher wurde ein Stromkreis geschlossen, und drinnen schlug gerade rasselnd ein kleiner Hammer gegen eine Glocke. Jens würde aufstehen und verwundert zur Tür kommen. Sie wartete. Man war sehr verwundbar, wenn man vor der Tür von jemandem wartete, den man kaum kannte und erst einmal geküsst hatte. Sein Gesicht konnte alles Mögliche ausdrücken, Schrecken, Abwehr, Zögern, Belustigung.

Er kam nicht. Sie klingelte noch einmal, obwohl sie vor Aufregung kaum zu atmen wagte. Die Leute im Café gegenüber sahen bereits herüber.

Na und, dann glotzten die eben. Sie setzte sich auf die Stufen. Gegen vier kam ein Schlüsselkind nach Hause, verschwitzt und etwas schmutzig im Gesicht, es zerrte am Strick, den es um den Hals trug, und holte den Schlüssel hervor. Es schloss die Haustür auf und fragte nichts, als Ria mit ins Haus kam. Sie lauschte, während das Mädchen die Treppe hinaufging, es ging lustlos und langsam. Sie lauschte, während es oben aufschloss, und hörte die Tür rasselnd zuschlagen. Das Treppenhaus war kühl. Jens war nicht da. Sie saß vor seiner Tür, ihr Stasi-Aufpasser suchte sie, sie hatten keine Verabredung, eigentlich sollte sie nicht hier sein. Wie billig machte sie sich, hier auf ihn zu warten! Stattdessen sollte sie sich auf ein Eis ins Café einladen lassen, oder ins Kino, aber doch nicht vor seiner Haustür sitzen wie eine Straßenkatze. Was, wenn er mit einer Frau nach Hause kam? Wenn er gar nicht allein lebte?

Die Haustür ging auf. Jens, mit Umhängetasche und verwuschelten Haaren. Er sah sie, verharrte verblüfft, dann ging ein Strahlen über sein Gesicht. »Ria!«

Sie stand auf. »Ich war in der Gegend, da dachte ich ...«

Er schloss die Tür auf und ließ wie ein Gentleman Ria

zuerst eintreten. »Du hast Glück, ich hab nachmittags und abends immer Termine, gerade bin ich für ein Stündchen nach Hause gekommen.«

Seine Wohnungseinrichtung war eine Enttäuschung. Kein Tisch aus Teakholz, der einmal im Monat eingeölt werden musste und gut roch, keine Fotos vom Urlaub in Norwegen an den Wänden, kein Blüthner-Flügel. Stattdessen Möbel in Beige, ein Gummibaum, die glänzende Melitta-Dose in der Küche und eine alte Steingut-Schüssel in Gelb. War das denn ein besseres Leben als das in der DDR? Genauso sah es in ostdeutschen Wohnungen aus, vielleicht war die Kaffeedose bei 80 Mark je Kilo Bohnenkaffee nicht so oft gefüllt wie bei ihm, aber die Freiheit, die Jens umwehte, spiegelte sich nicht in seiner Wohnung wider. Er lebte schlicht.

Immerhin, an der Wand hing ein String-Regal aus kunststoffbeschichteten Drahtleitern, in die Regalbretter eingehängt waren. Bücher standen darin, auch zwei Pflanzen, die ihre Ranken hinabhängen ließen.

»Ich dachte, Regierungsangestellte dürfen nicht nach Westberlin?«, sagte er.

»Ich musste ein ›Travel Board‹ beantragen. Warum macht ihr es uns eigentlich so schwer, ins Ausland zu reisen?«

»Das ›Travel Board‹ regeln die USA, Großbritannien und Frankreich. Außerdem lasst ihr doch selbst keinen raus, oder?«

»Aber mich lassen sie raus, und ihr lasst mich nicht nach Amsterdam.«

»Na ja, wenn ein politischer Reisehintergrund vermutet wird, untersagen sie die Reise. Damit will man verhindern, dass sich kommunistische Strömungen im Westen ausbreiten. Hast du keine Genehmigung gekriegt?«

»Doch, hab ich.«

»Kann ich mitkommen?«

»Nach Amsterdam?« Da war es wieder, das Flattern in ihrem Bauch. Fast ging es ihr zu schnell mit Jens, sie wurde von ihrem eigenen Schwung überrumpelt.

»Warum nicht? Wir könnten uns die Stadt ansehen. Ich war schon einmal da, sie ist wunderschön.«

Sie setzte sich, während er Kaffee kochte. Der Duft von Bohnenkaffee machte aus der armseligen Bude doch noch eine Westwohnung. »Ich reise nicht allein. Da kommt eine ganze Gruppe aus dem Ministerium mit.«

»Natürlich. Aber ihr dürft doch ein bisschen bummeln gehen? Sie werden dich ja nicht völlig abschirmen.«

»Bestimmt nicht. Und wenn sie mir Aufpasser aufzwingen, hänge ich die ab. Heute hatte ich auch einen. Der sucht mich jetzt bei Schuh-Leiser.«

Er hob anerkennend die Brauen.

»Wir fahren zu einer Messe nach Amsterdam. Wir werden einen Schwarm Außenhändler dabeihaben.«

»Milch?«, fragte er.

Sie nickte. Das Kaffeegeschirr sah ebenfalls nach Großmutter aus.

Er bemerkte ihren Blick. »Nicht das Modernste, ich weiß.« Eine feine Röte flog über seine Wangen.

»Was bezahlst du an Miete?«, fragte sie und ließ ihren Blick durch den Raum schweifen. Die Decken waren hoch, das gefiel ihr. Aber es waren alte, klapprige Fenster. Sie hatte gehört, dass die Mieten im Westen kriminell sein sollten.

»Dreihundertachtzig Mark. Und du?«

»Vierundfünfzig. Warm.«

»Jetzt weißt du, warum ich mir kein Geschirr leisten

kann.« Er lachte. »Leben wir wirklich in derselben Stadt?« Er setzte sich neben sie, und sie bliesen auf den dampfenden Kaffee in ihren Tassen.

Plötzlich wurde ihr bewusst, dass sie sich in Westberlin bei einem fremden Mann eingeladen hatte. Womöglich verband er Erwartungen damit. Sie mochte Jens. Aber sie wusste fast nichts über ihn.

Er sagte: »Willst du Musik hören?« Schon hatte er seine Tasse abgestellt, war aufgesprungen und ins Nebenzimmer gegangen. Sie folgte ihm und sah zu, während er den Schallplattenspieler bearbeitete. Er holte eine Platte aus der Hülle, legte sie auf und schaltete den Plattenspieler ein. Sie begann sich zu drehen. Vorsichtig führte er den Tonabnehmer auf die äußere Spur und ließ ihn niedersinken. Es knackte in den Lautsprechern. Lockere Klaviermusik ertönte, als aber der Gesang einsetzte, kam etwas Klagendes hinzu, nicht aufdringlich oder rührselig, sondern ernsthaft. Der Sänger wusste, wie es auf der Welt und in den Menschen aussah.

»Wer ist das?«

»Jimmy Yancey. Der ›Death Letter Blues‹. Yancey hatte ein spannendes Markenzeichen: Alle seine Stücke, egal in welcher Tonart, hat er immer mit dem Ton Es beendet.«

Sie stutzte. »Alle mit dem gleichen Ton?«

»Und er ist bis zu seinem Tod Platzwart im Stadion der Chicago White Sox geblieben, Ruhm hin oder her. Das musst du dir mal vorstellen! Als Musiker ist er in der Carnegie Hall aufgetreten, aber trotzdem war er weiter aus sturer Demut Hausmeister für ein Baseball-Stadion. Irre, oder?«

Sie hörten die ganze Platte. Und dann noch eine, mit einer Sängerin, Mahalia Jackson. Ria stellten sich die Härchen auf an Armen und Beinen, das machte die Musik. Diese Sängerin war unglaublich. Ria war kurz davor zu heulen. Als Jens die Platte umdrehte, damit sie auch die andere Seite hören konnten, fragte sie: »Und dein Termin?«

Er sah hoch. »Ja. Der Termin.« Dann blickte er sie an, wie er da vor dem Plattenspieler kniete, und lächelte verschämt. »Den hab ich wohl verpasst.«

13

Vom Strausberger Platz fuhr der Bus zum Flughafen. Er war überfüllt mit Menschen und Koffern. Hier drin war jeder gleich, die Passagiere drängten sich um Abteilungsleiter Schalck genauso wie um erfolgreiche und weniger erfolgreiche Außenhändler, sie alle atmeten dieselbe schlechte Luft. Ria fand den Gedanken ekelerregend, dass die Männer neben ihr die Luft inhaliert und wieder ausgestoßen hatten, die sie anschließend einatmete. Der Bus brachte sie bis zur Landstraße nach Berlin-Bohnsdorf, dann auf die Zubringerstraße zum Flughafen. Endlich die Erlösung: Er hielt, und sie konnte aussteigen und frische Tagesluft atmen.

Sie betraten einen Abfertigungsraum, in dem das Fluggepäck gewogen wurde. Die grobschlächtige Waage war sicher früher in einer LPG für Kartoffelsäcke verwendet worden, ihr rostiger Zeiger schwang weit aus, das Bodenpersonal genehmigte mit ernstem Blick die Gepäckstücke, als ginge es um eine Reise in den Weltraum.

Ihr Flugzeug trug eine blaue Längslinie am Rumpf, sonst war es weiß, und es hatte vier Propeller. »Eine Vickers Viscount achthundertvier«, raunte ihr einer der Außenhändler zu, als habe er das technische Wunderwerk selbst konstruiert und erwarte Rias Bewunderung dafür.

In der Passagierkabine saßen bereits etliche Fluggäste, es war nur eine Zwischenlandung in Berlin-Schönefeld auf dem Weg von Warschau nach Amsterdam. Die Fensterplätze waren vergeben, Ria nahm neben einer Dame Platz, daneben Schalck. Dann kam der Gang, und auf der anderen Seite saßen noch einmal zwei Leute. Das Flugzeug war mit herrlichem blauem Teppich ausgelegt, und die Passagiere erschienen ihr so vornehm wie Vaters Gäste früher, als Jolanthe und sie Mäntel und Hüte anprobiert hatten.

Bald nachdem sie saßen, stotterten die Propeller an, sprotzten, fanden in ein gleichmäßiges Rollen und formten einen grau flimmernden Kreis, das Flugzeug fuhr zur Startbahn.

»Der erste Flug?«, fragte Schalck.

Sie nickte. Plötzlich röhrten die Propeller auf. Ria wurde in den Sitz gedrückt, die Startbahn donnerte unter ihnen entlang, das Flugzeug holperte, schlingerte leicht, ließ den Boden unter sich, dann wurden sie emporgehoben und in die Luft getragen. Aus dem Fenster sah sie Berlin, nicht zwei Städte, sondern eine, ein herrliches Meer aus Bäumen, Grünflächen und Abertausenden Häusern, dazwischen Straßen wie Bindfäden. Sie sah die Felder und Kiefernwälder Brandenburgs.

Das Flugzeug schraubte sich höher hinauf. Schließlich legte es sich waagerecht und fand zu einer ruhigen Flugweise. Die Stewardessen der polnischen Fluggesellschaft schnallten sich los und verschwanden in der kleinen Küche. Sie kehrten mit silbernen Kännchen zurück, aus denen sie Kaffee servierten. Die Morgensonne schien durch das Kabinenfenster herein. Knusprige Brötchen und herrlich duftende Rühreier wurden serviert.

»Draußen sind es minus achtundzwanzig Grad«, sagte Schalck. Er redete wieder freundlicher mit ihr. Die Standpauke, die er ihr gehalten hatte, weil sie in Westberlin ausgebüxt war, schien vergessen zu sein.

»Und wir merken hier nichts davon.« Obwohl ihr vor Aufregung der Magen flatterte, sagte sie: »Das Fliegen könnte ich jeden Tag haben.« Sie wusste, dass Schalck das gern hören würde. Obwohl sie wegen der Nervosität keinen Appetit verspürte, biss sie vom Brötchen ab. Sie kaute, schluckte. »Nur dieses Gerenne wegen des ›Travel Boards‹ ist mir auf die Nerven gefallen. Wollen die uns wirklich aushorchen im Alliierten Reiseamt, damit man keine Reisen unternehmen kann, um politisch ... Also, damit sich nicht der ...« Sie durfte sich nicht verplappern. Jens hatte das aus der Sicht eines Westdeutschen beschrieben, es war verdächtig, wenn sie seine Worte verwendete. »Ich meine, betreiben die den ganzen Aufwand, damit sich nicht die demokratische Sichtweise verbreitet?«

Schalcks Oberschenkel rührte an ihren. Er meinte das sicher nicht böse, der Sitz war zu schmal für seine kräftige Gestalt. Er sagte: »Das ist das eine. Gleichzeitig ist der Schaden praktischer Art. Für exportierte Werkzeugmaschinen sind Wartungsverträge üblich. Du wirst das auf der Messe mitbekommen. Fällt eine Maschine aus, wird ein Techniker ihres Herstellers gerufen, um sie wieder zum Laufen zu bringen. Aber wir können keinen schicken, wir müssen erst beim ›Travel Board‹ Reisepapiere für ihn beantragen und wochenlang auf die Genehmigung warten. So lange steht die Anlage im Ausland still. Also können wir die Versprechen eines Wartungsvertrags nicht einhalten. Wir könnten doppelt so viele Maschinen exportieren, wenn die Kunden im westlichen Ausland nicht fürchten würden, dass sie im Fall eines Schadens lange auf unsere Reparaturmannschaft warten müssten.«

Die Außenhändler in den Reihen vor und hinter ihnen

schwatzten aufgekratzt. Schalcks Stimme klang dagegen auch im Flugzeug nicht anders als im Büro, und seine Gestik war ruhig und selbstgewiss. Er gabelte sein Rührei und erklärte Ria das Technologieembargo, das seit Herbst 1949 auf Initiative der USA verhängt war und sich »Coordinating Committee for East-West-Trade-Policy« nannte. Spezielle Warenlisten sorgten dafür, dass aus den Staaten der NATO und von Japan und Australien keine Hochtechnologieerzeugnisse in die sozialistischen Staaten gelangten. Man wolle dem kommunistischen Koloss nicht auf die Beine helfen. Gerade jetzt versuche Amerika, die Bundesrepublik zu einem Embargo zu zwingen.

»Ein Embargo gegen was?«, fragte sie.

Der Krupp-Konzern liefere schon seit Jahren Rohre für den Bau von Pipelines für Öl und Gas, sagte Schalck, auch Mannesmann beteilige sich. Nikita Chruschtschow wolle von Kohle auf Öl und Erdgas umsteigen, und dazu müsse die Infrastruktur geschaffen werden. Aber die USA verlangten, dass niemand mehr Großröhren an den Ostblock verkaufe, auch laufende Verträge sollten nicht mehr bedient werden. Adenauer werde gehorchen.

Sie sah nach draußen. Blitzte dort hinten nicht ein weiteres Flugzeug vor dem weiten Himmelsblau? Womöglich saß Hähner darin. Sie hatte ihm nicht nur das Tonband von neulich geliefert, sondern auch die Eckdaten der Reise durchgegeben. Jedes Treffen in Ostberlin war gefährlich für ihn. In Amsterdam waren sie auf NATO-Boden.

Die Teller wurden abgeräumt. Schalck entfaltete eine Zeitung und las für den Rest des Fluges. Als sie Amsterdam erblickte, konnte sie sich nicht bezähmen, sie beugte sich über den Schoß der Dame neben ihr. Bereits aus der Luft sah die

Stadt aus wie ein liebevolles Kunstwerk. Die Kanäle und Straßen waren zu geometrischen Formen angeordnet, und am Horizont glitzerte das tiefblaue Meer.

Nach der Landung führte Schalck die Gruppe souverän durch die Passkontrolle, wo sie ihr »Travel Board« und die blauen DDR-Reisepässe vorzeigten. Mit dem Bus fuhren sie anschließend in die Innenstadt. Ria staunte über die Stufengiebel der Häuser, die vielen Brücken und die zarten Farbtöne. Als sie ausgestiegen waren, blieb sie wie angewurzelt stehen. Die Luft! Jetzt erst begriff sie, in welche Freiheit sie gereist war. Eine frische Brise wehte ihr ins Gesicht, die nicht nur den Duft der Nordsee mit sich trug, sondern auch den Hauch der weiten, fernen Welt.

Die Außenhändler lachten Ria aus. »Kommen Sie schon!« Sie stolperte ihnen nach. Die Häuser hatten viele Fenster, aber war das nicht verständlich, wenn es eine solche Luft hier gab, ein solches Licht? Überquerten sie eine der Grachten, wie laut Schalck die Kanäle genannt wurden, sah Ria oft drei oder vier weitere Brücken, die sich in der Nähe über dasselbe Wasser schwangen, und jede sah anders aus. Überall gab es Boote. Und der Himmel erschien ihr heller als in Berlin.

Und erst die Menschen! In den Zeitungen zu Hause waren die Imperialisten mit Hakennasen und Zylinderhüten dargestellt, sie saßen auf Geldsäcken mit Dollarzeichen oder wateten im Blut der unterdrückten Völker. Aber die Menschen in Amsterdam hatten keine Hakennase. Es waren freundlich plaudernde Männer und Frauen, und ihre Sprache klang herrlich.

Das Hotel hieß »Polen«, ein altehrwürdiges Haus mit fünfgeschossiger Fassade und Balkonen, das schon etwas in die Jahre gekommen war, aber sicher viele Geschichten zu erzählen hatte. Vor dem Eingang standen Cafétische und Stühle, aus dem Restaurant im Erdgeschoss drang Geplauder. War das ein Buchladen neben dem Hotel? Es stand »inkoop van BOEKEN« darüber.

Im Hotel brachte sie ein Fahrstuhl nach oben, in dem leise, beruhigende Musik spielte. Die Klinken und die Beschläge der Zimmertüren schimmerten messinggolden in der dezenten Beleuchtung des Flurs, Rias Nummer auf dem dunklen Holz war wie eine goldene Adresse. Als sie die Tür aufschloss, fragte sie sich, mit welcher Leistung sie den teuren Flug und das Hotel rechtfertigen sollte. Hatte man ihr das falsche Zimmer gegeben, in einer viel zu noblen Etage, und sie wohnte eigentlich in einer kleinen Kammer unter dem Dach?

Es duftete nach frischem Bettzeug. Auch im Zimmer war die Beleuchtung gedämpft, was dem Interieur eine noble Anmutung gab. Die Bettdecke war fein zusammengelegt, der Stuhl von rötlichem Holz stand hübsch ausgerichtet vor einem kleinen Schreibtisch.

Sie setzte sich auf das Bett und dachte: Vergiss nicht, warum du hier bist. Für Jolanthe. Du bist in die Drachenhöhle eingedrungen. Lass dich nicht täuschen von ihren Schätzen.

Erschrocken sah sie, dass ihr Zimmer eine weitere Tür besaß. Wohin führte sie? Doch nicht ins Nachbarzimmer? Sie stand auf und öffnete sie. Ein eigenes Badezimmer! Sogar eine Badewanne gab es! Aber wo war der Ofen für das warme Wasser? Sie drehte den Hahn auf und hielt prüfend die Hand in den Wasserstrahl. Nach kurzer Zeit wurde er heiß, ganz ohne dass sie Holz und Kohlen geschleppt hatte.

Mit breitem Lächeln zog sie die von der Reise verschwitzte Kleidung aus und stieg in die Badewanne. Wenn sie gebadet hatte und wieder gut duftete, würde sie das weiße Kleid mit den großen Knöpfen anziehen. Schalcks Abteilung hatte sich zum Abendessen verabredet, da würde sie gewiss die Blicke auf sich ziehen. Niemand würde ahnen, dass das Kleid vom Geld des BND gekauft war und dass sie half, diesem Staat, der Familien zerschlug und Menschen verschwinden ließ, das Handwerk zu legen.

Rias Zimmertür stellte für Sorokin keine Herausforderung dar. Wozu baute man Schlösser in Türen, wenn sie doch jeden halbwegs geschickten Menschen höchstens für eine halbe Minute aufhielten? Sie vermitteln die Illusion von Schutz, dachte er, vermutlich ist das ihr einziger Zweck. Oder sie funktionieren, weil neunundneunzig Prozent der Bevölkerung nie versucht haben, ein Schloss zu knacken. Er trat in das Zimmer und schloss die Tür hinter sich.

Der Koffer war noch nicht ausgepackt. Mit raschen Handbewegungen ging er seinen Inhalt durch. Kleider, Unterwäsche, ein Nachthemd, Schreibzeug. Er riss vom Block die oberste Seite ab, um sie später in Ruhe auf durchgedrückte Buchstaben zu untersuchen. Dann untersuchte er den Koffer auf doppelte Böden oder geheime Fächer an den Seiten. Nichts.

Er sah unter das Bett, betastete die Schreibtischplatte von unten, öffnete jede Schranktür und prüfte im Bad Ria Nachtmanns Kulturtasche. Dann platzierte er das Buch, das er mitgebracht hatte, auf dem Schreibtisch. Wenn Ria sich wundern sollte, dort ein Buch vorzufinden, das ihr vorher nicht aufgefallen war, würde sie beim Durchblättern beruhigt sein: Das Buch war in Niederländisch verfasst, es war ein Liebesroman, so hatte er sich sagen lassen im kleinen Laden neben dem Hotel. Die Transistoren der flachen Tonaufnahme- und Sendeanlage, die er in den Buchrücken geschoben hatte, waren durch kleine Stoffstücke gut verborgen, sie würden ihr nicht auffallen.

Er verließ das Zimmer und zog die Tür leise zu. Solange das Mädchen und die anderen aus dem Ministerium noch unten im Restaurant speisten, würde er sich ein wenig die Gegend ansehen. Manches hatte sich seit seinem letzten Besuch in der Stadt geändert. Falls der gegnerische Führungsagent nicht zu Ria Nachtmann ins Hotel kam, sondern sich mit ihr in der Stadt verabredete, musste er sich gut genug auskennen, um die beiden unbemerkt observieren zu können.

Die fröhlichen Touristen und Einheimischen vor dem Hotel gefielen ihm nicht. Sie plauderten, als gäbe es das Leben geschenkt, als sei nicht jede Minute ein unwiederbringlicher Verlust. Sie plauderten, als hätten sie eine Garantie auf achtzig gute Jahre. Viele starben bereits mit vierzig, oder sogar mit dreißig, ertrunken, erstickt, von Krebs zerfressen. Die Kurzsichtigkeit der Menschen regte ihn auf. Das Leben war nicht weich wie ein marokkanischer Teppich, es war felsenhart, und es kannte keine Gnade.

Das Amsterdam, das diese Leute besuchten, war nicht real. Sie sahen die hübschen Häuser, die grün gestrichenen Türen, sie wurden von den Souvenirverkäufern mit Scherzen aufgeheitert. Aber hinter den Fassaden befand sich eine Maschine, die jeden Widerspenstigen zwischen eisernen Zahnrädern zermalmte. Alles wurde von ihr in seinen Geldwert zerlegt, jede Sekunde wurde gewogen, jedes Talent, jede Kraft abgemessen und bezahlt.

Auch wenn Amsterdam vordergründig links war, weil hier Sozialdemokraten und Kommunisten bei Wahlen stets zwei Drittel der Stimmen gewannen, und auch wenn es eine breite alternative Subkultur gab und Studenten und avantgardistische Künstler, die Tabakreklamen mit einem großen »K« für »Krebs« übermalten, die unerbittliche Maschine drehte sich weiter, und sie hatte alle im Griff, jeden von ihnen.

Die Touristen sahen die Maschine nicht. Sie sahen auch nicht die Afrikaner, die in den Tingeltangels mit Opiumzigaretten handelten. Sahen nicht die Bandenkriege. Die Männer mit schwerer Kopfverletzung, die sich nicht an die Polizei wenden konnten, sondern sich zur Heilsarmee schleppten. Für sie bestand Amsterdam aus Grachten und dreihunderttausend Fahrrädern und der Oude Kerk.

Hinter dem Hotel ergingen sich Amsterdamer und Touristen in der teuersten Einkaufsstraße der Niederlande und sahen sich die Auslagen der Geschäfte an. Sorokin merkte sich den Papenbroekssteeg, die schmale Gasse, die zwischen Rokin und der Kalverstraat verlief, so konnte er rasch vom Hinter- zum Vordereingang des Hotels gelangen. Die konzentrischen Halbkreise der Heeren-, Keizers- und Prinsengracht kannte er bereits, und die wichtigsten Straßen, die sie schnitten: Plantage-Middenlaan, Amsteldijk, Weesper-, Utrechtse-, Vijzel-, Leidse- und Raadhuisstraat.

Viele Geschäfte wiesen in den Schaufenstern nicht einmal die Preise aus. Dass die Leute solche überteuerten Waren kauften! In ihrer Heimat hätten sie den Verkäufern entrüstet einen Vogel gezeigt, aber hier kauften sie ohne Rücksicht auf ihr Portemonnaie, weil sie in gelöster Urlaubsstimmung waren.

Sein Blick fiel auf eine Werbetafel für das Rijksmuseum, die ein Bild von Rembrandt zeigte: Ein Mann legte einer Frau den Arm um, väterlich beinahe, obwohl es eine Eheszene sein sollte. Beunruhigt blieb er stehen. Vor fünf Jahren hatte er sich diese Bilder angesehen, und sie hatten ihm gefallen, aber heute schien das Gemälde regelrecht zu ihm zu sprechen. Hier in dieser Stadt hatte Rembrandt gelebt, und sein Gemälde zeigte Licht und Schatten, goldene Glut, aber auch das Leben in seiner ganzen Tiefe.

Zum ersten Mal wünschte er sich, er würde nicht allein arbeiten. Wenn er einen Kollegen hätte, der jetzt das Abhören übernahm, könnte er in dieses Museum gehen und sich die Gemälde ansehen.

Andererseits: Am ersten Abend würde der Führungsagent nicht kommen, da konnte zu viel schiefgehen, das ließ sich nicht planen, Verzögerungen beim Flug, Erwartungen der Reisegruppe für die ersten Stunden in der Stadt, sicher waren Ria Nachtmann und er erst für morgen verabredet.

Das Rijksmuseum befand sich an der Stadhouderskade Nr. 42, die Front mit ihren roten Ziegeln, den Fensterchen und Bildnissen war stattlich, es hätte genauso gut das Rathaus der Stadt sein können. Sorokin bezahlte den Eintritt, er ließ das Kupferstichkabinett und den Asiatischen Museumsflügel unbeachtet, was ihn interessierte, war die altniederländische Malerei. Die Gemälde rührten ihn an. Wie kraftvoll sie waren, und gleichzeitig beschwingt. Besonders lange betrachtete er das Bild einer Frau, die in der Haustür stand, und ein Sonnenstrahl fiel ins Haus. Die Ruhe, die sie besaß, weckte Sehnsucht in ihm.

Und diese Stillleben! Sprödes Glas, das Fruchtfleisch von Pfirsichen, die ruhige Atmosphäre einer einfachen Stube, das Funkeln von Kupfergeschirr. Nie wurde an Schatten gespart. Die Alltagsgegenstände gewannen gerade dadurch an Kostbarkeit auf diesen Bildern, dass sie inmitten des Moders und der tödlichen Endlichkeit des Lebens funkelnd herausgehoben wurden, als vergänglich, als zerbrechlich.

Rembrandts *Nachtwache* zeigte Musketiere, die inmitten einer Menschenmenge mit ihren Waffen hantierten. Vermeers *Küchenmagd* ersparte einem nicht die Löcher in der Wand, Löcher von alten Nägeln, und ein einsamer, unbenutzter Nagel war auch dort, und im Fenster war eine kleine Scheibe ausgeschlagen. Gerade deshalb hatte die Milch, die die Magd eingoss, etwas Unbezahlbares. Die Brotstücke auf dem Tisch waren einem teuer.

Dann stand er vor Rembrandts Bild *Die Rückkehr des verlorenen Sohnes,* ausgeliehen aus Leningrad, Katharina die Große hatte es 1766 gekauft. Das Bild war ein Gruß aus der Heimat. Es berührte ihn, wie der Vater dem Sohn die Hände auf den Rücken legte, liebevoll, wärmend, während der Sohn vor ihm kniete, mit zerschlissenen Schuhen und kahl geschorenem, schrundigem Kopf.

An einen Teufel hatte er immer geglaubt, er hatte zu viel gesehen, um am Bösen auf dieser Erde zu zweifeln. Was, wenn es auch einen Gott gab? Einen Vater wie auf dem Gemälde? Hatte nicht seine Mutter abends immer gebetet, mit lautlos bebenden Lippen, auch für ihn, Fjodor?

Er war ein Mörder. Er hatte im Umgang mit anderen keine Skrupel, und damit auch sich selbst gegenüber, denn dass es der eigenen Seele schadete, eine andere Seele auszulöschen, das war ihm immer klar gewesen. Er hatte eine Bestie sein müssen für seinen Beruf. Zu viele Menschen hatte er verenden sehen, schon als Kind.

Er war nur ein Zahn an einer gewaltigen Säge, der KGB war groß, Tausende arbeiteten auf sein Ziel hin. Und er saß an der Schneidefläche. Er wusste, dass die unbarmherzige Hand seiner Behörde die Säge vernichtend durch russische Familien geführt hatte. Er hasste das Töten, es stieß ihn ab.

Vor Rembrandts Gemälde hörte er nicht mehr das Reden der Leute um sich herum und sah weder die rote Abgrenzungskordel noch den Wachposten des Museums, er sah nur den verlorenen Sohn, und etwas Warmes rann ihm die Wange hinab.

14

Die Zwillinge waren fünf, Junge und Mädchen. Alle in ihrer Straße bewunderten die Kinder, man hatte Mitleid mit ihnen, die Mutter so jung gestorben, das wünschte man niemandem. Sie, Jolanthe, wurde als die Neue eher skeptisch gesehen. Sie war gerade erst neunzehn geworden, und jetzt zwei Kinder, es gab doch genug Frauen zur Auswahl, warum hatte Henning so eine Blutjunge geheiratet? Sie war eine Beleidigung für die Frauen, die in Hennings Alter waren, ein Schlag ins Gesicht war sie, selbst für die Verheirateten, denn was sagte Henning dadurch, dass er sie ausgewählt hatte, über die Frauen jenseits der dreißig aus?

Hinzu kam, dass sie als Blumenfachverkäuferin nicht mit der gebotenen Demut arbeitete, sie war gesehen worden, wie sie unter dem Verkaufstisch heimlich den neuen Roman von Heinrich Böll las, bildete sie sich etwa ein, besser zu sein als ihre Kundinnen?

Henning lachte nur darüber, wenn man ihm das Gerede zutrug, zumindest behauptete er das ihr gegenüber. Dennoch musste er spüren, dass der Ort ihr feindlich gesinnt war. Sie zumindest spürte es. Und sie wusste, dass Henning gewisse Erwartungen an sie hatte. Damals hatte er mit ihr getanzt, richtig mit Wegwerfen und Ranziehen, rock around the clock. Es war herrlich gewesen. Aber jetzt war sie seine Frau, sie hatte sich zu verhalten wie die Frau eines Volkspolizisten, die

Leute guckten und redeten, und er selbst hatte eben auch seine Vorstellungen. Zum Beispiel störte ihn, dass sie so viel Fahrrad fuhr, und nicht, um irgendwo hinzugelangen, sondern aus Jux und weil es ihr gefiel. Sie trat mit Gewalt in die Pedale, bis ihr ganzer Körper nach Luft schrie, bis ihr die Lunge brannte, sie zwang ihren Körper weiterzuarbeiten, sie war gleichgültig seinen Schmerzen gegenüber, und der Wind pfiff ihr ins Gesicht und kühlte ihren Schweiß. Sie fühlte sich frei, wenn sie so fuhr. Sie wusste, wo auf der Landstraße die holprigen Stellen kamen, bei denen sie aufpassen musste. Wenn sie das nur im Leben auch wissen würde.

Täve, sagte Henning oft spöttisch zu ihr, wegen Täve Schur, dem berühmten Radrennfahrer. Sie sollte nicht Rad fahren, nicht auf diese Weise, das taten Männer, und sie war seine kleine Frau. Sie hasste es, wenn er Täve zu ihr sagte, es steckte eine Kritik darin, es war ein Männername. Aber das Radfahren half, zumindest in den schlimmsten Momenten, wenn sie meinte, keine Luft mehr zu bekommen. Sie wusste dann wieder, wer sie war, und dass jeder Mensch auf eine gewisse Weise ungebunden war und über sein Leben verfügte, jeder, auch sie.

Wenn sie zurückkehrte und wieder die Aufsicht über die Kinder übernahm, ging Henning gleich, er brauchte dann zur Erholung ein Bier. Es passte nicht in sein Bild von ihr, dass sie so Fahrrad fuhr. Sie war die Schwache gewesen, die ihn gebraucht hatte als Beschützer und zum Anlehnen, dass sie auch Kraft hatte, wollte er nicht wahrhaben, sie war schmal gebaut und reichte ihm gerade bis zur Brust, so gefiel ihm das. Er blendete aus, wie zäh sie Widrigkeiten aushalten konnte. Schon als Kind hatte sie das gemusst.

Jolanthe trat aus dem Haus. Der Wind stand ungünstig, er trug den Schießlärm von den Übungsplätzen heute besonders laut heran, das dumpfe Donnern der Panzerrohre. Dazu kam der Fluglärm, auch jetzt startete wieder ein MiG-15-Jäger. Jüterbog lag direkt unter der Flugschneise des Militärflughafens, wo vierzig von denen stationiert waren.

Sie öffnete den Schuppen. Er war immer noch leer. Es ging nicht in ihren Kopf, dass ihr Fahrrad gestohlen worden war. Sie brauchte es jetzt. Sie brauchte ihr geliebtes Fahrrad. Wie war der Dieb in den Schuppen eingedrungen, trotz der verschlossenen Tür?

Wie eines von diesen Abziehbildern fühlte sie sich, man hatte sie ins Wasserbad gelegt und dann auf die Haut gedrückt, aber es war nicht gelungen, sie war eingerissen, ihre Konturen waren verzogen. Nichts stimmte mehr, alles war schief an ihr. Ihr fehlte nicht nur das Fahrrad, ihr fehlte ein Körperteil. Ein Arm, ein Bein. Ihre Seele hinkte.

Sie ging zurück ins Haus und schaltete das Radio an. Suchte ein tröstendes Märchen, ein Hörspiel, ein sanftes Lied. Es liefen nur Schlager und Sportberichte. Ruhelos wanderte sie von einem Zimmer ins andere. Sie hatte plötzlich Sehnsucht nach den Kindern, die heute bei Hennings Eltern waren, eine solche Sehnsucht, dass sie sich ein Brot mit Sirup zurechtmachte, so wie es die Zwillinge liebten. Mit dem Sirup malte sie ein trauriges Gesicht.

Was würde Ria tun? Sie würde losziehen, das Fahrrad suchen. Weit kann er noch nicht sein, der Dieb!, würde sie sagen, und in einer Mischung aus Wut und Abenteuerlust würde sie die Jagd beginnen und ihre Schwester mitschleifen. Sie würden an Türen klingeln, Passanten befragen, in fremde Fahrradschuppen linsen.

So gern würde sie mit Ria über all das reden, über Henning, die Kinder, das Geschnittenwerden in der Stadt, darüber, was sie sich vom Leben erträumt hatten und wie schwer es zu erreichen war. Sie hatte bei Henning nachgehorcht, wie es möglich war, einen Menschen zu finden, auch wenn er den Nachnamen geändert hatte. Sie wusste jetzt, dass es eine Karteikarte im Pass- und Meldewesen gab, die PM1, im Grunde das Antragsformular zur Ausstellung eines Personalausweises, das aber zugleich die Stammkarte war. Sie durfte nicht zu sehr bohren, sonst wurde er misstrauisch. Sicher wusste er, wer Zugriff auf die Stammkarten hatte und auf welchem Weg Ria dort zu finden war.

Draußen bremste das Motorrad im Kies. Der Motor wurde abgestellt. Henning kam herein, die Locken verschwitzt vom Helm. Er küsste sie.

»Mein Fahrrad wurde geklaut.«

»Unsinn.«

»Doch, bei uns aus dem Schuppen.«

»Es wurde nicht geklaut«, sagte er und sah sie ernst dabei an. »Ich hab's verkauft.«

»Was?«

»Es gab Nähmaschinen. Und die Kinder brauchen was zum Anziehen, sie wachsen so schnell. Jetzt kannst du ihnen immer etwas nähen.«

»Ich will nicht nähen.« Das Fahrrad war das Letzte, was von ihr geblieben war neben der Arbeit im Blumenladen, Kochen, Einkaufen, Putzen, Streitschlichten, Spielzeugaufräumen. Und er verkaufte es.

»Jetzt werd nicht gleich wieder laut.«

Sie war überhaupt nicht laut. »Ich bin nicht laut.«

Henning nahm den Helm und ging, er knallte die Tür hinter sich zu. Draußen ließ er das Motorrad an. Der Kies spritzte, als er vom Hof fuhr.

Mit ihm zu streiten war unmöglich, er griff immer zuerst an, er wurde aggressiv oder ließ sie brüsk stehen. Er hatte ihr das Fahrrad genommen! Dass er meinte, derart über sie bestimmen zu können, tat ihr weh. Das hatte er sich fein ausgedacht, von dem Geld etwas für die Kinder zu kaufen, sie stand als Egoistin da, weil sie lieber ihr Fahrrad hatte als eine Nähmaschine, mit der sie Kinderkleidung nähen konnte.

Es gab ja nicht mal Wurst, gern hätte sie den Kindern Wurstbrote mit in die Schule gegeben. Seit Wochen musste die Vierfruchtmarmelade aus dem braunen Pappeimer herhalten. Und da wollte sie lieber ihr Fahrrad haben als eine Nähmaschine?

Ja. Ja, ja und ja.

Alles musste man sich zusammenklauben, für ein halbes Kilogramm Altpapier bekam man eine kostbare Tapetenrolle zum Renovieren, für ein Kilogramm Knochen bekam man ein Stück Feinseife. Eine Nähmaschine, das war ein kostbarer Schatz.

Aber er hatte kein Recht gehabt, ihr dafür das Fahrrad zu nehmen.

Die Traurigkeit würgte sie. Jolanthe ging nach draußen. Die Panzerrohre schwiegen. Eine schwere Frühsommerstille senkte sich über den Hof. Da war doch ein Geräusch, ein Schnaufen, ein feines Husten, und ein Rascheln im Laub. Sie fand den Igel, der schnüffelnd am Gebüsch entlangstrich. Am liebsten hätte sie ihn berührt, trotz seiner Stacheln. Am liebsten wäre sie mit ihm gezogen.

Sorokin folgte Ria die Kalverstraat hinunter durch das Menschengedränge. Sie war leicht auszumachen, sie trug ein rotes

Kleid mit weißem Gürtel und einen dazu passenden Hut. Das Gesicht hatte sie mit Make-up bis zur Perfektion gestylt, den Mund erdbeerrot geschminkt. Wenn sie tatsächlich für den BND arbeitete, hatte man sie schlecht geschult. So hätte er ihr aus hundert Metern Entfernung folgen können.

Natürlich wollte Ria Nachtmann Nylonstrümpfe kaufen. Sie hatte Tagegeld bekommen, und mit diesem Geld des Ministeriums ging sie in die Bekleidungsläden der Kalverstraat. Der Laden, den sie jetzt betrat, war ausschließlich Damenmode gewidmet, hier konnte er nicht eintreten, ohne aufzufallen. Also blieb er draußen und betrachtete die Angelausrüstungen im Sportgeschäft nebenan.

Schon nach fünf Minuten nahm er aus dem Augenwinkel eine Bewegung in roter Farbe wahr. Ria tauchte in die Menge ein, nur den Hut sah er noch, sie ging schnell, er musste sich beeilen. Immer wieder verschwand sie kurz, als würde sie sich bücken, tauchte wieder auf, war wieder weg. Etwas stimmte nicht. Er stieß andere mit den Ellenbogen zur Seite und verschaffte sich Platz, um sie einzuholen.

Wieder war sie weg. Er sah es, sie hatte sich vorgebeugt, um ihren Schuh anzuziehen. Sie lief einige hastige Schritte, rutschte erneut aus dem Schuh. Wie war das möglich? Vorhin war sie doch ohne Schwierigkeiten in diesen Schuhen gelaufen. Er sprang vor und packte Ria Nachtmanns Schulter, drehte sie um.

Es war nicht Ria Nachtmann. Alles stimmte bis aufs Haar, der Hut, das Kleid, der Gürtel, die Schuhe, das Make-up, der Lippenstift. Auch die Körpergröße war gleich. Aber er blickte in das Gesicht einer Fremden.

Wie lange war es her, dass Ria Nachtmann in dieses Geschäft gegangen war? Sie konnte inzwischen überall sein.

Ohne ein Wort zwang er die Fremde in die nächste Seitengasse. Im Gehen zischte er: »Wie hat er ausgesehen?«

»Hey! Lass mich los!«

In einem Hinterhof standen Mülltonnen. Dort stieß er sie hin, zwischen die Tonnen. »Sie wissen es, und Sie werden es mir sagen. Der Mann, der Ihnen diese Kleider gegeben hat, wie sah er aus?«

Sie bebte jetzt, und ihre Augen waren weit. »Ich hab den nur einmal gesehen. Er hatte so ... so strohachtige Haare und lief mit einen Stock.«

Sicher eine Perücke, und der Stock nur Camouflage. Beim Ersttreffen veränderten sich Agenten gern, um einer späteren Identifizierung vorzubeugen. »Und das Gesicht? Irgendetwas, an das Sie sich erinnern?«

»Ein moedervlek, wie sagt ihr? Ein Mutterfleck auf der rechten Wange.«

Angeklebt. »Sonst nichts?«

»Die rechte Mundecke und das rechte Auge hingen etwas runter.«

Die Gesichtslähmung, wie hatte er die hinbekommen? Sich etwas gespritzt? Oder war sie echt?

»Hör zu, ich weiß nicht, warum es geht. Ich bin Schauspielerin! Es zuo toch nur einen Spaß sein, hat der gesagt.«

Am liebsten hätte er ihr das Licht ausgeknipst. Aber er stieß sie nur noch einmal mit Wucht gegen die Hauswand, dann kehrte er um. Ria Nachtmann saß jetzt in irgendeiner kurzfristig angemieteten Wohnung mit ihrem Führungsagenten, und er hatte sie verloren.

Er war auf den Doppelgängertrick hereingefallen, er hatte sich an der Nase herumführen lassen wie ein Anfänger. Seine Gegner hatten ihn, Sorokin, gesehen, während er nichts über sie wusste. Die erste Runde geht an euch, dachte er. Es steht eins zu null. Aber das Spiel hat erst begonnen.

Ria ließ sich am nächsten Tag nichts anmerken. Sie half am Messestand, verteilte Informationsblätter, lächelte Interessenten an und brachte den Außenhändlern Kaffee, die den ganzen Tag gut gelaunt zu erscheinen hatten und unermüdlich mit ausländischen Vertretern verhandelten. Viele Einkaufsleiter kamen zu ihnen an den Stand, es gab kaum Vorurteile gegenüber der DDR. Aber die meisten Verkaufsgespräche scheiterten. Am Abend, als sie abbauten, sagte sie zu Schalck: »Wir haben bloß lose Blätter, und vieles ist nur in Deutsch. Die Blätter haben keine einheitliche Schrift, die Informationen sind nicht einheitlich angeordnet. Das ist so dilettantisch gemacht. Wir brauchen aussagekräftige englische Prospekte. Und ich glaube, die Käufer wollen auch sehen, welche Ersatzteile lieferbar sind. Und oft habe ich gehört, dass wir kostenfrei Mustergeräte zuschicken sollen.«

Schalck unterbrach ihren Redefluss. »Mach mal halblang, Mädel. Denkst du, ich habe nicht bemerkt, wie du neidisch zum Stand von VEB Carl Zeiss Jena rübergesehen hast?«

»Die kommen doch auch aus der DDR«, sagte sie. »Aber die wissen, was gutes Verkaufsmaterial im internationalen Geschäft wert ist.«

Schalck lachte. »Wir haben niedrige Preise. Sehr niedrige Preise. Deshalb kauft man bei uns. Wir haben heute Abschlüsse mit den Niederlanden, Belgien, Finnland, Schweden, Ägypten und Südafrika angebahnt.«

Einer der Außenhändler pflichtete Schalck bei. »Sie werden schon noch merken, Frau Nachtmann, wie bei uns der Hase läuft. Der viersprachige Katalog der Westfirmen, in

Leinen gebunden, der schreit doch gleich: Bei uns ist es teuer! Das billige Informationsmaterial, das wir verteilen, ist von Vorteil. So sieht jeder gleich, dass er hier preiswert einkauft.« Später, beim Bummel durch die Stadt, kaufte Schalck überhaupt nicht preiswert ein. Er zeigte eine irritierende Liebe zum Luxus, erwarb einen luxuriösen Füllfederhalter von Cartier, eine Uhr von Lassale, Davidoff-Rasierwasser und teuren Wein. »Kaufst du nichts?«, fragte er sie.

Sie zuckte die Achseln.

Er wurde ungehalten. »Für euch Jüngere ist die DDR eine Selbstverständlichkeit, aber frag mal die Älteren, die mitgeholfen haben, diesen Staat ins Leben zu rufen und ihn mühsam die ersten Jahre aufgebaut haben. Die staunen immer noch darüber, dass es gelungen ist. Eines Tages haben wir eine geeinte, friedliche Welt, die imstande ist, alle Schätze zu heben, die Wüsten zu wässern und den Nordpol in fruchtbares Land zu verwandeln. Wenn ich auf dem Parteitag die Abgesandten der Bruderparteien begrüße, Delegierte aus siebzig Ländern, dann spüre ich es, das ist die Welt, die einst kommunistisch sein wird, und weitere Länder werden hinzukommen, wart's ab.«

Sie blickte auf die glitzernden, geschmückten Läden zu ihrer Rechten, die Auslagen waren gefüllt, alles war zu haben, und wenn ein Regalplatz leer werden sollte, wurde schnell nachgefüllt. »Aber bis dahin stehen wir bei allem Schlange. Kein Vergleich mit dem Leben hier.«

»Der Kampf für den Frieden ist wichtiger als nahtlose Nylonstrümpfe.« Schalck schnaubte. Er trug die Papiertüten mit seinen Einkäufen zum Hotel, als hätte das nichts mit dem zu tun, was er sagte. Währenddessen predigte er: »Die DDR-Bürger sehen nur noch auf den Konsum. So machen sie aus der Revolution ein Gartenfest. Wir sollen ihnen Puderzucker in den Arsch blasen, und dann noch dankbar sein, dass sie die Güte haben, nicht in den Westen abzuhauen.«

»Puderzucker? Gebraucht werden Milch, Waschmittel und Schuhe. Das sind doch Notwendigkeiten.«

»Die Ärzte meine ich, die sich das Bleiben teuer bezahlen lassen. Aber auch andere gibt es. Erst wollen sie einen Telefonanschluss, dann ein Grundstück am See, und am Ende noch in die ganze Welt reisen. Man sieht den Sozialismus inzwischen so, dass er vor allem den Fernsehapparat, den Kühlschrank und als Krönung den Trabant bringen soll.«

Wie sehr er die Bodenhaftung verloren hatte! Zu Hause war es gesetzlich verboten worden, aus Milch Sahne herzustellen. Und es gab nur selten Gemüse, abgesehen von Sauerkraut und sauren Gurken. Selbst Brigitte und Gerd kauften aus Sorge auf Vorrat Dauerkekse und Haferflocken. Und Schalck ging mit ihr durch eine teure Einkaufsstraße in Amsterdam und redete von Grundstücken am See.

Er sagte: »Dass die Regierung vom Einholen und Überholen des Westens gesprochen hat, war ein Fehler. Dadurch gucken die Leute ständig nach drüben und wollen so werden wie die dort. Im Nationalsozialismus wurde das Leben ins Politische gezerrt, jetzt wollen die Leute ins Private zurück und wollen es genießen. Wenn die im Westen Bohnenkaffee trinken und Kuchen essen, ist das nicht gut für unsere Stimmung in der DDR. Wir leisten uns vielleicht den Sonntagskaffee, aber im Westen trinken sie jeden Tag ihre Tasse Kaffee! Glaubst du, das weiß ich nicht? Dabei wollen wir den Egoismus überwinden! Wir setzen auf gesellschaftliches Bewusstsein.«

In diesem Moment, wie er da mit den braunen Papiertüten

in den Armen das luxuriöse Hotel betrat, da fand sie ihn abstoßend.

Er blieb in der Lobby stehen und sah Ria an. Sein Gesicht war ernst, beinahe finster. »Du machst uns doch keinen Ärger, Mädel, oder?«

Auch Hähner hatte sie so seltsam angesehen. Ein Aufpasser von der Stasi sei üblich in solchen Reisegruppen ins westliche Ausland, hatte er gesagt, aber der Kerl an ihren Fersen sei ein besonderes Kaliber gewesen. Das mache ihm Sorgen.

Als sie im Bett lag und durch die Fenster von draußen die farbigen Nachtlichter Amsterdams drangen und mit ihnen Geräusche der fremden Stadt, das Gelächter, in der Ferne eine ungewohnt klingende Sirene, das Gläserklirren aus dem Restaurant im ersten Stock, da fühlte sie sich, als hätte sie sich verlaufen. Es war ein Fehler gewesen, sich Hähner und dem BND anzuvertrauen. Ein Fehler, sich vor Schalck aufzuspielen. Sie wollte nicht hier sein, nicht in dieser Stadt, nicht in diesem Bett, nicht Spionin und nicht Angestellte des Ministeriums sein, das sie zu verraten hatte.

Hähner hielt sie doch bloß hin. Warum sollte er ihr Jolanthes Aufenthaltsort verraten, wenn sie ihm dann nicht länger dienstbar war, weshalb sollte er sein Druckmittel aus der Hand geben? Und Schalck war ein blinder Egoist.

War sie besser? Auch sie log allen etwas vor. Sie hatte sich mit zehn selbst verloren und sich seitdem nicht wiedergefunden. Eine zehnjährige Ria war in ihr verborgen, die niemandem trauen konnte und schrecklich allein war.

Alles Glück, das sie in der letzten Zeit empfunden hatte, wendete sich gegen sie. Es wurde zu etwas Eigenartigem, das in ihr gelauert hatte, das nur darauf wartete, dass sie unachtsam wurde. Sie schluckte krampfhaft, sie versuchte, es abzuwenden. Keinen Deut besser war sie als Schalck, der auf Moral pfiff.

Sie hatte ein Neugeborenes im Arm, ein Baby. Schuldgefühle durchspülten sie. Sie roch Gas. Sie wollte sterben, nur sterben. »Vergib mir, Annie«, flüsterte sie.

15

Ria wusste bald nach ihrer Rückkehr, dass irgendjemand im Ministerium die Devise ausgegeben haben musste, ihr sei nicht zu trauen. Wichtige Sitzungen protokollierte plötzlich eine Sekretärin aus der Nachbarabteilung. In der Unterschriftenmappe fehlten Dokumente, die man wohl als zu wichtig eingestuft hatte und sie lieber nicht sehen lassen wollte. Ständig war jemand da, wie zufällig. Man beobachtete sie.

Die Kollegen gaben sich weiter freundlich, Inge Fritsche brachte Süße Teilchen und plauderte mit ihr, die Schwarz sah ihr ab und an auf die Finger, aber nicht häufiger als sonst, und Schalck grüßte fröhlich am Morgen. Aber die Anzeichen waren da.

Ria ließ es zwei Wochen geschehen und tat so, als würde sie nichts bemerken. Sie schickte Warnmeldungen an Hähner, sie fürchte, ihre Festnahme stünde kurz bevor. Seine Antwort war: Wenn man Beweise hätte, wäre sie längst verhaftet worden.

Allmählich wurde man im Ministerium nachlässiger, der Alltag schlich sich wieder ein. Sie wartete eine weitere Woche, auch wenn Hähners Auftrag dringend gewesen war. Im Juli lockten die warmen Tage viele Mitarbeiter in den Mittagspausen nach draußen. Sie flanierten über die Mittelpromenade der »Linden« zum Brandenburger Tor oder setzten sich in Straßencafés. Ria begleitete Inge und die junge Sekretärin, die am selben Tag wie sie begonnen hatte.

An einem Donnerstag mit strahlend blauem Himmel war die Schwarz krankgemeldet, Schalck auf Dienstreise, und die Kolleginnen verabschiedeten sich zur Mittagspause nach draußen. Ria sagte, sie komme nach, sie erstelle nur gerade die neuen Diagramme über Exportproduktion, Auslastung und den Stand der Planerfüllung, das bringe sie noch zu Ende.

Das Büro war wie ausgestorben. Sie verlor keine Zeit. Das Brillenetui mit der Minox-Kamera in der Hand, schlich sie sich zu den stählernen Aktenschränken. Wo waren die Unterlagen zur »Aktion Störfreimachung«? Sie nahm Ordner heraus, blätterte hastig, prüfte die Hängeregistraturen und die Ablagen der Kolleginnen. Endlich wurde sie fündig.

Die Brisanz des Ganzen erstaunte sie selbst. Die DDR war im nichtsozialistischen Ausland bereits mit 500 Millionen Valutamark verschuldet. Ohne Walzstahl aus Westdeutschland standen aber in der DDR die Betriebe still. Sie überflog die Dokumente nur, sobald etwas wichtig zu sein schien, fotografierte sie es ab. Es ging um »Schlüsselpositionen des technischen Fortschritts und beim Herstellen hochwertiger Konsumgüter« und darum, »Ersatz zu finden, neue Materialien, andere Produktionsweisen«. Man wollte die DDR »noch stärker in den Ostblock einbinden« sowie »Importe aus dem Westen reduzieren«. Man habe verstanden, dass die Regierung der BRD den Kampf gegen die DDR in der Hauptsache mit ökonomischen Mitteln und durch Verschärfung des Kalten Krieges führen werde, und werde eine Änderung in der Konzeption des Siebenjahrplanes durchführen, um die Wirtschaft der DDR möglichst weitgehend von Störmaßnahmen durch Westdeutschland unabhängig zu machen.

Gerade fotografierte sie eine Liste von »Engpassmaterialien«, da hörte sie ein Geräusch aus dem Flur. Wie konnte es knacken, wenn doch niemand da war? Und hörte sie nicht einen verhaltenen, gepressten Atem?

Sie öffnete leise die untere Schranktür und warf die Minox in den hinteren Karton mit Maschinenpapier. Dann begann sie hastig, die Ordner zu verräumen.

Eine Hand packte grob ihren Arm. »Schnüffelst hier rum, was?« Eine Männerstimme. Rasselnder Atem an ihrem Ohr. »Glaubst du, wir sind blöd?« Eickhoff. Er roch aus dem Mund nach Schmorgurken und Hackfleisch.

»Ich weiß nicht, wovon Sie reden.« Ihre Stimme klang zittrig, sie klang nach weichen Knien und schweißigen Händen. Sie war entsetzt, wie schlecht sich ihre Angst verbergen ließ.

»Deinen Vater haben wir drangekriegt«, sagte er. »Dich kriegen wir auch dran.« Er zerrte sie in das Besprechungszimmer und schloss von innen die Tür ab. Wer hatte ihm den Schlüssel gegeben?

»Die Kollegen sind unterwegs«, sagte Eickhoff. »Aber warum fangen wir nicht schon mal an?« Er musterte sie voller Vorfreude. »Dachtest du, du kannst mich täuschen? Mich? Da musst du früher aufstehen.«

Sie versuchte sich zu sammeln für das bevorstehende Verhör. Das Gekeife von Eickhoff war nur das Vorspiel. Die eigentliche Herausforderung stand ihr erst bevor.

»Er war ein Niemand, dein Vater. Und du bist nichts als eine Ratte, die wir totschlagen werden.«

»Sie haben meinen Vater nicht gekannt«, sagte sie.

Er kam näher. »Die Menschheitsgeschichte ist eine Geschichte von Klassenkämpfen! Von der Schlacht der Ausbeuter gegen die Werktätigen!«

Sein Speichel benetzte ihr Gesicht.

»Du glaubst, der Westen hat gewonnen? Die kapitalistische Gesellschaft löst die gesellschaftlichen Probleme nicht, sondern verschärft sie. Sozialer Frieden und soziale Gerechtigkeit werden nur in einer sozialistischen Gesellschaft verwirklicht, weil sie den Widerspruch von Kapital und Arbeit aufhebt.«

Hatte er wirklich Kollegen gerufen? Oder war es ein Bluff, und es kam niemand? Körperlich war er ihr überlegen, außerdem war er sicher in Kampftechniken geschult. Sie würde ihn nicht niederwerfen und ihm den Schlüssel entringen können. Und wenn sie aus dem Fenster sprang? Würde sie sich die Beine brechen? Dann wäre die Flucht rasch zu Ende.

»Die bürgerliche Gesellschaft, die du so bewunderst, ist eine Ausbeutergesellschaft, weil sie auf dem persönlichen Profitstreben und auf dem Privateigentum an Produktionsmitteln beruht. Die vollen Schaufenster haben dich geblendet.« Er sah sie lüstern an, von Kopf bis Fuß. »Du denkst, äußerer Schein ist alles, ja?«

Es klopfte.

Eickhoff eilte zur Tür und schloss auf.

Ein Mann im dunklen Anzug kam herein, den Eickhoff unterwürfig begrüßte. Eickhoff wollte ihm den Hergang berichten, aber der Mann schnitt ihm das Wort ab. Er war hager, und dennoch hatten seine Bewegungen etwas Kraftvolles. Der Mann setzte seine schwarzlederne Aktentasche auf dem Tisch ab, griff kurz hinein und befahl Eickhoff, wieder die Tür zu verschließen.

Wahrscheinlich hatte er ein verborgenes Aufnahmegerät gestartet, und jetzt lief das Magnetband im Inneren der Tasche, damit alles, was er im Begriff war, aus ihr herauszuholen, bei der Staatssicherheit Verwendung finden konnte,

Namen, Orte, Selbstbezichtigungen. Kein Laut aus ihrem Mund sollte verloren gehen. Alles konnte verräterisch sein, auch zögerndes Schweigen nach einer Frage.

Er wies Eickhoff an, ein wortgenaues Protokoll zu schreiben. Brauchten sie das vor Gericht für ihre Aburteilung? Genügte das Magnetband da nicht? Wahrscheinlich brauchten sie das Protokoll, damit sie es am Ende wie ein Geständnis unterschrieb.

Der Mann wies sie barsch an, sich gerade hinzusetzen. Sie bemühte sich, seinen Ansprüchen gerecht zu werden. Er schrie, sie solle nicht so blöde aus der Wäsche gucken. Die Anwürfe kamen gezielt wie körperliche Hiebe, es gehörte zum Verhör, sie sollten sie in die Regression führen, einen kindlichen Zustand, vor dem sie Hähner gewarnt hatte. Je hilfloser sie sich fühlte, desto eher würden ihre Abwehrmauern zusammenbrechen, und sie würde kooperieren. Es war schwer, sich innerlich dagegen zu wappnen. Angeschrien und gedemütigt zu werden erinnerte unweigerlich an Situationen aus der Kindheit. Genau das bezweckte der Hagere.

Er setzte sich ihr gegenüber, ohne einen Tisch zwischen ihnen, der ihren Stress reduzieren könnte, der Hagere ließ keinen Sicherheitsabstand zu. Er wollte, dass sie Stress empfand.

»Unschuldige können das Gespräch kaum erwarten«, sagte er, »weil sie endlich die Vorwürfe aus der Welt schaffen wollen. Schuldige sind in Gedanken versunken. So wie Sie.«

Da müssen Sie schon mit mehr kommen, dachte sie.

»Haben Sie Informationen aus dem Ministerium an den Klassenfeind weitergegeben?« Er sah sie prüfend an.

Der direkte Ansatz. Ihr lag die Gegenfrage auf den Lippen: Warum sollte ich so etwas tun? Aber sie schluckte den Impuls hinunter. Schuldige antworteten beim direkten Ansatz mit Gegenfragen, oder sie wichen aus mit Gründen wie: Das wäre ja Wahnsinn bei der guten Überwachung hier. Damit versuchten sie, sich selbst aus der Gleichung zu nehmen – und genau das verriet sie. Unschuldige dagegen hatten keine Scheu, das Verbrechen auszusprechen, hatte Hähner ihr eingeschärft. Sie sagte ruhig: »Ich bin keine Spionin.«

Sein Gesicht wurde aufmerksamer. Ein Schuldiger sagte nicht *ich,* er sagte *man* oder blieb allgemein: *Wer sollte so etwas machen.*

»Warum, glauben Sie, sind Sie dann hier?«, fragte er.

»Weil ich zu den Verdächtigen gehöre. Sie wollen herausfinden, was ich über die Spionagesache weiß.«

Der Verhörer entblößte spitze, kurze Eckzähne. »Soso.«

Vielleicht war sie eine Spur zu beherrscht, sie sollte erschrockener reagieren, auch eine Unschuldige wäre doch nervös in einer solchen Verhörsituation. Ihre Antworten waren klug gewesen, aber die Stimmlage nicht.

Der Verhörer beugte sich vor und stützte die Ellenbogen auf den Knien ab. Er sah ihr tief in die Augen. »Unter den anständigen Menschen steht man zu dem, was man getan hat. Wenn ich etwas nicht leiden kann, dann ist es, belogen zu werden.«

Ria sagte: »Ich habe nicht spioniert.«

»Fotografieren Sie eigentlich gern?«

»Ich hab es versucht, in der Freizeit. Aber es macht mir keinen Spaß.«

»Sie interessieren sich sehr für die Vorgänge hier im Büro des Ministeriums, oder?«

Wie Hähner es ihr prophezeit hatte: Sie wandten die Reid-Methode an, benannt nach John Reid, der knapp dreihundert

Mordfälle gelöst hatte. In der ersten Phase des Verhörs ging es darum, Anzeichen einer Lüge bei ihr zu entdecken. Dann würden Phase zwei und Phase drei folgen. Sie war fast erleichtert, ein Schema zu haben, an dem sie sich orientieren konnte wie beim Zahnarzt: Erst bohrte er das Faule des Zahns weg, dann kam die Füllung hinein.

Der Verhörer nannte Stichworte der Tat, um sie unruhig zu machen. Ein Schuldiger würde versuchen, diese Unruhe zu unterdrücken und sich nichts anmerken zu lassen – und gerade das machte sein Verhalten auffällig: Wenn man sich nicht verraten wollte und sich stark auf sein Verhalten konzentrierte, wurde man hölzern und steif. Man führte kaum noch Gesten aus beim Reden, sondern saß steif da. Auch das Gesicht war ausdruckslos.

Sie beschloss ein riskantes Manöver. Zu viele Lügen, hatte Hähner gesagt, machten das Eis dünner, auf dem man stand. Also würde sie die Stasioffiziere mit einer Wahrheit überraschen und auch danach so nah wie möglich an der Wahrheit entlanggehen. »Ich weiß, Sie verdächtigen mich, weil ich mir diese Sachen zur ›Aktion Störfreimachung‹ angesehen habe. Das hätte ich nicht tun dürfen.«

Verblüfft suchte der Verhörer Eickhoffs Blick.

Sie sagte: »Es ist wirklich so. Ich interessiere mich für alles, was hier passiert. Verstehen Sie denn nicht, was das für eine Chance für mich ist? Ich bin erst einundzwanzig! Und ich darf im Ministerium arbeiten! Ich will es auf keinen Fall verderben. Manchmal werden in den Sitzungen Sachen gesagt, die ich nicht verstehe. Und ich soll dann Protokolle dazu schreiben oder muss in amtlichen Schreiben darauf Bezug nehmen. Ich wollte doch nur wissen, was das sein soll, diese ›Aktion‹. Aber ich tue es nicht mehr, versprochen, ich gehe nie wieder an die Schränke.« Sie hatte mit Gesten und starkem Gesichtsausdruck geredet, das musste sie überzeugen.

»Sie waren also an den Unterlagen zur ›Aktion Störfreimachung‹. Haben Sie nicht gesehen, dass diese Unterlagen als streng geheim gekennzeichnet sind?«

»Ich habe immer wieder mit solchen Akten zu tun.«

»Auch mit denen der Plankommission und den internationalen Wirtschaftsdaten zu Treibstofflagern und zur Schwerindustrie?«

So genau wussten sie Bescheid? Das war im Februar gewesen. Wie konnten sie die genauen Unterlagen kennen, die sie abfotografiert hatte? Er steuerte Phase zwei an: Maximierung. Er wollte ihr klarmachen, dass sie Beweise hatten für ihre Tat. »Kann schon sein, mein Abteilungsleiter ist für Schwermaschinen und Anlagenbau zuständig, da muss ich doch ...«

»Im Frühjahr«, sagte er kalt, »sind die Kennziffern der Plankommission durchgestochen worden und wichtige internationale Wirtschaftsdaten. Finden wir möglicherweise Ihre Fingerabdrücke auf den entsprechenden Papieren?«

»Ich arbeite hier. Meine Fingerabdrücke werden überall sein.« Ihr brach der Schweiß aus.

»Was sollte Ihrer Meinung nach mit dem Täter geschehen?«

»Ich weiß nicht. Ich bin doch keine Juristin.«

Der Verhörer lehnte sich zurück und lächelte siegesgewiss. »Frau Nachtmann, mit Ihren Lügen zögern Sie nur das Unvermeidliche hinaus. Die Wahrheit wird ans Licht kommen.«

»Das will ich doch auch.«

Er donnerte: »Sie haben Informationen aus dem Ministerium an den Klassenfeind weitergegeben!« Jetzt sprang er sogar auf. Er begann, im Zimmer auf und ab zu gehen. »Wir werden Ihre Fingerabdrücke mit denen auf den Papieren vergleichen, das Ergebnis dürfte Ihnen klar sein. Hier geht es nur noch um das Warum, ich will verstehen, weshalb Sie es getan haben.«

Konnte das mit den Fingerabdrücken nicht ein Bluff sein? Wenn sie verwertbare Fingerabdrücke hätten, wäre es nicht nötig, sie nach der Reid-Methode zu verhören. Hähner hatte ihr gesagt, dass zwar auch im Westen die Reid-Methode angewandt werde, aber solche Bluffs bei Polizei und Staatsanwaltschaft verboten seien. Wenn sie dort einmal in Schwierigkeiten gerate, solle sie sich auf § 136a der Strafprozessordnung berufen, es sei eine unerlaubte Vernehmungsmethode. Im Osten aber bliebe ihr nur der gesunde Menschenverstand, um die Fallen zu entlarven.

Sie musste etwas sagen, der Schuldige versucht, Zeit zu gewinnen, er hat viel zu bedenken, muss sich eine Verteidigungsstrategie zurechtlegen. Genau das war der Zweck ihres Bluffs: zu erkennen, ob sie die Schuldige vor sich hatten.

Aber schon sprach wieder der Hagere. »Letzte Woche ist auch in das Büro von Minister Balkow eingebrochen worden. Was haben Sie dort gestohlen, und in wessen Auftrag?«

Wieder Reid. Der Trick mit der Übertreibung. Man warf einem Dieb vor, aus dem Tresor zehntausend Mark gestohlen zu haben, obwohl man genau wusste, dass nur zweitausend darin waren. Der Dieb verteidigte sich, dass das übertrieben war, und gestand unwillentlich seine Tat. Sie sagte: »Aber das beweist doch, dass ich nicht die Gesuchte bin! Ich war nie im Büro des Ministers. Gucken Sie dort nach Fingerabdrücken.«

»In diesem Fall hat der Täter Handschuhe getragen.« Er setzte sich. »Ich kann Ihren Zorn ja verstehen. Ihre Familie hat Schreckliches erlitten. Eine Ungerechtigkeit.« Er sah sie an mit offenem, warmherzigem Gesicht. »Aber sind Sie denn eine Person, die ihr Land verrät? Oder haben Sie eher aus Verzweiflung gehandelt?«

Phase drei: Minimierung. Er tat so, als wäre ihr Vergehen gar nicht so schlimm, und bot ihr eine Rechtfertigung für ihr Handeln an. Er baute eine goldene Brücke, damit ihr das Gestehen leichter fiel. Seine führenden Fragen sollten sie steuern.

»Ich habe mein Land nicht verraten.«

»Haben Sie erst vor Kurzem damit begonnen, Material an den Klassenfeind weiterzugeben, oder sind Sie schon länger dabei?«

Alternativen anbieten. Es soll die Wahl zwischen »leugnen« und »gestehen« ersetzen mit der zwischen einem kleineren und einem größeren Geständnis. Sie seufzte entnervt.

»Jeder von uns macht einmal Fehler«, sagte er. »Aber so etwas? Und dann nicht geradestehen für das, was man sich eingebrockt hat? Sie sind ein Mensch, der in diesem Staat eine Lehre machen durfte, arbeiten darf, Geld verdient. Wie können Sie sich derart abseits stellen von denen, die guten Willens sind?« Er wandte sich an Eickhoff. »Gehen Sie doch mal, und holen Sie Frau Nachtmann einen Kaffee.«

Eickhoff stand auf, legte den Stift ab und ging zur Tür. Er öffnete die Tür und schloss sie rasch wieder, als wollte er vermeiden, dass Ria einen Blick nach draußen warf. War das ganze Büro in Aufregung? Wusste man von ihrem Verhör?

»Seit Sie für die Feinde arbeiten, fühlen Sie sich doch, als hätten Sie einen Stein im Magen.« Das Gesicht des Hageren bekam jetzt etwas Väterliches. »Sie fahren jedes Mal zusammen, wenn Sie einen Polizisten sehen oder die Sirene hören.

Sie können die Angst jetzt hinter sich lassen. Wir holen diesen Stein aus Ihrem Magen. Sagen Sie mir die Wahrheit.«

Tatsächlich war da der Drang in ihr, alles zu beichten. Sie wollte sich nicht länger verstellen müssen.

»Menschen tun die schlimmsten Dinge«, sagte er. »Nur eines würde mich enttäuschen – wenn Sie mich anlügen würden. Feiglinge verstecken sich hinter Lügen. Ich finde, Sie sehen nicht wie ein Feigling aus. Sie sind eine starke Frau, stark genug, die Wahrheit zu sagen. Wie sah er denn aus, der Mann, der Sie angeworben hat? Und wo haben Sie sich getroffen?«

In der Kreisdienststelle der Staatssicherheit klingelte das Telefon. Routiniert und etwas gelangweilt hob Leutnant Schultz ab und sagte: »Kreisdienststelle, Schultz.«

Dann richtete er sich abrupt auf, und seine Augen weiteten sich.

Sein Kollege, Unterleutnant Fehrecke, sah ihn verwirrt an, aber Genosse Schultz reagierte nicht darauf, er wiederholte eifrig: »Rasumjem, rasumjem. Spassibo bolschoi.« Er legte auf.

Fehrecke fragte leise: »Die ›Freunde‹?«

»Sie haben uns von der Ministeriumssache abgezogen.«

Ria malte sich aus, wie sich sein Gesicht zu einem wölfischen Grinsen verzog, sobald sie gestanden hatte. Er wollte ein Geständnis hören, danach würde er sie ohne zu zögern hinrichten lassen. Sie musste standhalten.

Der Hagere machte ihr klar, dass alle anderen gegen sie waren, dass sein Vorgesetzter und seine ganze Abteilung inklusive Oberleutnant Eickhoff sie am liebsten gleich hinrichten würden, aber dass er sich vor sie stellte und ihr einen fairen Prozess beschaffen wolle.

So blieb als Freund allein er übrig, das war natürlich Strategie.

Eickhoff kehrte zurück, aber er brachte keinen Kaffee. Er trat nahe an den Verhörer heran und flüsterte etwas. Der Hagere wurde blass. Ohne ein Wort verließ er mit Eickhoff den Raum.

16

Die Aktenordner waren noch aufgeschlagen, so wie Ria sie zurückgelassen hatte. Sorokin beugte sich darüber. Hier musste Ria gestanden haben. Die Staatssicherheit behauptete, sie hätten sie überrascht, aber er glaubte nicht daran. In den offen stehenden Schrank waren einige Ordner ungeschickt hineingeräumt worden, wie in großer Eile. Zwei Ordner lagen noch auf dem Tisch, aufgeschlagen, und einige Schriftstücke aus der Hängeregistratur. Er versuchte sich in Ria hineinzuversetzen. Sie ist fündig geworden, es ist gutes Material, ihr Führungsagent wird begeistert sein. Dann ein Türenklappen oder ein anderes verdächtiges Geräusch. Sie schreckt zusammen. Die panische Angst, entlarvt zu werden, die Angst, ins Gefängnis zu kommen oder hingerichtet zu werden, ihr Puls jagt. Sie hat eine Kamera in der Hand, die muss sie loswerden.

Steht womöglich das Fenster offen, hat sie es geöffnet? Sie könnte die Kamera hinauswerfen. Er öffnete das Fenster und sah hinunter. Laue Sommerluft wehte ihm ins Gesicht. Unten gingen plaudernd Studenten der nahen Universität vorbei. Kein Gebüsch, in dem die Kamera verborgen geblieben wäre – sie wäre auf dem Fußweg zerschellt. Es sei denn, jemand wäre da unten gewesen, um sie aufzufangen. Aber auch das wäre verdächtig gewesen, einer, der vor dem Ministerium herumlungerte, wäre dem Sicherheitsdienst aufgefallen. Herumliegende Teile auch.

Er schloss das Fenster wieder und stellte sich erneut vor die Schriftstücke. Das Geräusch, Ria schreckt hoch. Wohin kommt sie mit einem Ausfallschritt? Die obere Tür des Strahlschranks stand offen, die mit den Ordnern. Er zog die Ordner heraus, einen nach dem anderen, auch die ordentlich hineingestellten, und tastete entlang der hinteren Kante. Nichts.

Was war mit der unteren Schranktür? Da waren Kartons mit Maschinenpapier. Er holte sie heraus, sie standen offen, einige Pakete Maschinenpapier fehlten bereits. Etwas Silbriges, Schmales fiel ihm auf. Eine Minox. Eine der kleinsten Kameras der Welt. Gut geeignet für das heimliche Fotografieren von Dokumenten. Er griff in seine Tasche, holte das Stofftaschentuch heraus, schüttelte es, damit es sich auffaltete, und nahm die Minox damit aus dem Karton.

Es war ein Gefühl wie in seiner Kindheit, wenn er in den vielfach abgesuchten Wäldern rings um das Straflager noch einen Wolligen Milchling oder einen Kahlen Krempling gefunden hatte. Der Pilz war einem der größte Schatz. Den Wolligen Milchling musste man eine halbe Stunde kochen, oder man briet ihn lange, damit er genießbar wurde. Der Sparrige Schüppling war nur nach Überbrühen essbar. Wenn man den Reizker abkochte, verlor er seine Schärfe und den bitteren Geschmack. Wie lange hatte er keinen Pilzsalat mehr gegessen?

Ria Nachtmann jedenfalls war erledigt. Glücklich machte ihn das nicht. In Amsterdam war er am späten Abend durch eine Stimme aus dem Kopfhörer geweckt worden, Ria hatte mit jemandem geredet. Aber es antwortete niemand. Ein Telefon war in ihrem Zimmer nicht gewesen. Sie sprach mit sich selbst. Dann hatte er sie leise weinen gehört.

Einer schönen jungen Frau wie Ria bei so etwas zuzuhören war schwer für ihn gewesen. Ein Jammer, dass sie jetzt sterben musste.

Er trat aus dem Büroraum in den Flur. Dort stürzte sich der schnaufende Offizier der Staatssicherheit auf ihn. »Ich habe hier das Protokoll des Verhörs, Sie werden sicherlich...« »Heften Sie es ab.«

Der Offizier blinzelte irritiert. »Aber es hieß, dass Sie das Verhör fortsetzen werden. Falls Sie sich erinnern, ich hatte Ria Nachtmann schon länger im Verdacht. Wir sind uns doch nach dem Ganymed begegnet. Ich könnte Ihnen mit meinen persönlichen Beobachtungen unterstützend zur Seite stehen.«

»Nicht nötig.« Er ließ den Kerl stehen und betrat das Besprechungszimmer. Brüsk schloss er hinter sich die Tür.

Ria sah ihm entgegen. Sie war schlank und jungenhaft gebaut, ihr herzförmiges Gesicht und ihr Körper besaßen eine katzenhafte Eleganz, die ihn beeindruckte. Aber jetzt las er aus ihrem Gesicht, dass sie ihn instinktiv erkannte und sofort begriff: Das Spielen war vorüber. Wie zwei Gladiatoren vor dem Kampf standen sie sich gegenüber. Die Geheimdienste hatten für sie eine Arena gebaut. Beide waren sie auf ihre Weise gefangen. Und einer musste den anderen niederwerfen, um selbst zu überleben.

Er beschloss, nicht lange zu fackeln. Zwei Waffen besaß er, die eine hatte er gerade gefunden, die andere in den Wochen seit Amsterdam vorbereitet. Beide würde er in kurzer Folge abfeuern und dann zusehen, wie sie fiel.

Der Mann trug einen Dreitagebart, seine dunklen Wimpern waren lang und schön gebogen, nur die Augen traten zu stark hervor, wie zwei Halbkugeln, die sich nach draußen wölbten.

Er zog etwas Silbriges aus der Tasche, nur mit dem Taschentuch berührte er es, als sei es mit einem Kontaktgift eingeschmiert worden. »Ich denke, das reicht für eine Aburteilung vor einem geheimen Gericht. Sie haben doch keine Handschuhe getragen?«

Die Minox. Sie war verloren. Man würde sie hinrichten. Ria wich das Blut aus dem Gesicht. Sie fror plötzlich. Wie machte man das? Erschießen? Hängen? Sie wurde also nur einundzwanzig. Das Rätsel ihres Lebens war gelüftet, alles war enthüllt, mehr gab es nicht zu entdecken für sie. Sie fühlte Enttäuschung.

Sie würde von fremden Menschen aus ihrer Zelle geholt und in einen Hof mit nackten Wänden geführt werden. Dort würde sie das Mordinstrument sehen, mit dem diese Fremden ihr in wenigen Augenblicken das Leben nehmen würden, wie einem Tier, das man zu seinem eigenen Besten umbrachte.

Vielleicht erkannte Jolanthe sie in der Zeitung. Sie würde wissen, dass ihre Schwester gekämpft hatte und denselben Schurken in die Hände gefallen war wie Vater, und auch sie hatte sich ihrer nicht erwehren können.

Der Mann steckte die Kamera wieder ein und holte aus seiner Gesäßtasche ein Foto. »Kennen Sie diese Frau?«

Ria nahm es entgegen. Vor zehn Jahren hatte sie Jolanthe zum letzten Mal gesehen. Sie war zu einer hübschen Erwachsenen herangereift, auch wenn sie verletzlich in die Kamera blickte. Wie gut wäre es gewesen, noch ein letztes Mal mit ihr zu sprechen! »Ich ... Darf sie mich in der Zelle besuchen? Kann ich ihr einen Brief schreiben?«

»Drehen Sie das Foto um.«

Auf der Rückseite stand mit Bleistift eine Adresse in Jüterbog. Solcher Hohn! Jüterbog, das war ganz in der Nähe, südlich von Berlin, sie hätte jeden Tag hinfahren können, sie hätte die Schwester regelmäßig besuchen können. Jetzt, wo es zu spät war, erfuhr sie es.

»Der BND«, erklärte der Mann, »hätte Ihnen diese Informationen längst geben können. Man hat sie Ihnen bewusst vorenthalten.«

Hähner, das Schwein. Und Stasi und KGB waren nicht besser. Sie hatten auch gewusst, wo Jolanthe war, und jetzt erst setzten sie ihr Wissen ein, um Ria weichzukriegen. Sie war allein, man hatte sie verraten von allen Seiten. »Sie sind ein niederträchtiger Mensch«, sagte sie.

»Danke. Ist Übungssache. Ich habe jahrelang dafür trainiert.«

»Das kann ich mir denken.«

Er sagte: »Wir sind einander ähnlich, ob Sie es glauben oder nicht. Unsere Methoden sind die gleichen. Vielleicht ist meine Seele ein wenig schwärzer als Ihre, aber es fehlt nicht viel, in ein, zwei Jahren sind Sie wie ich.«

Warum redete er noch mit ihr? Warum führte er sie nicht einfach ab? Er sah nicht aus wie jemand, der noch mit seiner Beute spielte.

Er machte einen Schritt auf sie zu. »Die meisten Menschen führen ein Leben in stiller Verzweiflung. Sie verschwenden ihre kostbare Zeit und sterben mit dem Gefühl, ihre Träume nicht verfolgt zu haben. Aber wir! Wir packen die Sache an. Wir wollen etwas verändern.«

Konnte es sein, dass es gar nicht ihre Minox war? Dass er einen Apparat mitgebracht hatte, um sie zu einem Geständnis zu verleiten? »Ich habe nichts Falsches getan.«

»Sie haben sich dem falschen Verein angeschlossen. Arbeiten Sie gern für Nazis? Wussten Sie, dass der heutige BND-

Chef Gehlen beim Russlandfeldzug Erkenntnisse über das sowjetische Militär zusammengetragen hat? Mit dem Material hat er sich dann bei den Amerikanern eingekauft. Und Felfe, der Abwehrchef im BND, war SS-Obersturmführer. Sie residieren in der ehemaligen Villa von Martin Bormann, dem Privatsekretär Hitlers.«

»Jedenfalls arbeite ich nicht für die Leute, die meinen Vater umgebracht haben und dieses Land mit ihrer lächerlichen Prinzipienreiterei und ihrem Wichtigtun ins Unglück treiben, während die Bevölkerung unter Engpässen leidet.«

»Ich bin nicht von der Stasi«, sagte er. »Ich gehöre zum KGB.«

»Ist das nicht dasselbe? Sie helfen der Stasi doch.«

»Wo ist er jetzt, Ihr BND? Haben sie nicht behauptet, sie würden Sie beschützen? Sie würden Sie raushauen, wenn etwas schiefläuft? Aber das tun sie nicht. Sie scheren sich einen Dreck um Sie.« Er sagte: »Was glauben Sie denn, wie Sie in diese Situation gekommen sind? Der BND hat etwas durchsickern lassen. Er hat uns gesteckt, dass es Sie gibt. Man will Sie loswerden, jetzt, wo Sie die gewünschten Informationen geliefert haben.«

In ihrem fieberhaften Wunsch zu überleben nahm sie die Dinge in einer ungewohnten Klarheit wahr. Da war der Stolz in seiner Stimme, aber da waren auch die tiefen Sorgenfalten um seine Augen. Er stand nicht still, er ging durch das Zimmer wie ein gefangenes Raubtier. Wahrscheinlich hatte er noch nicht entschieden, was zu tun war. Wenn sie lebendig hier herauskommen wollte, musste sie zügig herausfinden, was ihn zögern ließ.

Bernd Eickhoff wartete vor der Tür des Besprechungszimmers. Jeden Augenblick konnte der KGB-Mann nach draußen treten und ihn beauftragen, Ria Nachtmann abzuführen. Für diesen Augenblick musste er bereitstehen. Die Berkengruen-Göre war eine harte Nuss, aber in Hohenschönhausen würden sie gewisse Methoden anwenden, Schlafentzug zum Beispiel funktionierte tadellos, je länger er währte, desto geringer die Kraft des Delinquenten, Widerstand zu leisten oder Geheimnisse zu wahren, man zwang ihn einfach, wach zu bleiben, weckte ihn nachts immer wieder für Verhöre, und tags führte man ihn zu endlosen, fortgesetzten Fragerunden, immer dieselben Fragen, nur kein Schlaf.

Am zweiten Tag setzten pochende Kopfschmerzen ein, dann fing das Frieren an, das Zittern, und die Gefühle fuhren Achterbahn. Die Betroffenen konnten schlecht das Gleichgewicht halten. Wenn er das sah, wusste er, dass auch ihre Willenskraft deutlich geschwächt war. Am vierten Tag brach dann die Psyche zusammen, und sie begannen zu halluzinieren. Er hatte einmal erlebt, wie eine Frau panisch versuchte, imaginäre Spinnweben von ihren Armen zu entfernen. Ein Mann hatte sich beschwert, dass ihn der Hut auf dem Kopf zu sehr drückte, obwohl er gar keinen trug. War ein Delinquent in diesem Zustand angekommen, musste man aufpassen. Der Tod war nicht mehr weit, und Tote verursachten eine Menge Papierarbeit.

Dass sie so hart angefasst werden würde, hatte sich Ria Berkengruen selbst zuzuschreiben. Er selbst war ja auch hart angefasst worden, damals, zu Nazizeiten, als Kommunist im Gefängnis. Da besaß er das Recht, jetzt die Gegner der DDR genauso zu behandeln. Bei manchen reichte es, sie ein wenig zu erschrecken, das brachte sie schon auf die Spur zurück, so wie den Mann, den sie vorige Woche festgenommen hatten und dem nicht klar gewesen war, dass es strafbar war, westdeutsche Zeitungen rumzugeben. Es erschien wie eine Geringfügigkeit, aber so fing es an, so machten sie den Staat kaputt. Er würde nie wieder andere zur Republikflucht verleiten. Und dann gab es natürlich die harten Fälle, so wie Ria, die unverbesserlich waren und denen man nur mit harten Maßnahmen beikommen konnte.

Ein junger Mitarbeiter des Ministeriums sprach ihn an und fragte nach Ria Nachtmann. Prüfend musterte er ihn und fragte, in welcher Sache er sie zu sprechen wünsche. Der junge Kerl stotterte, es gehe nur um eine Einladung zum Essen. Er hielt einen Strauß Blumen in den Händen, die armen Blumen wurden von ihm erwürgt.

»Ist nicht zu sprechen«, beschied er ihm.

Demütig schlich der Kerl davon.

Solche gab es auch. Die nichts verstanden. Die nur so vor sich hin stolperten. Aber er wusste, wie es lief in der Welt. Eduard Winter verkaufte in seiner Volkswagenfiliale am Kurfürstendamm wahrscheinlich gerade seinen zweiundzwanzigsten Wagen, ein rotes Käfer-Cabriolet für 6 500 Mark. Es war kurz vor fünf, und er war unzufrieden, der übliche Schnitt waren dreißig Wagen am Tag, und er hatte gehofft, noch einige Modelle der Export-Limousine 1 200 de luxe zu verkaufen.

Vielleicht kam gerade ein neuer Kunde herein und begutachtete die Wagen im Ausstellungsraum, er hatte diesen typischen Schleichgang und beugte sich mit steifem Oberkörper vor, wenn er in einen der Wagen spähte. Winter würde sich hinter ihn stellen und den vergrößerten Bugkofferraum erwähnen, die Scheibenwaschanlage, Handgriff und Sonnenblende für den Mitfahrer, das asymmetrische Abblendlicht. Nummer dreiundzwanzig, würde er denken und lächeln. Er würde sagen: »In den letzten zwölf Jahren wurde fast jedes einzelne Teil verbessert.« Dieser Satz funktionierte immer. Sich zu verbessern, das war der Ruf der Zeit.

Ja, natürlich, auch er, Bernd Eickhoff, würde gern einen VW fahren! Am liebsten einen Export-VW, die hatten mehr PS, da gab es ein tolles Modell. Aber er lebte nun mal im Osten, und er liebte dieses Land, wo es keine Unterschiede gab zwischen Arm und Reich, und wenn jemand etwas besser verdiente, dann lag es an der persönlichen Tüchtigkeit. Er würde sich nicht von den Amerikanern und den vollen Schaufenstern verdummen lassen. Den Westberliner Schiebern und Spekulanten, denen warf er keine einzige Mark seines ehrlich verdienten Geldes zum Schwindelkurs in den Rachen!

Er sah doch die Bardamen und die Prostituierten und all die armen Gestalten, die jeden Morgen nach Westberlin fuhren, um dort zu arbeiten, der Kurs stand gut, sie gingen in die Wechselstube und tauschten die Scheine um, die ihnen die Touristen aus Westdeutschland zugesteckt hatten, Männer, die nach Berlin kamen wegen der Anonymität und der gebotenen Vergnügungen, für jede Westmark, die sie ihnen abluchsten, bekamen die Nutten vier Ostmark. Aber war es das wert? Dass sie sich vom Geschäftsmann aus Göttingen am Ohr lecken ließen, dass sie ihn gewähren ließen, wenn er sie mit seiner Pranke begrapschte? Sicher schworen sie sich Hunderte Male, das Gewerbe zu verlassen. Sie mussten nur erst noch etwas Geld ansparen. Pah.

Hier bauten sie einen Staat ohne amerikanisches Leihgeld. Weil sie es sich selbst erarbeiten wollten, sie wollten ohne Schulden essen. Alles sollte ihnen selbst gehören.

Die Tür ging auf, und der KGB-Agent trat heraus.

»Soll's losgehen?«, fragte er ihn.

Der KGB-Agent sagte: »Ria Nachtmann ist unschuldig. Lassen Sie sie laufen. Der Fall ist geschlossen.«

Sie nahm nichts mit als die Haarspange, Vaters Stift und die rosa Söckchen. Ihre Kleider ließ sie hier, die Stiefel, die nie abgeschickten Briefe an Jolanthe – die lebensbedrohliche Situation erforderte rasche Entscheidungen. An der Wohnungstür drehte sie sich noch einmal um und wurde wehmütig, als sie an das Radio dachte und an das Klavier und ihre Bücher, aber sie riss sich los und schloss die Tür ab, ein letztes Mal. Es würde die Wohnung einer Fremden werden.

Schon eine Tasche mit Kleidung und zwei, drei Büchern konnte sie verraten, die Polizisten hatten einen geübten Blick. Auch ihr Geld vom neuen Gehaltskonto hob sie nicht ab, das konnte sie verdächtig machen. Ihr Leben war kostbarer als neunhundert Mark.

Obwohl sie auf der Straße Schritte hinter sich hörte, bezwang sie sich und drehte sich nicht um. Eile verbot sie sich, sie ging geschäftig, aber nicht schnell, bis zum Eingang der U-Bahn am Frankfurter Tor und dort die Treppe hinunter. Um mögliche Verfolger zu verwirren, fuhr sie zum Thälmannplatz. Die Fahrkarte zerdrückte sie vor Nervosität in ihren Händen, die würde sie aufheben, wenn alles gut gehen sollte, ein kleines Pappstück, durchstochen von der Zange des Kontrolleurs und bestempelt mit roten Ziffern: 7.7.61.

Sie ging die Treppe hoch. Hier oben war es windig. Man hatte den Schutt der zerbombten Regierungsgebäude fortgeschafft, der Thälmannplatz war eine weite leere Fläche. Sie zögerte. Am Potsdamer Platz war sie länger nicht gewesen, wie scharf würden die Kontrollen dort sein? Einem inneren Impuls folgend, wandte sie sich stattdessen nach Norden, die

Volkspolizisten am Brandenburger Tor waren jung, oft hatte sie gesehen, wie sie Frauen mit vollgestopften Einkaufstaschen aus dem Westen in den Osten durchgelassen hatten, sie waren ja selbst auch Berliner und hatten das nicht vergessen. Ria folgte der Neuen Wilhelmstraße. Je näher sie dem Brandenburger Tor kam, desto sicherer wurde ihr Gefühl, einen Fehler zu machen. Heute würden sie genauer kontrollieren. Sie waren von ihrem Vorgesetzten zusammengestaucht worden und prüften jetzt streng, um ihre Stellung nicht zu verlieren, und ihr würden sie es sofort ansehen, sie würden sie abführen, wenn sie nicht sowieso schon gewarnt worden waren: Da will eine rüber, die ist gesuchte Schwerverbrecherin und hat unser Land verraten!

Jahrelang war es Usus gewesen, im Osten einzukaufen, Westberliner hatten ihr Geld in Ostmark getauscht und dann billig Lebensmittel eingekauft, bis die DDR die strenge Regel eingeführt hatte, dass man seinen Ausweis vorzuzeigen hatte bei Einkäufen im Osten. Erst hatte man ohne Ausweis nur noch Bücher und Zeitungen kaufen können, inzwischen bekam ein Westberliner nicht mal mehr ein Bier in einer Kneipe. Die Doppelportemonnaies mit zwei Kleingeldfächern für Ost- und Westmark kamen aus der Mode. Umgekehrt konnten die Ostberliner im Westen auch kaum mehr einkaufen, bei vier- oder fünffachen Preisen waren sie ausgeschlossen, ihre Ostmark war zu schwach im Tausch. Die Stadt trennte sich, wie Zwillinge im Bauch der Mutter.

Und doch gab es die Grauzonen, gegen ein kleines Trinkgeld drückte der eine oder andere Verkäufer ein Auge zu. Manch Westberliner wandte sich an die Rentner, die herausfordernd auf den Bänken vor der Markthalle am Alexanderplatz oder der Ackerhalle in der Invalidenstraße saßen, und bat sie, für ein kleines Handgeld an ihrer Stelle an einem der Marktstände einzukaufen.

Und umgekehrt, die kleinen Läden und Buden in Kreuzberg und im Wedding und anderen grenznahen Bezirken, da wusste doch jeder, dass sie nur existierten, weil Leute noch vor dem Grenzübertritt illegal einkauften, Jacobs Kaffee in kleinen Tüten, kunstgerecht im Mieder versteckt.

Was transportiere ich?, dachte Ria. Nichts als mein kleines Herz, ich trage es im Rippenkäfig nach drüben, weil ich leben möchte.

Da war es, das Brandenburger Tor. Der Autoverkehr floss hindurch, die meisten Autos hatten Westberliner Kennzeichen, B-ZL 342 kam durch, aber B-AC 241 hielt der Volkspolizist den schwarz-weiß gestreiften Verkehrsstab hin und winkte den Wagen zur Seite raus, der Fahrer musste die Scheibe runterkurbeln und seinen Ausweis zeigen, und der Polizist sah prüfend in den Innenraum des Wagens.

Spaziergänger passierten ebenfalls das Tor, das war sie, nur eine Spaziergängerin, sie wollte in den Tiergarten. Auf das Pflaster war ein Strich aufgemalt, wo die Grenze verlief, die Linie führte quer durch Berlin, mal war sie ein weißer Strich auf der Fahrbahn, mal ein Mäuerchen, von der Bornholmer Straße führte sie nach Süden und Westen, dann wieder südlich bis zum Potsdamer Platz, gen Osten entlang der Spree und weiter dem Arbeiterbezirk Neukölln zu, eine Linie, die zwischen Leben und Tod entschied, die sie zu überwinden hatte.

Von drüben kamen gerade zwei dicke Frauen, der Polizist ließ sich ihren Ausweis zeigen und sah in die Einkaufstaschen, hoffentlich hatten sie die westlichen Zeitungen noch auf der anderen Seite in den Papierkorb geworfen oder versteckten sie unter der Jacke, sie durften ihn nicht reizen, nicht, wenn gleich sie, Ria, an der Reihe war.

Schwer wogen ihre Finger von dem Füllfederhalter, den ihr der KGB-Mann hingehalten hatte, und vom Schwung ihrer Unterschrift. Sie hatte sich verschätzt, sie hatte einen zu starken Gegner herausgefordert. Indem sie dem ostdeutschen Staat Ärger bereitete, hatte sie die Sowjetunion auf den Plan gerufen. Jetzt war da nichts mehr zu machen. Die wollten sie umbringen. Sie konnte von Glück reden, wenn sie entkam. Der Grenzstrich. Der Polizist winkte sie weiter. Sie sah starr geradeaus, war unfähig, ihn anzusehen, und ging an ihm vorüber. Schon wenige Schritte nach dem Tor musste sie die ersten Tränen wegblinzeln, sie verließ Jolanthe, sie würde nie zurückkehren können, niemals. Das Foto, dieses Gesicht einer Fremden, die doch die vertraute Schwester war, so etwas ließ sich nicht fälschen, der KGB-Mann hatte Jolanthe in der Hand. Was hatte sie erlebt in all den Jahren? Und was drohte ihr jetzt, da ihre Schwester Republikflucht beging?

Zu ihrer Rechten ragte ein Panzer auf, und dann noch einer. Ihre Rohrkanonen zeigten Richtung Straße des 17. Juni, und sowjetische Soldaten wachten. Sie wollten ihr zeigen, dass sie auch hier im Westen nicht entkommen konnte, so fühlte es sich an. Ein Bus hielt, und Touristen stiegen aus. Sie fotografierten das Mahnmal, ihr Führer erzählte, dass es Tag und Nacht von sowjetischen Soldaten bewacht werde und dass es im Britischen Sektor stehe und dass es gleich nach Kriegsende von der Sowjetunion errichtet worden sei, angeblich seien das die zwei Panzer, die als Erste Berlin erreicht hätten.

Der Führer sah sie an. Sie, Ria. Während er redete, folgte er ihr mit seinem Blick. Was, wenn er für den KGB arbeitete?

Natürlich war sie hier nicht sicher. Oft genug hörte man davon, dass die Stasi Abtrünnige im Westen einfing und wieder in die DDR entführte, wo ihnen dann der Prozess gemacht wurde. Der KGB musste über noch größere Macht verfügen. Jeder, der ihr entgegenkam, konnte ein Tuch zücken, das er zuvor in Chloroform getränkt hatte, und es ihr auf den Mund pressen, bis sie zusammensackte.

Eine Zusammenarbeit hatte man ihr angeboten! Der KGB-Agent, der sie verhörte, hatte sie am Leben gelassen, weil sie sofort darauf angesprungen war, weil sie gesagt hatte, sie habe nur Jolanthe finden und schützen wollen, und wenn der KGB das besser könne als der BND, wenn die Sache also so läge ... Aber ihm musste klar gewesen sein, dass sie das alles nur unter Druck sagte. Noch hoffte er vielleicht, dass seine Druckmittel genügten, um sie nach seinen Wünschen zu steuern. Aber sobald man ihm meldete, dass sie hier im Westen war, würde die Order gegeben werden, sie umzulegen.

Sie irrte durch die Straßen bis zum Lehrter Stadtbahnhof. War das nicht die Telefonzelle, aus der ein Posten der BND-Frau zugenickt hatte? An der nächsten Hausecke waren sie abgebogen, und dann wieder. War das nicht das Haus gewesen?

Die große, schwere Tür war nur angelehnt. Ein Mädchen kam ihr entgegen, es schob ein Fahrrad. Sie hielt ihm die Tür auf, und es dankte artig. Im ersten Stock das Klingelschild: »Schmidt«. Die Frau hatte nicht geklingelt, sondern geklopft. Genauso machte es jetzt auch Ria.

Die blonde Frau öffnete. Ihre Augen weiteten sich. »Was machen Sie denn hier?« Sie zog sie herein und schloss rasch die Tür. »Ist man Ihnen gefolgt?«

Hähner kam aus seinem Büro, einige Papiere in der Hand.

Er sah sie und ließ die Papiere abrupt sinken. »Sie dürfen nicht hier sein!«

Er gab der Frau die Anordnung, die Lage zu überprüfen. Es sei wichtig zu wissen, ob Ria aufgeflogen sei. »Sagen Sie dem Langen Bescheid. Und niemand verlässt das Haus durch die Vordertür! Gehen Sie hinten raus.«

Er kehrte ins Büro zurück, Ria sah durch die Tür, wie er prüfte, ob die Vorhänge vollständig geschlossen waren. Dann rief er sie herein. »Was ist passiert? Sie sollten nicht nach Westberlin kommen. Und schon gar nicht hierher, ohne Absicherung.«

Stumm setzte sie sich.

Dass sie nichts erwiderte, schien ihn zu irritieren. Er fragte: »Sind Sie aufgeflogen?«

Ria nickte.

»Erzählen Sie mir alles, Schritt für Schritt.«

Als sie mit ihrem Bericht beim KGB-Agenten angekommen war, wurde Hähner nervös. Er bat sie darum, genau zu wiederholen, was er zum Stasi-Offizier gesagt habe.

»Dass ich unschuldig bin. Und dass der Fall abgeschlossen ist.«

»Das heißt, der KGB will Sie als Doppelagentin gegen uns einsetzen. Sie müssen unverzüglich zurück nach Ostberlin.«

Er sah ihr das Entsetzen an. Diese junge Frau hatte sich in Sicherheit geglaubt, und er schickte sie zurück ins Kriegsgebiet.

Er sagte: »Wir werden Ihnen Material zuspielen, das Sie dem KGB geben können. Man denkt, man hat Sie umgedreht. Das kann sogar sehr nützlich sein. Durch Falschmaterial ist der gegnerische Geheimdienst gut in die Irre zu führen. Wir geben Ihnen auch sogenanntes ›Spielmaterial‹, also wahre Informationen, die der Gegner aber etwas zu spät erhält oder eben nur, damit Ihre Tarnung nicht auffliegt. Die Manipulation besteht darin, Informationen nicht oder zu spät zu liefern oder eben nach langer Zeit eine entscheidende irreführende Meldung, die man dann nicht erkennt.«

Während er sich reden hörte, verabscheute er sich. Es war professionell das Richtige, was er sagte. Und es wurde von ihm erwartet. Es war, was dem BND nützte, dem er sich nun mal verschrieben hatte. Aber für Ria Nachtmann war es womöglich das Todesurteil. Er machte sich keine Illusionen. Unter dem strengen Blick des KGB genügte ein kleiner Fehler, und sie wurde umgelegt. Für sie wäre es das Beste, sich schleunigst in ein Flugzeug zu setzen und ins Hinterland der Bundesrepublik abzuhauen.

Ria sagte: »Das wird denen doch auffallen, dass ich falsches Material liefere.«

»Eben nicht. Doppelagenten fallen mitunter genau dadurch auf, dass sie *immer* zutreffendes Material liefern, normalerweise irrt man sich auch mal oder sitzt einer Fehlmeldung auf.«

»Und Sie meinen, man wird mir das abnehmen, dass ich zum KGB übergelaufen bin? Ausgerechnet mir?«

Er schüttelte den Kopf. »Niemand glaubt Ihnen, dass Sie einfach so übergelaufen sind. So etwas tut man nur in einer Notlage, und unter inneren Qualen. Also heucheln Sie bitte nicht, Sie würden plötzlich den KGB bewundern. Seien Sie giftig, seien Sie störrisch. Und stürzen Sie ab, Ihnen ist doch danach, das sehe ich Ihnen an. Geben Sie ideologisch keinen Fingerbreit nach. Die haben Sie erpresst, sie erwarten Ihren Widerwillen. Sie müssen widerborstig sein, sonst trauen sie Ihnen nicht.«

Sie sagte: »Der KGB wird den Informationen nicht trauen, wenn sie wissen, dass ich die Organisation nicht ausstehen kann.«

»In diesem Geschäft traut niemand irgendjemandem. Gerade weil Sie denen das Material nur widerwillig überlassen, werden sie es hoch schätzen. Es gilt als hart erarbeitet, das macht es dem Geheimdienst kostbar.«

Sie sah ins Leere, dachte nach. Dann blickte sie ihn an, und ihr Gesicht kam ihm schöner vor denn je, auch wenn ihr Tränen der Wut in den Augen standen. »Glauben Sie im Ernst, ich hole für Sie die Kohlen aus dem Feuer? Glauben Sie, ich gehe da wieder hin und lasse mich für Sie abschlachten? Niemand traut irgendjemandem, haben Sie gesagt. Tja, zu Recht. Sie hintergehen mich. Monatelang haben Sie mich hingehalten, obwohl meine Schwester die ganze Zeit in meiner Nähe war. Wie könnte ich Ihnen da noch glauben?«

»Wo ist sie?« Er tat erstaunt.

»Sie wissen es doch. In Jüterbog.«

»Ich hatte eine Ahnung. Jüterbog also. Dort kommen Sie nicht mehr hin, wenn Sie den KGB zum Feind haben.«

Sie sah wieder ins Leere, ihr Körper war wie versteinert.

»Bleiben Sie in meiner Mannschaft. Wir sind die Einzigen, die Ihnen im Umgang mit dem KGB helfen können. Sie haben sich mit einer Macht angelegt, die auf den Einzelnen pfeift. Sie brauchen jede Unterstützung, die Sie kriegen können.« Er ekelte sich vor sich selbst. Scherte er sich denn um den Einzelnen? Welche Unterstützung würde er Ria geben können, wenn sie in seinem Auftrag mangelhafte Informationen an den KGB weitergab?

Irgendjemand aus dem BND hatte sie verraten, anders war nicht zu erklären, wie man ihr so schnell auf die Schliche gekommen war. Es gab ein Leck. Und dieses Leck würde auch über kurz oder lang durchsickern lassen, dass Ria Nachtmann Falschinformationen des BND weitergab.

»Sie wollen mich unterstützen?«, sagte sie, ohne ihn anzusehen. »Was wollen Sie tun, wenn die mich foltern?«

»Der KGB ist klug genug zu wissen, dass er auch ohne Folter bekommt, was er haben will. Sie sind nicht tief im Geschäft, Ria. Die wissen, dass Ihre Erfahrungen Grenzen haben. Wenn Sie bereit sind, noch bis zum Herbst in der DDR zu bleiben, bereite ich währenddessen Ihren Neustart im Westen vor, und dann holen wir Sie rüber. Sie bekommen eine Abfindung von fünftausend Mark, und ich sorge für eine gute Arbeitsstelle.«

Sie holte tief Atem. Dann schien alles Verunsicherte aus ihr zu weichen. Stark stand sie vor ihm. »Ich gehe nicht für Ihr Geld in die DDR zurück. Wenn ich den KGB als Doppelagentin vorführen soll, gut, dann tue ich das. Zehn Wochen lang, und keinen Tag länger. Am 15. September bringe ich Jolanthe in den Westen, und Sie sorgen dafür, dass wir untertauchen können. Sie bringen uns vor dem KGB in Sicherheit, beide, Jolanthe und mich. Sind wir im Geschäft?«

Da war sie wieder, seine Topspionin. Er hatte nicht den Eindruck, dass sie das Risiko unterschätzte. Sie packte es bei den Hörnern. Sie wollte die Geschichte zu einem Verlauf zwingen, der für sie akzeptabel war. »In Ordnung. Aber gehen Sie zurück, ehe man drüben Verdacht schöpft. Für uns ist jede Stunde von hohem Wert.«

17

Als Fjodor Sorokin zum Kreißsaal kam, saßen zwei Männer auf den Wartestühlen an der Krankenhauswand, und durch die Tür drangen beunruhigende Laute. Sie schienen nicht nur von einer Frau zu stammen. Er fragte: »Sind Ihre Frauen …?«
»Ooch da drin.« Der Mann in blauer, ölverschmierter Jacke nahm die Ellenbogen von den Knien. »Dit is uffjeteilt, mit Vorhänge.«
Sorokin setzte sich seufzend auf einen freien Stuhl. »Haben Sie schon Kinder?«
Der Dicke im karierten Hemd schüttelte den Kopf, aber der mit der ölverschmierten Jacke sagte: »Vier. Allet waschechte Berliner.«
»Wie lange dauert so etwas normalerweise?«
»Machen Se sich keene Sorgen. Dit kriegt Ihre Olle schon hin. Dit erste Mal dauert's eben ein Weilchen. Aba die Frauen sind ja jemacht dafür, wa?«
Es wurde leiser im Kreißsaal. Dann hörte er ein helles, dünnes Kinderstimmchen weinen.
»Dit wird meene sein. Fünftet Kind, dit kommt wie von selba rausjepurzelt.«
Eine Schwester erschien in der Tür mit einem Stoffbündel auf dem Arm. Bestürzt sah er das kleine dunkelrote Köpfchen. »Herr Lehmann?«
Sorokin sprang auf.

»Meinen Glückwunsch, Sie haben einen Sohn.«

Das Glück rieselte ihm durch den ganzen Körper. Er trat zur Schwester hin, um sein Kind entgegenzunehmen, aber sie gab es nicht her. »Jetzt wird der Kleine erst einmal gebadet, und dann wird er schlafen. Kommen Sie morgen wieder.«

»Und meine Frau, kann ich die sehen?«

»Sie wird gerade genäht. Sie können hier jetzt nichts tun. Kommen Sie morgen.« Sie wartete keine weiteren Fragen ab. Mit seinem Sohn verschwand sie um die nächste Flurecke.

»Ick gratuliere. Hat der Kleene eenen Namen?«

Er hörte nicht darauf. Er öffnete die Tür zum Kreißsaal, es roch darin eigenartig nach Blut und Schweiß, und eine harsche Frauenstimme donnerte: »Kein Zutritt! Schwester Else, schaffen Sie den Mann hier weg.«

Eine Frau im weißen Kittel trat auf ihn zu, sie stieß ihn zurück und schloss ihm die Tür vor der Nase.

Der Mann in der öligen Jacke lachte. »Junge, Sie stell'n sich aba ooch an! Dit is Weiberkram, kapiert?«

Er stolperte den Gang entlang, sah nach rechts und nach links, hier war doch vorhin ein Zimmer mit Säuglingen gewesen, da, die große Scheibe, er stand davor und sah, wie die Schwester sein winziges Kind in einen weißen Strampler kleidete und es in eines der Betten legte.

Dieses kleine Wesen war sein Sohn. Der Kleine hoffte auf ihn, brauchte Schutz und Anleitung. Er brauchte einen Vater.

Sorokin sah die Taiga vor sich, die grauen Wälder. Er sah die ausgemergelten Arbeiter, zu Hunderttausenden in die menschenfeindliche Gegend verfrachtet, um die Trasse zu bauen, die Trasse, die nach zweitausend Kilometern zu Gold und Uranerz führen sollte. Er dachte an den Stiefvater, der ihn mit dem Gürtel geschlagen hatte, und daran, wie er unter

seiner Anleitung selbst einer wurde, der die Arbeiter schlug. Er sah den blutigen Rücken und die zuckenden Beine des Arbeiters und hörte das Pfeifen des Stocks, den er hielt. Er sah die Beine, die nicht mehr zuckten, und hörte sich mit der Stimme eines Sechzehnjährigen rufen: »Уберите его, быстро! цак цак. Или хотите стать следующими?« *Schafft ihn weg, zack, zack! Oder wollt ihr die Nächsten sein?*
Der kleine Mensch im Bettchen hinter der Glasscheibe reckte die Hände in die Luft. Er verzog das Gesichtchen und weinte. Er schrie. Die Schwester tat so, als würde sie es nicht hören. Sie kam nach draußen und nickte ihm, Sorokin, kurz zu. »Morgen können Sie ihn sich mal näher ansehen. Dann sagen Sie auch Ihrer Frau, wie stolz Sie auf sie sind. Es gibt von fünf bis sechs Besuchszeit.«

»Aber er weint!«

Die Schwester lachte. »Da machen Sie sich mal keine Gedanken. Die Lungen müssen sich kräftigen.« Sie ging in einen kleinen Vorratsraum und begann, Windeln zusammenzulegen.

Er hörte durch die Scheibe das Weinen seines Sohnes. Er spürte es, der Kleine rief nach ihm. Kurz entschlossen öffnete er die Tür zum Säuglingsraum, trat an das Bett heran, nahm den Kleinen hoch und schmiegte ihn an sich. Er wiegte ihn sanft und sang für ihn. »Баю-баюшки-баю, Не ложися на краю.« Der Junge schluchzte noch. Sorokin legte ihm die Hand auf den Rücken und klopfte sacht. Jetzt schwieg der Kleine. War das Verblüffung? Oder war er getröstet von der väterlichen Körperwärme und der Stimme, die für ihn sang?

Er hielt den Kleinen vor sich. Wie ein Welpe hing er da und blinzelte ihn an. Die winzigen Finger, der Nagel vom kleinen Finger war kaum größer als ein Stecknadelkopf! Jetzt reckte er sich mit geballten Fäustchen, gähnte und streckte die Zunge heraus, er schnitt eine richtige Grimasse. Dass er das schon konnte! Er spürte es, er war bereit, für dieses kleine Wesen sein Leben zu lassen.

Er sollte ein gutes Leben haben. Ich werde ihn beschützen, dachte Sorokin.

Die Schwester kam und keifte. »Was denken Sie sich eigentlich? Raus hier!«

Ihr Geschrei erschreckte die Säuglinge, zwei von ihnen begannen zu weinen.

Er legte den Kleinen sanft in sein Bettchen. Er gab ihm seinen Zeigefinger, und die winzige Hand umschloss ihn. Glücklich sagte er: »Ich komme morgen wieder, mein Sohn.«

Die Schwester drängte ihn aus dem Zimmer und schimpfte, dass er sich nicht zu wundern brauche, wenn sein Kind ihm später auf der Nase herumtanzen würde! Es gebe alle vier Stunden Milch, dazwischen sollten die Kinder ruhig das Warten lernen und auch mal weinen, das sei alles wissenschaftlich abgesichert und das Beste und Sicherste. Wenn er sich hier so aufführe als Vater, dann werde sie ihm das Besuchsrecht streichen, ob er das verstanden habe?

Ihr Geschimpfe prallte an ihm ab. Er hatte gerade die winzige Hand seines Sohnes gehalten.

Sonnenfunken glitzerten auf den Wogen des Atlantiks vor Hyannis Port. John F. Kennedy sah seiner Frau Jackie zu, die mit Wasserski auf den Wogen dahinglitt. Seine fünfzehn Meter lange Motoryacht *Marlin* schaukelte sanft an ihrer Anlegestelle. All dies rief nach Entspannung, aber ihm war nicht nach Entspannung zumute.

Chruschtschow hatte Westberlin kürzlich einen »Knochen

im Hals der sowjetisch-amerikanischen Beziehungen« genannt. Er wollte ganz Berlin haben. Bei ihrem Treffen in Wien vor vier Wochen hatte er offen damit gedroht, dass ein Krieg entfesselt werden würde, wenn sich Kennedy sträubte. Drei Mal hatte er das Wort »Krieg« in den Mund genommen, ein Wort, das Diplomaten sonst um jeden Preis zu vermeiden suchten. Er werde bis Ende des Jahres einen Friedensvertrag mit der DDR abschließen, sagte Chruschtschow, und der Zutritt der Amerikaner nach Berlin höre dann auf. »Sie brauchen Berlin nicht«, hatte er gesagt.

Niemand, der halbwegs bei Verstand war, drohte einen Weltkrieg an, und das würde es werden, wenn die Sowjetunion und die USA in einen direkten bewaffneten Konflikt gerieten. Chruschtschow hielt ihn, Kennedy, offenbar für einen schwachen Präsidenten. Was sonst sollte es heißen, dass er ihn abschätzig einen »jungen Mann« genannt hatte. Es lag am Kuba-Desaster, an der gescheiterten Invasion in der Schweinebucht. Anscheinend dachte Chruschtschow nach dieser Blamage, dass er leicht zu packen sei.

Er musste handeln und Chruschtschow zeigen, dass immer noch mit ihm zu rechnen war. Kennedy sah seine Berater an, die ebenfalls aufs Meer zu Jackie hinübersahen. Er sagte: »Man hat mir geraten, mehr U-Boote mit Polaris-Raketen auszustatten und auch andere Raketensysteme mit nuklearer Schlagkraft zu versehen. Außerdem sollen wir den Notstand verhängen und die Vereinigten Staaten in einen kriegsbereiten Zustand versetzen.«

Außenminister Rusk wirkte in seinem Geschäftsanzug deplatziert hier am Meeresufer. Er hatte sich eine weiße Stoffserviette in den Hemdausschnitt gesteckt und löffelte eine Fischsuppe. Jetzt ließ er den Löffel sinken. »Wenn wir Berlin verlieren«, sagte er ernst, »könnte sich die Bundesrepublik Deutschland gegen uns wenden. Überhaupt wäre das ein ganz schlechtes Signal für die NATO.«

Verteidigungsminister McNamara biss von seinem Hotdog ab. Kauend sagte er: »Wir müssen Chruschtschow klarmachen, dass wir jeden Angriff auf unsere Rechte in Westberlin mit allen uns zur Verfügung stehenden Kräften abwehren werden.« Er wischte sich etwas Ketchup von den Lippen.

Die Brise spielte mit dem weißen Tischtuch, sie ließ es an den Seiten flattern.

Er hatte wieder diese Rückenschmerzen. Seit Jahren pumpten ihn die Ärzte deswegen mit Medikamenten voll. Obwohl er erst fünf Monate im Amt war, hatte das Volk schon die Witze umgestrickt. Neulich hatte er einen guten gehört. John F. Kennedy kommt zu Gott und fragt: »Lieber Gott, wie viele Jahre dauert es, bis mein Volk glücklich wird?«

»Fünfzig Jahre«, erwidert Gott.

Kennedy weint und geht.

Charles de Gaulle kommt zu Gott und fragt: »Wie viele Jahre dauert es, bis mein Volk glücklich wird?«

»Hundert Jahre«, erwidert Gott.

De Gaulle weint und geht.

Chruschtschow kommt zu Gott und fragt: »Lieber Gott, wie viele Jahre dauert es, bis mein Volk glücklich wird?«

Der liebe Gott weint und geht.

Es war eine schlechte Werbung für das sowjetische System, dass so viele Menschen aus der DDR flohen. Ostdeutschland glitt Chruschtschow langsam aus der Hand. Nur deshalb wurde er so aggressiv. Wenn Ostdeutschland erst einmal weg war, drohte dasselbe mit Polen und ganz Osteuropa zu passieren. Chruschtschow musste etwas unternehmen, um den Flüchtlingsstrom zu stoppen. Aber dafür einen Krieg vom Zaun zu brechen?»Könnte Chruschtschow Westberlin abriegeln, also ein für alle Mal verhindern, dass Ostdeutsche in den Westen fliehen?«

General Taylor, der mehrere Jahre in Berlin stationiert gewesen war, schüttelte den Kopf.»Unmöglich. Die Grenze wurde nicht nach solchen Gesichtspunkten gezogen. Sie verläuft oft entlang einer Straße, oder durch ein Gebäude hindurch oder inmitten eines Kanals. Manchmal ist der Gehsteig in dem einen Sektor, die restliche Straße aber im anderen, und wenn man die Straße überquert, ist man schon über die Grenze gegangen. Diese Grenze abzuriegeln wäre ein logistischer Albtraum. Sie wird jeden Tag von einer Viertelmillion Berlinern überquert, mit dem Zug, mit dem Auto oder zu Fuß.«

Verteidigungsminister McNamara ließ den Hotdog sinken.»Ginge es nicht mit Stacheldraht? Man bräuchte natürlich eine große Menge davon, und genügend Pfähle.«

Kennedy fragte:»Können wir Westberlin verteidigen mit militärischen Mitteln?«

General Taylor lachte bitter auf.»Die Sowjetunion hat in Ostdeutschland zwanzig russische Divisionen mit voller Kampfkraft, und sie können sie im Bedarfsfall jeden Tag um vier Divisionen verstärken. Wir haben nur fünfzehn NATO-Divisionen. Wenn wir in Berlin eine Schlacht gewinnen wollen, bräuchten wir dreißig.«

»Das heißt, wir werden im Fall eines Angriffs einfach überrollt. Was ist unsere Antwort darauf? Was tun wir, wenn das geschehen ist?«

Der General legte ihm den Plan dar.

Kennedy hörte ihn reden, sah dabei auf das Meer hinaus,

und ihm wurde übel. Sie trafen hier womöglich eine Entscheidung über den Fortgang der Menschheitsgeschichte, und das mit einer derart unausgegorenen Strategie? »Das heißt, wir feuern in einem einzigen Schlag alles ab, was wir haben. Das ist der Plan? Ein Nuklearschlag?«

»Chruschtschow weiß das. Das schreckt ihn hoffentlich von einer militärischen Operation ab.«

»Und wenn er einfach nur die Zufahrtswege nach Westberlin abriegelt und uns dort allmählich den Atem abdrückt? Sollen wir darauf auch nuklear antworten?« Kennedy schlug auf den Tisch, dass das Besteck klirrte. »Ich brauche einen Plan, der mehr Flexibilität ermöglicht.«

Erschrocken ließen die Berater vom Essen ab. Verteidigungsminister McNamara sprang dennoch dem General bei. »Wir müssen bereit sein, uns einem Showdown zu stellen.«

»Wenn ich nun aber keinen Showdown will?«

»Das wird uns Chruschtschow als Unsicherheit auslegen. Er darf nicht an unserer Entschlossenheit zweifeln. Das ist keine theoretische Übung. Wir müssen Chruschtschows Drohung ernst nehmen.«

Kennedy sah zu den weiß gestrichenen Häusern von Hyannis Port, die auf den Sandstrand und den ersten grünen Wiesenstreifen folgten. »Wenn es zu einer nuklearen Auseinandersetzung kommt, meine Herren«, sagte er, »dann geht es nicht um uns. Wir sind erwachsen, wir hatten ein schönes Leben. Aber dass Frauen und Kinder umkommen, ist mir ein unerträglicher Gedanke.« Er sah wieder zu den Männern an seinem Tisch. »Ich verlange, dass Sie mir einen Plan für einen nicht atomaren Widerstand im Fall eines Konflikts um Berlin ausarbeiten. Und zwar einen Plan, wie ein sowjetischer Vormarsch verhindert werden kann, zumindest so lange, dass ich

Zeit für ein Gespräch mit Chruschtschow gewinne und der voreilige Einsatz von Kernwaffen vermieden werden kann. Sie liefern ihn mir innerhalb der nächsten zehn Tage, verstanden? Währenddessen werde ich den Militäretat erhöhen und weitere Truppen nach Deutschland schicken.«

Ein Kiesweg führte zum Haus. Die Sommerluft dröhnte von dumpfen, großkalibrigen Schüssen, die Ria irritierten. Aber das Mädchen, das vor der Haustür einen Hula-Hoop-Reifen um seine Taille kreisen ließ, schien sie nicht zu hören. Ria sagte guten Tag. Das Mädchen grüßte nur knapp zurück, ohne die Übung zu unterbrechen, und konzentrierte sich weiter auf sein Kunststück. Ein großer Wecker stand am Wegrand.

»Was ist bisher dein Rekord?«, fragte Ria.

»Acht Minuten«, sagte das Mädchen stolz.

Dem Wettstreit im »Dauer-Hula-Hoop« stellten sich in Berlin selbst Erwachsene. Seit Wochen sah man in den Parks Kinder und Erwachsene, die farbige Reifen im Schwung um Taille, Arme und Beine kreisen ließen. Offenbar war das westliche Spielzeug auch hier in Jüterbog angekommen. Es freute Ria insgeheim. Der Plastikreifen war anfangs von der DDR noch als »Inbegriff der Leere der amerikanischen Kultur« verunglimpft worden.

Sie trat zur Tür, hob die Hand, um zu klingeln, und zögerte. Jetzt, wo sie die Schwester endlich wiedersehen würde, fürchtete sie sich davor. Vielleicht war ihr Jolanthe fremd geworden. Womöglich hatte sie das Unglück in sich abgekapselt und lebte laut und oberflächlich, und an ihrem Kühlschrank hingen Postkarten von Hunden und Katzen mit Sonnenbrille, und sie würde Ria nach Männern ausfragen und ihr stolz ihre neuesten Schuhe mit Pfennigabsätzen zeigen, und von früher wollte sie nicht reden. Das wäre, als würde sie die Schwester zum zweiten Mal verlieren.

Vielleicht stimmte auch die Adresse nicht. Das Mädchen war fünf oder sechs, da hätte Jolanthe vierzehn sein müssen, als sie es bekam.

Sie hörte ein Geräusch aus dem Garten, eine Emaille-Schüssel auf Steinplatten. Ria ging um die Hausecke. Neben dem Haus hockte eine schmale Gestalt und rupfte Unkraut, neben sich eine Schüssel, in die sie die rausgezogenen Pflanzen warf.

Ria sagte: »Joli?«

Die Gestalt zuckte zusammen. Sie richtete sich auf.

Die Frau erinnerte Ria an Mutter. Sie erinnerte an Vater. Sie erinnerte an ein verlorenes Leben. Die Frau begann zu zittern.

Dieser Schmerz, sich anzusehen, während die verstrichenen Jahre über sie hinweggingen wie Gewitterstürme. Ungezählte im Bett durchweinte Stunden. Bitteres Schweigen den Stiefeltern gegenüber. Ria las all das im Gesicht der Frau, und wahrscheinlich las die Frau es auch in ihrem Gesicht. Endlich fand sie die mädchenhaften Züge ihrer Schwester darin.

»Ria«, sagte die Frau.

Sie gingen aufeinander zu, unbeholfen. Sie versuchten eine Umarmung. Es war ein fremder Körper, den sie hielten. Jolanthe war immer knochig und schmalschultrig gewesen, aber jetzt war sie eine Erwachsene, und ihre große Hand auf dem Rücken zu spüren war eigenartig.

»Bist du groß geworden.« Ria besah sie.

Jolanthe sagte: »Und du erst.«

Ein kleiner Junge, der dem Hula-Hoop-Mädchen wie aus

dem Gesicht geschnitten ähnelte, kam mit einem Einweckglas voller Erde, trockener Blätter und Kellerasseln und fragte: »Wer ist das, Mama?«

Zuerst antwortete Jolanthe nicht. Ihr Kinn bebte etwas. Dann sagte sie, als kostete es sie große Mühe, es auszusprechen: »Das ist meine Schwester.« Tränen schossen ihr in die Augen, die sie hastig wegblinzelte.

Ria zeigte auf die Kinder. »Sind das deine?«

»Aus der ersten Ehe von Henning. Aber ich will sie nicht mehr entbehren.« Jolanthe ging in die Hocke und breitete die Arme aus. Beide Zwillinge, der Junge und das Mädchen, warfen sich ihr an den Hals.

Sie stand auf. Die schmale Frau trug die beiden Kinder, niemals hätte Ria ihr diese Kraft zugetraut. Die Kinder hielten sich an ihren Schultern und am Hals fest und lächelten.

»Ich bin so froh, dass es dir gut geht«, sagte Ria.

Jolanthe sagte nichts. Nach einigen Schritten setzte sie die Kinder ab. »Ihr schweren Brocken. Lauft rein, wir zeigen Ria das Haus.«

Die Kinder stürmten voraus.

»Wie hast du mich gefunden?«, wollte Jolanthe wissen.

»Ich musste ein ungutes Bündnis eingehen.« Immerhin: Auch wenn die Antwort vom KGB gekommen war und nicht vom BND, sie hatte den Geheimdiensten Jolanthes Aufenthaltsort abgerungen. Mit jeder Tat wurde sie entschiedener sie selbst, wurde mehr und mehr Festes. Der erste Schritt war gemacht, Joli und sie waren wieder beisammen.

Sie betraten das Haus. Im Flur stand ein Telefon. »Ihr habt einen Anschluss?«, fragte sie ungläubig.

Jolanthe tat es ab, als wäre es nichts Besonderes.

Die Einbauküche war alt, aber immerhin, sie hatten Gasherd, Doppelspüle und Mehrzapftherme. Der Junge rannte vor, als sie die Küche verließen, und präsentierte: »Und hier ist das Klo.« Jolanthe rügte ihn. Unter dem Spiegel stand »Putzi«-Kinderzahnpasta in drei verschiedenen Geschmacksrichtungen. Jolanthe erklärte, die schmecke so gut, dass die Kinder davon naschen würden, wenn sie nicht aufpasste.

Es gab zwei unbeheizte Schlafzimmer und im Wohnzimmer eine Hängelampe mit Pappschirm und ein altes Grammofon. Die Kinder zeigten es stolz, als wäre es die neueste technische Errungenschaft. Es brauche keinen elektrischen Strom, man lege eine Schallplatte auf, und wenn man das Grammofon mit der Kurbel aufziehe, komme aus dem großen Trichter Musik, »auch ›Mein Hut, der hat drei Ecken‹«!

»Und du«, fragte Jolanthe, »hast du keine Kinder?«

»N-nein.« Was war mit Annie?

»Du bist eben zu schön, an dich traut sich niemand heran. Warte nur, irgendwann nimmt ein Prinz seinen Mut zusammen.«

Sie schwiegen. Es tat weh, dass sie einander so fremd geworden waren.

Leise fragte Joli: »Denkst du auch so oft an die Eltern?«

»Jeden Tag.«

»Die ersten Jahre in der Stieffamilie ...« Jolanthe sprach nicht weiter.

»Ich weiß.« Sie brauchten es sich nicht zu sagen. Sie hatten dasselbe erlitten. Endlich war da jemand, der verstand. Jemand, der dieselben Menschen verloren und sich Woche für Woche nach ihnen gesehnt hatte.

Aber es war zu schwer, sie war noch nicht so weit. »Habt ihr etwas Schnur?«, fragte Ria.

Die Kinder stürmten in die Küche. Man hörte, wie sie stritten, dann kamen sie zu zweit zurück und hielten gemeinsam in ihren Händen eine Rolle Baumwollschnur, als wäre es ein kostbarer Schatz.

Unter dem verwirrten Blick der Schwester wickelte Ria etwa zwei Meter Schnur ab, dann bat sie um eine Schere.

»Die spitze Schere ist nichts für euch«, sagte Jolanthe, pfiff die Kinder zurück und ging selbst in die Küche.

Ria hielt ihr die Rolle hin, und Jolanthe schnitt die Schnur ab. Jetzt knotete Ria die Enden zusammen. Sie wickelte die Schnur einmal um jedes ihrer Handgelenke und zog die Handgelenke auseinander, um lange, gerade Schnüre zu erhalten. Sie steckte den Mittelfinger der rechten Hand unter die Schnur, die vor ihrer linken Handfläche verlief, und zog die Hände auseinander, dann tat sie mit dem Mittelfinger der linken Hand spiegelverkehrt dasselbe.

Sie hielt Jolanthe das Gebilde hin. »Nimm ab!«

Schüchtern lächelnd steckte Jolanthe Daumen und Zeigefinger von außen durch die sich kreuzenden Schnüre und zog sie unter den parallelen Schnüren hindurch wieder nach oben, womit sie auch die parallelen Schnüre mit anhob, und zog dann die Hände auseinander. Ein doppeltes, eingerahmtes X war entstanden, die »Matratze«. Jetzt nahm ihr Ria das Gebilde ab. Ohne Mühe schaffte sie die »Straße«. Jolanthe gelang die »Badewanne«, und Ria sogar das »Katzenauge«. Beim »Hosenträger«, nach dem »Schwein auf der Leiter«, war die Begeisterung der Kinder nicht mehr zu bremsen.

»Mama, das wusste ich gar nicht, dass du so was kannst!«, staunte das Mädchen.

Ria sagte: »Ihr wisst einiges nicht über eure Mutter.«

Jolanthe sah sie warnend an.

Die Kinder wollten das Spiel versuchen, und Ria und

Jolanthe zeigten ihnen die ersten Schritte. Ria fragte: »Was ist dein Mann von Beruf?«

Er sei Polizist, sagte Jolanthe.

Das erklärte das Telefon im Flur. Er musste älter sein als Joli. Vielleicht war er gar nicht von Herzen Polizist, sondern war einfach nach Kriegsende arm und hungrig gewesen, und die Volkspolizei hatte gute Bezahlung angeboten, größere Rationen, eine kostenlose Uniform und Vergünstigungen, die den anderen DDR-Bürgern verwehrt blieben, und er war deshalb Polizist geworden. »Und was macht er da so?«, fragte sie.

Im Moment mache er Jagd auf Comics und Schundheftchen in der Schule, sagte Jolanthe. Die Polizei kontrolliere die Taschen am Schultor. Zeitungskioske auf der Westseite lockten Kinder aus dem Osten mit Vorzugspreisen, und dann gehe der große Tauschhandel auf dem Schulhof los, Tarzanhefte gegen Micky Maus.

»Ist das denn verboten?«, fragte Ria. Sie sah ihrer Schwester prüfend ins Gesicht. Es war auffällig, wie unbeteiligt sie von der Sache erzählte, fast spöttisch. Das war nicht bloß eine politische Meinung. Es hatte mit Henning zu tun.

Es gebe ein Gesetz, sagte Jolanthe, ohne Ria anzusehen. Die Einfuhr, der Besitz und die Weitergabe von Schund- und Schmutzliteratur sei auf dem Territorium der DDR verboten. Henning poltere da oft, dass der Westen der Nährboden von Sittenlosigkeit, kulturellem Verfall und Verbrechen sei. Minderwertige Druckerzeugnisse würden die Seelen der Kinder nachhaltig beschädigen, und das solle die Freiheit sein, schreiend bunte Zeitschriften, Comics und Groschenhefte statt eines guten Buchs.

Es klang wie auswendig gelernt. Jolanthe trug es mit Verachtung vor, das war deutlich herauszuhören.

Ria sagte: »Dieses Schwarz-Weiß-Denken. Wenn Comics dekadent und amerikanisch sind, warum gibt es dann die *Mosaik*, warum machen wir das dann nach?« Als sie Jolanthe fragte, ob sie zum Abendessen bleiben könne, zögerte die Schwester.

»Henning kommt immer sehr müde von der Arbeit... Vielleicht nicht heute. Oder wir essen einfach schon jetzt, was hältst du davon?« Sie sah Ria an, und in ihrem Blick schwebte vieles, das ungesagt geblieben war.

Sie kochten gemeinsam Makkaroni. Als Ria die Tomaten für die Soße schneiden wollte, sagte Jolanthe: »Die lassen wir lieber für Henning. Er isst keine Nudeln, und er macht sich immer so gern Brote mit Tomatenscheiben und Kräutersalz.«

Aus Mehlschwitze und Tomatenmark entstand eine Soße unter Verschonung der Tomaten. Die Kinder aßen mit Appetit. Jolanthe sprach über die russischen Armeeangehörigen in der Stadt, die das kontingentierte Warenangebot in den Geschäften wegkauften. »Die Offiziersfrauen wissen genau, dass es jeden Donnerstag Kinderkleidung gibt. Sie stehen als Erste in der Schlange.«

Dann kamen sie darauf, dass Ria und sie sogar einmal im selben Jahr auf dem Weihnachtsmarkt am Alexanderplatz gewesen waren. Wären sie sich doch begegnet! Ihr Leben wäre so viel besser verlaufen.

»Aber warum hat Ria woanders gewohnt als du?«, wollte das Mädchen wissen.

Jolanthe sah auf die Uhr. »Er wird bald kommen.«

Ria nickte. Sie hatte verstanden. Sie tupfte sich den Mund ab, ging in den Flur und zog die Schuhe an. Beim Verabschieden an der Haustür hatte Jolanthe plötzlich Tränen in den Augen. Sie flüsterte: »Lass mich nie wieder allein, nie wieder.«

Sie fassten einander an den Händen und hielten sie.

Ria sagte leise: »Du sollst die Wahrheit über mich wissen. Nur du.« Sie versuchte, sich zu sammeln. Schließlich brachte sie es heraus, mühevoll, obwohl ihr Hals sich bei jedem Wort zu schließen drohte. »Ich habe ... eine Tochter.«

Jolanthe schwieg. Sie drückte Ria nur die Hände.

Wie hatte ihr das Schweigen ihrer Schwester gefehlt! Schon als Kind war sie einfühlsam gewesen, viel zu sanft und verletzlich. »Ich war erst sechzehn«, sagte Ria. »Es ging mir schlecht damals.«

»Lebt sie?«, fragte Jolanthe leise.

»Ich hoffe es. Man hat mir gesagt, dass ich eine gute Mutter bin, wenn ich Annie weggebe.« Sie löste ihre Hände aus denen der Schwester und wischte sich die Tränen aus dem Gesicht.

Da sank es tief in Rias Bewusstsein hinab: Es gab noch eine weitere Person, die sie zurück in ihr Leben holen musste.

Es war warm in der Kneipe. Gerahmte Fotografien, Karikaturen und Sprüche bedeckten die Wände. Es gab drei speckige Tische und Bänke an den Wänden, die Toilettentür schloss nicht richtig, jeder leise Windhauch brachte Uringeruch. Ein Schäferhund lag am Boden und schlief, es war Ria nicht ganz klar, wem er gehörte. Die anderen Gäste kümmerten sich nicht um ihn.

Ria war froh, dass diese Kneipe noch nicht durch eine moderne Trinkhalle der HO ersetzt worden war. Im Westen wäre sie vermutlich längst in eine Espresso-Bar verwandelt worden. Die Tafel hinter der Theke warb für die Tagesangebote, aber sie hätte gewettet, dass die Krakelschrift schon seit Wochen dort stand. *Russischer Champagner: 27 Mark. Wodka: 2,50 Mark die Karaffe.*

Der Alkohol half nicht. Erinnerungen strömten auf sie ein, an die Geburt, an das fremde Gefühl, als man ihr den Säugling gegeben hatte. Sie schämte sich, dass sie Annie nicht hatte lieben können. Die durchwachten Nächte fielen ihr wieder ein, die Hilflosigkeit, das ständig schreiende Kind. Dann das Gas. Die Klinik. Norbert, der sich entschuldigen kam, auch im Namen der Partei. Wofür entschuldigte er sich? Dafür, dass er solchen Druck auf sie ausgeübt hatte, eine Abtreibung vorzunehmen? Dafür, dass er Annie gezeugt hatte mit einem minderjährigen Mädchen und dass er das Mädchen jetzt im Stich ließ?

Sie drehte die Flasche um und las: *RATSHERR ist ein Whisky aus der ältesten Cottbuser Kornbrennerei. RATSHERR sollte in Ihrer Bar nicht fehlen.* Sie goss sich ein weiteres Glas ein und trank. Der Whisky schmeckte abscheulich herb und hatte einen Nachgeschmack wie billiger Fusel. Sie würde die Wirtin noch einmal bearbeiten, ob sie nicht doch, heimlich, einen kostbaren Wurzelpeter Kräuterlikör unter der Theke versteckt hatte.

Kämpfe ich deshalb gegen die SED und diesen Staat?, fragte sie sich. Wegen Annie? Oder ist es wegen Papa? Es war persönlich. Es war immer persönlich.

Jemand setzte sich an ihren Tisch. Der KGB-Mann. Er hatte dunkles Haar und so viele Wirbel auf dem Kopf, dass er aussah wie ein Rosetten-Meerschweinchen. Sein Gesicht war breit und rund, ein Mondgesicht. Die Augen granitgrau.

Sie sagte: »Nett, dass Sie vorbeikommen.«

Sie meinte, etwas wie Abscheu aus seinem Blick zu lesen. »Sie sind nicht zur Arbeit erschienen. Das entspricht nicht unserer Abmachung.«

»Wissen Sie, überall in unserem Land sitzen Leute in fahnengeschmückten Räumen und reden Stuss und tun, als würden sie die Welt retten. Da kann ich auch mal blaumachen.« Er schob die Flasche weg und anschließend ihr Glas. Dann sagte er kühl: »Kriegen Sie sich wieder in den Griff.«

»Ich gelobe so zu leben, zu lernen und zu kämpfen, wie es Ernst Thälmann lehrt.« Sie schielte nach dem Glas. Die Angst durfte sie sich nicht anmerken lassen, sie würde ihn reizen.

»Wie heißen Sie überhaupt?«

»Lehmann.«

»Sicher! Und Sie sind Russe?«

Er knurrte etwas.

Sie angelte das Glas und die Flasche und goss sich Whisky nach. »Von der Sowjetunion lernen heißt siegen lernen.«

Er schwieg.

»Aber die Mehrheit im Volk steht gegen euch«, sagte sie.

»Was heißt das schon? Die Mehrheit der Deutschen hat Hitler gewählt. Sie ist dumm und muss erzogen werden.« Sein Oberkörper war vorgebeugt, er saß wie ein sprungbereites Raubtier.

»Wissen Sie, Herr *Lehmann,* ich musste neulich an Dresden denken. Dauernd wird betont, dass es anglo-amerikanische Bomber waren, die Dresden in Schutt gelegt haben. Mit Gedenktafeln wird daran erinnert, es wird in Reden darüber geschimpft, klar, Amerika und England, das ist der westliche Gegner. Aber hätte die Sowjetunion damals genug Bomber gehabt, hätten sie die genauso zum Einsatz nach Deutschland geschickt, oder nicht? Dann wäre Dresden von sowjetischen Bombern zerstört worden. Das darf man aber nicht sagen.«

»Die Sowjetunion hatte immer genug Bomber.«

»Natürlich. Und die DDR will den Frieden. Wir haben eine derart militante Sprache ... Getreideschlacht, Kartoffelfront…, und dann die Fahnenappelle und die Wehrerziehung, wie passt das mit der ›Kleinen weißen Friedenstaube‹ zusammen?«

»Der Kriegstreiber ist der Westen.«

Sie zwang sich zu lächeln, und schloss die Hände um das Glas, damit er nicht sah, wie sie zitterten. Wenn es stimmte, was die westlichen Radiosender meldeten, hatte die Sowjetunion gerade zwei Interkontinentalraketen des Typs R-7A gezündet, als Übung der strategischen Raketentruppen. Fernlenkwaffen, die einen Atomsprengkopf mit einer Sprengkraft von fünf Megatonnen bis in die USA transportieren konnten.

»Man hat uns gesagt, wir sollen uns bei einem amerikanischen Atombombenangriff mit Zeitungspapier zudecken, die Füße zum Explosionszentrum. So ein Humbug. Beim ersten Angriff würden bereits achthundert Millionen Menschen getötet werden, das wären alle Hauptstädte der Welt zusammen.« Sie dachte daran, wie sie in der Schule für einen Atombombenangriff geübt hatten. Alle Kinder sollten im Fall, dass eine Atombombe fällt, unter die Tische kriechen. Aber die Atombombe würde auch die Umwelt verseuchen, wie in Hiroshima und Nagasaki. Deshalb gab es die Hausaufgabe, zu Hause einen Pappkarton mit Silberpapier zu bekleben und sich daraus eine Atemschutzmaske zu basteln, die vor den giftigen Dämpfen und der todbringenden Strahlung schützen sollte. Ria hatte Gerd und Brigitte um Hilfe gebeten beim Basteln, sie wollte nicht sterben, nur weil sie zu ungeschickt war, eine richtige Atemschutzmaske herzustellen. Die Stiefeltern hatten sich daraufhin in der Schule beschwert wegen der Verdummung der Kinder, und das Thema wurde stillschweigend fallengelassen.

Der KGB-Mann fragte: »Wen haben Sie in Amsterdam getroffen?«

Er war dort gewesen. Er hatte Hähner womöglich sogar gesehen. Die Frage konnte dazu dienen, sie zu prüfen. Sie stellte eine Falle dar.»Na, wen schon. Meinen Führungsagenten.«

»Sein Name?«

»Flögel. Den Vornamen weiß ich nicht.«

»Wie tauschen Sie mit ihm Aufträge und Ergebnisse aus?«

Auf keinen Fall durfte sie das Versteck verraten, wo sie den Schlüssel mit den Filmnegativen zu hinterlegen hatte.»Wir treffen uns im Kino.« Sie hatte plötzlich das Gefühl, dass er gewusst hatte, dass sie trinken würde, und es nur abgewartet hatte. Vielleicht stimmte ihre Selbsteinschätzung nicht, vielleicht log sie in ihrem Zustand erbärmlich schlecht.

»Welches Kino?«

»Das *Colosseum* in der Schönhauser Allee.«

»Und wie erfahren Sie, wann Sie hinkommen sollen? Oder haben Sie festgelegte Tage?«

»Nein. Ich finde eine Kinokarte in meinem Postkasten.«

»Wo wurden Sie ausgebildet?«

»In Westberlin. In einer Wohnung. Ich weiß die Adresse nicht mehr, irgendwo in der Nähe vom Lehrter Stadtbahnhof.«

»Würden Sie wieder hinfinden?«

»Vielleicht. Aber wie soll das gehen? Ich kann nicht beim BND reinspazieren und für Sie Dokumente klauen!«

»Sie haben nichts davon verstanden, wie Geheimdienstarbeit läuft.«

Vermutlich war sie allein schon dadurch nützlich für die Russen, weil man durch sie erfuhr, was der BND wissen wollte. Eine Frage verriet viel über den Fragesteller. In ihrem Fall stellten die Fragen bloß, was dem Westen Sorgen bereitete und wo er die Stärken der Russen sah. Deshalb hatten sie ihr die Minox wiedergegeben. Sie sollte weiter Dokumente für den Westen abfotografieren.

Er sagte:»Von jetzt an steuern wir, was Sie dem BND über das Ministerium weitergeben. Sie übermitteln nur noch, was ich Ihnen freigebe.«

Sie sah ihn sich genauer an. Diese Schatten unter seinen Augen. Und der Blick. Er war beinahe fiebrig.»Sie sehen müde aus, Herr *Lehmann*. Sie schlafen schlecht. Entweder aus Sorge, oder...« Ja, das war es.»Oder weil Ihnen ein Säugling den Schlaf raubt.«

Er hatte plötzlich eine Klinge in der Hand, ein großes gezacktes Messer.

Sie atmete flach und versuchte, sich nicht zu rühren.

»Halten Sie mich nicht für dumm«, sagte er.»Glauben Sie, ich weiß nicht, dass Sie am liebsten in den Westen abhauen würden? Sie können nicht, weil Sie dann Ihre Schwester nicht wiedersehen. Liefern Sie, was ich brauche, oder Sie sind ganz schnell da, wo es kalt und dunkel ist: unter der Erde. Verstanden?«

Noch lange nachdem er weg war, saß Ria reglos da und wagte nicht, sich zu bewegen. Dann dachte sie: Du kennst mich nicht. Du weißt nichts über mich.

Sie stand auf und ging zu Jens, der schon den dritten Tag hier bei ihr ausgeharrt hatte. Wie ein fremder Gast hatte sich Jens in der Kneipe platziert, und sie hatten sich durch keine Geste und keinen Blickwechsel anmerken lassen, dass sie sich kannten. Ihr Plan war aufgegangen. Der KGB-Agent hatte offenbar nichts davon bemerkt.

»Du torkelst«, sagte Jens.

»Er ist gekommen, wie ich gesagt hab.« Sie stützte sich an seinem Tisch ab.»Hast du das Bild gemacht?«

Ohne seine Sitzhaltung zu ändern, ließ er kurz die Minox aus seinem Ärmel hervorschauen und schob sie wieder hinein.

Jens schlug vor, sie nach Hause zu begleiten.

Endlich mussten sie nicht länger so tun, als würden sie sich nicht kennen. Ria sagte: »Ich bin froh, dass du da bist.« Jens verfolgte keine Agenda, er war keiner, der Menschen wie Schachfiguren verrückte. Er ruhte in sich. Es tat gut, dass es auch Menschen wie ihn gab.

»Damit du nicht umkippst unterwegs?« Er stand auf und fasste nach ihrem Oberarm.

»Hey, so betrunken bin ich nicht.«

»Amsterdam hat dir nicht gutgetan.«

»Ich hab mich dort gut benommen, wenn du das meinst. Im Gegensatz zu Schalck. Der hat mir den Sozialismus gepredigt, während er Luxuswaren eingekauft hat.«

»Wundert mich nicht.« Jens bezahlte der erstaunten Wirtin ihrer beider Getränke, dann brachte er Ria nach draußen. Die Laternen kamen gegen die Dunkelheit kaum an. Sie standen zu weit auseinander, fand Ria, zwischen ihnen bildeten sich Nester aus finsterer Nacht.

»Eure Parteifunktionäre steuern gar nicht die klassenlose Gesellschaft an«, sagte Jens. »Die sehen sich selbst als herrschende Klasse.«

Sie liefen schweigend. Es war wunderbar, an seiner Seite durch die abendlichen Straßen zu gehen.

»Ich glaube, ich bin doch betrunken. Ist das nicht mein Haus?« Kichernd schloss sie die Haustür auf. »Und jetzt leise, wir haben hier eine Wachhündin namens Kuntze. Die belauert jeden.«

Er verabschiedete sich.

»Du willst nach Hause? In meinem Zustand lässt du mich allein? Ich wohne im vierten Stock!«

Jens seufzte. Gemeinsam gingen sie die Treppe hoch. Er beobachtete, wie sie das Schlüsselloch suchte. Aber sie war weniger betrunken, als er dachte, sie übertrieb die Sache mit dem Schlüsselloch.

Sie mochte jetzt nicht allein sein. Es war schön mit ihm. »Komm noch ein bisschen mit rein«, sagte sie. Sie wusste genau, wie sie gucken musste.

Drinnen ließ er sie Zähne putzen und brachte sie ins Bett.

Als sie versuchte, ihn mit ins Bett zu ziehen, machte er sich los. »Nein, Ria. Nicht heute, nicht so. Wir beide würden es bereuen.«

18

Das Oval Office war vollgestellt mit Scheinwerfern, Kameras und Mikrofonen. Die Mitarbeiter der Networks sahen ihn erwartungsvoll an.

Wieso hörte die Welt ausgerechnet ihm zu? Er war nur ein Mann mit Rückenschmerzen. Verheiratet, zwei Kinder, Caroline war drei, der kleine Johnny noch nicht mal ein Jahr alt. Er war bloß Jack.

Wann war aus ihm John F. Kennedy geworden, Präsident der Vereinigten Staaten von Amerika? Die neue Rolle war ihm fremd.

Sieben Fernsehkameras hielten seine Gesichtszüge fest, jeden Blick ins Manuskript, jede Geste seiner Hände. Mikrofone von sämtlichen wichtigen Fernseh- und Radiosendern waren auf ihn gerichtet. Die *New York Times* hatte seine Ansprache heute als »zweite Einführungsrede von Präsident Kennedy« angekündigt. Mit der ersten habe er am 20. Januar 1961 sein Amt aufgenommen, nun führe er eine neue, flexible Politik nicht nur für Berlin, sondern für den gesamten Kalten Krieg ein.

Er glättete sein Redemanuskript. Was er sagte, würde live nach Europa, Lateinamerika und in den Fernen Osten übertragen werden. Man würde die Rede ins Russische, ins Spanische, Portugiesische und in zweiunddreißig weitere Sprachen übersetzen. Sämtliche Radiostationen in den USA würden sie ausstrahlen, weltweit würden die US-Botschafter bei den Regierungen der Länder vorsprechen und seine Rede und ergänzende Materialien abgeben, um Amerikas Position zu erläutern. Die westlichen Außenminister würden in wenigen Tagen in Paris zusammenkommen, um die praktischen Schritte zu debattieren.

Mitarbeiter der Fernseh- und Radiosender justierten eilig ihre Gerätschaften nach. Es war heiß im Oval Office, die Techniker hatten die Klimaanlage ausgeschaltet, damit ihr Summen nicht die Aufnahme störte. Sechzig Menschen atmeten und schwitzten im Raum. Er stand noch einmal auf und ging nach nebenan, um sich den Schweiß von der Stirn zu wischen. Eine Assistentin kam ihm nach und puderte ihm das Gesicht, damit es im Fernsehen nicht glänzte.

»Herr Präsident...«

Er sah auf die Uhr. »Ich weiß.« Es blieb nur noch eine Minute, dann war es zehn Uhr am Abend, und die Übertragung stand an. Millionen saßen bereits vor ihren Radios und Fernsehern und warteten darauf, dass er etwas über Krieg und Frieden sagte, über das Schicksal Berlins und darüber, ob die USA mobilmachten oder nicht.

Vor vier Wochen hatte er öffentlich angekündigt, innerhalb von zehn Jahren einen Mann auf den Mond zu schicken. Ein spektakuläres Versprechen, wenn man bedachte, wie weit ihnen die Sowjetunion in der Raumfahrt voraus war. Und heute würde er einen Teil seiner Zuhörer erschrecken müssen.

Er nahm Platz. Die Redakteurin von NBC gab ihm das Daumen-Hoch-Zeichen. Sie übertrugen die Rede sogar in Farbe, daran wollte er jetzt besser nicht denken.

Er räusperte sich. »Guten Abend.«

Die Kameras surrten.

Sie hörten ihm zu, die Millionen. Das Scheinwerferlicht machte es schwer, die Änderungen im Manuskript zu lesen, die er in letzter Minute vorgenommen hatte. Es kam darauf an, dass er den richtigen Ton traf, dass er Entschiedenheit ausstrahlte.

Der dritte Absatz. Es ging um Chruschtschow, der ihn in Wien gedemütigt hatte. »In Berlin will er durch einen Federstrich erstens unsere legalen Rechte auf Anwesenheit in Westberlin aufheben und zweitens uns die Möglichkeit nehmen, unsere Verpflichtungen gegenüber den zwei Millionen Einwohnern dieser Stadt zu erfüllen.« Er machte eine kurze Pause, sah fest in die Kameras und sagte: »Das können wir nicht zulassen.«

Die erforderlichen Maßnahmen würden Opfer von vielen Bürgern fordern, sagte er. »In Westberlin werden die freien Menschen bedroht. Aber dieser isolierte Vorposten ist kein isoliertes Problem. Die Bedrohung ist weltumfassend. Unsere Anstrengung muss gleichermaßen umfassend und stark sein.«

Westberlin spiele in seiner exponierten Lage inmitten Ostdeutschlands eine vielgestaltige Rolle, umgeben von sowjetischen Truppen und dicht an den sowjetischen Versorgungslinien. Es sei Schaufenster der Freiheit, Symbol, Insel der Freiheit inmitten der kommunistischen Flut, aber auch Leuchtfeuer der Hoffnung hinter dem Eisernen Vorhang und ein Schlupfloch für die Flüchtlinge.

»Westberlin ist all das. Aber darüber hinaus ist es jetzt – mehr denn je zuvor – zum Prüfstein für den Mut und die Willensstärke des Westens geworden, zu einem Brennpunkt, in dem unsere feierlichen, durch all die Jahre bis neunzehnhundertfünfundvierzig zurückreichenden Verpflichtungen mit den sowjetischen Ambitionen in grundsätzlicher Gegenüberstellung zusammentreffen. Ich habe sagen hören, Westberlin sei militärisch nicht zu halten. Jede gefährliche Position ist zu halten, wenn tapfere Männer dafür einstehen.« Er kündigte ein groß angelegtes Rüstungsprogramm an. Der Verteidigungshaushalt werde um 3,4 Milliarden Dollar aufgestockt, die Truppenstärke auf eine Million Mann erhöht. Die Hälfte der B-52 und B-47 des Strategischen Bomberkommandos sollten fortan innerhalb von fünfzehn Minuten in der Luft sein können. Westberlin stehe unter dem Schutz des NATO-Schildes, »und wir haben unser Wort gegeben, dass wir jeden Angriff auf diese Stadt als einen gegen uns alle gerichteten Angriff betrachten werden. Der Ursprung der Unruhe und der Spannungen in der Welt ist Moskau und nicht Berlin. Und sollte es zum Krieg kommen, dann ist er von Moskau und nicht von Berlin ausgelöst worden.«

Er hörte sich an wie ein Kriegstreiber. Dabei entsprachen die zusätzlichen 3,4 Milliarden Dollar für Rüstungsausgaben ziemlich exakt dem Betrag, um den Chruschtschow seine eigene Rüstung erhöht hatte. Er war gezwungen gewesen mitzuziehen, anders konnten sie der globalen sowjetischen Bedrohung doch nicht entgegentreten.

Was er nicht erwähnte, war, dass er bereits insgeheim Order gegeben hatte, sechs US-Divisionen nach Europa zu verlegen.

Diese Rückenschmerzen! Unter dem Hemd trug er ein Korsett, anders war es heute nicht auszuhalten. Man hatte ihm außerdem Kortison spritzen müssen. Er war bloß Jack. Ehemann und Vater von zwei kleinen Kindern. Welche Last trug er auf seinen Schultern.

Der Empfang war besser, wenn er die Antenne mit der Hand umfasst hielt. Stefan Hähner trug das Kofferradio zum Fenster. Sein treues »Bajazzo« machte doch sonst nie Probleme! Es war, als würden die vielen Hörer der »Voice of America« Teile der Funkwellen zu sich abzweigen, sie schlucken und verbrauchen. Physikalisch hanebüchener Unsinn.

Er zog sich den Stuhl heran und setzte sich so vor den Radiolautsprecher, dass er fast mit dem Ohr daran rührte.

Kennedy forderte »three essentials«: Die Garantie der uneingeschränkten US-Anwesenheit in Westberlin, freien Zugang nach Westberlin und das politische Selbstbestimmungsrecht für die Westberliner. Er hatte sich also nicht verhört, als Kennedy vorhin von zwei Millionen Berlinern sprach. Es lebten dreieinhalb Millionen hier! Nur schien der Schutz, den Kennedy versprach, auf die anderthalb Millionen im Ostteil der Stadt nicht länger zu wirken. Ostberlin wurde von Kennedy nicht erwähnt. Auch wenn seine Rede entschlossen daherkam und er sich nicht scheute, die Sowjetunion direkt vor Provokationen zu warnen, sagte er den Sowjets zwischen den Zeilen, dass sie mit dem Ostteil der Stadt tun konnten, was sie wollten, solange sie nicht Hand an den westlichen Teil legten. Ostberlin war der Preis, den er für Frieden zu bezahlen bereit war.

Konnte die DDR die Grenze abriegeln? Unmöglich. Das schafften sie nicht, dafür gab es zu viele Straßen, Plätze, Wälder, Seen und Kanäle in Berlin. Selbst für eine militärisch vorbereitete Kommandoaktion wäre das eine Herausforderung.

Kennedy sprach jetzt von Schutzräumen, die er in Amerika einrichten lassen wollte für den Fall eines Atomkriegs, Schutzräume mit Lebensmitteln, Wasservorräten und Wolldecken. Sie sollten das Leben der Familien retten, die nicht von der Spreng- und Hitzewirkung einer Kernwaffenexplosion getroffen worden seien.

Seine Stimme kam knisternd aus dem Radio. »Die Welt wird durch den kommunistischen Versuch, Berlin zu einer Brutstätte des Krieges zu stempeln, nicht getäuscht. Die Entscheidung für Krieg oder Frieden liegt bei den Sowjets, nicht bei uns. Sie sind es, die diese Krise geschürt haben. Sie sind es, die eine Veränderung zu erzwingen versuchen. Sie sind es, die sich freien Wahlen widersetzt haben, und sie sind es auch, die einen gesamtdeutschen Friedensvertrag und die Bestimmungen des Völkerrechts verworfen haben.«

Er klang stark. Sicher hatte man Kennedy Vorwürfe gemacht, weil er sich in Wien von Chruschtschow überrumpeln lassen hatte. Aber man musste hören, was er eigentlich sagte. Er gab den Russen einen Freibrief, was Ostberlin anging. Er gab Ostberlin auf.

Kennedy sagte: »Heute verläuft die gefährdete Grenze der Freiheit quer durch das geteilte Berlin. Wir wollen, dass sie eine Friedensgrenze bleibt.«

Was, wenn Westberlin als zentrale Kommunikationsbasis mit den V-Leuten wegfiel? Wie sollte er Kontakt zu den V-Leuten in der DDR aufnehmen? Er würde einen neuen Meldeweg für Ria Nachtmann brauchen. Der Bote, der den Toten Briefkasten geleert und die erbeuteten Daten in den Westen gebracht hatte, konnte womöglich bald nicht mehr über die Grenze gelangen.

Er schaltete das Radio aus. Wenn Westberlin abgeriegelt wurde, riss nicht nur der Kontakt zu seinen Agenten und den Außenstellen in der DDR ab. Auch die Befragung von Flüchtlingen würde wegfallen, weil es keine Flüchtlinge mehr geben würde – und damit die Möglichkeit, neue V-Leute zu gewinnen, indem er die Flüchtlinge zu den Verwandten und Freunden befragte, die noch in der DDR waren. Es war eine solche Mühe gewesen, eine Sondergenehmigung des Berliner Sozialsenators zu erhalten, der für die Flüchtlingslager zuständig war! Eigentlich durfte der BND wegen des Viermächtestatus keine Flüchtlinge befragen. Sie hatten eine Lösung gefunden, Senator Exner und er, indem der BND einen Mitarbeiter in der Fürsorgestelle platziert und ihn als »Statistiker« getarnt hatte, und der zweigte für ihn die Personalangaben der Flüchtlinge ab, sodass er dann Kontakt mit ihnen aufnehmen konnte.

Die Telefonverbindungen zwischen Ost- und Westberlin waren bereits gekappt. Die Postsendungen wurden gefilzt. Wenn jetzt der Grenzverkehr endete ... Er brauchte Funker. Er musste Funker in den Osten schleusen, bevor es zu spät war.

Und was war mit Rias Neuanfang, mit all dem, was er ihr versprochen hatte? Sie würde auf ewig im Osten festhängen, in den Händen des KGB. Sollten die Funker die anderen V-Leute bedienen, dieses eine Mal würde er an das Glück eines Menschen denken statt an das Vorankommen des Bundesnachrichtendienstes.

Er wählte Pullach, und seine Hand schwitzte wie damals im Resi in der großen Tanzhalle mit den farbig beleuchteten Wasserspielen und den Tischtelefonen, als er Tisch Nr. 233 anrief und sagte: »Sie sehen so allein aus, wollen Sie tanzen?«

Gehlens Sekretärin meldete sich.

Er sagte seinen Decknamen und bat: »Ich würde gern Doktor Schneider sprechen. Es ist dringend.«

Verschleierung war im Dienst Alltagsgeschäft, aber ihm erschien es heute, als hätte vieles mehr Schein als Sein. Gehlen hatte nie einen Doktortitel gehabt, warum nannte er sich *Doktor?* Leiter des BND war er nur geworden, weil er den Nimbus pflegte, der beste Kenner der Roten Armee und Russlands zu sein. Dabei verstand er kein Wort Russisch.

Und trotzdem fürchtete er Gehlen, so wie jeder ihn fürchtete.

»Was gibt es?« Gehlens Stimme knallte aus dem Telefonhörer. Ganz der Generalmajor, der mit einem Untergebenen sprach.

»Kennedys Rede ...«

»Ich weiß. Er hat siebzehnmal von Westberlin gesprochen.«

»Die DDR wird die Grenzübergänge schließen. Ich verliere den Kontakt zu meinen V-Leuten. Bei einigen ist die Ausreise schon länger geplant, die sollten wir noch herausholen.«

»Sind Sie wahnsinnig? Wir holen niemanden heraus. Im Gegenteil, wir müssen noch Leute hineinschleusen, bevor das unmöglich wird.«

»Ich denke an ›Eisblume‹. Sie hat ihr junges Leben für uns aufs Spiel gesetzt. Jetzt ist sie in großer Gefahr.«

Gehlen schnaubte. »Spionage ist ein schmutziges Geschäft. Und ›Eisblume‹ ist eine gute Quelle für uns.« Er sagte: »Sorgen Sie dafür, dass sie auf ihrem Posten bleibt.«

Hähner presste die Faust gegen seine Stirn. Das war ein eindeutiger Befehl. Wenn er jetzt Schritte unternahm, um Ria Nachtmann zu retten, würde ihn das in Gehlens Augen zum Verräter machen. Gehlen würde nicht zögern, ihn vor Gericht zu stellen. »Gibt es schon Anzeichen für eine Abriegelung von Berlin?«

Gehlen knurrte unwillig. »Lassen Sie *mich* meine Analysen machen, und *Sie* führen Ihre Agenten.« Er hörte ihn in die Telefonmuschel atmen. Schließlich sagte Gehlen: »Ein geflüchteter Offizier des DDR-Zolls behauptet, dass Polizeikräfte um Berlin zusammengezogen werden.«

»Sie glauben nicht daran?«

»Eine erneute Blockade Westberlins halte ich für ausgeschlossen. Berlin ist nach der Potsdamer Viermächtevereinbarung als Ganzes der Kontrolle aller vier Siegermächte unterstellt. Eine Blockade würde die Freizügigkeit innerhalb der Stadt verletzen und diplomatischen Ärger mit den Alliierten verursachen. Den kann sich die Sowjetunion nicht leisten.«

»Aber die SED muss rigorose Maßnahmen veranlassen. Die hohen Flüchtlingszahlen – das ist eine öffentliche Auflehnung gegen die Politik und die Wirtschaft in der DDR.«

»Wir haben Quellen in Moskau. Die wissen ein bisschen mehr als Sie auf Ihrem Posten in Berlin. Und sie melden, dass Chruschtschow der SED bezüglich der Grenze nicht nachgeben wird. Die SED hat den Wunsch nach Unterbrechung des S-Bahn- und U-Bahn-Verkehrs geäußert. Aber die Sowjetunion wird dem Wunsch der DDR-Regierung nicht nachkommen, dem steht ein deutliches sowjetisches Veto entgegen.«

»Wenn die DDR nichts tut, blutet sie in ein paar Jahren vollständig aus.«

Das Anreißen eines Streichholzes war zu hören. Dann das Knistern von brennendem Tabak. Gehlen paffte. »Ich sag Ihnen, was die tun werden. Der Osten wird Sonderausweise einführen, die man zum Besuch von Westberlin braucht.«

»Solche Ausweise können wir fälschen.« Hähner fuhr mit dem Finger entlang der Kordel des Telefonhörers. »Ich hoffe, Sie behalten recht.«

»Das Fälschen scheint Ihnen ja zu liegen.« Gehlen machte eine lange Pause. Er rauchte schweigend.

Wovon sprach er?

Gehlen sagte: »Sie haben in den Unterlagen den Klarnamen von ›Eisblume‹ manipuliert. Tun Sie das nicht wieder. Sonst kommen mir Zweifel, ob wir noch in derselben Mannschaft spielen.« Er legte auf.

Behutsam legte Hähner den Hörer auf die Gabel. »Scheiße«, flüsterte er.

Nach einigem Nachdenken wählte er erneut eine Nummer. 83/D meldete sich, die Abteilung für Operationelle Sicherheit. Er gab eine Bestellung auf.

Ria befestigte die Bilder mit Heftpflaster am Kühlschrank. Ihre Nichte hatte ein Haus und einen Garten mit roten Blumen und einer Schaukel gemalt. Ihr Neffe einen Panzer mit rotem Sowjetstern auf dem Geschützturm. Wie die Augen der Kinder geleuchtet hatten, als sie ihre Malkünste gelobt hatte! Schon beim zweiten Besuch in Jüterbog hatte sich das herrliche Gefühl eingestellt, dass sie eine Familie besaß.

Sie zündete eine Kerze an und trug sie zum Klavier. Im Licht der flackernden kleinen Flamme schienen die Wände zu leben. Ihre Bücher warfen lebhafte Schatten, die Zimmerpflanze wirkte wie ein Haarschopf, und der Notenstapel wuchs höher und höher. Sie stellte die Kerze ab und öffnete den Klavierdeckel. Es war zu spät, um zu spielen, aber Ria setzte sich dennoch auf den Hocker und legte ihre Hände auf die Tasten. Leise spielte sie den Mozart an, die Klaviersonate Nr. 11 in A-Dur. Sie war beim Spielen ganz bei sich und empfand Frieden, zum ersten Mal seit Wochen.

Immer waren die Tage zu voll, das Herz war zerrissen, der Kopf durcheinander. Sie fühlte sich, als müsste sie ein »Purimix« sein, dieses neue Wundergerät aus Altenburg, Staubsauger, Saugbohner, Mixer und Kaffeemühle in einem. Sie drehte

Fleisch zu Hack und saugte kurz darauf, mit anderen Aufsätzen, den Dreck aus den Ecken, nur um weitere Aufsätze anschrauben und mit dem stählernen Messerkreuz Gemüse und Früchte zu einem Getränk zu verrühren, das war ihr Leben, das war das Tagesprogramm. Es überforderte ihre Seele.

Und dann war da die Einsamkeit. Die Sehnsucht nach starken Händen, die sie hielten, nach Güte, nach echtem Interesse an ihrer Person, nicht bloß an dem, welche ihrer Fähigkeiten gerade nutzbringend einzusetzen waren.

Hatte es geklopft? Das konnte nicht die Kuntze gewesen sein, so sanft klopfte die nicht. Oje, wenn es Frau Behm war, die bescheiden bat, dass Ria zu spielen aufhörte, weil doch ihr Geralf morgen Schule hatte! Sie schämte sich.

Bang stand sie auf und ging zur Tür. Sie öffnete. Jens stand dort. Er lächelte verlegen, als würden sie sich zum ersten Mal sehen. Sie sagte: »Komm ... rein.« War sie es nicht, die verlegen zu sein hatte? Er musste sie in schrecklichem Zustand gesehen haben, als er sie von der Kneipe nach Hause brachte.

Ein flaues Gefühl in ihrem Magen erschwerte ihr das Atmen.

Er blieb in der Wohnküche stehen und sah zur Kerze und zum Klavier. »Ich hätte schon früher geklopft, aber du hast so schön gespielt.«

Lag es am Kerzenlicht, dass er gedämpft sprach?

Er öffnete seine Ledertasche und zog etwas Buntes heraus. »Ich hab dir was mitgebracht.«

Sie kniff die Augen zusammen. »Sind das Comics?«

»Das«, sagte er, »ist Prinz Eisenherz.«

Sie zündete alle fünf Kerzen an, die sie besaß, bis auf die dicke Kerze mit dem Kameraversteck. Glücklicherweise fragte er nicht, warum sie diese Kerze verschonte.

Ria schämte sich für das Sofa, dessen Bezug schon fadenscheinig geworden war. Aber Jens hatte sich einfach daraufgesetzt und schlug bereits das erste Heft auf. Sie setzte sich neben ihn. Die Bilder im Heft waren tatsächlich beeindruckend detailreich gezeichnet. Er begann vorzulesen. Wie er die Geschichte deklamierte, hatte etwas Übertriebenes, Theatralisches. Sie musste lachen. Die Geschichte um Eisenherz und Camelot war gar nicht so ohne. Ria war selbst davon überrascht, wie viel ihr schon nach kurzer Zeit an Eisenherz' Schicksal lag. Angespannt folgte sie den Kämpfen gegen Meeresuntiere und Raubritter. Sie freute sich, als es dem Prinzen gelang, sich ein Wildpferd zu zähmen, und als er die Verschwörung um Ritter Gawain durchschaute.

Jens angelte sich, ohne das Lesen zu unterbrechen, ein Kissen und schob es sich hinter den Rücken, um eine weichere Lehne zu haben.

Ria fragte: »Gibt es da keine Liebesgeschichte?«

»Doch. Erst einmal lernt er Ilene kennen. Und später wird Aleta für ihn wichtig. Sie herrscht über eine Inselgruppe in der Ägäis.«

»Lass uns mal tauschen.« Ria nahm das Heft und begann vorzulesen.

Jens rückte näher. »Wie macht ihr Mädchen das bloß«, murmelte er, »dass ihr immer so gut riecht?«

»Wonach rieche ich denn?«

Er druckste herum.

»Sag schon!«

»Nach Frühlingsluft und Strand und Meer und Frühstück.«

»Nach Frühstück?«, protestierte sie. »Heißt das, du willst mich verspeisen?«

Er richtete sich auf. War er tatsächlich rot geworden? Jens, der erfahrene Journalist? Er sagte: »Ich glaube, ich hab mich in dich verliebt, Ria.« Mit seinem Lächeln schien er sich dafür entschuldigen zu wollen. Oder schämte er sich, weil es ihm anmaßend erschien, so wenig, wie sie sich kannten?

Sie verstummte. Nahm seine Hand und zog sie an ihr Gesicht. Sie küsste seine Handinnenfläche. »Danke, dass du gekommen bist.«

Er rührte sanft an ihre Wange. Seine Fingerspitzen erkundeten ihr Gesicht, sie fuhren über die Augenbrauen, die Stirn, folgten der Nase bis zur Spitze. Dann nahm er Rias Gesicht in beide Hände und küsste sie.

In ihrem Bauch wirbelte ein warmer Frühlingssturm. Beherzt küsste sie ihn zurück. Sie begann ihn auszuziehen. Gemeinsam stolperten sie zum Bett. Als seine Hand ihre intimste Stelle berührte, waren alle Bedenken fort. Sie streifte ihre Unterwäsche ab, zog ihn auf sich und drückte ihr Becken gegen seines, während er behutsam in sie eindrang.

Es war nur noch ein kurzer Weg bis zum Höhepunkt, das spürte sie. Sie verlangsamte ihre Bewegungen, um es hinauszuzögern, während sie gleichzeitig von ihrer Lust vorangetrieben wurde. Die herrliche Qual gipfelte in einem süßen, zuckenden Höhepunkt.

Als sie schwer atmend nebeneinanderlagen, fragte sie sich, ob er deswegen zu ihr gekommen war. Laut sagte sie: »Für welche Zeitung arbeitest du eigentlich?«

Er lachte. »Du bist unglaublich, Ria! Das fragst du mich jetzt?«

Sie sah weiter zur Decke, gab ihm aber einen Stoß. »Hör mal, wir haben miteinander geschlafen, es wird Zeit, dass ich mehr über dich erfahre.«

»Ich schreibe für den *Tagesspiegel*«, sagte er. Als sie nicht reagierte, stützte er sich auf die Ellenbogen und sah sie an. »Was? Wäre dir der *Stern* lieber gewesen, oder die *Welt*?« Sie wandte sich ihm zu und strich über seine behaarte Brust. »Du bist wunderbar, so wie du bist.«

Später, im Bad, sah sie sich im Spiegel an. Dass er sich so in sie verlieben konnte, ein Westler und zudem ein Journalist, der viel herumkam. In Westberlin, hatte er da nicht Dutzende gesehen, die schöner waren als sie?

Sie wusch sich Hände und Gesicht und kehrte ins Zimmer zurück. Jens hatte die kleine Lampe auf dem Nachttisch eingeschaltet, er sah ihr entgegen. »Komm mit mir«, sagte er. »Setz dich nach Westberlin ab.«

In den letzten Tagen hatte sie fortwährend an Annie denken müssen. War es nicht verlogen, ihm davon nichts zu sagen? Womöglich mochte er sie nicht mehr, wenn sie ihm ihr Versagen offenbarte. »Ich kann nicht.«

Er sah sie besorgt an. »Du musst die DDR verlassen, solange es noch geht. Täglich steigen die Flüchtlingszahlen, die Aufnahmelager in Marienfelde quellen über. Es spitzt sich zu, wer noch gehen will, muss sich beeilen. Und dann diese Geheimdienstgeschichte ... Du bist in Gefahr, Ria, mit solchen Leuten ist nicht zu spaßen.«

Um ihn abzulenken, legte sie sich zu ihm und küsste ihn. »Lass uns später darüber reden.« Jeder wusste, dass Berlin die Frontstadt des Kalten Krieges war und sich hier Armeen gegenüberstanden, russische Panzer und amerikanische, und dass es in Wahrheit keinen Frieden gab, sondern nur einen Waffenstillstand. Als Berliner war man dem Konflikt der Großmächte auf Gedeih und Verderb ausgeliefert, Jens doch auch. Also dachte man ohne innere Aufregung daran, man war längst jenseits der Angst angelangt, man konnte nicht jeden Tag Angst haben, sie nutzte sich ab. Genauso ging es ihr mit der Geheimdienstarbeit auch, nur auf einer anderen Stufe.

Was nicht hieß, dass sie nicht in Todesgefahr schwebte. Die Flucht war ja längst beschlossene Sache, sie hatte nur Jolanthe noch etwas besser kennenlernen wollen, um herauszufinden, ob sie ihr vorschlagen konnte, Henning zu verlassen und mit ihr in den Westen zu gehen. Und da war Annie, die sie womöglich nie wiedersehen würde. Das machte es kompliziert. »Ich habe den Film entwickelt«, sagte sie. »Deine Fotos sind gut geworden. Nimm sie an dich. Das ist meine ›Lebensversicherung‹.« Sie strich ihm zärtlich mit dem Finger über das Ohr. »Einem Menschen, den man liebt, vertraut man sein Leben an.«

»Aber selbst wenn du den KGB loswirst, Ria – auch den BND solltest du sein lassen. Weißt du nicht, dass Gehlen ein Nazi war? Ehemalige Nazis sind beim BND gut angesehen, weil sie Antikommunisten sind. Da geht die technische Professionalität vor, nach der Moral fragt man nicht. Wer Sabotageexperte bei den Nazis war, kann es im BND wieder sein, und wer für die Gestapo Leute gejagt hat, jagt sie jetzt wieder für Pullach. Auch die Bundesrepublik hat keine weiße Weste.«

»Du willst mich doch nur für dich haben.« Sie kitzelte ihn.

Aber Jens blieb nachdenklich. »Noch ein paar Jahre, und wir Deutschen aus dem Westen und ihr Deutschen aus dem Osten verstehen uns nicht mehr. All die kommunistische Propaganda, bald sprecht ihr eine andere Sprache und seht das Leben ganz anders.«

»Keine Sorge«, spottete sie, »es gibt ja noch den RIAS und den Sender Freies Berlin.«

»Aber wer weiß, wie lange ihr das noch empfangt! Die Störsender deiner Regierung werden immer effektiver. Jeder Störsender erwischt die Radios in einem Umkreis von ein paar Hundert Metern, und sie stellen mehr und mehr von denen auf. Den Besitz von westlichen Zeitschriften und Zeitungen bestrafen sie jetzt schon. Es wird nicht lange dauern, dann verbieten sie euch, westliche Programme zu empfangen.«

»So seid ihr Journalisten. Ihr geht immer vom Schlimmsten aus.«

Er schüttelte den Kopf. »Nein, Ria. Ich bin Optimist.« Er beugte sich zu ihr hinüber und sagte ihr leise ins Ohr: »Sonst hätte ich mich nie auf dich eingelassen, Ria Nachtmann.«

19

Der Fahrer wollte wie gewohnt abbiegen, zum »Großen Haus« des Zentralkomitees am Werderschen Markt. Honecker beugte sich aus dem Fonds nach vorn und sagte: »Nicht zum ZK. Fahren Sie in die Keibelstraße.«

»Zum Polizeipräsidium?«, fragte der Fahrer erstaunt.

Honecker lehnte sich wieder zurück. Er lächelte in sich hinein. Niemand ahnte etwas davon, dass sich in Kürze die Geschichte der Stadt Berlin und des ganzen Landes ändern würden. Er leitete die neue Epoche der Menschheit ein. Er, Erich Ernst Paul Honecker, stand nicht unter der Fuchtel der Geschichte, sondern er dirigierte und erschuf sie.

Wenn ihm »Operation Rose« glückte, wenn er das reibungslos über die Bühne brachte, dann hatte er sich als Mann der Stunde bewährt, dann war nach oben keine Grenze mehr gesetzt, und er musste nur noch Ulbricht loswerden.

Er konnte Perwuchin zur Jagd einladen, den Botschafter der Sowjetunion, und Erich Mielke, das wäre ein Anfang. Ulbricht hatte von der Jagd keine Ahnung. Er war sportlich, ja, er trat bei Sportfesten in Turnschuhen auf, gab sich als Vorturner des Staates und klopfte schnittige Sprüche wie »Jeder Mann an jedem Ort – mehrmals in der Woche Sport«. Aber in Wahrheit ging er bloß wandern oder lief Schlittschuh.

Beim Jagen, da konnte man ihn abhängen. Jetzt zahlte es

sich aus, dass er langjähriges Mitglied in der Jagdgesellschaft Reiersdorf war, er hatte Erfahrung, er hatte die Schorfheide von Reiersdorf bis zum Werbellinsee bejagt. Und so ein Jagdausflug verband ungemein, das Verhältnis zu Botschafter Perwuchin und zu Mielke, dem Leiter der Staatssicherheit, würde anschließend ein ganz anderes sein.

Wenn der Botschafter seine Empfänge gab und die Genossen Apel, Ulbricht, Mielke mit ihren Frauen gingen hin, und er und Margot ebenfalls, zehn bis zwölf Personen, ein wunderbares russisches Essen, das war schön und gut – aber wie offen konnte man da reden? Das war bei einem Jagdausflug ganz anders.

Am besten wäre ein staatliches Jagdgebiet. Hier in der Schorfheide, wo auch früher schon die Größen gejagt hatten. Er würde eine Eröffnungsjagd veranstalten und jedem der Gäste dazu einen Militär-Pkw mit Begleiter zur Verfügung stellen. Am Ende würden sie die erlegten Rehböcke und Sauen nebeneinanderlegen, vielleicht zwanzig Böcke und zehn Sauen, und zum Abschluss würde es im Schloss Hubertusstock ein großes Büfett geben, mit Kaviar und allem Pipapo, und in der Mitte der Tafel würde ein Spanferkel liegen, hübsch hergerichtet. Ulbricht würde nicht kommen, da konnte er sich ja nur blamieren, unter Jägern. Das würde alles er organisieren. Nach der gelungenen »Operation Rose« würde er so seine Eignung für ein staatstragendes Amt demonstrieren.

Wie herrlich es war, Pläne zu schmieden.

Der Fahrer hielt. Da waren sie ja schon. Das »Haus der tausend Fenster«. Hier wurden Verbrecher gejagt, Tatorte gesucht, Verkehrsunfälle bearbeitet und Fahrerlaubnisse ausgestellt. Der Fahrer kam um den Volvo herum und öffnete die

Tür, und er stieg aus. »Ich lasse Sie rufen«, sagte Honecker, und der Fahrer nickte ergeben.

Beim Pförtner sagte er bloß: »Zentraler Einsatzstab«, aber aus dem Augenwinkel sah er bereits einen Mitarbeiter der Staatssicherheit, der auf ihn zutrat. »Genosse Honecker, bitte folgen Sie mir.«

Es ging in das zweite Obergeschoss. Vier Büros standen ihm für die »Operation Rose« zur Verfügung, acht Mitarbeiter stellten sich namentlich vor, sie würden die Meldungen überwachen, die ständig durch die neu installierten Fernschreiber sowie telefonisch und per Funk zusammenliefen und seine Einsatzzentrale mit Armee- und Polizeieinheiten und den Posten an der Sektorengrenze verbanden.

Befriedigt stellte er fest, dass man die Räume gemäß seinen Weisungen vorbereitet hatte. An den Wänden hingen detaillierte Stadtpläne von Berlin. Er betonte noch einmal die notwendige Geheimhaltung sämtlicher Befehle: »Alles, was hier geschieht, was Sie hören, was Sie sehen, bleibt innerhalb dieser Wände!« Dann gab er Order, den Sitzungsraum mit Getränken auszustatten, es ginge in Kürze los.

Diese ständige Flucht über die Grenze war eine Katastrophe. Allein am vergangenen Wochenende hatten fast dreitausendzweihundertfünfzig DDR-Bürger das Land verlassen und sich im Flüchtlingslager Marienfelde registriert. Der westliche Rundfunk meldete jeden Morgen genüsslich die aktuellen Zahlen.

Und dann noch diese Marlene Schmidt, die sich vor drei Wochen in Miami Beach zur Miss Universum krönen lassen hatte. Eine DDR-Bürgerin, erst vor einem Jahr aus Jena in den Westen geflohen! Sie sah ja wirklich hübsch aus. Aber dass jetzt die ganze Welt über die geschlossenen Grenzen der

DDR berichtete. Selbst bei ihnen im Land redete man, die Pressekader hatten gerade noch gegensteuern können, indem sie über die Zeitungen verbreiteten, dass Marlene Schmidt in der DDR wegen ihrer Fähigkeiten als Ingenieurin geschätzt worden sei, während jetzt nur noch ihr Busen, ihr Hintern und ihre Hüften zählten und man sie kaum noch ernst nehmen könne. Geschickt hatten sie das gedreht. So war enthüllt, was der Kapitalismus mit einem machte, er zwang einen, die eigene Haut zu Markte zu tragen. Wenn nur nicht diese Fotos wären. Sie sah nämlich gar nicht unglücklich aus, die Vierundzwanzigjährige, sie strahlte auf den Fotos mit ihrer glitzernden Krone auf dem blonden Haar, und trug ein Kleid, nach dem sich die Frauen im Land alle Finger lecken würden.

Es wurde Zeit, dass man die Schlupflöcher zwischen Ost- und Westberlin verstopfte. Die Menschen würden aufhören, davonzulaufen und endlich anfangen zu arbeiten. Die Wirtschaft würde sich entwickeln.

Ein Mitarbeiter näherte sich devot.

»Was gibt es?« Er mochte es nicht, wenn er in seinen Gedanken unterbrochen wurde.

Der junge Mann teilte mit, dass sich Verteidigungsminister Heinz Hoffmann, Verkehrsminister Erwin Kramer, Innenminister Karl Maron und der Minister für Staatssicherheit, Erich Mielke, im Sitzungszimmer eingefunden hätten.

»Sind auch der Vertreter der Sowjetischen Botschaft und der Vertreter der Sowjetischen Streitkräfte anwesend?«, fragte er.

Der junge Mann bestätigte es ihm.

Honecker zog das Sakko straff, fuhr sich noch einmal mit dem kleinen Taschenkamm durch die Haare, räusperte sich. Dann ging er über den Flur und betrat das Sitzungszimmer.

Er fuhr zusammen. Ulbricht war da! Warum war ihm das nicht gemeldet worden? Er musste auf den letzten Drücker gekommen sein, in just dieser Minute, natürlich, um ihm den Auftritt zu verderben. Was sollte das? Ulbricht hatte *ihm* die Leitung des Einsatzstabes übergeben. Außerdem war nicht Ulbricht, sondern *er* als ZK-Sekretär zuständig für die Sicherheitspolitik der Partei nach innen und außen, für Polizei, Geheimpolizei und Armee. Außerdem hatte man ihn zum ZK-Sekretär für Kader und Leitende Parteiorgane ernannt, zu einer Art Personalchef der SED. Das waren deutliche Manöver der KPdSU-Führung gewesen, um Ulbricht zu schwächen, weil der zu viel allein gemacht hatte. Und jetzt konnte er nicht abgeben, dieser Gernegroß!

Na, dem würde er es zeigen.

Er hatte die Zahlen im Griff, und brachte sie nach einer knappen Begrüßung zackig dar. 52,2 Kilometer des westlichen Außenrings waren bereits verdrahtet. Blieben noch 92,2 Kilometer Grenzlänge, die dort zu sperren waren. Es sei eine einfache mathematische Rechnung, sagte er, wie viel Holz, Krampen, Stachel- und Maschendraht gebraucht würden, um den westlichen Außenring vollständig zu schließen. Nämlich 47 900 Betonsäulen, 473 Tonnen Stacheldraht und 31,9 Tonnen Maschendraht. Pioniertruppen, die die Westgrenze durch Stacheldraht sichern würden, standen zur Verfügung, allerdings mussten noch 303 Tonnen Stacheldraht beschafft werden, und es gab einen Fehlbestand von 21 000 Betonsäulen.

Er machte eine dramatische Pause.

Natürlich hatte er eine Lösung für das Dilemma. Er lasse die fehlenden Betonsäulen von der Grenze zur Bundesrepublik heranfahren. Maschendraht sei allerdings überhaupt Fehlanzeige.

Die NVA und die sowjetischen Streitkräfte müssten die Operation militärisch sichern. Sie sollten sich in voller Kampfbereitschaft in der zweiten Reihe bereithalten für den Fall, dass die NATO das Ganze mit Militärgewalt zu verhindern versuchte und ein Krieg ausgelöst werde. Panzer sollten an der Grenze zur BRD eingegraben werden, und zwar auf eine Weise »geheim«, dass es der Westen doch erfuhr. So war er gewarnt, gar nicht erst überzureagieren.

Hier unterbrach ihn der Abgesandte der sowjetischen Streitkräfte und versicherte, sobald die Amerikaner ihre Panzer in Ausgangspositionen brächten, würde er die sowjetischen Panzer in volle Gefechtsbereitschaft setzen. Allerdings benötige er auch einiges. Er schob eine Liste über den Sitzungstisch. Honecker überflog sie rasch. Treibstoff, und zwar nicht wenig, und eine Liste aller Krankenhäuser, die kurzfristig in Armeelazarette umgewandelt werden konnten, und dazu tausendfünfhundert Krankentransportfahrzeuge.

»Selbstverständlich«, sagte er. »Das bekommen Sie.«

Der Abgesandte der sowjetischen Streitkräfte sagte, während sie hier redeten, ziehe die Rote Armee bereits Soldaten zusammen. Es würden mehr als 37 500 sowjetische Soldaten zugeführt, jetzt seien es insgesamt 380 000 Mann in der DDR. Zusammen mit den bereits in Polen und Ungarn versammelten Truppen sichere fast ein Drittel der gesamten Landstreitkräfte der Sowjetunion die Grenzschließung in Berlin ab. Außerdem habe man die Luftstreitkräfte in der DDR verstärkt und sie erstmals mit »Spezialmunition« ausgestattet.

Der Begriff sank schwer nieder, man sah es an den Gesichtern der Versammelten, jeder von ihnen verstand: Atomwaffen.

Außerdem gebe es zusätzliche 700 Panzer. Und Iwan S.

Konew habe in Wünsdorf das Oberkommando über die Sowjetischen Streitkräfte erhalten. Ein Held der Sowjetunion und ihr Marschall. Dass man ihm jetzt das Oberkommando in der DDR gegeben habe, sei eine Drohung an die USA. Konew habe 1945 gemeinsam mit Marschall Schukow Berlin erobert, der alte Kriegsrecke würde nicht zögern, die Schlacht um Berlin ein zweites Mal zu führen. Genau das wüssten die Gegner.

Honecker frohlockte. Diese Militärmacht, all diese Soldaten und Panzer und Flugzeuge und Raketenabschussrampen bewegten sich, um »Operation Rose« zu sichern. Dieses Mal würde der Westen machtlos sein.

Er bedankte sich mit unbeeindruckter Miene – so hoffte er –, beim Abgesandten der sowjetischen Streitkräfte.

Nun setzte Ulbricht an, etwas zu sagen. Rasch übertönte ihn Honecker mit einer Darstellung der Fahrten, die ebenfalls bereits jetzt, während sie redeten, 18 200 Betonsäulen, 150 Tonnen Stacheldraht, 5 Tonnen Bindedraht und 2 Tonnen Krampen nach Berlin transportierten. Dazu brauche es 400 Lkw-Touren, und weil das auffallen würde, habe er sie zur Tarnung über Umwege geleitet, über verschiedene Bezirke, und lasse das Material noch nicht innerhalb Berlins lagern, sondern am Rande der Stadt.

Jetzt setzte sich Ulbricht doch durch und holte zu einer politischen Analyse aus. Honecker verstummte und verschränkte die Arme. Wie die Lagebesprechung auch weiter verlaufen würde, er hatte gleich zu Beginn klargemacht: Ohne ihn lief hier nichts. Das musste auch Ulbricht begreifen. Mochte Ulbricht das Gesicht sein, das sich mit dem Ergebnis von »Operation Rose« vor der Presse präsentierte – die Arbeit hatte er, Honecker, getan, und die entscheidenden Leute würden das wissen.

Die Wände der Schusterwerkstatt hatten die Farbe von Leder angenommen. Der Meisterbrief vergilbte an der Wand. In den Regalen standen Arbeitsschuhe, Stiefel, alte Latschen, und hier und da ein Schulranzen, an dem neue Riemen zu befestigen waren. Der Schuster war über einen Schuh gebeugt, den er besohlte. Er trug eine Lederschürze und hatte eine kalte Pfeife im Mund. Um ihn herum standen kleine Blechbüchsen mit Holzstiften, Nägeln, Ösen und Schnallen. Der Geruch von Leder vermischte sich mit dem Fußgeruch, der aus den Stiefeln dünstete.

Stefan Hähner sagte: »Ich wollte eine Freundin besuchen und ihr dieses Paket vorbeibringen, aber sie ist nicht zu Hause. Wäre es möglich, dass sie es bei Ihnen abholt? Dann werfe ich ihr noch rasch einen Zettel in den Kasten.«

»Stellen Sie's auf die Kiste da«, sagte der Schuster, ohne aufzublicken. Er wies mit dem Hammer in eine unbestimmte Richtung.

Hähner hatte das Paket in Packpapier gewickelt und gut verschnürt, um der natürlichen Neugier entgegenzuwirken. Sollte der Schuster es dennoch öffnen, würde er ein gewöhnliches Paar Stiefel darin finden. Das Material von 83/D hatte er im linken Stiefel versteckt, die Anweisungen verschlüsselt. Dennoch war ihm nicht wohl bei der Sache.

Behutsam stellte er das Paket ab. Er bedankte sich und verließ den Laden wieder. Eine Glocke läutete, als er die Tür schloss, und drinnen schepperte das Schild mit den Öffnungszeiten gegen die Scheibe. Bis sechs Uhr bloß. Was, wenn Ria nicht rechtzeitig von der Arbeit nach Hause kam?

Er beschrieb einen Zettel mit Druckbuchstaben und faltete ihn. Aus den Kellerfenstern neben der Schusterwerkstatt stieg muffiger Geruch von Braunkohle, Holz und Kartoffeln auf.

Ein Junge klingelte bei allen Wohnungen. Als sich die Tür des Wohnhauses öffnete, rief er ins Treppenhaus, er sammle Alteisen, Lumpen, Flaschen, Kupfer und Altpapier.

Hähner trat auf ihn zu und fragte: »Willst du dir fünfzig Pfennige verdienen?«

Der Junge sah erfreut auf.

»Bring diesen Zettel in die Boxhagener Straße 25. Weißt du, wo das ist?«

»Klar.« Er sah in die richtige Richtung.

»Du wirfst ihn bei Nachtmann in den Briefkasten. Dann kommst du wieder her, und sagst mir, für welche Etage der Name auf dem Klingelschild steht, damit ich weiß, dass du auch wirklich da warst. Ich gebe dir sogar eine Mark. Fünfzig Pfennige jetzt, und noch mal fünfzig, wenn du es erledigt hast.«

Der Junge steckte die Münze ein, warf sein Bündel alter Zeitungen an die Hausmauer und bat darum, dass Hähner darauf aufpasse, dann lief er mit dem Zettel los. Hähner bereute, dass er so hoch gegriffen hatte, eine Mark verdiente der Bengel sonst nicht so leicht. Er sollte nicht überall herumerzählen, was er getan hatte.

Als der Junge zurückkam, sagte er keuchend: »Im Vierten.«

»Gut.« Er zahlte ihn aus.

Der Junge nahm das Bündel und schleppte es fort, anstatt weiter bei den Häusern zu klingeln. Vielleicht brauchte er das Geld gar nicht für sich selbst, sondern für seine Familie, wer wusste das schon.

Hähner stieg in den grünen Wartburg, den er ein Stück weiter die Straße hinauf geparkt hatte. Er holte die Brotbüchse und den Apfel aus der Tasche und legte sie vor sich auf das

Armaturenbrett, um Vorübergehenden eine Legende zu bieten, weshalb er hier im Auto herumsaß. Ohne den Blick von der Tür der Schusterwerkstatt zu wenden, hielt er das Käsebrot in den Händen. Lustlos biss er davon ab.

Eine Familie schob einen hochbepackten Wagen die Straße entlang, die Möbel waren mit Seilen festgezurrt. Der Vater zog die Deichsel, die Kinder und seine Frau schoben von hinten. Ein Hund trottete neben ihnen her. Der gesamte Besitz der Familie war auf engstem Raum zusammengepfercht, ein Sofa, ein Schrank, Teppiche, Bettzeug und Kisten. Niemand nahm Anstoß daran, dass sie die Straße benutzten. Hier im Osten sah man diese mit Menschenkraft geschobenen Umzugswagen oft.

Dass man hier für ein Paar Schuhe dreimal so lange arbeiten musste, wenn überhaupt ein passendes zu finden war in den Läden! Er hatte nie an allgemeine Gerechtigkeit geglaubt, aber doch verinnerlicht: Wer viel leistet, bekommt viel. Diese Regel erschien ihm plötzlich verlogen. In Wahrheit kam es darauf an, ob man ein paar Hundert Meter weiter östlich geboren war oder ein paar Hundert Meter weiter westlich. Die Menschen im Ostteil der Stadt hatten sich deutlich mehr abzuplagen im Leben.

Ria! Sie betrat die Schusterwerkstatt. Er wollte aussteigen, wollte zu ihr gehen und mit ihr reden, sie warnen, ihr einen Hinweis geben, wenigstens einen kleinen Hinweis. Er tat es nicht.

Mit dem Paket unter dem Arm kehrte sie zurück. Sie erschien ihm heute noch mädchenhafter als sonst, wunderschön auf ihre Art und höchst verletzlich.

Ein schwarzer Wolga blinkte und hielt. Die Fahrertür öffnete sich, ein Mann stieg aus, trat an Ria heran, nahm ihren

Arm und brachte sie zum Wolga. Er öffnete ihr die Beifahrertür.

Was sollte das? Entführte der sie? Wie der Kerl sie anfasste, erweckte nicht den Anschein von Galanterie.

Hastig startete Hähner den Wartburg. Der Wolga blinkte und fuhr an. Auch Hähner bog auf die Straße. Die Lenkradschaltung war ihm ungewohnt, obwohl er sich den Wartburg nicht zum ersten Mal vom KfZ-Deckkennzeichengeber auslieh, er konnte sich nie recht an sie gewöhnen.

Er folgte dem Wolga im Abstand von fünfzig Metern. Es ging Richtung Norden. Der Kerl brachte Ria doch hoffentlich nicht nach Hohenschönhausen? Jetzt bereute er die Sache mit 83/D. Wenn man die Präparate bei ihr fand, drehte die Staatssicherheit ihr aus dem Fund einen Strick.

Andererseits hatte der Kerl nicht nach Stasi ausgesehen. Eher osteuropäisch. War es der KGB? Womöglich war es … Sorokin. Hähner brach der Schweiß aus. Mit dem Taschentuch wischte er sich über Stirn und Nacken. Ein Killer, der anschließend als Führungsagent eingesetzt wurde. Die Personenbeschreibung aus München passte: dunkel gelocktes Haar, gedrungene Statur, ein breites, rundes Gesicht mit hervortretenden Jochbeinen.

Dieses Nyltest-Hemd, fortschrittlich und modern sollte es sein, das ideale Oberhemd: abends waschen, morgens trocken, ohne Bügeln glatt. Nur hatte niemand von dem unangenehmen Körpergeruch gesprochen, der ihm entstieg. Angeblich bestand es zu hundert Prozent aus dem neuen vollsynthetischen Material Polyamid. Tatsächlich trocknete es nach der Wäsche erschreckend schnell, und »bügelfrei« war es auch. Aber dass man derart darin schwitzte, machte doch all diese Vorteile wieder zunichte.

Sie ließen Hohenschönhausen rechts liegen. Er atmete auf. Jetzt ging es durch Weißensee und schließlich hinaus aus der Stadt, Richtung Bernau. Er ließ sich weiter zurückfallen, er sah den Wolga jetzt nur noch, wenn die Straße geradeaus führte, in weiter Entfernung vor sich. Auch Bernau passierten sie. Dann Eberswalde. Du meine Güte. Wo brachten sie Ria hin?

Gerade noch sah er den Wolga in Groß Schönebeck rechts abbiegen. Er lenkte seinen Wartburg zum Straßenrand und bremste.

Sie fuhren nach Dölln. Hier hatte Walter Ulbricht sein Landhaus am Großen Döllnsee. Hatte der Staatsratsvorsitzende Ria bei Schalck gesehen und ein Auge auf sie geworfen?

Die Sache war gefährlich.

Der KGB-Mann fuhr an das Tor heran. Er wechselte einige Worte mit den Wachsoldaten und zeigte seinen Dienstausweis. Dann sagte er: »Steigen Sie aus. Wenn Sie jemand fragt, sind Sie hier, weil Schalck Sie geschickt hat.«

»Was ist das?« Ria sah auf das umzäunte Gelände hinter den Soldaten mit ihren Maschinengewehren.

»Sie besuchen ein Sommerfest im Landhaus des Staatsratsvorsitzenden Ulbricht. Der gesamte Ministerrat der DDR ist eingeladen. Das wollen Sie doch nicht verpassen.« Er lächelte kalt. »Behalten Sie die Regierungsmitglieder für uns im Blick. Am späten Abend wird eine bedeutende Frage auf den Tisch kommen. Sie liefern mir eine Einschätzung, wie die Minister und Staatssekretäre darauf reagieren. Eine Stunde vor Mitternacht treffen wir uns wieder hier am Tor. Seien Sie pünktlich.«

Sie stieg aus, und er sagte: »Sehen Sie den Maschinenkarabiner? Eine Kalaschnikow, sie hat neunzig Schuss scharfe Munition geladen. Und dort drüben, die Degtjarew, ein leichtes Maschinengewehr, sehr zuverlässig, mit zweihundert Schuss.«

Sie beugte sich noch mal zum Auto herunter. »Warum sagen Sie mir das?«

»Um Sie vor Dummheiten zu bewahren. Die Wachen haben Anweisung, niemanden vom Gelände zu lassen. Das gilt auch für Sie.«

»So habe ich mir Sommerfeste bei den Reichen und Schönen immer vorgestellt.«

Er blickte auf das Paket unter ihrem Arm, das sie wie selbstverständlich mit aus dem Auto genommen hatte. »Was ist da drin?«

»Schuhe. Sie haben mich vorhin beim Schuster abgepasst. Sie wollen doch, dass ich mich schön mache, oder nicht?«

Er sah hinunter zu ihren alten Schuhen. »Höchste Zeit.«

Arschloch, dachte sie.

Die Wachen ließen sie passieren. Was menschlich war in ihren Gesichtern, hatten sie verdrängt, sie gaben sich wie Maschinen.

Der grüne Wartburg war nicht mehr aufgetaucht. War das Hähner gewesen? Den Zettel im Briefkasten hatte er mit Fl. unterschrieben, sicher sollte das Flögel heißen. Er hatte überwachen wollen, ob sie das Päckchen abholte und dass es nicht auf Abwege geriet. Gleich als sie losgefahren waren, war der grüne Wartburg ausgeparkt, sie hatte es im Seitenspiegel gesehen. Wenn Hähner darin saß, begriff er, dass sie unfreiwillig hier war?

Ein breiter Weg führte durch den Park zum Haupteingang des dreistöckigen Herrenhauses. Die wirklich wichtigen Leute waren offenbar mit ihren Autos bis davor gefahren worden.

Sie sah einen Horch »Sachsenring«, das Edelste, was der Automobilbau der DDR produzierte. An so einen Wagen kamen nur Regierungsfunktionäre und bedeutende Künstler heran. Auch ein Mercedes stand dort, und zwei Wolgas.

Ria passierte die Wagen und näherte sich der Eingangstür des Hauses. Die massiven Eichentürflügel waren größer als gewöhnliche Türen und machten damit den Ankömmling klein. Ein Rahmen aus Marmor fasste sie ein. Es kostete Kraft, den Türflügel zu bewegen. Der Marmorfußboden der Empfangshalle, die sie betrat, war spiegelblank geputzt. Die Wände der Halle verzierten Darstellungen von Arbeitern, in grobschlächtiger Weise gemalt, wie es jetzt modern geworden war. Es gab zwei Nischen mit Telefonen und Sitzgruppen mit niedrigen Tischen.

An die Halle grenzte ein Saal an, in dem Küchenpersonal gerade das Kaffeegeschirr abräumte und für das Abendessen deckte. Der Saal war aus drei Räumen zusammengefügt, sah sie, man hatte Falttüren geöffnet, um sie zu verbinden. Schwere Orientteppiche lagen auf dem Parkettfußboden. Im mittleren Raum hingen eichengeschnitzte Leuchter an schmiedeeisernen Ketten, im linken, größten Raum, der etwas feiner wirkte, waren es Lüster und Wandlampen aus geschliffenem Bleikristall und einem Gespinst gebündelter Goldfäden.

Die Fensterwände boten einen herrlichen Blick auf die Terrasse und den See. Hier hielten sich die Gäste auf, die meisten in dunkle Anzüge gekleidet. Sie saßen auf hellen Gartenmöbeln unter Sonnenschirmen. Zu ihren Füßen führte ein Rasen zum schilfbewachsenen Ufer hinunter. Eichen und Trauerweiden standen an seinen Rändern.

Noch hatte niemand sie bemerkt. Sie sah sich nach einer Toilette um. Instinktiv ging sie auf die richtige Tür zu, auch wenn sie erst im letzten Moment das dezente Symbol aus schwarzgebeiztem Messing bemerkte.

Sie schloss sich in einer der Kabinen ein und knotete das Paket auf. Die mitgelieferten Gegenstände und Hähners Anweisungen steckten im linken Stiefel, vorn, wo die Zehen Platz finden würden. Die Gegenstände waren klein, sie passten in ihre Handtasche: ein Stift, ein winziger Aluminiumbeutel, ein Lippenstift, aus dem durch eine Drehung eine Klinge hervorstieß, eine Schachtel Reifentöter.

Das leere Paket drückte sie zusammen und versenkte es im Mülleimer der Toilette. Die Stiefel stellte sie in die Toilettenkabine. Damen schien es hier sowieso nicht zu geben, es würde eine Weile dauern, bis jemand die Damentoilette aufsuchte.

Sie ging wieder nach draußen und sah durch die Fensterfront auf die Terrasse hinaus. Plötzlich wurde ihr klar: Das waren sie. Hier waren sie alle beisammen, die Kollegenschweine, die ihren Vater ans Messer geliefert hatten. Diese Männer im dunklen Anzug waren die führenden Köpfe der DDR, sie hielten die Zügel in den Händen. Sie befahlen Aktionen wie die, die ihre Familie zerrissen hatte. Jetzt eine Handgranate zu haben! Oder einem der Posten am Eingang das Maschinengewehr zu entwinden und dann draufzuhalten und den Staat gemeinsam mit seinen Strippenziehern im Blut zu ersticken!

Die Bilder in ihrem Kopf sollten sie erschrecken, aber stattdessen erfüllten sie Ria mit Genugtuung. War sie das? Wollte sie so sein? Auch das hatten sie ihr angetan.

Sie presste die Zähne aufeinander. Du schadest ihnen, indem du ihnen ihre schmutzigen Geheimnisse entreißt. Das muss genügen.

Jemand trat neben sie. »Was stehst du hier herum und glotzt? Und wo ist deine Schürze? Fürs Träumen wirst du nicht bezahlt.« Es fehlte nicht viel, und der Mann hätte sie geschlagen.

Sie senkte den Kopf, als schämte sie sich, und folgte dem Mann in eine Art Umkleideraum. Er reichte ihr mit ruppiger Handbewegung eine Schürze und befahl: »Hilf beim Tischdecken im Saal!«

Ihre Handtasche legte sie oben auf die Spinde und band sich die Schürze um.

Hier gab es nur zwei Menschengruppen, und eine tiefe Kluft trennte sie. Da sie nicht zu den Ministern gehörte, konnte sie nur zum Dienstpersonal gehören.

20

Im Kontrollraum prüfte Hauptmann der Staatssicherheit Lutz Kampe die Leuchttafel, auf der abzulesen war, ob und wo längs des Sperrzauns die Infrarot-Strahlensperre durchbrochen worden war. Dann sah er wieder zur Anzeige der Alarmanlagen, um Fenster und Türen zu überwachen. Alles war ruhig. Er verließ das Gebäude. Am vergitterten Haupttor trat er zum Doppelposten der Wachkompanie und fragte die Soldaten: »Sie haben eine Person auf das Gelände gelassen, ohne uns zu benachrichtigen. Wer war das?«

»Jemand vom KGB hat die Frau hergebracht. Er sagte, das ginge in Ordnung.«

»Vom KGB?« Kampe runzelte die Stirn. Er ging zurück in den Kontrollraum, hob den Hörer vom Telefon und wählte die altvertraute Berliner Nummer. Nach der militärischen Meldung sagte er: »Genosse Oberst, eine verdächtige Person auf dem Gelände.«

»Beschreibung?«

»Weiblich, jung, ich schätze sie auf zwanzig Jahre. Laut Personalliste erwarten wir aber niemanden mehr für Küche oder Reinigung. Die Genossen vom Wachregiment behaupten, der KGB hätte die Person hergebracht und würde für sie bürgen.«

»Bleiben Sie auf Ihrem Posten. Ich schicke Oberleutnant Eickhoff, er ist in einer Stunde da. Haben Sie eine mobile Funkpeileinrichtung vor Ort?«

Er bestätigte.

»Schalten Sie die Funkpeilung ein. Wichtig ist, dass keine Nachrichten nach draußen gelangen. Wenn jemand funkt, lösen Sie Alarm aus.«

»Verstanden.« So etwas hatte er noch nie erlebt. Eine Funkpeilung auf dem Gelände in Dölln! Also war sein Eindruck richtig gewesen, das Sommerfest war kein gewöhnliches Treffen der Spitzenfunktionäre.

Er liebte seinen Oberst. Der zauderte nicht. Er wusste, was zu tun war, wenn jemand versuchte, ihnen in die Suppe zu spucken.

Ria schenkte Radeberger nach. Sie belauschte den Volkskammerpräsidenten Dieckmann, der sich zu seinem Sitznachbarn hinüberbeugte und fragte: »Sag mal, Genosse Neumann, warum sind wir heute am Döllnsee?«

Sein Sitznachbar zuckte die Achseln.

Offenkundig wussten die Minister und Regierungsangestellten nicht, was sie hier taten. Abgesehen vom Verzehren der Fasanenbrust mit Rotkohl, Möhren, Blumenkohl und Kartoffeln.

Ulbricht erhob sich und sagte: »So, liebe Genossen. Jetzt möchte ich euch noch zu einer kleinen Sitzung einladen.«

Alle im Raum sahen überrascht auf.

»Eine außerordentliche Sitzung des Ministerrats«, sagte Ulbricht, »unter Hinzuziehung der Staatsratsmitglieder.« Er wies hinüber zum Prachtsaal mit der vier Meter hohen Decke. »Bitte.«

Die Herrschaften gingen in den Saal mit dem dunklen Afrika-Holz an den Wänden, dessen Decke quadratische, goldfarbene Kassetten schmückten, und Ria räumte zwei leer gegessene Teller ab und zog sich in die Küche zurück. Obwohl sie keine Anweisung dazu erhalten hatte, bestückte sie einen Rollwagen mit Zuckerdöschen und frischen Tassen und Untertassen. Als der Koch sie fragend ansah, sagte sie: »Die machen noch eine Sitzung und wollen Kaffee. Schnell. Ich decke schon mal ein.«

Sie schob den Wagen hinaus und brachte ihn zum Prachtsaal. Sobald sie in der Nähe des Saals war, schob sie langsamer, darum bemüht, das Klirren des Geschirrs zu unterbinden. Niemand beachtete sie, als sie von hinten in den Saal trat. Mit devot gesenktem Blick begann sie, die Tassen auf den Sitzungstischen zu verteilen.

Ulbricht sagte: »... einschließlich der Grenze zu den Westsektoren von Groß-Berlin. Die Grenze darf von Bürgern der DDR nur noch mit besonderer Genehmigung passiert werden.«

Dieckmann stotterte: »Aber das muss doch längst vorbereitet sein, wenn es diese Nacht ...« Er verstummte.

»Anders war es nicht zu machen«, beschied ihn Ulbricht. »Übrigens ist das keine ungewöhnliche Sache. Jeder souveräne Staat ist berechtigt, seine Grenzen zu bewachen.«

Es herrschte angespanntes Schweigen. Nur Rias Tassen klirrten.

Schließlich wagte einer der Minister sich vor. Er fragte: »Wir sind hier in Gewahrsam, bis die Aktion angelaufen ist, ja?«

Ulbricht sah ihn böse an. »Papperlapapp, Gewahrsam. In meiner Funktion als Staatsratsvorsitzender bitte ich euch, als Ministerrat den Beschluss des Politbüros anzunehmen.«

»Wer leitet das Ganze?« Der dicke Minister sah sich in der Runde um, als suche er das fehlende Gesicht. »Honecker«, gab er sich selbst die Antwort. »Natürlich.«

Ria ließ den Rollwagen stehen. Sie eilte durch den Flur in die Umkleidekabine, riss sich die Schürze herunter und nahm ihre Tasche. Sie musste hier raus. Bis Berlin fuhr man eine Stunde. Sie hatte den Weg nach Jüterbog und anschließend wieder hinein in die Innenstadt vor sich, da konnte sie nur darauf hoffen, dass die Grenze nicht innerhalb von einer halben Nacht vollständig verbarrikadiert werden konnte.

Ulbricht hatte gelogen. Wie im Bilderbuch, wenn man den Regeln der Reid-Methode folgte. Er hatte sich selbst aus der Gleichung genommen in der Pressekonferenz damals, statt zu sagen: *Ich habe nicht vor, eine Mauer zu bauen,* hatte er gesagt: *Niemand hat die Absicht, eine Mauer zu errichten.*

Am Nebeneingang blieb sie stehen und spähte nach draußen. Die Sonne war fort, das tiefe Himmelsblau ging allmählich in Schwärze über, und die ersten Sterne funkelten. Die Gartenwege waren jetzt beleuchtet, selbst den großen Springbrunnen strahlte man an.

Das vordere Tor kam nicht infrage. Sie würde den Geländezaun erklettern müssen. Die Stacheldrahtkrone machte ihr Sorgen. Man unterschätzte Stacheldraht im Allgemeinen, eine von Vaters Geschichten aus dem Krieg hatte von einem jungen Kerl gehandelt, der sich im Stacheldraht vollkommen zerschnitten hatte und verendet war.

Was war mit der Wasserseite? Am Ufer standen zwei Bootshäuser. Vielleicht war in einem von ihnen ein Ruderboot vertäut, und sie konnte auf dem dunklen See ungesehen ein Stück entlang des bewaldeten Ufers fahren, um außerhalb des Anwesens wieder an Land zu gehen.

Die beste Deckung boten zwei Trauerweiden, deren Zweige fast bis zum Boden herabhingen. Sie schlenderte darauf zu. Hastige Bewegungen lenkten die Blicke auf sich, eine sich langsam bewegende Gestalt im Halbdunkel erweckte weniger Misstrauen, es konnte einfach einer der Sitzungsteilnehmer sein, der nach draußen gegangen war, um sich den Kopf zu kühlen.

Zum linken Bootshaus war es nicht weit. Sie betrat den Steg. Im Haus waren sie beschäftigt, immerhin galt es zu bedenken, wie man es anstellte, für siebzehn Millionen Deutsche einen Gulag zu bauen, um ihnen das letzte aller Menschenrechte zu nehmen: das Recht auf ungehinderte Flucht.

Ria öffnete die Tür zum Bootshaus. Drinnen war es dunkel, aber sie machte mehrere Boote aus, die sich knarrend im schwarzen Wasser wiegten. Sie wartete, bis ihre Augen sich weiter an die Dunkelheit gewöhnt hatten. Dann schlich sie zum ersten der Boote und betastete das Seil, mit dem es festgebunden war. Waren solche Seemannsknoten nicht so gedacht, dass man an einem bestimmten Ende zog, und sie lösten sich wie von selbst?

Die Bretter des Stegs draußen knarrten. Schritte.

Ria duckte sich. Sie hielt den Atem an. Die Tür hatte sie angelehnt, vielleicht fiel es dem Spaziergänger nicht auf.

An der Tür ein Klacken. Eine Taschenlampe flammte auf. Ihr Lichtkegel strahlte durch das Bootshaus. Jemand hustete, es klang wie ein Wühlen im Brei. Ria legte sich flach auf den Boden, das Boot musste ihr Deckung geben. Jetzt kam der Besucher ins Bootshaus. Er schritt den Steg entlang. Die Taschenlampe strahlte ihr direkt ins Gesicht. Ria hob den Arm vor die Augen.

»Na, kleine Ratte?« Eickhoffs Stimme.

Verdammt.

»Aufstehen. Mitkommen.«

Sie erhob sich. Dass man sie so schnell gefunden hatte, konnte nur bedeuten, dass das Bootshaus alarmgesichert war.

Eickhoff packte brutal ihren Arm. Sie müsste ins Wasser springen. Wenn sich Schuhe und Kleidung vollsaugten, würde sie das derart behindern, dass sie kaum von der Stelle kam und nur noch leichtere Beute war. Aber versuchen konnte sie's. Sie stieß Eickhoff in die Seite, versuchte, sich aus seinem Griff zu winden. Es gelang nicht. Dann riss sie ihn eben mit ins Wasser. Sie sprang, wollte springen. Seine Körpermasse hinderte sie. Jetzt presste er sie nah an sich und schleifte sie aus dem Bootshaus. »Hab ich doch damals schon gesehen, dass du ein Luder bist«, keuchte er.

Im Garten ließ er sie los, bis auf ihren Arm, den er immer noch schmerzhaft umklammert hielt. Sie nutzte den Weg, um im Gehen unauffällig ihre Tasche zu öffnen. Eickhoffs Jacke knarzte, und er atmete rasselnd, das übertönte verdächtige Geräusche. Sie versenkte eine Hand in der Tasche. Schon kamen sie beim hell erleuchteten Haus an. Rasch griff sie zu, bekam statt des Lippenstifts mit Messerklinge aber bloß den kleinen Aluminiumbeutel in die Finger.

Um Eickhoff abzulenken, fragte sie: »Wo bringen Sie mich hin?«

Er lachte rau. »Wir werden bald viel Zeit miteinander verbringen. In Hohenschönhausen.«

Das Haus durchquerte er nur. Unter hellen Lampen brachte er sie zum Tor und beschied die Wachsoldaten: »Ich bringe die Gefangene raus zu meinem Wagen.«

Das Tor blieb verschlossen. Der linke der beiden Wachsoldaten sagte: »Tut mir leid, Genosse. Wir dürfen niemanden vom Gelände lassen.«

Eickhoff knurrte: »Wie bitte?«

Der Soldat schlug den Blick nieder. »Wir könnten versuchen ... Also ... Wenn Sie hier warten ...«

»Meinetwegen gehen Sie in den Festsaal, und fragen Sie Ulbricht persönlich!«

»Ich rufe im Kommando an«, sagte er und ging ins Wachgebäude.

Als er zurückkam, führte er einen Schäferhund an der Leine, der zähnefletschend vorandrängte und zu ihnen wollte. »Tut mir leid. Keine Ausnahmen.«

Wortlos machte Eickhoff kehrt und stampfte mit ihr zu einem Gebäudekomplex in der Nähe des Tors. Drinnen las sie die Bezeichnungen an den Türen: *Funkzentrale, Waffenkammer, Werkstatt, Objekt-Feuerwehr.* Sie betraten den *Kontrollraum.* Ein Blick genügte ihr, und sie begriff, wie stark das Gelände gesichert war. Tafeln mit grünen Lämpchen, Infrarotsicherungen, Alarmanlagen. Was äußerlich wie eine Freizeitanlage aussah, war in Wahrheit ein zweiter Regierungssitz. Es hätte sie nicht gewundert, wenn die Fensterscheiben des Herrenhauses kugelsicher waren und darunter ein Bunker aus Stahlbeton existierte.

»Hinsetzen«, befahl Eickhoff. Sie gehorchte.

Dem Kollegen war er offenbar heute schon begegnet, sie begrüßten sich nicht. Eickhoff griff nach dem Telefon. Nachdem er gewählt und eine Weile gewartet hatte, knallte er den Hörer auf die Gabel. »Was ist da heute Nacht los?«

Der Überwachungskollege sah beinahe schüchtern zu Ria. Unter Eickhoffs Wutausbrüchen litten sie gemeinsam, es verband sie miteinander, auch wenn ihr klar war, dass ein Angehöriger der Staatssicherheit niemals einer Gefangenen helfen würde.

»Hast du Kaffee, Genosse?«, fragte Eickhoff und zog sich einen freien Stuhl heran. Schnaufend setzte er sich. Sein Atem rasselte stärker, als Ria es je gehört hatte.

Der Kollege verschwand und kehrte mit einer Thermoskanne zurück. »Hab die Tasse abgespült«, sagte er und stellte die Kanne mit lose daraufgesteckter Tasse vor Eickhoff ab.

Der nahm die Tasse herunter, schraubte den Deckel ab und goss sich Kaffee ein. »Milch?«

Wieder stand der Kollege auf. Man hörte ihn im Nebenraum Schränke öffnen und schließen. Er kam mit leeren Händen zurück, sah in Eickhoffs gerötetes Gesicht. Er wog kurz ab. Er sagte: »Ich gehe ins Haus und hole welche. Überwachst du die Infrarotsicherung?«

Eickhoff nickte.

Wann sah er endlich auf die Tafel mit den Lämpchen? Ria beschloss, ein wenig nachzuhelfen. »Beeindruckende Technik«, sagte sie. »Nur leider völlig nutzlos, wenn der Strom ausfällt.«

»Die Anlage hat ein eigenes Kraftwerk«, sagte Eickhoff lässig. »Damit Vaterlandsverräter wie du uns nicht in den Rücken fallen können.« Jetzt wandte er sich den Lämpchen zu, aber weniger, um sie zu prüfen, sondern mehr, wie ein stolzer Erbauer sich über seine Modelleisenbahn beugte.

Ria machte eine vorsichtige Handbewegung und drückte über der Kaffeetasse den kleinen Aluminiumbeutel aus, den sie in ihrer Faust umklammert hielt. Hähner hatte in seinen Instruktionen nicht zu viel versprochen. Das winzige Loch von nur 0,8 Millimetern Durchmesser sorgte dafür, dass der heraustretende Strahl kein Geräusch auf der Getränkoberfläche erzeugte und auch nahezu unsichtbar war.

Blieb noch das Problem, dass Eickhoff erst trinken würde, wenn der Kollege die Milch gebracht hatte. Wie sollte sie den Kollegen kaltstellen? Eickhoffs Reaktion auf den Kaffee würde ihn alarmieren. Eickhoff musste jetzt trinken.

Sie fragte: »Darf ich von Ihrem Kaffee nippen? Nur einen Schluck. Ich trinke ihn sowieso lieber *schwarz*.« Sie legte Stolz hinein, um es wie Weichheit erscheinen zu lassen, wenn man Milch in den Kaffee tat.

»Untersteh dich.«

Er trank einfach nicht.

Schon kam der Kollege zurück. Er brachte ein silbernes Kännchen. Während der Diensthabende die Lämpchen und Anzeigen prüfte, goss sich Eickhoff Milch in den Kaffee, dann trank er.

Ria nahm ihre Tasche und stand auf. »Ich gehe nur zur Toilette«, sagte sie und wich Eickhoff aus, der mit der freien Hand ausholte, um sie festzuhalten. Schon war sie bei der Tür.

Eickhoff stellte die Tasse ab und stürzte ihr nach.

Sie rannte den Flur hinunter. Die polternden Schritte Eickhoffs folgten ihr. An der Tür musste sie abbremsen, und da krachte er auf sie, packte den Kragen ihrer Bluse und riss sie mit solcher Wucht zurück, dass der Stoff ihr den Kehlkopf einzudrücken drohte. Knöpfe platzten ab.

Sie rammte ihm den Ellenbogen in die Magengrube, einmal, zweimal. Da torkelte er zurück. Sie entkam ins Freie. Dort presste sie sich gleich neben dem Ausgang gegen die Wand und rieb sich die schmerzende Kehle. Eickhoffs schwere Schritte im Flur verrieten, dass das Mittel zu wirken begann.

Immer langsamer ging er. Jetzt stand er draußen, neben ihr, und sah suchend in den Park hinaus. »Du miese ... kleine ... Berkengruen-Göre«, lallte er. Zwei Schritte torkelte er noch. Dann setzte er sich auf den Boden und sackte zur Seite.

Ria spähte in den Flur. Der zweite Mann war nicht zu sehen, er wollte wohl seine Infrarotschranken überwachen und mit ihrer Hilfe feststellen, wo sie das Gelände zu verlassen versuchte.

Sie zog den Stift aus der Handtasche und hockte sich hinter Eickhoff. Mit großen Buchstaben schrieb sie auf seine Jacke. Die Feuchtigkeit der wasserklaren Tinte verschwand rasch wieder. Dann sah man nichts mehr. Ria schlich ins Haus zurück. Sie würde denen jedenfalls nicht den Gefallen tun und planlos über das Gelände rennen, nur um auf ihrer Überwachungstafel in Form roter Lämpchen aufzutauchen und sich wieder einfangen zu lassen.

Leise öffnete sie die Tür mit der Aufschrift *Werkstatt* und schloss sie hinter sich wieder. Es rechnete hoffentlich niemand damit, dass sie sich hier, im Gebäude der Staatssicherheit, versteckte.

Schritte im Flur. Dumpf dröhnte die Stimme des Diensthabenden durch Wand und Tür. »Genosse, was ist passiert? Aufwachen!«

Sie drückte sich in den Winkel neben dem Werkzeugschrank.

»Hat sie dir eine verpasst?«, fragte die Stimme.

Stefan Hähner hoffte, keine Stolperdrähte übersehen zu haben. Näher an das Tor von Ulbrichts Anwesen wagte er sich nicht heran. Er sollte gar nicht hier sein. Ria Nachtmann hinterherzufahren und zu prüfen, ob es ihr gut ging, war nicht seine Aufgabe.

Die Anlage war durch dichten Kieferbestand und Gesträuch gegen Blicke von der Zufahrt her gedeckt. Er sah nur die Lichter eines großen, dreigeschossigen Gebäudes hindurchscheinen.

Die Wachsoldaten am Tor trugen Stahlhelme und Maschinengewehre, er sah eine AK-47 und eine Degtjarew. Ab und an machten die Soldaten ein paar Schritte.

Wenn man ihn erwischte und festnahm, würde nichts von dem, was er bei sich trug, ihn auf den ersten Blick überführen. Andererseits würden sie einen, der rings um Ulbrichts Landhaus durch den Wald schlich, ganz genau durchleuchten. Früher oder später würden sie auf den Wartburg stoßen, den er einen halben Kilometer entfernt versteckt an einem Feldweg geparkt hatte.

Ein Klingeln war zu hören. Einer der Soldaten ging in das Wachgebäude. Als er wiederkam, wurden ihre Bewegungen hastiger. Sie blickten nicht nach draußen, sondern ins Innere des Geländes.

Was hatte Ria getan? Sie war eben doch seine Beste. Durch das Tor würde sie nicht kommen, sie würde einen abgelegenen Winkel des Geländes suchen.

Er erhob sich in seinem Versteck. Am besten prüfte er die Außenzäune hinten am See. Als er einen letzten Blick Richtung Tor warf, sah er zwei Gestalten, die von innen darauf zukamen. Die eine Person stützte die andere, es sah aus, als würde der Fülligere der beiden ab und an einknicken.

Das Schlafmittel. Ria hatte offensichtlich Gebrauch davon gemacht. Aber nur bei einem von beiden. War es denkbar, dass sie genau das bezweckt hatte? Dass sie *wollte,* dass dieser Dicke zum Tor humpelte und mit den Wachen diskutierte? Er holte die Brille aus seiner Innentasche und setzte sie auf.

Sein Herz machte einen Satz. Angestrahlt von den Scheinwerfern am Tor schimmerten blaue Buchstaben auf dem Rücken des Fülligen. Es war nicht leicht zu entziffern, einige Buchstaben hatte sie mehrfach nachgeführt, offenbar hatte sie der Sache nicht recht getraut, weil die Tinte ohne die Brille nicht zu sehen war. Er las ein Wort: *Grenze*. Nein, es waren drei Begriffe, übereinandergeschrieben.

Grenze
schließt
0:00

Der gefeierte Bauabschluss der Schienentrasse um Westberlin herum. Das Heranziehen von sowjetischen Divisionen. Sie schlossen die Grenze.

Nein, um Ria musste er sich keine Sorgen machen. Diese junge Frau war eine bessere Agentin als sie alle. Woher hatte sie gewusst, dass er hier war und ihre Nachricht empfangen würde? Ein eigenartiges Gefühl beschlich ihn. Er war berechenbar für sie. Das Mädchen durchschaute ihn.

Keiner der V-Leute war dem Zirkel der Macht derart nahe gekommen. Und jetzt nutzte Ria ihre Tätigkeit als Doppelagentin, um das bestgehütete Geheimnis der DDR durchzustechen.

Er machte kehrt und schlich zurück in den Wald. Heute Nacht also. Es war keine Zeit zu verlieren. Als er den Feldweg erreichte und die Schonung, an deren Rand er den Wartburg im Buschwerk versteckt hatte, überlegte er sich die Nachricht.

Leise öffnete er die Autotür. Die Innenbeleuchtung war ausgeschaltet, aus gutem Grund. Im Mondschein schrieb er sich die wenigen Worte auf, übersetzte sie in den Zahlencode und holte die ostdeutsche Zwei-Mark-Münze aus seinem Portemonnaie. Die Nadel aus seinem Nähset zitterte, noch nie hatte er eine derart wichtige Nachricht zu übermitteln gehabt. Er bemühte sich, ruhiger zu atmen, und stach mit der Nadel in das winzige, kaum zu erkennende Loch der Münze.

Der innere Mechanismus ließ sie aufspringen. Er klaubte den kleinen Zettel mit der nur einmal zu benutzenden Zahlenkolonne aus dem Versteck und schloss die hohle Münze wieder. Dann addierte er die Zahlen zu denen der Nachricht.

Unter dem Beifahrersitz gab es ein Geheimfach, dem entnahm er die Aluminiumschachtel. Er legte den Daumen auf den grauen Metallschutzlack der Schachtel und schob den oberen Deckel auf. Im kleinen Fach lag die Pinzette, in acht weiteren Fächern lagen krumme Messingstücke mit Zahlen, jeweils doppelt zu verwenden, die 2 war umgedreht die 8, weil der Morsecode für 2 umgekehrt den Morsecode für 8 ergab, und so weiter.

Er sah auf den Zettel mit der verschlüsselten Nachricht und fügte die Zahlenstückchen mit der Pinzette in umgekehrter Reihenfolge in den Rand der Drehscheibe. Das letzte Stück klemmte er mit dem Metallspanner fest.

Er legte die Scheibe ein, montierte die Kurbel und drehte sie, bis die zwei roten Punkte auf gleicher Höhe waren. Erwischte man ihn mit dem Kurzsignalgeber, würden die meisten Menschen nicht wissen, was das bedeutete. Aber hier, bei Ulbricht, hatten sie sicher jemanden, der sich mit Spionage und Gegenspionage auskannte.

Dies war keine Nacht für Absicherungen. Es kam auf jede Minute an.

Er stieg aus, öffnete den Kofferraum und holte den Sender aus dem Verbandkasten. Er warf die Antenne über den untersten Ast einer Buche. Sie kam wieder herunter. Er versuchte es ein zweites Mal. Diesmal blieb sie oben. Mit schnellen Handgriffen baute er den Sender auf und verband den Kurzsignalgeber damit. Würde er von Hand morsen, wäre er für eine Minute oder länger auf Sendung, ein Peiltrupp der Spionageabwehr konnte diese Zeit nutzen, um seine Position ausfindig zu machen. Der Kurzsignalgeber aber reduzierte die Sendung auf wenige Sekunden und machte es damit fast unmöglich, ihn zu orten. Er drehte die Kurbel. Seine Nachricht wurde klickernd verschickt, während das gebogene Metall die Erhebungen der Messingstücke abtastete. Es hörte sich an wie eine Störung, ein kurzes Knirschen im Funkverkehr, sonst nichts.

21

Maschinen standen in der Werkstatt wie schlafende Tiere. An den Wänden, über den Werktischen, hingen Schraubzwingen und Zangen. Eine große Wanduhr tickte laut. Wenn sie ihre Augen anstrengte, konnte Ria im breihaften Grau ihre schwarzen Zeiger erkennen. Sie wartete, bis es fünf vor elf war, dann schlich sie aus dem Raum und verließ das Gebäude. Sie hielt sich abseits des Weges und bog erst kurz vor der Zufahrt zum Tor ein.

Beinahe gleichzeitig kam auf der anderen Seite des Tors der Wolga zum Stehen. Der KGB-Mann stieg aus und wandte sich an die Wachsoldaten. Sie waren jetzt zu viert, offenbar hatten sie Verstärkung geholt. Einer der Soldaten bemerkte sie, er hob das Maschinengewehr und befahl: »Stehen bleiben!«

Ria hob die Hände.

Auf der anderen Seite des Tors sagte der KGB-Mann: »Diese Frau arbeitet für uns. Ich bin hier, um sie abzuholen.«

Der Soldat mit den Streifen auf den Schulterstücken, offenbar ein Offizier, machte ein grimmiges Gesicht. »Niemand verlässt das Gelände. Unsere Befehle sind eindeutig.«

Lässig kam der KGB-Mann näher und hielt dem Offizier seinen roten KGB-Ausweis hin.

»Die Frau hat sich verdächtig verhalten«, entgegnete der Offizier. »Wir nehmen sie fest.«

Zwei Soldaten traten auf sie zu. Gehorsam hob sie die Hände ein Stückchen weiter nach oben.

Der KGB-Mann blieb ruhig. Gerade seine Ruhe verlieh ihm Autorität. »Sie gehören zum Wachregiment des Ministeriums für Staatssicherheit?«

Der Offizier bejahte.

»Wo ist Ihr Stab stationiert?«

»In Adlershof.«

»Und Ihr Kommandeur heißt?«

Jetzt wurde es dem Offizier unangenehm. Zögerlich sagte er: »Oberstleutnant Wolf.«

»Sie haben sicher nichts dagegen, wenn ich Ihr Telefon verwende. Ich habe Oberstleutnant Wolf klarzumachen, dass Sie einem Offizier des sowjetischen KGB die Zusammenarbeit verweigern.«

»So ist es nicht«, versuchte der Wachsoldat zu beschwichtigen. »Wir haben nur strikte Order, heute niemanden vom Gelände zu lassen.«

Plötzlich sprach der KGB-Mann mit einer Schärfe, die Ria erschreckte. »Während Sie hier meine Zeit verschwenden«, sagte er, »wird die gesamte Nationale Volksarmee in erhöhte Gefechtsbereitschaft versetzt. Bewaffnung und Technik werden einsatzbereit gemacht und mit Munition und Treibstoff aufgefüllt, die beweglichen Vorräte auf Kraftfahrzeuge verladen, die Kampfflugzeuge werden aufmunitioniert und für das Gefecht vorbereitet. Das System der Luftabwehr ist in Bereitschaft versetzt, funktechnische Posten mit Diensthabenden voll besetzt, die Piloten sind in Bereitschaftsstufe II. Auch die Raketentruppen bereiteten ihre Feuerstellungen vor, vielleicht führen sie, während wir hier reden, die Raketen in die Feuerstellungen ein.« Der KGB-Mann trat noch dichter an das Tor heran. »Meinen Sie wirklich, Sie können dem sowjetischen Komitee für Staatssicherheit etwas vorenthalten und hier eine Runde Verstecken spielen? Fühlen Sie sich stark mit Ihrer Kalaschnikow? Eigenhändig exekutiere ich Sie und Ihre drei Männer, bevor Sie überhaupt wissen, wie Ihnen geschieht.«

Es wurde still.

»Und glauben Sie«, sagte er weiter, »ich weiß nicht, was hier verhandelt wird? Der Ministerrat lässt die Grenze zu Westberlin schließen.«

Die Gesichter der Soldaten wurden wächsern. All das hatten sie nicht gewusst. Der Offizier nickte stumm, und seine Untergebenen öffneten das Tor um einen Spalt.

Der KGB-Mann starrte dem Offizier noch einige Sekunden lang in die Augen, dann ließ er von ihm ab und sagte zu ihr: »Kommen Sie.«

Eickhoff kam über die Wiese geschnauft. Er rief: »Halt! Das Miststück hintergeht Sie nach Strich und Faden!«

Der KGB-Mann tat, als würde er es nicht hören. Er öffnete die Autotür. Ria stieg ein.

Eickhoff schrie: »Sie war im Bootshaus, sie wollte ausbüxen! Sie wird alles verraten!«

Der KGB-Mann ließ den Motor an, setzte mit dem Wagen zurück und fuhr mit durchdrehenden Rädern voran. Nach wenigen Minuten waren sie auf der Landstraße Richtung Berlin. Er fragte, ohne sie anzusehen: »Was sollte das?«

In diesem Moment begriff sie, dass er in der Lage war, Menschen zu töten. Und dass er womöglich bereits etliche getötet hatte. Ihrer Kehle wurde kalt. Sie sagte: »Ich musste fort von da. Dieser Eickhoff hat es auf mich abgesehen.«

War es nicht eigenartig, dass er sie überhaupt auf das

Gelände geschleust hatte? Er hatte offenbar die ganze Zeit schon gewusst, was dort verhandelt werden würde! Er wusste von der Grenzschließung, er wusste, was genau in diesem Moment in den verschiedenen Armeeeinheiten passierte. Es wirkte fast, als wären die Männer der DDR-Regierung bloß sowjetische Marionetten.

Er lenkte mit ernstem Gesicht den Wagen und ging nicht auf ihre Entschuldigung ein, stattdessen fragte er nach der Stimmung im Ministerrat, nach einzelnen Ministern und Mitgliedern des Staatsrats.

Ria berichtete, so gut sie konnte.

Der KGB-Mann hakte nach. Besonderen Wert legte er auf die Frage, wie sie auf die Nachricht von der Grenzschließung reagiert hatten.

War es möglich, dass Chruschtschow und Ulbricht sich nicht einig waren? Dass es Differenzen gab zwischen der DDR und der Sowjetunion, sorgfältig geheim gehaltene Risse im angeblich unerschütterlichen Bruderbund? Wenn der KGB die einzelnen Regierungsmitglieder überwachte, kam die Grenzschließung womöglich gar nicht auf Befehl Moskaus, sondern auf Initiative von Ulbricht oder Honecker zustande, zähneknirschend gestattet von Chruschtschow. Offensichtlich war man in Moskau nicht sicher, wie es über die Bühne laufen würde und ob womöglich ein Krieg oder ein Bürgerkrieg die Folge war.

Der KGB-Mann blieb merkwürdig unbewegt. Er hörte ihren Bericht an und sah dabei unverwandt auf die Straße.

In Rias Brust steckte die Angst wie ein Stück Eis und wollte nicht schmelzen. War ihr Tod bereits beschlossene Sache? Es lag in der Luft. Die Stimmung im Auto hatte etwas Abgeschlossenes.

»Wohin bringen Sie mich?«, fragte sie.

»Nach Hause.«

Wie er es aussprach, klang es nach einem Fallbeil, das unerbittlich herabsauste. Sie sagte: »Es gibt ein Foto von Ihnen. Ich habe es bei einem Freund in Westberlin deponiert. Er ist Journalist und weiß über Sie Bescheid. Wenn ich mich in den nächsten sieben Tagen nicht bei ihm melde, veröffentlicht er das Bild.«

Ohne erkennbare Regung fuhr der KGB-Mann den Wagen. Berlin war bereits zu sehen, sie verließen die letzten Ausläufer des Waldes.

»Das Foto eines KGB-Killers fördert die Auflage«, sagte sie. »Man wird die Meldung auch in den ausländischen Zeitungen bringen, das lässt sich niemand entgehen. Wollen Sie Ihr restliches Leben als gescheiterter Agent in Armut in Moskau verbringen?«

»Und was, dachten Sie, passiert«, sagte er leise, »wenn Sie mir so in den Rücken fallen?«

Sie musste unfreiwillig schlucken. Ihre Kehle wurde eng.

»Sie sollten mich laufen lassen. Sonst wird das Foto gedruckt.«

Er fragte leise: »Haben Sie dem BND die Grenzschließung mitgeteilt?«

Sie verneinte.

Da brüllte er noch einmal: »Haben Sie dem BND die Grenzschließung mitgeteilt? Ja oder nein?«

Sie fasste in ihre Handtasche, drehte mit zitternden Fingern die Klinge aus dem Lippenstift heraus. Sie holte aus und rammte sie ihm ins Bein.

Er brüllte vor Schmerz. Der Wagen geriet ins Schlingern. Sie stieß die Beifahrertür auf und sprang hinaus. Der Aufprall war ein Fausthieb aus Stahl, dann wurde sie geschleudert, verlor die Orientierung, schlug gegen einen Baumstamm. Blitze sprühten vor ihren Augen, ihr Gesichtsfeld war rot. Trotzdem zwang sie sich aufzustehen. Es fiel ihr schwer, das Gleichgewicht zu finden, der Horizont kippte, und es pfiff in den Ohren.

Dort, der Wolga. Auch die Fahrertür war offen.

Sie warf sich herum. Rannte. Eine Gestalt humpelte ihr nach, das Gesicht verzerrt von Hass. Immer wieder kippte der Horizont, sie stolperte, fiel. Etwas packte sie am Schopf. Sie wurde in den Wald geschleift.

Er hatte von seinem Stiefvater gelernt, Tiere zu töten, hatte zuerst Hühner geköpft, dann Schweine abgestochen und schließlich seinen ersten widerständigen Minenarbeiter erschlagen.

Es war nicht schwer gewesen. Es knackte nur, es waren bloß Knochen und ein wenig Fleisch. Auch diese hübsche junge Frau, die meinte, klüger zu sein als er, bestand nur aus Knochen und Fleisch.

Wenn sie Schwierigkeiten macht, bring sie um, hatte Krylow gesagt. Lass es aussehen wie einen Selbstmord.

Im Spionagegeschäft ging es um die Ergebnisse. Man konnte sich Moral nicht leisten. Sie oder er, so sah es aus.

Scheiße, tat das Bein weh. Sie hatte keine Sekunde gezögert. Auch er würde nicht zögern.

Er warf sie zu Boden und setzte ihr den Fuß auf den Rücken. Sie keuchte unter seinem Gewicht, sie bekam keine Luft. In der Pathologie würden sie herausgerissene Haarbüschel bemerken und Prellungen vom Unfall, und der Ort warf zu viele Fragen auf. Und wenn schon. Er zog sein Hemd aus, drehte es zu einem Strick und legte es ihr um den Hals.

Dann nahm er beide Enden, zog sie straff und verdrehte sie zu einem einzigen Strang.

Sie griff sich röchelnd an den Hals.

Ich gehe nicht in den Gulag, dachte er. Ich gehe nicht in die Hölle zurück.

Die Flucht nach Westberlin war längst vorbereitet. Luisa hatte er in Tag und Stunde nicht eingeweiht und überhaupt in letzter Zeit nicht mehr mit ihr davon gesprochen, damit sie sich nicht versehentlich verriet. Aber er würde nachher mit ihr und dem Kleinen in den Westen gehen.

Das Foto, gab es das wirklich, oder blufte Ria nur? Vermutlich gab es das Bild. Es würde ihm das Untertauchen im Westen schwer machen.

Wollte er die Frau töten? Er dachte an seinen Sohn. An den Vater, der er gern wäre. Sein Stiefvater hatte immer behauptet, er könne ihm helfen, die Albträume loszuwerden. Aber er wurde sie nie los, nicht im Straflager und nicht in den Jahren seitdem. Er träumte immer wieder von den Opfern, von ihrem Sterben.

All die Jahre hatte er sich Freiheit vorgegaukelt, aber in Wahrheit seit der Zeit bei seinem Stiefvater Anweisungen befolgt, immer nur Anweisungen.

Er ließ das Hemd los und lockerte es.

Ria Nachtmann würgte. Sie hielt sich den Hals. Sie hustete. Röchelnd schöpfte sie Atem.

Er hatte seine Flucht besser vorbereiten wollen, er hatte warten wollen, bis Robert etwas größer war. Jetzt mussten sie mit einem Neugeborenen fliehen. Luisa war auch noch nicht wieder auf dem Damm. Die Grenzschließung kam zu früh.

Er hinkte zurück zum Auto, startete es, fuhr los. Als er die Landstraße erreichte, musste er abbremsen. Panzer, eine endlose Reihe. Sie fuhren Richtung Berlin. Es hatte bereits begonnen.

Erich Honecker konnte nicht sitzen. Durch seinen Körper jagte das Adrenalin. Immer wieder ging er die Schritte durch, aus Sorge, etwas übersehen zu haben. Um acht war der Grenzbrigade in Groß-Glienicke verstärkter Dienst befohlen worden, wer gerade dienstfrei hatte, wurde unter Vorwänden zu seiner Einheit geholt. Als Geheimbefehl hatte er der 5. Grenzbrigade, die mit drei Bereitschaften den Außenring Westberlins überwachte, außerdem mitgegeben, dass mit X+30 Minuten Gefechtsalarm auszulösen sei und dann die Grenzen am Außenring zu schließen und zu sichern waren. Er musste später nur noch enthüllen, dass X schon heute Nacht um 0:00 Uhr bedeutete.

Um neun hatte Verteidigungsminister Hoffmann in seinem Auftrag zwei Divisionen motorisierter Schützen der Nationalen Volksarmee nach Berlin in Marsch gesetzt.

Die 3. und die 20. Armee der Sowjetischen Streitkräfte rückten bereits in ihre Bereitstellungsräume rings um die Stadt ein, drei Divisionen der 20. Gardearmee am äußeren Ring, und direkt in Ostberlin das 68. Panzerregiment sowie das 16. und das 81. Gardeschützenregiment der 6. Motorisierten Gardeschützendivision der sowjetischen Streitkräfte. Bei Bernau wurden sowjetische Haubitzenbatterien in Feuerstellung entfaltet.

Entlang der Autobahnstrecke Helmstedt–Berlin waren sowjetische Truppenverbände in Gefechtsposition gebracht worden, um eventuelle Versuche der Amerikaner abzuwehren, mit Waffengewalt vom Territorium der Bundesrepublik nach Westberlin durchzubrechen.

In Rostock und Merseburg, in Leipzig, Halle und anderen Städten fuhren sowjetische Einheiten auf, für den Fall, dass Teile der Bevölkerung widerspenstig auf die Grenzschließung reagierten. Sie würden Aufstandsversuche rasch ersticken.

Der nächste Schritt war der Alarm für die Kampfgruppen und die Polizeieinheiten, die sich entlang der Grenze zu postieren hatten. Der Zeiger fuhr über das Ziffernblatt. Mielke sprach mit Stoph, es störte ihn, dass die redeten, während doch jetzt wirklich kein Moment für Geplapper war. Sie waren hier in seinem Einsatzstab, da sprach man nur, wenn man etwas zu regeln hatte. Eikemeier, der Präsident der Berliner Volkspolizei, starrte besorgt vor sich hin. Der sollte lieber die Pläne noch mal durchgehen.

Die Stäbe der NATO und die gegnerischen Nachrichtendienste würden verblüfft sein, mit welcher Kraft »Operation Rose« durchgeführt wurde. Zahllose Helfer, getragen vom Verständnis der überwältigenden Mehrheit der Werktätigen, trugen an der Sache mit. Hier zeigte sich nicht nur die militärische Kraft der DDR, sondern auch die Stärke ihrer sozialistischen Ordnung und die Überlegenheit ihres politischen Systems.

Er geriet wieder einmal ins innere Redenschreiben. Er blinzelte. Das war jetzt nicht dran. Er sollte sich konzentrieren.

Von der Adenauerschen »Politik der Stärke« würde jedenfalls bloß ein Scherbenhaufen übrig bleiben, so viel stand fest.

Erich Ernst Paul Honecker, Abgang nach der achten Klasse, aus Mangel an Alternativen seinem Onkel als Dachdeckergehilfe zur Hand gegangen, sich nicht dumm angestellt, bei Dachdeckermeister Müller zwei Straßen weiter als Lehrling begonnen. Und jetzt baute er eine historisch bedeutsame Grenzmauer, die bald die ganze Welt aufhorchen lassen würde!

Der erste Triumph war die Wahl zum Leiter der Wiebelskirchener Ortsgruppe gewesen. Entscheidend war, sich gut anzuziehen, »mach einen guten Eindruck«, hatte Mutter immer gesagt. Auch heute noch sorgte er dafür, dass er gepflegt aussah. Man musste sich rasieren. Die Kleidung in Ordnung halten. Ein wenig mit der Mode gehen. Und pünktlich sein. Pünktlich und durchsetzungsstark. Wie damals bei den Straßenschlachten des Roten Frontkämpferbundes gegen die Faschisten. Da hatte er auch seinen Mann gestanden.

Das war es, was die Geschichte einem abverlangte: dass man seinen Mann stand. Und er bewies das heute. Vielleicht landete er in den Geschichtsbüchern, sehr wahrscheinlich sogar. Wie ein Thälmann, ein Lenin, ein Napoleon.

Im Auto, auf den holperigen Feldwegen, auf die er wegen der Armee auszuweichen gezwungen war, biss er sich vor Schmerz fast auf die Zunge und wartete auf den Moment, wo er nicht mehr mit dem verletzten Bein das Gaspedal würde niederdrücken müssen. Aber als er ausstieg und zur Haustür humpelte, war es keine Erleichterung. Luisa würde das meiste tragen müssen. Oder sie schlugen sich gleich ganz ohne Gepäck durch, was sowieso ihre Chancen erhöhte, ungehindert eines der letzten Schlupflöcher durch die Grenze zu nutzen. Nur sie und Robert, und die Sachen, die sie gerade auf dem Leib trugen.

Er schloss die Tür auf. Ging ins Schlafzimmer. »Luisa«, sagte er leise, »wach auf.« Abrupt blieb er stehen. Das Bett war unberührt und leer. Auch im Kinderbettchen lag nur eine Decke.

Hatte sie ihre Eltern besucht und eine Übernachtung mit eingeplant, ohne ihm Bescheid zu geben? Oder hatte sie ihn verlassen? Sie hatten einander in der letzten Woche kaum gesehen und nur wenig Gelegenheit gehabt, miteinander zu reden. Aber es war doch besser geworden in vielen Bereichen. Er hatte sich bemüht, zärtlicher zu sein, wenn sie miteinander schliefen. Er hatte vieles von sich preisgegeben, auch aus der Kindheit. Hatte Luisa Komplimente gemacht. Sie hatten zusammen gelacht. Er hatte sogar Robert gewickelt, zu nachtschlafender Stunde, um ihr etwas von den Mühen abzunehmen.

Verließ einen eine Frau, mit der man gerade noch gemeinsam gelacht hatte? War sie dazu fähig?

Er ballte die Hände zu Fäusten. Ausgerechnet in dieser Nacht, wo es darauf ankam, war sie nicht da. Er hatte sie holen wollen, hatte sie mitnehmen wollen!

Für eine Suchaktion und lange Versöhnungsgespräche blieb keine Zeit. Robert hatte nichts davon, wenn sein Vater tot war oder im Straflager in Sibirien.

Er hob die kleine Decke aus dem Kinderbett und presste sein Gesicht hinein. Tief inhalierte er den Duft seines Sohnes. Dann strich er zum Abschied über Luisas Kopfkissen. Er nahm nichts mit. Er verließ die Wohnung und das Haus. Eine Straßenbahn rumpelte vorüber.

So musste es sein, kurz bevor ein Krieg begann. Die Straßenbahnen fuhren, die Kinder hatten ihre Hausaufgaben erledigt und ihre Schulranzen gepackt, Fußgängerampeln schalteten von Rot auf Grün – aber in der Luft lag bereits der Tod. An kleinen Fehlern im Gewebe ließ sich ablesen, dass der Normalzustand bereits nur noch Schein war.

Er, Fjodor Sorokin, besaß nichts mehr als das nackte Leben, und er musste einen solchen Fehler im Gewebe finden, um hinüberzugelangen in die andere Welt.

In der Manetstr. 16 läutete das Telefon. Alexander Schalck wuchtete sich aus dem Bett und stolperte zum Apparat im Flur. Wer rief um diese Zeit noch an? Wenn das ein Streich war, konnten sie noch so sehr ihre Stimme verstellen, er würde im Notfall seinen Freund bei der Staatssicherheit darauf ansetzen, die Scherzbolde ausfindig zu machen. Da verstand er keinen Spaß. Er hob ab. »Schalck.«

Ein Codewort wurde gesagt.

»Ist das Ihr Ernst?«, fragte er.

Das Gegenüber bestätigte.

Er legte auf. Es war so weit. Endlich würde man nicht mehr bei jedem Schritt bedenken müssen, wie viele Menschen daraufhin in den Westen fliehen. Sie würden die Normen erhöhen können, die Geldmenge reduzieren, sie konnten Reformen anstoßen! Außerdem stabilisierte sich die Arbeitskräftelage. Zuletzt war es doch schon so gewesen, dass sich die Betriebe um die Ingenieure stritten, auf siebzehn Stellen war ein Bewerber gekommen.

Offiziell war er ahnungslos. Das Codewort bedeutete nur, dass die »Kampfgruppe der Arbeiterklasse« seines Ministeriums zusammengerufen wurde. Aber da war die heimliche Stacheldrahtlieferung an Honecker gewesen. Er wusste, was bevorstand.

Wenn er an die Kosten dachte! Der Bau der Grenzbefestigungen, das Verlegen von Eisenbahnstrecken, Wasserleitungen, Stromleitungen – es würde in die Milliarden gehen. Das war natürlich erst einmal auch eine Schwächung der Wirtschaft. Aber langfristig gesehen, war es der richtige Weg.

Die meisten aus seiner Hundertschaft würden nicht über Telefon zu erreichen sein. Die Alarmkette war sicher schon in Gang gesetzt. Während er sich die steingraue Uniform anlegte, eilten wahrscheinlich schon Kämpfer zur Wohnung des nächsten und sagten ihm Bescheid, woraufhin dieser wiederum zur Wohnung des übernächsten Kämpfers rannte.

Im Ministerium informierte man ihn, dass der Kommandeur verhindert sei und damit er, der stellvertretende Kommandeur, heute die Hundertschaft anzuführen hatte. Auch den Grund für den Alarm sagte man ihm. »Die DDR schließt die Staatsgrenze, um dem feindlichen Treiben der imperialistischen Kräfte in der BRD und Westberlin Einhalt zu gebieten.«

Er bemühte sich gar nicht erst, überrascht zu tun. Während sich seine Hundertschaft komplettierte, bekam er mit, was bei den anderen lief. Manche Kämpfer waren in Sandalen erschienen. Sandalen! Da konnte er nur den Kopf schütteln.

Als seine Hundertschaft komplett war, setzte er sie durch das nächtliche Berlin in Bewegung. Er war stolz darauf, dass bei ihm kein Mann und keine Frau fehlten – zwei seiner Züge hatten Sanitäterinnen –, während sich in den anderen Marschzügen des Ministeriums zwei bis drei Männer verspätet hatten oder unauffindbar waren.

Sie erreichten die Bereitschaftspolizei am Spreebogen, wo sich die Waffenkammer befand, und wurden ausgerüstet: Jeder Schütze erhielt seinen Karabiner 98k, den Mehrlader für Ladestreifen mit fünf Patronen, Kaliber 7,92 mm, und drei Mann je Gruppe, insgesamt also siebenundzwanzig Kämpfer, bekamen eine Maschinenpistole oder das Sturmgewehr MPi 44 für Einzel- und Dauerfeuer. Außerdem wurden Handgranaten und Nebelgranaten ausgegeben. Die Zugführer überprüften Waffen und Ausrüstung ihrer Kämpfer. Eigentlich sollte jeder den Karabiner 98k auseinandernehmen und wieder zusammensetzen können. Sie hatten alles geübt. Dreißig-

Kilometer-Märsche. Schießen mit der Maschinenpistole auf 50 Meter Entfernung, drei Schuss einzeln, liegend freihändig. Schießen auf ein bewegliches Ziel mit kurzen Feuerstößen. Schießen auf Mannscheiben in dreihundert Metern Entfernung. Vier Stunden in der Woche fand die Ausbildung statt, und die Instrukteure waren mit seiner Hundertschaft eigentlich immer recht zufrieden gewesen. Hinzu kamen die Einsatzübungen an Wochenenden.

Er selbst hatte den dreimonatigen Lehrgang für Zug- und Hundertschaftsführer absolviert, Geländetaktik, Taktik des Straßen- und Häuserkampfes. Immer wieder hatten sie geübt, einen angenommenen Aufstand niederzuschlagen, das Sperren und Räumen von Straßen und Plätzen oder wie man eine mit Rechtsverletzern durchsetzte Menschenansammlung abdrängte und die Rechtsverletzer lokalisierte, herauslöste und festnahm.

An den Trainingseinheiten hatte er eigentlich immer gern teilgenommen, weil er sonst kaum noch zu Sport kam. Körperlich gefordert zu werden tat ihm gut, und die Schießübungen, bei denen er sehr gut abschnitt, waren immer wie ein kleiner Wettkampf unter den Männern zelebriert worden.

Natürlich war ihm klar, dass man die »Kampfgruppen der Arbeiterklasse« in den Betrieben und Verwaltungsbehörden nicht als Sportvereine eingerichtet hatte. Sie waren nach dem Aufstand am 17. Juni 1953 gegründet worden, um solche Umsturzversuche in Zukunft zu unterbinden. Sie sollten staatliche Einrichtungen und Betriebe schützen, wenn die sozialistische Gesellschaft Gefährdungen durch innere oder äußere Feinde ausgesetzt war.

Dennoch war es heute etwas anderes. Heute marschierten sie nicht in einer Parade unter den Bannern »Wir kämpfen für den Frieden!« und »Wir hassen die Kriegstreiber!«, heute Nacht ging es darum, wirkliche Gegner zu vernichten oder gefangen zu nehmen.

Die Mitgliedschaft war freiwillig, nur SED-Mitglieder waren dazu verpflichtet, für sie war es eine »Ehrenpflicht«. Was, wenn sie auf Menschen schießen mussten? Er las den Männern seiner Hundertschaft diese Frage von den Gesichtern ab.

Man musste sich eben schützen. So wie gegen die Schmuggler, die Westgeld eins zu vier oder eins zu fünf in Ostmark getauscht und dann bei ihnen preiswert Schreibmaschinen, Musikinstrumente, Nähmaschinen, Ferngläser oder Fotoapparate gekauft hatten, um sie im Westen mit Gewinn weiterzuverkaufen, Banditen, die skrupellos die vom Staat gestützten guten Preise im Osten ausnutzten. Vor allem in der Waitzstraße hatten sie die Hehlerware verkauft, in der Waitzstraße gab es nichts, was man nicht bekommen konnte für die richtige Menge Geld, dort konnte man bestimmt auch Mörder anheuern oder Uranium erwerben. Die Regel, dass man im Osten nur noch nach Vorlage des Personalausweises einkaufen konnte, hatte geholfen. Und so würde es auch die Grenzschließung tun.

Die Straßen lagen still da, harmlos in ihrem Laternenlicht. Die Häuser schliefen. Einmal hörte er aus einer Nebenstraße den Kommandoruf eines anderen Hundertschaftkommandeurs. Bei ihm war das nicht nötig, seine Truppe war gut geschult worden, sie bewegte sich still in einer langen Zweierreihe in Richtung Unter den Linden.

Dann sah er das Brandenburger Tor, herrlich angestrahlt. Auch die Straße Unter den Linden sah herrschaftlich aus, obwohl sie menschenleer war, und sein Ministerium war ein Teil davon. Er empfand Stolz.

Plötzlich erloschen die Lichter am Brandenburger Tor. Kurz darauf folgten die Straßenlaternen bei ihnen, in der Prachtstraße. Unter den Linden lag in tiefer Dunkelheit. Er befahl: »Alles halt!«

Die Kämpfer und Gruppenführer tuschelten. Er hörte »Stromsperre« heraus, »mal wieder«, und »so dunkel, ich seh deinen Arsch nicht«. Diese Leute waren keine Soldaten. Sie waren Buchhalter, Projektleiter, Schreibtischmenschen, Sekretärinnen. Er sagte: »Formation auflösen. Kommt zu mir, in lockerer Runde.«

Sie kamen näher. Er wollte nicht die Nachbarschaft zusammenschreien. Er sagte: »Das Tor und die Straße wurden planmäß verdunkelt. Schon seit Wochen hat sich die Lage gefährlich zugespitzt infolge der zunehmenden imperialistischen Aggressionen der BRD gegen unsere Republik. Anfang August wurden die NATO-Verbände in Westeuropa in erhöhte Alarmbereitschaft versetzt. Und vor wenigen Tagen fanden vor unserer Küste Seekriegsmanöver der NATO statt. Die Bonner Ultras haben geglaubt, sie könnten die Deutsche Demokratische Republik von West-Berlin aus sturmreif machen durch Hetze, Verleumdung, Kriegshysterie, Spionage, Sabotage und Diversion. Auch der organisierte Menschenhandel hat zugenommen.«

Man war als Kommandeur eine Art Pfleger der Gehirne der Untergebenen. Was sie über die Welt dachten, wie sie ihre Arbeit und ihr Leben einordneten, stand zumindest zum Teil in seiner Verantwortung. Also bereitete er den Boden vor, um dann seine Saat auszubringen. Heute Nacht brauchte er zuverlässige Kämpfer für die gute Sache.

»Die Regierung der DDR«, sagte er, »hat nach Konsultationen mit den Bruderstaaten beschlossen, mit der entstandenen Situation in und um Berlin ein für alle Mal Schluss zu machen. Unsere Aktion wird alle Hoffnungen der extremen militaristischen Kreise durchkreuzen, die geglaubt haben, sie würden bald mit der Bundesrepublik durch das Brandenburger Tor ziehen, um eine ihren Interessen entsprechende Wiedervereinigung Deutschlands herbeizuführen.«

Ein Panzerspähwagen fuhr vorüber in Richtung Brandenburger Tor. Dann folgten drei Lastwagen mit Truppen, ob es reguläre Soldaten waren oder Mitglieder der Kampfgruppen, konnte er in der Dunkelheit nicht sagen.

Er sagte: »Heute als Angehörige der bewaffneten Kräfte unserer Republik zum Schutze des Friedens und der sozialistischen Errungenschaften auf Wacht zu ziehen ist die höchste Ehre für jeden von uns. Wir werden den Frieden verteidigen und die Errungenschaften unserer Republik bewahren.«

Eine Stimme aus dem Dunkeln fragte: »Sollen wir schießen? Ich meine, wenn jemand durchzubrechen versucht.« In der Stimme schwangen Zweifel mit. Er erkannte Uwe Kleinmetz, ebenfalls Abteilungsleiter, so wie er, nur im Bereich Optik. Einer seiner Zugführer.

Schalck stellte die eigenen Zweifel hintan und gab sich einen jovialen, festen Ton. »An der innerdeutschen Grenze wird schon seit neun Jahren auf Flüchtlinge geschossen, wenn eine Flucht nicht anders zu verhindern ist. Und jetzt gilt diese Regel eben auch in der Berliner Innenstadt.« Da, wo Menschen bis gestern noch einkaufen gegangen sind, dachte er. Wo sie sich besucht haben, zur Arbeit gefahren sind. Natürlich war auch ihm bewusst, dass der Gedanke zunächst erschreckte. Dennoch schlug er dem Nächststehenden auf die Schulter. »Ich will, dass bei uns kein einziger Republikflüchtling durchbricht, verstanden? Im Zweifel wird scharf geschossen. Übrigens auch von mir, falls jemand von euch auf dumme Gedanken kommt.«

Seine Männer schwiegen. Dass er ihre Gesichter nicht sah, missfiel ihm, er konnte ihre Reaktion nicht einschätzen. Er sagte: »Die SED führt die Gesellschaft zu neuen Ufern. Es ist ein erhebendes Gefühl, zu einer riesigen Schar Gleichgesinnter zu gehören, oder nicht? Auf! Unsere gute Sache muss verteidigt werden.« Er kommandierte die Hundertschaft Richtung Brandenburger Tor: »In Schützenreihen, vorwärts!«

Beim Tor rollten Pioniereinheiten der Kampfgruppen Stacheldraht aus und errichteten Panzersperren. Spanische Reiter und einsatzbereite Stacheldrahtverhaue wurden von den Lastern geladen und aufgestellt. Unter großem Ernst verrichteten die Pioniere ihre Arbeit. Es war eine Inspiration.

Er folgte mit seiner Hundertschaft dem Grenzverlauf, bis zum Abschnitt zwischen Kreuzberg und Mitte, der ihm zugewiesen worden war. In einigen Fenstern brannte inzwischen Licht. Familienväter und alte Großmütter beobachteten das Geschehen. Er ließ seine Hundertschaft entlang der Grenze antreten – »Gefechtsordnung: einfache Sperrkette!« –, das Gesicht Richtung Osten, die Waffen vor der Brust. Müsste er laut Handbuch die Stellung nicht mit Sandsäcken und Sperren sichern und Vorräte an Munition, Trinkwasser und Verbandsmaterial einrichten? Dazu hatte es keine Befehle gegeben.

Über das tragbare Sendegerät FK 1a gab er dem Führungsstab durch, dass sie ihre Position eingenommen hatten. Sie deckten neunzig Meter Grenze ab. Rechts und links von ihnen bezogen andere Hundertschaften ihren Posten.

22

Es war nichts los in der S-Bahn, nur ein paar Nachtschwärmer fuhren mit, Jugendliche in Jeanshosen und ein Mädchen in weit ausgeschnittenem grünem Taftkleid. Das beruhigte sie. Die Grenze war also noch nicht dicht, sie hatten noch eine Chance.

Seit sie den klapprigen H3-Pritschenwagen der Blumenhandlung gestohlen hatten und Ria, weil Jolanthe keinen Führerschein besaß, damit bis Ludwigsfelde gefahren war, war Jolanthe immer schweigsamer geworden. Sie hatten den Pritschenwagen stehen gelassen und waren in die S-Bahn gestiegen. Jolanthe blass, übernächtigt, wie aus einem bösen Traum erwacht. Immer wieder sah sie Ria an, als sei sie unsicher, ob die Schwester ihr Gutes tat oder sie ins Unglück stürzen wollte.

»Joli, wir holen die Kinder nach«, sagte sie. »Solange wird Henning doch auf sie aufpassen können, oder?«

Jolanthe wandte den Blick ab.

»Es wird nicht besser werden im Osten, wenn die Grenze erst einmal zu ist. Die werden es uns immer schwerer machen. Wer nicht systemkonform ist, wird fertiggemacht. Du weißt, wie gut sie das können.«

Jolanthe sah aus dem Fenster. Ria folgte ihrem Blick, sah die langen Ketten von Laternen in den leeren Straßen, Laternen, die nichts beleuchteten außer Mülltonnen und hier und da ein parkendes Auto. Die S-Bahn überholte einen Lkw, der seine Fracht unter dunkler Plane verbarg und gen Zentrum fuhr. Grimmig presste Ria die Zähne aufeinander. Was der transportierte, war ihr klar: Baumaterial, mit dem sie die Eingänge der Bahnhöfe zumauern konnten. Oder Zäune für die Grenzübergänge. Oder sogar bewaffnete Soldaten.

Sie blickte zu Jolanthe, sah ihren schmalen Kopf, die wunderschönen, flach anliegenden Ohren – Jolanthe hatte schon immer die schöneren Ohren von ihnen beiden gehabt –, das glatte Haar. Jolanthe war noch jung, sie würde im Westen einen neuen Mann finden, einen, der besser zu ihr war.

Natürlich kam das alles für Joli sehr plötzlich. Ria hatte Monate gehabt, um sich an den Gedanken zu gewöhnen, dass sie demnächst alles hinter sich lassen und im Westen ein neues Leben beginnen würde. Aber Jolanthe war erst vor anderthalb Stunden von ihr geweckt worden und hatte schweigend dabeigestanden, als sie Henning erzählte, dass ihre Großmutter gestürzt sei und womöglich die Nacht nicht überleben würde. Jolanthe hatte trotz der offensichtlichen Lüge dichtgehalten und war mit ihr gekommen. Als Ria ihr draußen, auf der Straße, die Wahrheit gesagt hatte, war sie still und blass geworden.

Was, wenn Joli das nicht konnte, wenn sie nicht in der Lage war, die Grenze zu überschreiten? Sie würde sie stützen und notfalls über die Grenze tragen.

Jetzt, wo sie das Land hinter sich lassen würde, fiel ihr schmerzlich Annie ein. Wie gern hätte sie auch Annie getragen, über die Grenze und wohin ihr Weg sie führte.

Jolanthe sagte, weiter zum Fenster hingewandt: »Aber einfach abzuhauen, damit es einem besser geht?«

Friedrichstraße. »Komm«, sagte Ria. Sie stiegen aus. Die Lautsprecher schepperten eine Ansage: »Sehr geehrte Reisende.

Der S-Bahn-Verkehr zwischen dem Demokratischen Sektor und den Westsektoren ist auf unbestimmte Zeit unterbrochen.«

»Schnell!« Ria eilte Richtung Treppenaufgang. Sie mussten in die Bahn umsteigen, die nach Westen fuhr, vielleicht war es die letzte, vielleicht stand sie schon auf dem Gleis, und gleich schlossen sich die Türen.

Unten an der Treppe blockierten Bewaffnete ihren Weg. Ria stoppte.

»Hier fährt nichts mehr«, sagte einer der Männer in grauer Uniform. Er musterte sie misstrauisch. »Wo wollen Sie hin?«

»Feiern«, sagte Ria. »Ich hab Geburtstag.«

Bevor sie nach ihrem Ausweis fragen konnten, zog sie Jolanthe weg von der Treppe. Außer Hörweite fragte sie: »Wie weit bist du bereit zu gehen?«

»Ich renne nicht durch eine Postenkette. Die sind bewaffnet! Die schießen auf uns, Ria!«

»Das meine ich nicht. Sehen wir uns an, wie weit sie mit den Absperrungen schon sind.«

Jolanthe flüsterte: »Die nehmen uns fest«, aber sie gab nach, wie sie immer nachgegeben hatte früher, wenn es um einen Klingelstreich ging oder darum, von Vaters gutem Papier zu stehlen. Heute ging es um ihr Leben, und sie hörte immer noch auf Ria.

Kommandorufe hallten. Schon von Weitem sahen sie, dass die Straßen in der Mitte der Fahrbahn aufgerissen wurden. Aus den Pflastersteinen wurden kleine Wälle errichtet, genug, um ein Auto zu stoppen. Uniformierte mit dicken Handschuhen luden Stacheldraht von Lkws und rollten ihn aus, zwei Mann, einer links, einer rechts, die eine Holzstange zwischen sich vorwärtstrugen, von der allmählich der störrische Stacheldraht herunterrollte. Bei den Wachtruppen lauerten Volkspolizisten, die bereits merkwürdig zu ihnen herübersahen.

Ria zog Jolanthe weiter. Zwei weitere Stellen begutachteten sie, dann wurde Ria klar, dass wohl an der gesamten Länge der Grenze zugleich gearbeitet wurde. Es gab keine Verzögerungen, keine blinden Flecken.

Selbst die Eingänge der U-Bahnhöfe wurden bewacht, also konnten sie auch nicht einfach durch einen U-Bahntunnel laufen.

Sie sagte: »Drei Möglichkeiten, Joli. Entweder, wir suchen eine Straße, die noch nicht aufgerissen wurde und wo keine Panzersperren stehen, eine, wo sie bisher nur Stacheldraht ausgerollt haben, und rasen mit einem Auto drüber.«

»Wir haben kein Auto. Und die werden schießen. Und verheddern sich die Räder nicht im Stacheldraht?«

»Oder wir gehen durch die Kanalisation. Ich glaube nicht, dass da bereits alles vergittert ist. Die Gefahr ist, dass wir uns verlaufen und wieder im Osten herauskommen. Dann fackeln sie nicht lange und nehmen uns fest.«

»Und die dritte Variante?«

»Erinnerst du dich an den Friedhof, wo wir mit Papa waren, kurz bevor die Stasi zu uns kam?«

»Ein Friedhof? Nein.«

»Er hat uns die Gräber von berühmten Leuten gezeigt, von Bechstein, der die Klavierfabrik gegründet hat, und von diesem Architekten, der das Rote Rathaus gebaut hat, und vom letzten Enkel von Johann Sebastian Bach. Du warst noch klein, vielleicht hast du es vergessen. Das war der Sophienfriedhof, und der liegt direkt an der Grenze.«

Sie liefen los. Friedrichstraße, Wilhelm-Pieck-Straße, Bergstraße. Sie begegneten den ersten Menschen, die vom

Lärm geweckt worden waren und sich sammelten, ein scheuer Haufen, verärgert und verwirrt. Einer aus der Gruppe rief in Richtung der Uniformierten: »Ihr Schweine!« Aber die Gruppe hielt sorgsam Abstand. Nur ein paar Jugendliche wagten sich näher an die Bewaffneten heran. Sie wurden festgenommen und abgeführt.

Ria bog ab zum Friedhof. Das Gittertor war verschlossen. Nachtwind rauschte in den Friedhofspappeln. Sie lehnte sich gegen das Tor und verschränkte ihre Finger vor dem Bauch. »Räuberleiter.«

Jolanthe sah am Tor hinauf. »Ria, ich ... ich kann nicht.«

»Du schaffst das. Komm, stell deinen Fuß auf meine Hände. Ich schieb dich hoch.«

»Das hab ich nicht gemeint. Ich kann nicht in den Westen gehen.«

Ria knöpfte ihre Bluse auf und zeigte Jolanthe die Würgemale am Hals. Entsetzt fuhr die Schwester zurück.

Ria sagte: »*Das* tut dir der Staat an. *Das* droht uns, wenn wir hierbleiben, verstehst du?« Sie krempelte ihre Ärmel hoch und entblößte die Schürfwunden und Prellungen. »Hast du wirklich geglaubt, das ist von einem Fahrradunfall?«

»Du warst schon immer anders als ich. Stärker. Mutiger.«

»Und du glaubst, wenn du schön die Füße stillhältst, erlauben sie dir ein ruhiges Leben in der DDR?«

»Das vielleicht nicht, aber ... Es ist wegen der Kinder.«

»Die kommen schon zurecht. Du bist nur ihre Pflegemutter. Henning findet eine neue Frau, und dann kümmert sie sich um die Zwillinge.«

»Nein, Ria. Die beiden haben es schon einmal durch. Ihre Mutter ist gestorben, du von allen Menschen müsstest doch verstehen, was das bedeutet. Jetzt haben sie mich, und sie lieben mich, als wäre ich ihre leibliche Mutter. Wenn ich gehe, dann verlieren sie ihre Familie, wie wir damals, Ria. Ihnen wird es gehen wie uns, sie verlieren ihr Vertrauen ins Leben.«

Ria schluckte. Jolanthe meinte es ernst. »Wir haben uns endlich gefunden, du und ich! Jetzt soll es schon wieder vorbei sein? Wegen fremder Kinder? Oder ist es wegen Henning, weil er seine tolle Stelle bei der Polizei verliert, wenn ihm die Frau in den Westen abhaut?«

»Das ist nicht fair, Ria. Du weißt genau, dass ich …« Tränen erstickten ihr die Stimme. Jolanthe machte einen Schritt nach vorn und zog sie in eine Umarmung. »Du bleibst meine Schwester, immer«, schluchzte sie. »Und ich werde dich für den Rest meines Lebens vermissen. Das weißt du, Ria.«

Auch Ria hatte jetzt Tränen in den Augen. Sie umarmte Jolanthe fest. »Ich will dich nie wieder loslassen. Wir haben so viel verpasst! Es soll nicht schon wieder zu Ende sein.«

»Wir schreiben uns. Die besten Briefe der Welt.«

Sie standen bebend in ihrer Umarmung, bis sich ihre Körper beruhigt hatten, bis da nur noch das Rauschen der Pappeln vom Friedhof war und der stille Schein der Laternen. Ria löste sich zuerst. »Du darfst nicht hierbleiben, wenn ich es über die Grenze versuche. Sollte etwas schiefgehen, will ich mit dem Wissen gehen, dass du in Sicherheit bist.«

Jolanthe lehnte sich gegen das Gittertor und verschränkte ihre Finger vor dem Bauch. »Eine Räuberleiter.«

»Versprich mir, dass du gehst, sobald ich auf dem Friedhof bin.«

Jolanthe sah sie mit ernstem Gesicht an. »Ich versprech's.«

Ria setzte ihren Fuß auf die Hände der Schwester und kletterte an ihr hoch. Sie umfasste die Gitterstäbe und stieg auf Jolanthes Schultern. Sicher tat es ihr weh, die Schuhsohlen auf der kaum bedeckten Haut zu spüren und ihr ganzes Gewicht zu tragen. Ria legte ein Bein über das Tor und schwang sich hinüber, vorsichtig, damit die stilisierten Pfeilspitzen am oberen Ende des Gitters sie nicht aufspießten.

Sie ließ sich auf der anderen Seite herunter.

Jetzt standen sie sich gegenüber, das schwarze Gitter zwischen sich, und sahen sich an. »Ganz Papas Tochter«, sagte Jolanthe.

Es gab nicht nur eine Art, mutig zu sein. Was Joli für die Zwillinge auf sich nahm, galt doch genauso viel. »Du auch«, sagte sie.

Sie gaben sich die Hand.

»Schreib mir«, sagte Jolanthe. »Sobald du kannst.«

»Und du verschwinde von hier. Sag, ich hätte dich belogen und dann gezwungen mitzukommen. Sie werden dich verhören.«

»Das schaff ich schon.« Jolanthe wandte sich ab. Dann drehte sie sich noch einmal um. »Ich hoffe, du bist da drüben in Sicherheit, Ria.«

Der Friedhof lag im Dunkeln. Eingefasst von einer Mauer aus roten Ziegeln, bildete er seine eigene stille Welt. Ria folgte dem Weg gen Norden. Schemenhaft machte sie Grabmale mit Figuren aus und Säulengrabanlagen. Sie stolperte über den kniehohen Zaun eines Grabs, erschrak über eine Gestalt und erkannte dann, dass es nur eine Engelsstatue war.

Schon sah sie die hintere Friedhofsmauer, hinter der die Bernauer Straße folgte, die bereits zum Westen gehörte. Hier waren es jüngere Gräber mit schlichten Grabsteinen. Sie hörte, wie das Gittertor zuschlug. Kam Jolanthe ihr nach? Aber das Tor war doch verschlossen gewesen. Beim Tor leuchteten Taschenlampen, und Stimmen waren zu hören.

Sie legte die Finger in die Ritzen des Mauerwerks, zog sich höher und versuchte, mit den Fußspitzen Halt zu finden. Sie rutschte ab. Noch einmal versuchte sie es. Ihre Finger schliffen schmerzhaft über den Stein. So war es nicht zu schaffen. Die Lichter beleuchteten jetzt schon Grabanlagen ganz in ihrer Nähe. Ria schlich entlang der Mauer, fort von den Lichtkegeln. Sie hoffte auf einen Baum oder einen Grabstein am Mauerwerk, woran sie hochklettern konnte.

Ihr Fuß versank in frischer Erde. Abrupt blieb sie stehen. Beinahe wäre sie in eine Grube gefallen. Ein frisch ausgehobenes Grab. War das nicht eine Schubkarre dort? Sie packte sie an den Griffen und rollte sie an die Mauer. Dort richtete sie die Schubkarre hoch auf und lehnte sie gegen das Mauerwerk. Jetzt musste sie schnell sein. Man hatte sie sicher gehört. Sie kletterte an der Schubkarre hoch, stellte sich darauf, sprang. Sie bekam die Mauerkrone zu fassen.

»Halt!«, schrie jemand. Die Taschenlampenkegel erfassten sie. Ria zog sich hinauf. Ihr zerschundener Körper schmerzte. Die Finger, die Hände, die Knie.

»Kommen Sie sofort da runter!« Ein Schuss peitschte durch die Nacht.

Wieder ein Schuss. An der Brust ein Schlag, sie saß rittlings auf der Mauer, sie verlor das Gleichgewicht, sie klammerte sich fest. Etwas Warmes rann ihren Leib hinunter. Jemand kam die Schubkarre hoch, eine Hand fasste nach ihrem Bein.

Ria nahm alle Kraft zusammen, schwang sich über die Mauerkrone und ließ sich auf der Westseite fallen. Sie kam auf hartem Boden auf, der Schmerz raubte ihr den Atem. Eine nahende Ohnmacht ließ ihr Gesicht kalt werden. Trotzdem erhob sie sich stöhnend. Die Bewaffneten konnten von der Mauer herunterschießen, oder sie kamen ihr nach und zerrten sie wieder auf die Ostberliner Seite. Sie humpelte die Gartenstraße in Richtung Norden, bog in die Liesenstraße ein. Am Grenzübergang Chausseestraße waren Spähpanzer aufgefahren. Unschlüssig sahen von der Westseite Polizisten zu, wie der Stacheldraht aufgespannt wurde.

Einer von ihnen bemerkte sie. »Sie bluten. Haben Sie sich mit denen da angelegt? Waren das die Schüsse gerade?« Er sah sie ungläubig an.

»Ging nicht anders.« Sie wollte beherrscht wirken, aber sie konnte nicht anders, ihr Gesicht verzog sich vor Schmerz.

Der Polizist war jung, sicher noch keine fünfundzwanzig. Er stürzte zu seinem Polizeiwagen, öffnete den Kofferraum und kam nach einigen Handgriffen mit einer Art Mullbinde und einigen Kompressen zurück. »Hier, drücken Sie das auf die Wunde. Ich bringe Sie ins Virchow-Krankenhaus, das ist nicht weit von hier.«

»Ich muss aber nicht ... ins Krankenhaus.« Sie hörte sich selbst wie aus weiter Ferne sprechen. »Ich muss in die Leibnizstraße.«

»Kommt nicht infrage. Sie verlieren Blut. Sie brauchen einen Arzt!« Er stützte sie, als wäre sie eine alte Dame, und brachte sie zum Auto. Einer seiner Kollegen eilte hin und öffnete die Beifahrertür. Jetzt erlaubte sie sich einen Blick an ihrem Körper hinunter. Die rechte Seite ihrer Bluse war blutgetränkt. Sie drückte die Mullbinde und die Kompressen dagegen. Das war sicher nicht die professionelle Art, eine solche Wunde zu versorgen. Sie sagte: »Ich mache ... Ihnen ... die Sitze schmutzig.«

Er ließ sie sanft auf den Sitz nieder und schloss ihre Tür. Sie sah, wie er um das Auto herumrannte.

Schon nahm er neben ihr Platz und fuhr sanft an, als transportiere er rohe Eier. »Sie kriegen noch Luft? Bleiben Sie bei mir, ja? Sagen Sie Bescheid, wenn Ihnen schummrig wird.«

»Danke.«

»Eine verrückte Nacht ist das. War ja klar, dass irgendetwas kommen musste, aber dass sie die Grenze komplett dichtmachen, damit konnte keiner rechnen. Wie heißen Sie?«

»Ria.«

Er war deutlich nervös. »Sagen Sie etwas, Ria. Sind Sie ... Was machen Sie von Beruf?«

Sie fragte: »Haben ... Sie Familie ... im Osten?«

»Meine Eltern wohnen am Kollwitzplatz. Ich hab ihnen oft geraten, sie sollen umziehen. Aber die schöne große Wohnung, haben sie immer gesagt. Und jetzt? Meine Mutter ist schwer krank. So was wie Sie können meine Eltern nicht wagen. Vielleicht sehe ich sie nicht wieder.«

»Ich muss ... wirklich ... in die Leibnizstraße. Es geht um einen ... KGB-Agenten.«

»Sie würden verbluten.« Der Polizist legte am Armaturenbrett einen Schalter um. Blaues Licht reflektierte von den Fenstern der umliegenden Häuser. Er gab Gas.

Der Sonntagmorgen dämmerte. Familien erwachten vom Donnern der Presslufthammer. Pfähle für einen Stacheldrahtzaun wurden in den Boden gerammt. Dreitausendfünfhundert Soldaten der 8. Motorisierten Schützendivision bezogen entlang der innerstädtischen Grenze Position. An der Warschauer Brücke fuhren in einer langen Reihe ostdeutsche Panzer des sowjetischen Typs T-34 auf.

Dreizehn U-Bahnhöfe auf Ostberliner Gebiet wurden geschlossen, von 81 Grenzübergängen mauerte man 69 zu. S-Bahnen und Busse fuhren nicht mehr durch die Stadt. Eine moderne Großstadt wurde in der Mitte geteilt und die Hälften hermetisch voneinander abgeriegelt. Der Todesstreifen zerschnitt Berlin.

Menschen, die vorher Nachbarn gewesen waren, befanden sich plötzlich weiter voneinander entfernt, als würden sie auf verschiedenen Planeten leben.

»Berlin – geschlossen«, meldete die Nachrichtenagentur AP. Manchen gelang es noch, sich über den Stacheldraht hinweg die Hand zu geben, zum letzten Mal für lange Jahre.

Radio DDR sendete an diesem Morgen: »Grenzgänger, die auch heute in Westberlin arbeiten wollen, nahmen davon Abstand und werden sich morgen eine anständige Arbeit suchen. Bei uns natürlich.«

Westliche Radiosender wiederholten immer wieder Ulbrichts Worte: »Niemand hat die Absicht, eine Mauer zu errichten.« Man schrieb es auf Stelltafeln und stellte sie auf der Westseite vor die Sperranlagen.

Die SED aber schickte Kinder mit Blumen zum Stacheldraht, die sie den »Friedenssoldaten« freudestrahlend überreichten, und Fotografen hielten diese Szene für die ostdeutschen Zeitungen fest. Sie fotografierten auch Frauen, die den Grenztruppen Erfrischungen brachten oder in Dienstpausen in entspannter fröhlicher Atmosphäre mit ihnen das Gespräch suchten. Im Osten herrschten Ruhe, Frieden, Sauberkeit und Sicherheit, sollten diese Bilder vermitteln, während im Westen Rowdytum, Kriminalität und Unsittlichkeit grassierten. Plakate wurden gedruckt mit dem Schlachtruf: »Am 13. August wurde der Frieden gerettet!«, dazu ein Bild der bewaffneten Kampfgruppen, die vor dem Brandenburger Tor standen. Kluge Betrachter wunderten sich, dass die Kampfgruppen nicht gen Westen gewandt standen, sondern gen Osten.

Das beginnende Morgenlicht zeigte an den Hauswänden im Osten waghalsige Losungen:

Heute rot – morgen tot

SED – nee

erst freie Wahlen – weg mit den Panzern aus Berlin

FDJ-Ordnungsgruppen schrubbten sie von den Wänden. Sie erhielten Befehl, mit Provokateuren nicht zu diskutieren. Sie sollten sie zuerst verdreschen und dann staatlichen Organen übergeben.

John F. Kennedy erhielt die Nachricht am frühen Morgen Eastern Standard Time. Er frühstückte Toast und Orangensaft, dann brachte er Jackie und die Kinder auf die *Marlin* und steuerte die Motoryacht auf den Atlantik hinaus. Hinter ihnen sah man die weiß gestrichenen Häuser von Hyannis Port kleiner werden. Eine angenehm kühle Brise wehte hier draußen, manche der Wellen hatten eine kleine weiße Schaumkrone. Caroline und Johnny hielten in ihren niedlichen roten Schwimmwesten Ausschau nach Buckelwalen und Delfinen.

Auch wenn er wusste, dass sein Kurs die Situation der Ostdeutschen erst einmal verschlechtert hatte – die gefährliche Konfrontation, auf die sein Land und die Sowjetunion zugesteuert waren, hatte diesmal vermieden werden können. Keines seiner »three essentials« war verletzt worden. Im Gegenteil, der Mauerbau zeigte, dass Chruschtschow endlich akzeptiert hatte, dass Amerika und die Alliierten Westberlin nicht aufgeben würden. Er baute doch keine Mauer, wenn er vorhatte, in Westberlin einzumarschieren. Die Berlinkrise war fürs Erste entschärft.

Wie würde es von hier aus weitergehen? Die Kommunisten hatten die Kontrolle über eine Milliarde Menschen. Das Ringen mit ihnen konnte lange Jahre andauern. Würde es jedes Mal eine Verhandlungslösung geben? Die von der CIA vorbereitete Invasion Kubas war im April blutig gescheitert. In Vietnam unterwanderten die kommunistischen Guerillakämpfer bereits den Süden, alles steuerte auf einen Krieg hin. Und Korea war wie Deutschland zweigeteilt.

Er war froh, dass er doch nicht den nationalen Notstand ausgerufen hatte, wie man ihm aufgrund der Lage in Berlin geraten hatte, und dass er sich gegen eine sofortige Mobilmachung der Truppen entschieden hatte. Das wäre eine Alarmglocke gewesen, die man nur einmal läuten konnte. Es war gut, Mittel in der Hinterhand zu halten und nicht gleich sein ganzes Pulver zu verschießen.

Er küsste Jackie, die Johnny auf den Arm gehoben hatte, und übergab ihr das Steuer. Dann ging er zu Caroline und hockte sich neben sie. Er legte ihr den Arm um und fragte: »Hast du schon einen Wal entdeckt?«

»Noch nicht, Daddy«, sagte sie und spähte weiter aus, mit einem Ernst, als gehe es dabei um die Rettung der Welt.

23

Ria erwachte in einem weißen Zimmer. Ihre Bettdecke war weiß, das Nachtschränkchen ebenso, und es war wunderbar still. Sie tastete nach ihrer Verletzung. Ein straffer Verband war um ihre Brust gewickelt. Es stach ein wenig beim Atmen, aber offensichtlich hatte ihre Lunge kein Loch.

Sie war im Westen. Sie war gerettet.

Ein Gefühl der Erleichterung wollte sich trotzdem nicht einstellen. Es war, als wäre sie gegangen und nicht angekommen. Zu viele Anteile von ihr waren im Osten geblieben.

Ria hob ihre Füße über die Bettkante, schlug die Bettdecke zurück und stand auf. Ein Rauschen in ihren Ohren wurde immer stärker, und das Stechen in der Brust nahm derart zu, dass sie sich besorgt wieder auf das Bett setzte.

Hähner betrat das Zimmer. »Bleiben Sie schön liegen.« Sein rechter Mundwinkel hing nicht mehr herunter, und der Mund bewegte sich beinahe gleichmäßig beim Sprechen. Nur noch das Auge tränte ein wenig.

»Wie haben Sie mich gefunden?«, fragte sie.

Er schloss die Tür hinter sich. »Man hat mir gesagt, jemand fantasiert über einen KGB-Agenten. Die Polizei wollte meinen Rat in der Sache.« Er lächelte. »Sie haben es über die Grenze geschafft. Gut.«

»Ich habe in Dölln versucht, eine Nachricht an Sie rauszuschmuggeln.«

»Ist angekommen. Welche Operationen das ausgelöst hat, darüber werden Sie kein Wort von mir hören. Aber die erstklassige Agentin, der wir die Nachricht verdankt haben, wurde gefeiert. Ich habe viele Glückwünsche erhalten, die eigentlich Ihnen galten.«

Vielleicht hatten sie in letzter Minute noch Schläfer in den Osten gebracht. Oder Funkgeräte und technisches Material wie das, was ihr Hähner übermittelt hatte. Vielleicht hatten sie ganze Lager davon angelegt.

Sie fragte: »Können Sie mich hier rausbringen?« Sie erzählte ihm von Jens und ihrer Befürchtung, dass der KGB-Mann Jagd auf ihn machen könnte.

»Sie haben *was* getan?«

»Er wollte mich umbringen, ich hatte keine Wahl.«

»Und Sie haben ihn ...«

»... heimlich fotografiert. Das war meine Absicherung. Als er mich bedroht hat, habe ich ihn damit unter Druck gesetzt. War vielleicht nicht die beste Idee.«

Hähner schien nicht entsetzt, im Gegenteil, seine Augen leuchteten. Wahrscheinlich dachte er darüber nach, wie man den KGB-Mann zu einer Zusammenarbeit mit CIA und BND pressen konnte. Einer wie er konnte viel Wissen in den Westen tragen.

Hähner sagte: »Wir müssen das Foto an alle Polizeidienststellen geben, die Autovermietungen, das Bahnhofspersonal, die Flughäfen. Er wird sich tarnen. Sie kennen ihn, seinen Gang, seine Gesten, seine Stimme. Gibt es da herausstechende Merkmale? Und was schätzen Sie, wo wird er hinwollen?«

»Keine Ahnung.«

»Wo ist das Foto jetzt?«

»In der Leibnizstraße bei meinem Freund.«

»Geben Sie mir den Namen und die genaue Adresse. Dann hole ich es. Sie bleiben hier und kurieren sich aus.«
»Nein.« Sie erhob sich langsam. Diesmal ging es besser. »Er vertraut nur mir.« Sie hielt sich am Fußende des Bettes fest.
Hähner seufzte. »Meinetwegen. Dann kommen Sie mit.«
Draußen wartete der junge Polizist. Als er Ria sah, lächelte er scheu. »Sie haben wieder etwas Farbe im Gesicht. Freut mich.«
Sie bedankte sich für seine Hilfe. Im Fahrstuhl wusste niemand etwas zu sagen. Als sie vor dem Krankenhaus auf den Polizeiwagen zugingen, bestand der Polizist darauf, dass sie vorn saß. »Hier haben Sie etwas mehr Platz.«
Hähner stieg hinten ein.
Wieder fuhr der Polizist behutsam an, und als er vom Parkplatz hinunter eine Bodenschwelle überqueren musste, bremste er so stark ab, dass er nur darüberschlich. »Geht es?«, fragte er.
Auf dem Weg durch die Stadt war sie eigentümlich berührt davon, dass heute überhaupt die sahnefarbenen Doppeldeckerbusse an den Haltestellen Menschen einsammelten, dass Familien in den Restaurants unter gestreiften Markisen auf grazilen Drahtstühlen saßen, dass es Spaziergänger gab.
Sie waren eingesperrt. Ihre Stadthälfte war seit einigen Stunden umschlossen von Stacheldraht. Warum verzweifelten sie nicht? Alles, woran Berlinreisende vor 1945 gedacht hatten, war jetzt von ihnen abgetrennt und für sie unzugänglich geworden: die Universität, die Museen, die Friedrichstraße. Unter den Linden, eine Straße, die einst gefeiert wurde wie die Avenue de Champs-Elysées oder Piccadilly, eine der feinsten und belebtesten Straßen Europas. Gut, das war sie längst

nicht mehr. Schon wurde deutlich, wo das neue Zentrum des Westens lag: am Kurfürstendamm, den sie jetzt entlangfuhren, mit seinen schönen Läden, Kinos und Restaurants. Sie bogen in die Leibnizstraße ein. »Hier ist es«, sagte sie und zeigte auf das Haus Nr. 54 mit seiner stuckverzierten Fassade.

Der Polizist hielt am Straßenrand. »Sie bleiben im Wagen.«

»Das glauben auch nur Sie.« Ria stieg aus. Zu dritt gingen sie zum Haus, diesmal stützte Hähner sie. Drüben im Café wendeten sich die Köpfe.

Sie wollte schon bei Fichtner klingeln, da sagte der Polizist: »Die Tür ist offen.« Sie betraten den kühlen Hausflur, eine Wohltat nach der heißen Sommerluft draußen.

Vor der Wohnungstür, nachdem die Klingel geschrillt hatte, wartete sie bang. Sie hoffte, Jens würde den Summer drücken und dann die Tür öffnen, er würde sie besorgt ansehen und alle drei hineinbitten. Woher sollte der KGB-Mann auch wissen, welchen Journalisten sie gemeint hatte?

Eine ruhige, böse Stimme in ihr antwortete: Er musste nur in den Redaktionen anrufen und fragen, wer der jeweilige Ost-Berichterstatter ist.

»Es macht keiner auf«, sagte der junge Polizist. »Vielleicht ist er unterwegs.«

Ihr Blick flatterte. »Können Sie die Tür nicht aufbrechen? Wenn der Agent hier war...« War er erst einmal in Jens' Wohnung gelangt, war alles Leugnen zwecklos. Im Flur standen in einem kleinen Bilderrahmen Fotos von ihr und Jens, die sie in einer Photomaton-Kabine gemacht hatten, viermal hatte es geblitzt, und jedes Mal hatten sie einen anderen verrückten Gesichtsausdruck gezeigt.

Der Polizist sah zu Hähner, der nickte. Mit Schwung trat der Polizist gegen die Tür. Krachend flog sie auf.

Sie drängten hinein. Aus dem Wohnzimmer hörte Ria ein unterdrücktes Stöhnen. Sie fand Jens, gefesselt und geknebelt. Ria stürzte zu ihm hin, weinte, streichelte ihn. Er sah verschwitzt aus.

Der Polizist nahm ihm den Knebel ab und schnitt die Fesseln durch. »War das der Mann vom KGB?«, fragte er.

Jens sagte: »Jetzt kann ich ihn wirklich nicht mehr leiden.« Er lächelte, auch wenn seine Lippe dick war und an einer Stelle aufgeplatzt. »Er hat das Foto«, sagte er bitter.

»Beschreiben Sie mir den Mann.« Während Jens redete, ging Hähner im Zimmer herum und sah sich den Plattenspieler an, die gelbe Steingutschüssel, die Bücher. Dennoch, sie wusste: Er lauschte auf Jens' Beschreibung. Jens verglich den KGB-Mann mit einem Theaterschauspieler, von dem Ria noch nie etwas gehört hatte, beschrieb eine gedrungene Statur, ein breites Gesicht mit leicht hervortretenden Jochbeinen, eine hohe, zurückweichende Stirn, fahlrötliche Haut, graue Augen, aschbraunes gelocktes Haar. So gut hätte sie ihn nie beschreiben können. Man merkte, dass Jens Journalist war. Jetzt erwähnte er auch noch die schleppende Art zu sprechen, ohne Akzent, und doch mit einer auffällig betonten Art des Artikulierens.

»Sorokin«, sagte Hähner. »Es gibt nicht viele von seinem Format beim KGB, die ohne Akzent Deutsch sprechen. Der Mann ist gefährlich. Sie haben Glück, dass Sie noch leben.« Er wandte sich an Ria. »Haben Sie noch die Negative des Fotos?«

»In meiner Wohnung. Im Osten.«

Hähner verzog verärgert das Gesicht. Selbst für einen Mann wie ihn war der Osten der Stadt momentan schwer zu erreichen.

Conrad Schumann stand an der Kreuzung Ruppiner und Bernauer Straße. Er trug eine Uniform der Volkspolizeibereitschaften, eine sowjetische Maschinenpistole PPScha-41 und einen Stahlhelm. Seit einer halben Stunde schluchzte dieses kleine Mädchen am Stacheldraht. Die Großmutter versuchte, es zu trösten, aber es sah unentwegt zu den Eltern hinüber, die auf der anderen Seite standen, westdeutsche Eltern, die das Mädchen übers Wochenende zur Oma in Ostberlin auf Besuch geschickt hatten, und jetzt war da dieser Stacheldraht, und man ließ es nicht heimkehren zu ihnen.

Die Großmutter hätte das Mädchen ohne Probleme über den Stacheldraht heben können, oder wenn sie es aus Altersgründen nicht schaffte, hätte er das getan. Aber er hatte bereits seinen Offizier gefragt. Die Sache war verboten.

Das Mädchen heulte Rotz und Wasser, und er hätte ebenso heulen mögen. Wieso ließ man es nicht nach Westberlin zu seinen Eltern zurückkehren? Was an dieser Grenze war noch »Volkswille«? Er sah keine Schieber und Spekulanten, keine Menschenhändler. Er sah keine Junker und Konzernherren, die zu herrschen versuchten. Das hier waren einfach die Einwohner einer gemeinsamen Stadt, die zusammenleben wollten.

Unter dem Vorwand, die auf dem Gehweg zu Spiralen ausgezogenen Stacheldrahtrollen zu prüfen, drückte er sie mit dem Fuß etwas herunter. Er taxierte ihre Höhe, achtzig Zentimeter mochten es sein, so hoch war er in der Schule problemlos gesprungen. Allerdings hatte er da keine Maschinenpistole getragen und keinen Helm. Er sah sich nach seinen Kameraden um. Sie waren angewiesen worden, aufmerksam aufeinander zu achten.

Wieder ging er zum Stacheldraht hin. Auf der anderen

Seite hatten sich einige Westberliner versammelt, die bestürzt die Szene beobachteten. Er flüsterte einem Mann mit Rentnerhut zu: »Ich werde springen.«

Der sagte es den Journalisten, die auf der Westseite herumlungerten, um möglicherweise zu fotografieren, wie wieder jemand aus dem Fenster kletterte. Das war in den letzten Tagen öfter vorgekommen: Menschen, die sich in ihrer Not in der Bernauer Straße mit aneinandergeknoteten Bettlaken abseilten, um auf die Westseite der Straße zu entkommen.

Er sah, dass einer der Journalisten mit den Westberliner Polizisten redete. Die guckten extra nicht zu ihm hin, stiegen aber in ihren Transporter, einen Opel Blitz, und öffneten die Hecktür.

Sein Herz schlug wie wild. Wenn er sich mit den Stiefeln im Stacheldraht verfing, war es aus. Oder wenn sie auf ihn schossen. Aus dieser Nähe war er nicht zu verfehlen. Aber während das Mädchen weinte, wurde ihm mit jeder Minute klarer, dass er diesem System nicht dienen wollte. Dass er überhaupt nicht mehr hier leben wollte.

Er war neunzehn Jahre alt, er war bloß Schäfer, und jetzt eben Polizist, wenn sie ihn erschossen, würde es das gewesen sein, nie geheiratet, nie Familie gehabt, alles vorbei.

Es gab eine Anweisung, sich nicht von westlichen Journalisten fotografieren zu lassen. Aber diese zwei hielten frech ihre Kameras auf sie gerichtet. War das vielleicht, um ihm zu helfen? Was taten die anderen Grenzpolizisten? Er sah über die Schulter. Die anderen hatten sich abgewendet, um nicht für die Fotos herzuhalten, ganz nach Befehl. So eine Gelegenheit würde nicht wiederkommen.

Er nahm Anlauf. Im Sprung streifte er die Maschinenpistole ab. Die Journalisten wendeten die Kameras und hielten auf ihn. Peter Leibing, ein zwanzigjähriger Journalist, schoss das Bild seines Lebens. Am nächsten Tag prangte es ganzseitig in der *Bild*-Zeitung, und wurde weltweit immer wieder gedruckt.

Conrad landete hinter den Stacheldrahtrollen, er stürmte zur Hecktür des Polizeitransporters. Als er drinnen war, fuhr der Transporter an.

Der August brütete über der Stadt. Die Luft schien stillzustehen. Kinder hatten eine Mülltonne umgestoßen und ritten darauf wie auf einem Pferd, der runde schmutzigsilberne Rumpf der Mülltonne jagte in ihrer Vorstellung über die Prärie. Die größeren Jungs versuchten ein Stück weiter, sich mit einem Lasso zu fangen. Einer von ihnen musste stillstehen, der andere warf mit der Schlinge nach ihm. »Du hast dich bewegt«, schrie der Enttäuschte, dem es nicht gelungen war, seinem Freund die Schlinge über den Kopf zu werfen.

»Hab ich nicht!«

Luisa hievte den Kinderwagen den Bordstein hoch. Die Kleidung, die sie unten in den Wagen gestopft hatte, machte ihn schwer. Dennoch war sie froh, nicht alles vom Bahnhof heimtragen zu müssen.

Ein Fahrrad fuhr vorüber, es holperte über das Straßenpflaster, die Schutzbleche schepperten. Zwei Polizisten mit Gummiknüppeln am breiten Bauchgurt sahen dem Radfahrer nach. Spatzen, die vor dem Radfahrer geflohen waren wie Dreckwasser, das aus einer Pfütze wegspritzte, kehrten zurück, hüpften über den Gehweg und suchten nach Brotkrumen.

Als sie noch jeden Tag im Friseursalon gestanden hatte, war ihr das Geplauder der Leute oft auf die Nerven gegangen.

Jetzt aber fehlte es ihr. Sie fühlte sich ausgeschlossen. Zu gern hätte sie gewusst, was die Kundinnen so berichteten in diesen Tagen. Frau Teckberg würde sagen: »Bitte mal ein bisschen durchondulieren. Mein Mann hat Theaterkarten.« Und dann würden sie ausholen.

Was würde sie sagen? *Die aus dem Westen brauchen jetzt einen Passierschein, und wir dürfen gar nicht mehr rüber. Wie gut, dass ich mir vor zwei Wochen noch dieses schöne schmale Portemonnaie aus Eidechsenleder gekauft habe und für meinen Mann einen Herren-Knirps, das kriegt man hier ja nicht.*

Andere, wie Frau Sachse, würden still dasitzen und gar nichts sagen. In jedem Fall wäre im Salon die eigenartige Stimmung spürbar, die in der Stadt herrschte, es war eine Lähmung, so kam es ihr vor. Als stünden alle unter Schock.

Im Gefängnis Spandau sollten von sechshundert Zellen angeblich nur drei besetzt sein, mit den Nazis Hess, Speer und Schirach. So fühlte sie sich, wie diese Eingesperrten, die wohl bloß gerüchteweise von dem hörten, was in der Stadt geschah.

Sie war jetzt Mutter. Mit ihrem Neugeborenen war sie dem Lebenswirbel seltsam entrückt. Aber Roberts Geburt lag fünf Wochen zurück, in einer Woche musste sie ihn fremden Menschen anvertrauen, um in den Salon zurückkehren zu können. Ein Krippenplatz, das sei ein Fünfer im Lotto!, hatte Mutter gestern gesagt. Aber Luisa war sich nicht so sicher. Sie fühlte sich hin- und hergerissen zwischen dem Unwillen, ihr Kind loszulassen, und dem Wunsch, wieder zu leben wie früher.

Fjodor würde schimpfen, dass sie bei den Eltern übernachtet hatte, ohne ihm Bescheid zu geben. Da konnte er eben mal sehen, wie es für sie immer war, wenn er kam und ging, wie es ihm passte, und manchmal tagelang nicht zu Hause war. Vom großen Schlussstrich und ihrer Flucht nach Westberlin hatten sie lange nicht mehr geredet. Dabei hatte sie es so geliebt, mit ihm eine Stunde lang Briefchen auszutauschen und ihn dann zu beobachten, während er mit einer unerschütterlichen Ernsthaftigkeit die Zettel im Aschenbecher verbrannte. Sie war sich dann vorgekommen, als wären sie zwei Verschwörer, die auf Gedeih und Verderb miteinander verbunden waren. *Bis dass der Tod euch scheidet.*

Er hatte sich Sorgen gemacht, bestimmt. Gleich würde er sie fest in die Arme schließen. Sie brauchte das! Sie brauchte ihn.

Aus purer Gewohnheit sah sie an der Eiche hoch, zum Nagel, den Fjodor damals heimlich eingeschlagen hatte. Er war umgedreht, er zeigte nach unten. Das Notfallzeichen!

Konnte sich der Nagel von selbst umgedreht haben? Unmöglich. Immer, wenn sie nach Hause komme, solle sie im Vorbeigehen nach ihm sehen, hatte Fjodor ihr eingeschärft. Was hieß das jetzt? Sie musste sich von der Wohnung fernhalten.

Stand dort nicht ein Mann vor ihrem Haus? Aber wo sollte sie sich mit dem Kind verstecken? Das hatte Fjodor nicht gesagt. Wenn es der KGB war, der sie bedrohte, der wusste auch, wo ihre Eltern lebten. Wer sollte ihr helfen, wer hatte genug Macht, sich mit dem KGB anzulegen?

Damit es nicht auffiel, blieb sie eine Weile stehen, beugte sich über Robert und streichelte ihm das Näschen. »Wir müssen jetzt gut auf uns aufpassen, mein Kleiner«, sagte sie.

Dann wendete sie den Kinderwagen, ohne einen weiteren Blick auf den Mann zu werfen.

24

Jens hockte sich vor das Sofa und fragte: »Hast du noch Wünsche?«

»Diese Schokoladentafel, was war das? Piasten Mocca Sahne.«

Er nickte. »Kaufe ich ein.«

»Und Katzenzungen. Lübecker Marzipan. Butterkekse. Zum Nachtisch Zitronencreme.«

Jetzt erst begriff er, dass sie gescherzt hatte. »Ria! Ich meinte eher etwas wie eine bestimmte Teesorte. Oder Obst.« Er stand auf. Streng sagte er: »Während ich einkaufen bin, schläfst du mal, ja?«

»Geh in den Osten«, sagte sie, »da kannst du billiger einkaufen.«

Er rollte die Augen und schnappte sich den Schlüssel aus der Porzellanschale im Flur. Sie dachte: Wie kann man nur etwas so Lautes wie einen Schlüssel in eine Porzellanschale legen.

Kaum hatte er die Wohnung verlassen, angelte sich Ria den Stapel mit Zeitungen, die Jens gekauft hatte. Das seien historische Zeugnisse, hatte er gesagt, wenn sie die lese, dann nur vorsichtig, er plane, sie aufzuheben. Die Titelseite der *Bild*-Zeitung war mit Stacheldraht gestaltet und mit der Schlagzeile: *Der Osten handelt. Der Westen tut NICHTS!*

Sie musste daran denken, was Jens gestern Abend erzählt

hatte. Es sei jetzt wie im Wilden Westen, hatte er gesagt. Die Siedler in Amerika hätten ihre Befestigungsanlagen auch nicht errichtet, um sich vor den »Rothäuten« zu schützen. Die Wachen, die sie aufgestellt hätten, sollten dafür sorgen, dass keine weiteren Siedler zu den amerikanischen Ureinwohnern überliefen. Viele Siedler hätten damals die Seiten gewechselt. Die Lebensbedingungen der Indianer seien denen der ersten europäischen Siedler um ein Vielfaches überlegen gewesen, von der Hygiene bis zur Verlässlichkeit der Gesetze. Benjamin Franklin hätte gesagt, dass niemand ertragen könne, unter den Siedlern zu leben, der schon einmal vom Leben der »Wilden« gekostet habe.

Und ihr im Westen seid die Indianer, ja?, hatte sie gestichelt.

Sie legte die *Bild* zur Seite und nahm sich die *Junge Welt* vor, die DDR-Zeitung für die Freie Deutsche Jugend. Sie las: »Das zum Rattennest der Menschenhändler, Diversanten und Spione, der unverbesserlichen Faschisten und Revanchisten, der Verräter an der Arbeiterklasse und der deutschen Nation ausgebaute West-Berlin ist dicht. Niemand in der Welt ist bereit, für diese Ausgeburten der Menschheit in den Krieg zu ziehen.«

Dann wieder eine westliche Zeitung, die berichtete, dass 250 000 West-Berliner vor dem Schöneberger Rathaus zusammengekommen waren für eine Rede von Bürgermeister Willy Brandt, und dass Walter Ulbricht im DDR-Fernsehen getönt habe: »Niemand kann uns nachsagen, dass wir Stacheldraht besonders gern hätten. Aber Stacheldraht ist zweifellos gut und nötig als Schutz gegen diejenigen, die die Deutsche Demokratische Republik überfallen wollen.«

Überfallen. Wer hatte hier wen überfallen? Sie ärgerte sich.

Trotzdem nahm sie noch das *Neue Deutschland* zur Hand. Darin schrieben sie: »Geschützt werden die Kinder vor den Kindesräubern, die Familien vor den erpresserischen Spitzeln der Menschenhandelszentralen; geschützt werden die Betriebe vor den Kopfjägern.« Es gab auch ein Gedicht:

Und unsre Mütter werden künftig ruhig schlafen
und keines ihrer Kinder Gangsterbeute sein
Die Kindesräuber, deren Existenz wir trafen,
die werden nunmehr ohne Prämienchancen sein.

So manchem käuflichen Schmarotzerleben,
verblendet, frech und doch im Grunde dumm,
dem ging die Rechnung gründlich nun daneben.
Man tanzt uns länger auf der Nase nicht herum.

Gab es wirklich Menschen, die diese Legende vom angeblichen Kinderraub im Osten glaubten? Dachten die, dass tatsächlich Kinder nach West-Berlin geschleust und dort verkauft worden waren? Es machte sie wütend, dass die DDR das in der Tageszeitung druckte, genau die Leute, die den Kinderraub in Wahrheit betrieben. Diese Legende, die den Westen gruselig machen sollte, war in ihrem Leben Realität geworden. Sie war ihren Eltern weggenommen worden. Jolanthe war den Eltern weggenommen worden.

Es klingelte.

Wollte die Krankenschwester nicht erst nachmittags kommen zum Wechseln der Verbände? Ria stand auf. Die Wunde zwickte. Aber das Laufen ging schon wieder recht gut, Ria staunte. Wenn Jens das erfuhr, war die schöne Zeit des Umsorgtwerdens vorbei.

Sie öffnete. Die Tür schlug ihr entgegen, Ria stolperte zurück. Ein Mann trat in den Flur mit einem Messer in der Hand, einem großen, spitzen Messer mit breiter Klinge. »Kein Laut!«, befahl Sorokin. Dann schloss er hinter sich ab und äugte in jedes Zimmer.

Er sah übernächtigt aus, seine Haut glänzte ungesund. Er hatte eine Alkoholfahne.

Ria stotterte: »Ihr Gesicht ist jetzt bekannt. Gehen Sie zur Polizei, würdevoll und mit erhobenem Haupt.«

Er drückte sie auf das Sofa nieder und hielt ihr sein Messer an die Kehle.

»Bei einer Selbstanzeige«, sagte sie, »gibt es in der Bundesrepublik ein vermindertes Strafmaß.«

Aber er wollte nichts davon hören. Er sah aus, als wolle er zustoßen und überlege nur noch, welche Worte er ihr zum Schluss ins Gesicht speien sollte. »Du schuldest mir was«, sagte er. »Du hast mir das alles eingebrockt.«

Die Alkoholfahne raubte ihr schier den Atem.

»Meine Frau und mein Sohn ... sind im Osten. Robert ist noch keine zwei Monate alt! Und Luisa ...« Er brach ab. Seine stieren Augen blinzelten. »Lass dir etwas einfallen.«

»Aber wie soll ich das machen? Wie soll ich sie in den Westen schleusen? Ich hab's ja kaum selber geschafft, man hat auf mich geschossen!« Sie spürte, wie ihre Halsschlagader gegen den scharfen Stahl pochte.

»Auch du hast ein Kind, glaubst du, ich weiß das nicht? Wenn du mir meinen Sohn nicht herbringst ... Ich schwöre, du wirst dein Kind nie wiedersehen.«

Ein tiefer Laut entfuhr ihr, und ihre Lippen bebten. Lebte Annie inzwischen in Westberlin? Oder war sie nur zufällig bei der Grenzschließung im Westen gewesen? Sorokin schien sie in der Hand zu haben, und er konnte doch nicht zurück in den Osten. In seinen Augen flackerte der Wahn. Er war ein Berufsmörder. Er war verzweifelt. Ihm war auch ein Kindsmord zuzutrauen.

»In Ordnung«, stammelte sie, »es findet sich ein Weg.«
»Nein«, sagte er. »Du findest einen. Ich gebe dir fünf Tage. Und versuch nicht, Annie vor mir zu verstecken. Wenn ich Polizei in ihrer Nähe sehe, mache ich sie kalt. Du hast mir meine Familie genommen, ich nehme dir deine. Auge um Auge, Zahn um Zahn.«

Der Mörder liebte seinen Sohn so sehr. Und ich?, dachte sie. Es brach in ihr auf wie eine überreife Frucht. Schuldgefühle. Sehnsucht, die sie sich nie erlaubt hatte. Musste Annie sterben, weil ihre Mutter sich mit den falschen Mächten eingelassen hatte? Was hatte sie ihrem Kind angetan!

Sie wünschte sich, noch einmal in der psychiatrischen Klinik zu sein und mehr Stärke zu besitzen, für Annie. All die Jahre hatte sie die Gefühle in sich verschlossen, hatte verdrängt, was es hieß, dass sie ihr Kind weggegeben und darauf verzichtet hatte, es aufwachsen zu sehen. Jetzt brachen sie in ihr mit ungeahnter Wucht frei.

Der Tag, als sie die Klinik verlassen hatte, allein, ohne Kind. Dieses Loch in ihr. Die Sehnsucht nach der Kleinen, und zugleich der Hass auf sich selbst, weil sie es vermasselt hatte.

»Ja«, sagte er. »Du spürst es, so wie ich.« Er strich ihr mit der linken Hand über das Kinn, dann rührte er mit seinem Daumen an ihre Unterlippe, zärtlich wie ein Liebhaber. Er nahm das Messer von ihrem Hals. Zog sich zurück. »Vielleicht ist der Tod eine Erlösung für die Kleine«, sagte er im Flur.

»Wo ist sie?«, rief Ria. »Wo ist Annie?«

Er schloss ohne ein weiteres Wort die Wohnungstür auf und ging.

Ria lief ihm nach, sie riss die Tür auf, stolperte ins Treppenhaus. Keine Spur von Sorokin. Jens kam mit den Einkäufen die Treppe hinauf. »Ria, was machst du hier draußen? Du solltest doch schlafen!«

Stumm kehrte sie in die Wohnung zurück.

Jens packte in der Küche die Einkäufe aus.

»Ich gehe zurück in den Osten«, sagte sie.

»Wie kannst du so etwas sagen? Bist du wahnsinnig?«

Sie ging in die Küche, nahm ihm ein Stück Butter und eine Gurke aus der Hand, legte sie weg und ergriff seine Hände. »Komm mit mir. Leb mit mir im Osten. Es wird unbequem sein und ärgerlich, dir werden tausend Dinge fehlen, die du hier in jedem Laden bekommst.« Ihr Blick streifte über die Einkäufe. Dann sah sie ihm wieder in die Augen. »Und man wird uns bespitzeln. Aber wir haben uns.«

»Die haben auf dich geschossen! Wie kannst du jetzt... Wieso willst du...« Seine Stirnfalten sprachen von Wut, sein Blick von Verwirrung und Schmerz. Er flüsterte: »Wer bist du, Ria Nachtmann?«

»Ich bin mir nicht sicher«, sagte sie. »Aber ich werde es herausfinden.« Sie ließ seine Hände los. Im Flur schlüpfte sie in ihre Schuhe, ohne sich zu bücken, sie trat dabei das Leder nieder, anders ging es noch nicht. Dann verließ sie die Wohnung.

Auf der Straße hörte sie einen Schrei.

Sie sah hoch zu Jens' Fenster.

Er sah aus, als kämpfe er mit den Tränen. Er sagte: »Sehen wir uns wieder?«

»Das haben wir doch immer geschafft bisher.« Still sah sie ihn an, lange. Dann wandte sie sich ab und ging los.

Als sie die Sandkrugbrücke über den Berlin-Spandauer Schifffahrtskanal erreichte, blutete ihre Wunde bereits so stark durch den Verband, dass die neue himmelblaue Bluse, die Jens ihr gekauft hatte, einen großen dunklen Fleck aufwies. Ria trat auf die Männer in steingrauen Uniformen zu und sagte: »Ich bin Bürgerin der DDR und möchte nach Hause.«

Sie nahmen ihr den Ausweis ab, einer ging damit zum Telefonieren hinter einen Unterstand aus Sandsäcken. Als er wiederkehrte, sagte er: »Wir bringen Sie in ein Krankenhaus.«

Sie widersprach, aber man führte sie ab wie eine Kriminelle. Sie sollte sich ins Auto bücken. Wütend begehrte sie auf und wollte Widerstand leisten. Da drückte ihr einer der Grenzposten kräftig die Faust in die Wunde, während er ihren Arm festhielt. Unter Stöhnen ging sie in die Knie. »Schussverletzung, wie?«, höhnte er.

Die Fahrt war eine Qual, immer wieder wurde es Ria schwarz vor Augen. Sie bestand nur noch aus ihrem reißenden, schmerzlodernden Leib, war ganz Körper geworden, unfähig, dem zuckenden Schmerz zu entgehen.

Halb trug man sie, halb ging sie durch die Krankenhausflure. Das Zimmer, in das man sie brachte, hatte Gitter vor den Fenstern. Sie hatte Durst und sagte es. Eine Krankenschwester gab ihr zu trinken. »Wie lange muss ich hierbleiben?«, fragte sie. Die Krankenschwester, die ihr die Tasse mit bitterem Tee gereicht hatte, antwortete nicht.

Ria sank ins Bett. Sie blickte der Schwester nach und sah, dass zwei Männer vor ihrer Tür Wache standen.

Der Stiefvater hatte sie geschlagen, aber er hatte jedes Mal erklärt, wofür er sie schlug. Hier redete man nicht mehr mit ihr.

Sie schloss die Augen. Das war ein Fehler, Ria, dachte sie. Ein schrecklicher Fehler.

Sie träumte, dass Gerd und Brigitte sie besuchen kamen. Brigitte mit strenger Miene und diesem Durchhalteblick, den viele Frauen besaßen, die den Krieg durchgestanden hatten und jetzt mühsam die DDR aufbauten. Sie sagte, dass sie enttäuscht von ihr wäre.

»Warum?«, fragte Ria.

»Kleine«, sagte Brigitte. »Wie konntest du nur zum Klassenfeind überlaufen! Du wirst jetzt auf dich selbst gestellt sein. Wir können dir nicht mehr helfen.«

»Du hast es in den Sand gesetzt«, sagte Gerd.

Ria wachte auf. Gerd und Brigitte waren wirklich da. Das Zimmer wuchs ein wenig, es beulte sich. Gerd fragte: »Was ist denn nun aus diesem Max geworden?«

Brigitte schalt ihn: »Rede nicht von diesem Kapitalistenknecht!«

Wieder wachte Ria auf.

Brigitte gab ihr die Hand, wie einem sterbenden Tier. Sie sagte: »Mach's gut, meine Kleine, wir haben unser Bestes gegeben.«

Plötzlich war Jolanthe im Zimmer, sie schluchzte, die Stiefeltern gingen, Brigitte sah dabei angewidert auf den Rotz, der Jolanthe von der Nase lief. »Henning zwingt mich«, heulte Jolanthe, »die Kinder ... Du verstehst bestimmt.«

»Was verstehe ich?«, fragte Ria.

»Wir werden nie wieder voneinander hören, du und ich.«

»Und die Briefe?«

Jolanthe ging hinaus.

Das Zimmer wurde kleiner und kleiner. Es war jetzt kaum mehr als eine Schachtel für Stiefel.

War das tatsächlich Geralf, war er gekommen?

Der Junge trat stumm an ihr Bett und strich ihr über die Hand.

Ihr wurde heiß. Sie fieberte, das wusste sie. An ihrer Seite rann etwas hinunter, die Wunde musste wieder aufgeplatzt sein. Die Schmerzen wurden so stark, dass sie Farben sah.

Ein fremder Mann mit breiten Schultern und Halbglatze setzte sich auf ihr Bett. Er blickte sie an wie eine Sterbende. »Wo ist Fjodor Sorokin?«, fragte er. Er sprach mit russischem Akzent.

»In Westberlin«, antwortete sie.

»Kooperiert er mit der CIA?«

»Das weiß ich nicht. Ich glaube nicht.«

»Haben Sie ihm bei der Flucht geholfen?«

»Nein. Er will seine Familie sehen. Seine Frau und seinen kleinen Sohn. Er hat Angst.« Nie hatte es ihr mehr Freude bereitet, etwas zu wissen, etwas sagen zu können. Die Worte sprudelten ihr förmlich von den Lippen.

»Ist seine Familie nicht im Westen?«

»Nein. Sie sind hier, in Ostberlin. Bitte, lassen Sie sie über die Grenze.«

Der Russe fluchte und ging.

Geralf kehrte zurück, diesmal mit Frau Behm, seiner Mutter. Sie sahen beide abgehärmt aus, ihre Haut spannte über den Knochen. Frau Behm sagte, sie könne nicht mehr zu ihrer Arbeitsstelle gelangen, wegen der Grenzschließung, und sie lebe erbärmlich mit dem Kleinen, sie würden sich nur von Tee und Suppenwürfeln und trockenem Brot ernähren, ob sie vielleicht eine Kartoffel für sie hätte?

»Vorsicht, der Tee«, sagte Ria, aber als sie sich zur Tasse auf dem Nachttischchen umwandte, war die Tasse weg, und plötzlich saß Schalck auf ihrem Bett, Alexander Schalck, das vitale Urvieh. »Es ging nicht anders«, sagte er. »Der Westen hatte uns am goldenen Angelhaken, wirtschaftlich gesprochen.«

»Schon gut«, erwiderte sie.

»Wir sind die Sieger der Geschichte.« Er klopfte ihr aufs Bein. »Wenn das Volk uns nicht liebt, soll es uns wenigstens fürchten.«

»Ich habe die Post sortiert«, sagte sie.

»Hast du auch keine Fotos gemacht?« Er drohte ihr mit dem Zeigefinger.

»Ihr habt meine Familie zerstört. Und ich darf kein Foto machen.«

»Wo gehobelt wird, fallen Späne.«

Natürlich waren die Späne immer die anderen und nicht die SED-Funktionäre.

Wieder der Russe. Er schickte Schalck nach draußen.

»Haben Sie im Westen jemanden vom BND getroffen?«

»Ja«, sagte sie. »Er heißt gar nicht Flögel, sein richtiger Name ist Hähner, Stefan Hähner.«

»Sie machen das wunderbar, Ria.« Er sagte, er werde jetzt schwierigere Dinge fragen. Sie müsse ihm die ganze Wahrheit sagen. »Gibt es Schweigefunker in Ostberlin? Wie viele hat dein Stefan Hähner eingeschleust?«

Schweigefunker, was war das?

»Führt Hähner ein Legendenbüro in Westberlin, oder sogar eines im Osten? Ein Reisebüro? Eine Versicherung? Eine Makleragentur?«

Es war schrecklich. Sie konnte nichts sagen. Sie wusste es nicht.

Er wurde wütend. Er schrie herum.

»Wer ist der Führungsstellenleiter? Dieser Hähner?«

Die Fragen waren zu schwer. Ihr wurde immer heißer. Die Schwester brachte frischen Tee. Er ging nach draußen. Als er wiederkam, hatte er sich etwas beruhigt. Er fragte sie jetzt nach tagesabhängigen Rufzeichen, und als sie ihn nur dumm angucken konnte, wollte er den Codesatz wissen, den sie mit dem Tagesdatum verrechnen müsse.

»Im BND gibt es Nazis«, sagte sie. »Wussten Sie das?«

Er schlug mit der Hand auf das Bettgestell. »Konzentrieren Sie sich!«

Sie musste sich erbrechen. Der Russe ging nicht aus dem Zimmer, er sah ungerührt zu, wie sie würgte und wie die Schwester alles wegwischte, auch das, was vom Bett tropfte. Die Schwester nahm ihre Decke mit, wehrlos und ungeschützt lag Ria da, bis die Schwester endlich eine frische brachte. Sie tupfte Ria den Mund ab.

Schalck kam. Er öffnete das Fenster. Zwischen den Gitterstäben zog warme Sommerluft herein. Schalck sprach fließendes Russisch mit dem Mann vom KGB.

Dann war Schalck verschwunden. Der Mann vom KGB hielt ihr den Lauf einer Pistole an die Stirn. Sie fröstelte. Ein Hammer schlug mit quälender Regelmäßigkeit von innen gegen ihren Schädel, und auf der Zunge saß ein unguter, chemischer Geschmack. Sie staunte über die klaren, messerscharfen Linien des Zimmers.

»Was machen wir mit dir, kleine Lügnerin? Du bist so jung und so schön, es ist ein Jammer. Du kannst was.«

Sie tastete nach ihrer Wunde und zuckte zurück, als der Schmerz ihr bis in die Hüfte fuhr. Sie träumte nicht. Dies war die Realität.

Er sagte: »Wenn sie mitkriegen, dass du gesungen hast, lassen sie dich fallen. Und sie kriegen es mit. So dumm ist dieser Gehlen nicht. Das heißt, du kannst sie nicht länger mit Spielmaterial von uns füttern und ihnen Lügen unter die Nase reiben.«

Er sah sie an, als wäre sie ein Kind, das seinen Pflichten im Haushalt nicht nachgekommen war. »Was denkst du, warum sie nichts von der Grenzschließung wussten? Weil wir sie mit Lügen gefüttert haben durch jemanden wie dich. Aber dir glaubt keiner mehr.« Er drückte die Waffe fester an ihre Stirn. »Dieser Schalck wird was Größeres, ich kenne die Menschen, aus dem wird was werden. Da brauchen wir jemanden, der ihm auf die Finger guckt, ihm hier und da hilft, ihn auch mal zurückpfeift. Könntest du das sein? Oder knalle ich dich ab?«

»Ich kann es«, hauchte sie.

Er hörte es gar nicht. »Natürlich wäre auch möglich, dass der BND dich in den Westen schleust, zum Dank für deine Taten. Oder sie versuchen es zumindest. Du wirst an der Grenze geschnappt oder getötet, oder du schaffst es und lebst künftig im Schlaraffenland. Wirst du dann noch an uns denken?«

Sie nickte.

»Ja, das wirst du. Deine Schwester lebt hier, und deine Tochter. Also hätten wir ein Vögelchen beim Feind platziert. Auch nicht schlecht. Deine Schwester und deine Tochter haben schöne Hände und schöne Gesichter, es wäre ein Jammer, wenn sie Schaden nehmen würden. Wir können ihnen Gutes tun. Vielleicht will dein Töchterchen mal studieren? Oder deine Schwester braucht ein Auto?«

Ria schluckte.

»Du bist uns nützlich, noch ein kleines bisschen. Und etwas

Nützliches wirft man nicht weg. So bin ich aufgewachsen.« Er nahm die Pistole von ihrer Stirn. Sie hatte einen ungewöhnlich langen Lauf, wahrscheinlich war ein Schalldämpfer vorn daraufgeschraubt. Er verbarg die Pistole unter seinem Jackett. »Du solltest nicht vergessen, dass ich dir das Leben geschenkt habe. Undankbarkeit müssen wir bestrafen, Ria. Vergiss nicht, dankbar zu sein.«

Als er gegangen war, kam die Krankenschwester. Ria ließ sie hantieren ohne innere Beteiligung. Ihr Körper hätte jetzt genauso gut leblos sein können, mit einem Loch in der Stirn, so fühlte es sich an.

Sie spielten sich auf, als wären sie Gott. Löschten Leben aus, verschonten anderes. Sie wollte keine Angst empfinden, es ärgerte sie, dass sie dem KGB hörig war. Aber sie war es, auf eine schreckliche Art. Deshalb war sie hier.

Sie fragte die Schwester: »Wie viele Tage bin ich schon hier?«

Die Frau mit dem aufgedunsenen Gesicht sagte nichts.

Ria flehte. »Bitte, ich muss es wissen!«

Die Schwester sagte: »Es ist der dritte Tag.«

Sie schauderte. Der Staat fraß seine Kinder. Sie wurde gebraucht, sie musste ihm die Zähne ausbrechen.

Ria stand auf.

»He, bleiben Sie liegen!«, schimpfte die Schwester.

Aber Ria ging zur Tür. Sie öffnete und sagte zu den Wachen: »Ich möchte gehen.«

Die Männer sahen sie wortlos an. War nicht auch etwas wie Anerkennung in ihrem Blick?

Die Krankenschwester nahm sie am Arm. Sie war jetzt beinahe panisch. »Legen Sie sich ins Bett. Sofort.«

Ria sagte: »Fragen Sie den Mann vom KGB. Ich habe eine

Aufgabe. Ich gehöre ins Ministerium für Außenhandel und innerdeutschen Handel.«

Die Schwester hatte Kraft. Sie zerrte Ria zurück zum Bett. »Tun Sie so etwas nie wieder.«

Drei Stunden später wurde sie entlassen. Man fuhr sie bis vor ihr Haus.

In der Wohnung war alles durchwühlt worden und durcheinandergeworfen. Der Schlafzimmerboden war bedeckt mit Knöpfen, ihre Briefe an Jolanthe lagen auf dem Bett verstreut. Dass jemand Fremdes sie gelesen hatte, erschien ihr wie ein Sakrileg. Sie hob ihre Kleidung auf, so gut sie es in ihrer körperlichen Verfassung konnte, und räumte sie in den Schrank. Immer wieder musste sie sich hinsetzen und warten, dass der Schmerz abklang und sie wieder ruhig atmen konnte. Die Briefe legte sie in den Karton, und zum Schluss, obenauf und nicht versteckt wie all die Jahre, die kleinen Socken.

Annie hatte nur noch zwei Tage. Was in den letzten Wochen geschehen war, spielte sich wieder und wieder vor ihren Augen ab. Sie fragte sich, wo sie falsch abgebogen war, wo sie anders hätte entscheiden müssen.

Sie zog sich um. Kleidungsstücke, die sie mochte. Nicht solche, wie das Ministerium sie verlangte. Nicki und Blümchenrock, Pferdeschwanz, kein Make-up. Das Ministerium bekam sie. Aber zu ihren Bedingungen. Es musste sie nehmen, wie sie war.

Das Ministerium für Außenhandel und innerdeutschen Handel, Berlin W 8, Unter den Linden 26–30, saß breit über den herrschaftlichen Rundbogen-Kolonnaden. Sie ging durch die hohen Flure. Angestellte, die eben noch mit gedämpfter

Stimme gesprochen hatten, sahen ihr nach. Dann stand sie vor der Bürotür.

HAUPTVERWALTUNG SCHWERMASCHINEN UND ANLAGENBAU
LEITUNG: ALEXANDER SCHALCK

Sie klopfte und trat ein. Schalck stand hinter seinem Schreibtisch, einen Meter neunzig groß, im dunkelblauen Anzug und weißen Hemd. Ernst musterte er sie. Er schien zu überlegen, ob er sie hinauswerfen sollte.

Sie sagte: »Ich brauche Hilfe. Ich habe eine Tochter. Annie. Ich werde sie nicht wiedersehen, wenn nicht Frau und Kind des abtrünnigen KGB-Agenten Sorokin in den Westen geschleust werden.«

Er schwieg. Sah sie unumwunden an. »Was lässt dich glauben, dass ich Menschen ins kapitalistische Ausland schmuggeln würde?«

»Ich kenne Sie. Ich habe Sie arbeiten gesehen. Sie bringen Waren bis nach Ägypten, Sie verkaufen Dinge in die BRD und in die Schweiz und nach Belgien.«

»Das ist alles legal«, unterbrach er sie.

»Ich habe Ihren Briefverkehr betreut.« Sie lächelte wehmütig. »Und Ihre Besprechungen koordiniert und vorbereitet. Schon vergessen?«

»Was willst du damit sagen?« Er war ungehalten, aber noch nicht zu sehr. Seine Hände lagen auf dem Tisch. In seinem Blick war Neugier aufgesprungen.

»Glauben Sie, ich habe nicht verstanden, bei welchen Geschäften Sie Außenhandelsminister Balkow beraten haben? Sie haben über Strohmänner Schiffsladungen mit billigem amerikanischem Getreide gekauft, haben sie nach Hamburg dirigiert und dort gegen Devisengewinn weiterverkauft. Sie haben Spirituosen und Zigaretten mit Schnellbooten über die Ostsee nach Schweden und Dänemark gebracht, um den Zoll zu umgehen.«

Seine Brauen fuhren in die Höhe. »Du hast deine Nase wirklich überall gehabt.«

»Deshalb weiß ich, Sie könnten auch Menschen über die Grenze nach Westberlin bringen. Wenn es einer kann, dann Sie.«

Er lächelte geschmeichelt. »Du solltest aber auch wissen, dass ich eine Gegenleistung verlange. Alles hat im Leben einen Preis.«

Sie machte ein ernstes Gesicht. »Lassen Sie hören.«

»Wir werden diese Geschäfte ausweiten. Dafür kann ich dich gebrauchen. Du denkst nicht in engen Kästchen wie die meisten, du bist bereit, Grenzen zu überschreiten. Also, mein Angebot ist dies: Du wirst dich fest an mich binden, auf Dauer. Du arbeitest als persönliche Assistentin für mich. An den KGB berichtest du nur, was ich dir sage.«

»Einverstanden.« Er versuchte, sie in Ketten zu legen. Natürlich würde Annie sein Druckmittel sein. Sie wusste es, und er wusste es. Sie mussten nicht darüber sprechen. Ria hielt ihm die Hand hin.

Seine massige Hand nahm die ihre. »Haben Sie die Post schon gesichtet?« Er musterte sie mit einer eigenartigen Glut im Blick.

Ihm gefällt, wie ich angezogen bin, dachte sie. Das Mädchenhafte magst du also? Sie würde es sich merken. Es war gut, ebenfalls gewisse Mittel in der Hand zu haben.

Draußen setzte sie sich an den Schreibtisch. Der luxuriöse Drehstuhl federte nach. Sie legte die Finger auf die Tasten der

Optima M 12. Dann schlug sie die Postmappe auf und öffnete den ersten Umschlag. Sie stempelte: Mit der Bitte um Stellungnahme // Kenntnisnahme // Bearbeitung // Rücksprache // Termin: …

Für dich, Annie, dachte sie.

Einen Tag später bat Schalck sie ins Büro und schloss fest hinter ihr die Tür. Er reichte ihr einen kleinen Zettel, auf dem eine Adresse notiert war.

Sie sah ihn fragend an.

Er sagte: »Annie.«

Ihr Herz stolperte. »Dort lebt sie?« Ria verschluckte sich. »Was ist mit Sorokins Frau und Sohn?«

Er lächelte. »Halte dich an mich. Dann wirst du es weit bringen.«

»Wie haben Sie …?«

Er ging zum Schreibtisch und tat beiläufig. »Der Sohn eines Offiziers der Grenzpolizei darf jetzt trotz schlechter Schulnoten Medizin studieren. Der Offizier erhält ein Haus mit Seegrundstück.«

»Stark.«

»Merke dir übrigens den Namen Honecker. Das ist der kommende Mann in der DDR. Es ist nicht das Schlechteste, dass die Stasi jetzt von deinen KGB-Kontakten weiß. Man wird uns mit Respekt behandeln.«

Ria starrte auf den Zettel in ihrer Hand. Warum tat er ihr so viel Gutes?

Er sagte: »Ich habe mir immer gewünscht, dass mein Vater zurückkehrt.« Er sah sie an, schwieg für einen Moment. »Geh du zu deiner Tochter.«

»Danke«, sagte sie.

25

Günter Litfin, 24 Jahre alt, kletterte über die westliche Außenmauer des Charité-Krankenhauses. Er nahm das Spreeufer und die Humboldthafenbrücke in den Blick. Einen Wachposten konnte er nicht erkennen. Die Brücke führte in den Westen, dorthin, wo er seine Arbeit hatte als Schneider in einem Maßatelier in Charlottenburg. Wo er seit längerer Zeit wohnte, wenn auch nicht offiziell, damit er weiter seine Familie in Ost-Berlin besuchen konnte und nicht als »Republikflüchtling« gebrandmarkt wurde.

Wäre er in der Nacht der Grenzschließung nicht bei der Mutter in Weißensee gewesen, wäre ihm das alles jetzt erspart geblieben. Er hatte sich längst nach West-Berlin ummelden wollen, er hatte es nur der Mutter zuliebe aufgeschoben, Vater war im Mai gestorben, er hatte ihr noch zur Seite stehen wollen.

16:08 Uhr. Der blaue Himmel, nur wenige Wölkchen. Fliegen müsste man können. Die Humboldthafenbrücke führte zum Lehrter Stadtbahnhof, in die Freiheit. Das Klettern traute er sich zu.

Er verließ den Schutz der Mauer.

Eine Bewegung auf der Brücke. Zwei Transportpolizisten.

Er zuckte zusammen. Die würden ihn festnehmen. Er sah auf das Wasser. Er rannte los, zum südlichen Bereich des Humboldthafens.

Sie riefen: »Heda! Stehen bleiben!« Einer von ihnen schoss in die Luft.

Er sprang. Das Wasser war eisig. Sechzig Meter waren es, die er zu schwimmen hatte.

Wieder ein Schuss. Das Wasser ganz in seiner Nähe spritzte auf.

Am Ufer im Westen sammelte sich eine Menschentraube. Sie hatten die Schüsse gehört, sie sahen ihn. Jetzt konnten ihn die Polizisten nicht mehr abknallen, das würden sie nicht machen, vor deren Augen auf ihn schießen.

Er würde Theaterschneider werden. So wie er es immer gewollt hatte. Er schwamm. Es war nicht mehr weit. Das Ufer war fast in Reichweite.

Die Menschen liefen aufgeregt am Ufer hin und her. Sie konnten nichts tun, sie waren dazu verdammt zuzusehen.

Ein Schuss peitschte. Etwas traf Günter Litfin in den Hinterkopf. Seine Schwimmbewegungen erschlafften. Er versank im Wasser. Es wurde dunkel um ihn.

Drei Stunden später zogen Ost-Berliner Feuerwehrleute seinen Leichnam aus dem Wasser, unter den fassungslosen Blicken von Hunderten West-Berlinern am anderen Ufer.

Die Staatssicherheit klingelte bei Günter Litfins Mutter und seinem Bruder. Es ging um Günter. Ihre verzweifelte Frage, was mit ihm los sei, beantworteten die Geheimpolizisten nicht, sie stellten Fragen. Günters Mutter hoffte im Stillen, dass er es in den Westen geschafft hatte. Abends sah sie die West-Berliner *Abendschau*. Ihr Sohn erschien in den Nachrichten, sein schlaff gewordener Leib, den man in ein Boot zerrte. Ihre Hand umklammerte den Stuhl. Sie öffnete ihren Mund zu einem lautlosen Schrei.

Einen Tag später berichtete das *Neue Deutschland*, »eine

wegen verbrecherischer Handlungen verfolgte Person« habe »Schüsse missachtet«. Mutter und Bruder hatten zu schweigen. Weder in der Todesanzeige noch beim Begräbnis durften sie sagen, wie er gestorben war.

Aus dem Osten wehten Lautsprecherparolen in den Westen hinüber. Der antwortete mit einer Flotte von Lautsprecherwagen, die an der Grenze entlangfuhren und den Soldaten entgegenschallten. Die westlichen Lautsprecher forderten sie auf, nicht auf ihre Landsleute zu schießen.

Westliche Kamerateams tauchten auf. Der Osten setzte Rauchbomben ein, um die Filmaufnahmen zu verhindern.

Ria dachte Tag und Nacht an Annie. Aber jedes Mal, wenn sie sich aufmachte, sie zu besuchen, drehte sie kurz vorher wieder um. Sie hatte Angst vor dem Blick aus diesen Kinderaugen.

Wochen verstrichen.

Eines Abends ging im Treppenhaus die Tür der alten Kuntze auf, als Ria auf dem Weg in ihre Wohnung daran vorüberlief. Sie stand da, still, und sah ihr nach. Als Ria schon vorüber war, hörte sie hinter sich: »Fräulein Nachtmann, darf ich Sie zu einer Tasse Tee einladen?«

Ria war nicht danach. Aber die Verletzlichkeit in der Stimme der Kuntze berührte etwas in ihr. Sie drehte sich um. Die altersschwachen Hände der Frau zitterten. Ria ging die Stufen wieder hinunter.

Die Kuntze sagte: »Wir Frauen müssen doch zueinanderhalten. Wollen Sie mir nicht vor dem Fernseher etwas Gesellschaft leisten?«

Es roch unhygienisch in der Wohnung, und jeder freie Platz war mit einem Spitzendeckchen belegt. Als sich die

Kuntze auf den Sessel niederließ, wehte ein Duft von »Schwarzer Samt« hinüber, das Parfüm mischte sich ungut mit Uringeruch.

Die Kuntze bot ihr selbst gebackene Kekse an. Aus Höflichkeit nahm Ria einen und biss hinein. Der Keks war hart. Hier war offenbar lange kein Besuch mehr gewesen.

Die Kuntze schaltete den kleinen Trafo an. Als der Zeiger die richtige Spannung anzeigte, betätigte sie einen Schalter am Fernseher. Zuerst hörte man nur den Ton. Westfernsehen? Als sie überrascht zur Kuntze hinsah, sagte die mit einem Schmunzeln: »Ich gucke gern die Tiersendungen. Und die Gymnastik. Soll ich umschalten?«

Filmaufnahmen der Badstraße in Berlin wurden gezeigt, die Straße war nur spärlich bevölkert. Der Sprecher sagte, es habe in Westberlin bei Schuhen einen Umsatzrückgang um vierzig Prozent gegeben. Viele Geschäfte in Grenznähe hätten schließen müssen. Außerdem werde deutlich weniger Röstkaffee verkauft.

Behielt Jens eigentlich immer recht? »Wer Westen guckt, wird zum Verbrecher an der Arbeiterklasse«, hieß es neuerdings. Und: »Wir dulden keine Lügen und Hetzantennen.« FDJler stiegen den Leuten aufs Dach und sägten Antennen ab, die gen Westen ausgerichtet waren. Offenbar war ihr Haus bisher verschont geblieben.

Es gab Gerüchte, dass man sogar plane, für 30 Millionen Mark einen Fernsehturm in der Innenstadt von Ostberlin zu bauen, weil manche Gebiete in und um Berlin zwar gut das Westfernsehen, aber nicht die Sender des DDR-Fernsehens empfangen konnten. Sicher war das auch als Machtdemonstration gedacht. Man sollte von den westlichen Bezirken aus sehen, wer Berlin in der Hand hatte.

Die Kuntze stand auf, um am Fernseher ein anderes Programm einzuschalten.

Sorokin war zu sehen, den man aus dem Gerichtssaal abführte. Ria sagte rasch: »Nein, bitte. Es interessiert mich.«

Die Alte setzte sich wieder.

Sorokin hatte acht Jahre Haft bekommen, für seine Morde eine geringe Strafe. Er sah einmal im Vorbeigehen in die Kamera, ernst. Sie hatte das Gefühl, er blicke sie bewusst an, um ihr zu sagen, er halte sich an seinen Teil der Abmachung, er werde Annie nichts tun. Er gehörte jetzt zum Westen, es hieß, er habe umfassende Aussagen gemacht. Nach der Haft würde er mit der Hilfe des BND und der CIA untertauchen und mit seiner Familie irgendwo am Rhein oder in den Vereinigten Staaten ein neues Leben beginnen.

Die Kamera begleitete ihn aus dem Gebäude zum Polizeifahrzeug. Unter den Wartenden am Straßenrand sah Ria eine junge Frau mit einem Kinderwagen.

Das Leben war kurz. Und eine Familie zerbrechlich.

Der Zettel mit Annies Adresse war inzwischen vielfach geknickt, er faserte an den Rändern aus. Sie sah an der zerschossenen Hausfassade hoch. Zum zwanzigsten Mal trat sie zur Tür. Der Name auf der Klingel stimmte. Wenn sie dort klingelte, brach sie in ein fremdes Leben ein, das ohne sie vermutlich gut zurechtkam. Sie brachte Chaos in das Leben ihrer Tochter, die doch Ordnung brauchte und Wärme. Was sollte Annie mit ihr anfangen?

Auf dem Innenhof des Hauses gab es einen Spielplatz, der verlassen dalag. Ria ging hinüber und setzte sich auf eine Bank. Du hast sie damals für immer verlassen, dachte sie. Steh dazu.

Sie vermisste Jens. Dafür werde ich Jolanthe sehen, sagte sie sich. Der Besuch der Schwester im Krankenhaus war sicher nur unter Drogen von ihrem dunklen Gewissen ersponnen gewesen. Vielleicht würde sie Jens einen Brief schreiben oder, besser noch, eine gewitzte Postkarte, und er konnte dann entscheiden, ob er antwortete. Aber weder der Gedanke an Jens noch der an Jolanthe konnte sie über den Verlust von Annie hinwegtrösten. War das ihr Schicksal, im Leben geliebte Menschen zu vermissen?

Eine Vierjährige erschien an der Hand einer Frau. Die Kleine hatte ein herzförmiges Gesicht und einen schlanken, schmalen Körper. Ria bekam keine Luft mehr. Ihre Handflächen kribbelten. Sie griff sich an die Brust. Die Kleine sah aus wie Vater. Und ein bisschen wie Ria selbst. Das Mädchen sah einmal scheu zu ihr herüber, dann kletterte es die Rutsche hoch und rief: »Mama, guck mal, was ich kann!« Und rutschte auf dem Bauch mit Kopf und Händen voran.

Ria brauchte einen Moment, bis sie verstand, dass das Mädchen nicht sie meinte.

Jetzt rannte die Kleine zum Klettergerüst, der Sommerwind ließ ihr feines Haar wehen, als sie hinaufstieg. Annie nahm die Reckstange in ihre Kniekehlen und ließ den Oberkörper hinunterfallen, ganz so, wie Jolanthe und sie es immer getan hatten. »Schweinebaumeln«, flüsterte Ria. Die Kleine ließ ihre Arme hängen und schwang sachte hin und her.

Sie konnte sich verstellen und mit Hilfe von Lügen und klugen Winkelzügen Informationen an einen westlichen Nachrichtendienst übermitteln. Sie konnte dem Koloss DDR, der sich gerade gestärkt erhoben hatte, Kraft entziehen. Aber konnte sie auch eine schwache Mutter sein, die ihrem Kind eine Schuld zu gestehen hatte?

Es erschien ihr fast unmöglich. Es konnte nur ein langer Weg sein, an dessen Ende sie womöglich scheiterte. Aber Annie hatte verdient, dass sie es zumindest versuchte.

Ein Mann setzte sich zu ihr. Es war Hähner.

»Wieder die rechte Hand von Schalck?«, fragte er leise und blickte ebenfalls zum Kind hin.

Ria brachte kein Wort heraus.

»Bei Gamma sind alle hochzufrieden mit Ihnen. Sie haben sich erstaunlich entwickelt.«

»Habe ich nicht«, erwiderte sie. »Ich habe das Spiel verloren, die haben mich in der Hand.«

Hähner sagte: »Das Spiel fängt gerade erst an, Ria. Es fängt gerade erst an.«

Der historische Kern dieser Geschichte

Ria
Rias Kindheitstrauma ist fiktiv, aber es hat einen ähnlichen Fall gegeben. Georg Dertinger, der erste Außenminister der DDR, fiel in Ungnade, weil er sich für ein wiedervereinigtes Deutschland einsetzte. Er war Mitautor der ersten Verfassung des ostdeutschen Staates gewesen, aber das galt jetzt nichts mehr. Die Staatssicherheit verhaftete ihn, hielt ihn sechzehn Monate lang in einer unterirdischen Zelle fest und folterte ihn. Unter dem Vorwurf von »Spionage und Verschwörung« wurde er in einem Geheimprozess verurteilt und ins Hochsicherheitsgefängnis nach Bautzen gebracht. Sein neunjähriger Sohn Christian wurde SED-treuen Pflegeeltern gegeben und musste deren Nachnamen annehmen. Dertingers Frau verurteilte man zu acht Jahren Haft im Zuchthaus. Der fünfzehnjährige Sohn musste ebenfalls ins Zuchthaus, nach Erwachsenenstrafrecht, und selbst die 13-jährige Tochter erhielt eine Haftstrafe. Anschließend wurde sie zur Großmutter ins Erzgebirge geschickt. Die Geschwister durften untereinander keinerlei Kontakt haben, sie sollten ihre Ursprungsfamilie vergessen. Dertinger kam 1964 nach elf Jahren Haft wieder frei und lebte noch vier Jahre, bis er 66-jährig an den Folgen der Haft starb.

Auch für Rias Spionagetätigkeit im Außenhandelsministerium gibt es reale Vorbilder. Über die »Informationsstelle«

des Senders RIAS kamen eine Reihe Sekretärinnen zur BND-Mitarbeit, die an entscheidenden Stellen in der DDR arbeiteten, so im Vorzimmer des Ministers für Aufbau, Heinz Winkler, im Ministerium für Kohle und Energie, in der Staatlichen Plankommission oder in der Kammer für Außenhandel.

Darunter Hannelore Bohm, die als Sekretärin des Abteilungsleiters für Energie der Staatlichen Plankommission, Günter Lewinsohn, arbeitete und Unterlagen mit kostbaren Informationen aus dem Vorzimmer entwendete, beispielsweise über den 2. Fünfjahresplan der DDR. Sie wurde am 30. Mai 1956 verhaftet und, weil sie so jung war, »nur« zu sechs Jahren Gefängnis verurteilt. 1960 wurde sie wegen schwerer Erkrankung aus dem Gefängnis entlassen und floh kurz darauf nach Westberlin.

Brunhilde Heinze wiederum war Sekretärin des Leiters der Hauptverwaltung Energie im Ministerium für Schwerindustrie. Ihre Schwester, die ebenfalls dem BND zuarbeitete, war Chefsekretärin des Ministers für Aufbau, Heinz Winkler. Beide wurden 1957 von der Staatssicherheit festgenommen und erst zum Tode beziehungsweise zu 15 Jahren Zuchthaus verurteilt, dann aber nach 7 Jahren Haft entlassen.

Um weitere Anwerbungen zu unterbinden, ging die DDR bald dazu über, der Spionage überführte DDR-Bürger hinzurichten. Karli Bandelow und Ewald Misera wurden wegen Spionage verurteilt, das Todesurteil vollstreckte man im November 1954. Innerhalb eines halben Jahres, bis Sommer 1954, wurden in der DDR allein sieben V-Leute zum Tode verurteilt, fünf weitere erhielten lebenslängliche Zuchthausstrafen.

Der Funker Hans-Joachim Koch starb am 29. Juni 1955 in Dresden unter dem Fallbeil. Werner Flach, ein Unteroffizier der Kasernierten Volkspolizei, wurde am 6. Februar 1956 mit zwei weiteren KVP-Angehörigen, die ihn für den BND mit Informationen versorgt hatten, zum Tode verurteilt – vor einem Publikum von 600 KVP-Offizieren, was der Abschreckung dienen sollte. Die drei wurden eine Woche später in Dresden hingerichtet.

Elli Barczatis, die Sekretärin des DDR-Ministerpräsidenten Otto Grotewohl, richtete man im November 1955 wegen Spionage für die Organisation Gehlen, die Vorläuferin des BND, hin.

1961, im Jahr des Mauerbaus, flog im BND der Leiter der Spionageabwehr, Heinz Felfe, auf. Er wurde am 6. November verhaftet. Er hatte verdeckt für den KGB gearbeitet und einhundert CIA-Agenten und rund einhundert Mitarbeiter des BND verraten, sowie nahezu alle DDR-Funker. In seiner Wohnung fand man 300 Minox-Mikrofilme mit 15 660 Fotos.

Wusste der BND vom bevorstehenden Mauerbau?
In einer Lageeinschätzung drei Wochen vor dem Mauerbau meldete der BND, dass die SED rigorose Maßnahmen veranlassen müsse, denn die hohen Flüchtlingszahlen seien eine öffentlich sichtbare Auflehnung gegen die Politik und die Wirtschaft in der DDR. Eine erneute Blockade Westberlins hielt man aber für ausgeschlossen, weil sie die Freizügigkeit innerhalb der Viermächtestadt verletzen und diplomatischen Ärger mit den Alliierten verursachen würde.

Willi Leisner, ein Doppelagent, der für den BND und zugleich für den KGB arbeitete, fütterte den BND mit Falschinformationen. Er meldete am 19. Juli, seine Quelle sei gerade aus Moskau zurückgekehrt, Chruschtschow werde der SED die Grenzschließung nicht gestatten, sondern sei an Verhandlungen mit den Westmächten und baldigen »Vorkonferenzen« interessiert. Am 26. Juli behauptete er, sich persönlich mit SED-Propagandachef Albert Norden getroffen und dabei erfahren zu haben, dass die SED das Schließen aller Straßenübergänge und die Unterbrechung des S-Bahn- und U-Bahn-Verkehrs wünsche, aber dass die Sowjetunion diesen Wünschen nicht nachgeben werde. Der BND meldete also ans Kanzleramt, dass es zwar diese Wünsche gäbe, aber ihnen ein deutliches sowjetisches Veto entgegenstünde.

Im BND ging man davon aus, dass der Osten Sonderausweise einführen würde für den Besuch von Westberlin, die man natürlich nicht jedem geben würde. So würde man den Flüchtlingsstrom eindämmen.

Am 1. August meldete der BND zwar, dass die Abriegelung der Berliner Sektorengrenze bevorstünde und auch der S- und U-Bahnverkehr unterbrochen würde und sagte acht Tage später sogar die »totale Absperrung West-Berlins« voraus. Das genaue Datum und Details des Mauerbaus blieben ihm aber verborgen, auch der Transport des Baumaterials nach Berlin. Und während Chruschtschow längst grünes Licht für den Mauerbau gegeben hatte, meldete der BND drei Tage vor dem Mauerbau, dass die Pläne der SED für eine Grenzschließung auf Eis lägen, wegen der strengen Position Moskaus dazu. Wieder behauptete Doppelagent Willi Leisner, sich mit einem Informanten aus Moskau getroffen zu haben, und betonte das sowjetische Nein. Damit täuschte der KGB den BND, der am 11. August diese Meldung auch an Paris und Washington und das Nato-Hauptquartier weitergab.

Ein V-Mann mit dem Decknamen »Norman« allerdings warnte am 10. August vor der unmittelbar bevorstehenden

Grenzschließung, es sei möglich, dass die Grenze zwischen dem 12. und 18. August geschlossen werde. Da man Willi Leisner als vertrauenswürdigere Quelle einschätzte, wurde die Warnung nicht beachtet.

Auffällig war: Die Volkspolizeieinheiten erhielten an diesem Wochenende keinen Urlaub – ein anderer V-Mann des BND, V-18967, bemerkte das am Vortag des Mauerbaus. Seine Meldung traf zu spät in der Zentrale ein.

Aus diesen Gründen überraschte die Grenzabriegelung den Berliner Bürgermeister, die Bundesregierung in Bonn und den BND. (Während die amerikanischen Geheimdienste die sowjetischen Truppenverstärkungen und das Heranschaffen von Baumaterial vorab bemerkt hatten und dem Doppelagenten Willi Leisner, dessen Meldungen auch der CIA vorlagen, keinen Glauben schenkten.)

Anfangs hoffte man im BND, durch den Mauerbau höchstens ein Viertel oder ein Drittel der V-Leute zu verlieren. Die Militäraufklärung aber brach um 80 Prozent ein, und die Transportquellen waren nahezu vollständig verloren. Als am 6. November 1961 Heinz Felfe enttarnt und festgenommen wurde, standen auch die verbliebenen V-Leute unter dem Verdacht, feindlich gesteuert zu sein – er hatte sie ja dem KGB verraten können. Dass sie noch da waren, konnte heißen, dass sie bereits umgedreht worden waren. Aus Sicherheitsgründen wurden viele Agentenführer ausgetauscht, und man trennte die Wirtschaftsspionage von der Militärspionage. Jede Quelle musste überprüft werden, man suchte Widersprüche in der Berichterstattung, die auf eine Feindsteuerung hinweisen konnten.

Felfe wurde am 23. Juli 1963 zu einer Haftstrafe von 14 Jahren verurteilt. Bis zu diesem Tag hatte die Stasi noch gewartet, um sein Gerichtsverfahren nicht negativ zu beeinflussen. Dann aber hagelte es Festnahmen, bis der BND im Frühjahr 1964 nur noch über 126 aktive V-Leute in der DDR verfügte, und ein Jahr später gerade noch über 65. Drei Viertel seiner Agenten waren seit dem Mauerbau verloren gegangen.

Fjodor Sorokin
Fjodor Sorokin ist nach dem Vorbild des KGB-Killers Bogdan Staschinskij gestaltet, der sich in eine Deutsche verliebte und mit ihr einen Tag vor dem Mauerbau in den Westen floh. Er war damals 29 Jahre alt und diente bereits seit 1951 dem russischen Geheimdienst. 1957 war er an die KGB-Residentur nach Berlin-Karlshorst versetzt worden, mit dem Auftrag, die Führungsfiguren der ukrainischen und russischen Exilvereine OUN und NTS zu ermorden. Seine Decknamen waren Siegfried Träger, Josef Lehmann und Hans Joachim Budeit. 1957 tötete er den ehemaligen Vize-Premierminister der Ukraine, Lew Rebet, und im Oktober 1959 OUN-Chef und BND-Mitarbeiter Stepan Bandera. Ich habe für den Roman das Datum dieses zweiten Mordes um anderthalb Jahre verschoben.

Der KGB zeichnete Staschinskij in Karlshorst mit dem Rotbannerorden aus. Bei diesem Anlass bat Staschinskij um die Erlaubnis, heiraten zu dürfen. Der Vorsitzende des KGB, Schelepin, hielt zwar nicht viel von der Idee, aber er gab schließlich nach. Staschinskij heiratete seine 21-jährige Freundin, die er in Ost-Berlin kennengelernt hatte, im April 1960. Sie kannte ihn unter dem Namen Josef Lehmann. Kurz nach der Hochzeit wurde sie schwanger. Der Agent gestand seiner Frau, dass er für den KGB arbeite, verschwieg allerdings die Morde. Dann merkten sie, dass ihr Schlafzimmer verwanzt war. Sie planten die Flucht und kommunizierten nur noch über Zettel. Ihr gemeinsames Kind kam 1960 zur Welt, es starb im August 1961 bereits im Säuglingsalter. Am 12. August 1961, einen Tag vor dem Mauerbau (manche Quellen sprechen auch vom 8. August), flohen die beiden, anstatt zur Beerdigung ihres Kindes zu gehen. Im Westen stellte sich Bogdan Staschinskij der Polizei.

Zunächst wollte man ihm nicht glauben. Erst als seine Aussagen überprüft worden waren, wurde den Beamten klar, wer sich ihnen gestellt hatte.

Staschinskij hatte in einem Münchner Hotel ein Zimmer genommen und sich mit dem Fantasienamen Budeit vorgestellt. Der Meldezettel war immer noch vorhanden, die Polizei fand ihn.

Als Mordwaffe beschrieb er eine spezielle Luftdruckpistole, die ein Gas verschoss, das die Atmungsorgane lähmte – nicht auf Dauer, sondern gerade so lang, bis das Opfer erstickt sei. Bereits zehn Minuten später sei keine Spur des Giftes mehr nachzuweisen, höchstens winzige Glassplitter im Gesicht durch die im Schuss zerstörte Ampulle.

In einem Gerichtsverfahren wurde Staschinskij zu acht Jahren Haft verurteilt. Er und seine Frau leben inzwischen inkognito in Deutschland oder in den USA.

Alexander Schalck-Golodkowski
Nach den im Roman beschriebenen Ereignissen wurde Alexander Schalck-Golodkowski mit einer Verdienstmedaille für seinen Einsatz bei den Kampfgruppen ausgezeichnet. Nicht zuletzt durch seine Fähigkeit, sich Grauzonen zunutze zu machen, nahm er einen raketenhaften Aufstieg und wurde zu einem der mächtigsten Männer der DDR. Seinen russischen

Vater verschwieg er und nannte sich selbst nur Alexander Schalck beziehungsweise ab 1970 Dr. Alexander Schalck.

Er pflegte engen Kontakt mit dem Ministerium für Staatssicherheit und freundete sich dort mit Oberstleutnant Volpert an, der direkt dem MfS-Chef Mielke unterstand. 1966 wurde Schalck neben seiner Tätigkeit im Ministerium auch Stasi-Offizier im besonderen Einsatz.

Auf seinen Vorschlag hin gründete man die Kommerzielle Koordinierung, einen Arbeitsbereich im Ministerium für Außenhandel und inneren Handel, der Devisen beschaffen sollte. Schon im Vorschlag formulierte Schalck, dass die Unterstützung durch die Staatssicherheit notwendig sei und dass die KoKo »eine Reihe von Operationen, wie illegale Warentransporte, Versicherungsbetrug und andere streng geheimzuhaltende Maßnahmen« durchführen müsste, von denen nur ein kleiner, äußerst begrenzter Personenkreis Kenntnis haben dürfe.

Recht früh hatte er die Untüchtigkeit des sozialistischen Systems erkannt. Er nutzte den dringenden Bedarf des Staates an harter Währung, um sich unersetzlich zu machen. Seine KoKo, die er bald anführte, bildete eine Art kapitalistische Sonderzone innerhalb der sozialistischen, sich in Richtung des Kommunismus bewegenden DDR.

Zunächst exportierte er Waren zu Dumpingpreisen (unter Herstellungskosten) in den Westen, um an Devisen zu kommen. Davon profitierten Versandhäuser wie Quelle. Später führte er Briefkastenfirmen und Handelsgesellschaften in vielen Ländern, unterlief Embargo-Gesetze, exportierte Waffen in Krisengebiete, ließ sich für den Import von Sondermüll aus der Bundesrepublik Deutschland und Westberlin bezahlen, und enteignete in der DDR Besitzer von Antiquitäten, deren Eigentum er gewinnbringend in den Westen verkaufte. Der Häftlingsfreikauf gehörte ebenfalls zu seinem Arbeitsbereich. Die BRD kaufte politische Häftlinge aus der DDR frei, was im Grunde genommen Menschen zur nachwachsenden Ware machte. Für jeden Häftling musste die BRD 40 000 DM und ab 1977 rund 96 000 DM bezahlen. Zwischen 1963 und 1989 erlangten insgesamt 31 755 Häftlinge auf diese Weise die Freiheit.

Zwischen 1991 und 1994 beschäftigte sich ein Untersuchungsausschuss des Deutschen Bundestages mit Alexander Schalck-Golodkowski. Er wurde zweimal verurteilt, allerdings wurden die Haftstrafen zur Bewährung ausgesetzt. Er verbrachte seinen Lebensabend in einem Haus am Tegernsee.

Der Mauerbau

Nach der Grenzschließung in der Nacht vom 12. auf den 13. August 1961 war die Bevölkerung der DDR wie gelähmt. Der Schock saß tief. Aber es gab auch Proteste und Streiks. Am Morgen des 13. August protestierten am Grenzübergang Wollankstraße fünfhundert Menschen gegen die Grenzschließung. Genauso viele versammelten sich an der Eberswalder Straße.

Der Erste Sekretär des FDJ-Zentralrats, Horst Schumann, gab das Kommando, FDJ-Ordnungsgruppen aufzubauen, die in der Bevölkerung gegen Widerstand vorgehen sollten: »Mit Provokateuren wird nicht diskutiert. Sie werden erst verdroschen und dann staatlichen Organen übergeben ... Jeder, der auch nur im Geringsten abfällige Äußerungen über die Sowjetarmee, über den besten Freund des deutschen Volkes, den Genossen N.S. Chruschtschow, oder über den Vorsitzenden des Staatsrates, Genossen Ulbricht, von sich gibt, muss in jedem Fall auf der Stelle den entsprechenden Denkzettel erhalten.«

Umgekehrt schlug den Genossen von der SED in so manchem Betrieb am Montagmorgen eisiges Schweigen entgegen. Sie wurden von ihren Kollegen nicht mehr gegrüßt, Gespräche wurden abgebrochen, wenn sie sich näherten.

Am 15. August demonstrierten am Arkonaplatz knapp zweitausend Menschen gegen die Abriegelung. Die Volkspolizei trieb sie mit Wasserwerfern und Schlagstockeinsatz auseinander. Allein am 16. August verhaftete die Stasi in Berlin 1 088 Menschen. Bis Jahresende 1961 wurden in der DDR mehr als 18 000 Menschen wegen »Staatsverleumdung« oder »Staatsverbrechen« verurteilt, oft zu Zuchthaushaft zwischen fünf und zwölf Jahren.

Die Behauptung, man wäre mit dem Mauerbau einem Angriff der Bundesrepublik zuvorgekommen, konnte nicht viele überzeugen – es war offensichtlich, dass die DDR diese Mauer brauchte, damit ihr nicht die eigenen Bürger wegliefen.

Dennoch war es laut DDR-Verfassungspräambel von 1968 eine »geschichtliche Tatsache, dass der Imperialismus unter Führung der USA im Einvernehmen mit Kreisen des westdeutschen Monopolkapitals Deutschland gespalten hat, um Westdeutschland zu einer Basis des Imperialismus und des Kampfes gegen den Sozialismus aufzubauen.«

In der Nacht vom 17. auf den 18. August begannen Bautrupps, den Stacheldraht durch eine Mauer aus Hohlblocksteinen zu ersetzen. Auch die Kampfgruppen legten mit Hand an. Laubenkolonien wurden eingeebnet, Bäume gefällt, Hecken und Sträucher beseitigt. Eine tote Zone wurde geschaffen. Mancherorts wurden 1,25 m hohe Betonplatten verwendet, zwischen dem Potsdamer Platz und dem Brandenburger Tor errichtete man aus Hohlblocksteinen eine etwa zwei Meter hohe Mauer.

Honecker und sein Stab waren überrascht von der Häufigkeit und Heftigkeit der Fluchtversuche. Jeden Tag schafften es etwa zehn Personen in den Westen, sie durchbrachen Grenzsperren mit Autos, krochen durch die Kanalisation, zerschnitten den Stacheldraht, sprangen aus dem Fenster. Man vermutete, der Stacheldraht reize die Menschen und provoziere sie zu immer neuen Versuchen, die Grenze zu durchbrechen. Aus diesem Grund wurde er durch eine Mauer ersetzt.

Am 22. August 1961 kostete sie das erste Menschenleben. Ida Siekmann warf aus dem dritten Stock in der Bernauer Straße 48 ihre Federbetten hinunter, um den Aufprall zu mindern, und sprang. Der Gehweg gehörte schon zum Westen, und die Fenster in der Bernauer Straße wurden zugemauert, es war ihre letzte Chance, vermutlich hörte sie im Haus bereits die Polizisten. Die Federbetten reichten nicht. Sie stürzte sich in den Tod. Der ostdeutsche Polizeibericht las sich nüchtern:

Am 22.8., gegen 6.50 Uhr, stürzte sich die alleinstehende Ida Siekmann aus dem Fenster ihrer im Vorderhaus, 3. Stock, gelegenen Wohnung auf die Straße. Die S. wurde durch die Westfeuerwehr abtransportiert. Die Blutlache wurde mit Sand abgedeckt.

Einen Tag später beschäftigte sich der Leitartikel im *Neuen Deutschland* mit der Frage, ob die Grenztruppen auf Flüchtlinge schießen sollten. Er gab die Antwort:

Und was die »Landsleute« angeht, auf die wir nicht schießen sollen: Seit wann sind Einbrecher, Strauchdiebe und Mörder »Landsleute«? Wir wissen Freund und Feind zu unterscheiden! Die Feinde unseres Volkes beißen bei uns auf Granit und lassen – je nachdem, wie frech sie es treiben – Zähne, Haare oder das Leben.

Am 14. September 1961 schlug dann Konew, der neue Chef der sowjetischen Truppen in der DDR, vor, den Geländestreifen der Grenze auszudehnen und darin Drahtsperren, Minenfelder und Signalanlagen anzulegen und Beobachtungstürme zu errichten.

Wirtschaftlich war der Mauerbau ein Erfolg für die DDR. Er konsolidierte sie und war damit vor allem ein Meilenstein für Erich Honecker, der die Operation geleitet hatte. Später beschwerte sich ZK-Mitglied Alfred Neumann, dass Honecker als der große Feldherr dagestanden habe und als habe er alles allein gemacht.

Folgende Bücher und Quellen waren besonders hilfreich bei den Recherchen

Werner Bader u. a.: Kampfgruppen. Die Spezialtruppe der SED für den Bürgerkrieg, Köln 1963.

Oliver Boyn: Das geteilte Berlin 1945–1990. Der historische Reiseführer, Berlin 2015.

Ewan Butler: City Divided: Berlin 1955, Bungay 1955.

Nikolaj Chochlow: Recht auf Gewissen. Ein Bericht, Stuttgart 1959.

Deutscher Bundestag, Referat Öffentlichkeitsarbeit (Hrsg.): Der Bereich Kommerzielle Koordinierung und Alexander Schalck-Golodkowski: Werkzeuge des SED-Regimes. Bericht des 1. Untersuchungsausschusses des 12. Deutschen Bundestages, Textband, Bonn 1994.

Dokumentationszentrum Alltagskultur der DDR e. V.: Konsum. Konsumgenossenschaften in der DDR, Köln 2006.

Jörn Donner: Report from Berlin, Bloomington 1961.

Thomas Grimm: Das Politbüro privat. Ulbricht, Honecker, Mielke & Co. aus der Sicht ihrer Angestellten, Berlin 2005.

Heinz Günter: Zwischen den Fronten. Wie die Spionageabwehr des MfS den Funkstützpunkt »Nord« der CIA in der DDR zur Strecke brachte, Berlin 2005.

Hope M. Harrison: Ulbrichts Mauer. Wie die SED Moskaus Widerstand gegen den Mauerbau brach, Berlin 2011.

Hauptabteilung Kampfgruppen im Ministerium des Inneren (Hrsg.): Handbuch für Gruppen- und Zugführer der Kampfgruppen der Arbeiterklasse, Berlin 1988.

Ronny Heidenreich: Die DDR-Spionage des BND. Von den Anfängen bis zum Mauerbau, Berlin 2019.

Hans-Hermann Hertle: Die Berliner Mauer. Biografie eines Bauwerkes, Berlin 2015.

Konrad Hoffmeister: Von Panik keine Spur. Berlin 1958–1961. Fotografien, Leipzig 2015.

Erich Honecker: Aus meinem Leben, Berlin 1980.

Frederick Kempe: Berlin 1961. Kennedy, Chruschtschow und der gefährlichste Ort der Welt, München 2011.

Jürgen Kleindienst (Hrsg.): Schlüssel-Kinder. Kindheit in Deutschland 1950–1960, Berlin 2009.

Jürgen Kleindienst und Ingrid Hantke (Hrsg.): Im Konsum gibt's Bananen. Alltagsgeschichten aus der DDR 1949–1989, Berlin 2017.

Hertha Kludas: Briefe von Deutschland nach Deutschland, München 1959.

Ilko-Sascha Kowalczuk, Stefan Wolle: Roter Stern über Deutschland. Sowjetische Truppen in der DDR, Berlin 2001.

Dietrich Lemke: Havanna, Peking, Bonn. Ein DDR-Außenhändler erinnert sich, Berlin 2013.

Andreas Magdanz: BND – Standort Pullach, Köln 2006.

Susanne Meinl, Bodo Hechelhammer: Geheimobjekt Pullach. Von der NS-Mustersiedlung zur Zentrale des BND, Berlin 2014.

H. Keith Melton, Robert Wallace: Das einzig wahre Handbuch für Agenten. Tricks und Täuschungsmanöver aus den Geheimarchiven der CIA, München 2011.

Armin Mitter, Stefan Wolle: Untergang auf Raten. Unbekannte Kapitel der DDR-Geschichte, München 1993.

Armin Müller: Wellenkrieg. Agentenfunk und Funkaufklärung des Bundesnachrichtendienstes 1945–1968, Berlin 2017.

Rolf-Dieter Müller: Reinhard Gehlen. Geheimdienstchef im Hintergrund der Bonner Republik. Die Biografie, Teil 1: 1902–1950, Berlin 2017.

Jack Nasher: Entlarvt! Wie Sie in jedem Gespräch an die ganze Wahrheit kommen, München 2019.

Magnus Pahl, Gorch Pieken, Matthias Rogg (Hrsg.): Achtung Spione! Geheimdienste in Deutschland von 1945–1956. Katalog zur Ausstellung im Militärhistorischen Museum der Bundeswehr, Dresden 2016.

Peter Przybylski: Tatort Politbüro. Die Akte Honecker, Berlin 1991.

Helmut Roewer: Im Visier der Geheimdienste. Deutschland und Russland im Kalten Krieg, Bergisch Gladbach 2008.

Martin Sabrow: Erich Honecker. Das Leben davor: 1912–1945, München 2016.

Alexander Schalck-Golodkowski: Deutsch-deutsche Erinnerungen, Reinbek 2000.

Frank Schumann, Heinz Wuschech: Schalck-Golodkowski. Der Mann, der die DDR retten wollte, Berlin 2012.

Wolfgang Seiffert, Norbert Treutwein: Die Schalck-Papiere. DDR-Mafia zwischen Ost und West, Rastatt/München 1991.

Monika Sigmund: Genuss als Politikum. Kaffeekonsum in beiden deutschen Staaten, Berlin 2015.

Rolf Steininger: Der Mauerbau. Die Westmächte und Adenauer in der Berlinkrise 1958–1963, München 2001.

Wolfgang Spann: Kalte Chirurgie. Ein Leben zwischen Recht und Medizin, Landsberg 1995.

André Steiner: Von Plan zu Plan. Eine Wirtschaftsgeschichte der DDR, München 2004.

Jürgen Thorwald: Das Jahrhundert der Detektive. Weg und Abenteuer der Kriminalistik, Zürich 1965.

Matthias Uhl, Armin Wagner (Hrsg.): Ulbricht, Chruschtschow und die Mauer, München 2003.

Verlag für die Frau: Von Jahr zu Jahr. Das Jahrbuch für die Frau 1961, Leipzig 1961.

Ulrich Völklein: Honecker. Eine Biografie, Berlin 2003.

Armin Wagner: Walter Ulbricht und die geheime Sicherheitspolitik der SED, Berlin 2002.

Rudolf Wallner, Otto Feldmann, Ursula Feldmann: Brigitte. Stenotypistin, Sekretärin. Ein Buch aus der Praxis für die Praxis der Verwaltungsarbeit, Berlin 1961.

Manfred Wilke: Der Weg zur Mauer, Berlin 2011.

Edgar Wolfrum: Die Mauer. Geschichte einer Teilung, München 2009.

Stefan Wolle: Aufbruch nach Utopia. Alltag und Herrschaft in der DDR 1961–1971, Berlin 2011.

https://www.spiegel.de/spiegel/print/d-43367666.html, abgerufen am 25. Juli 2020.

https://www.chronik-der-mauer.de, abgerufen am 25. Juli 2020.

Der Autor dankt

Gunnar Cynybulk und Oskar Rauch für zahllose gute Hinweise zur Geschichte, den Figuren und der Sprache.

Nora Haller, die im Stoff Potenzial gesehen hat, und allen Mitarbeiterinnen und Mitarbeitern des Heyne Verlags: danke für euren starken Einsatz! Es ist eine Freude mit euch.

Michael Gaeb, meinem Agenten, der nahe der ehemaligen Büros von Alexander Schalck-Golodkowski wohnt und mir davon erzählte.

Carmen Mayer für die Idee zu Rias Namen.

Peter Huth und Gerda Kampmann für Hilfe bei dem Niederländischen, und Natalia Brokop für Hilfe bei der Verwendung der russischen Sprache.

Claudius Müller, der mir als Doktor der Biochemie bei Details der Vergiftung von Bandera geholfen hat. Danke, Bruder!

Meiner Frau Lena und unseren Jungs, Jona und Felix Amadeus, dafür, dass sie mir die Reise ins Jahr 1961 gestattet haben. Sie war auch für mich selbst hochspannend. Aber es ist herrlich, zu euch ins Heute zurückzukehren.